中國古典文學基本叢書

李夢陽集校箋

第五册

〔明〕李夢陽 撰
郝潤華 校箋

中華書局

李夢陽集校箋卷五十八　傳

邵道人傳〔一〕

邵道人者，蜀人也，至慶陽，年七十餘矣。道人不欲言，凡所頤指色授，故莫究所自來，然見之者卒知其異人也。

道人館於鐘樓街周家，築土被衲，無晝夜露坐，郡中諸子弟少年，争來事道人。道人凡所頤指色授之，諸子弟少年無不當道人意者。

道人喜看病，病者家請往，乃令病者張目，又令其噓，即可活。道人則目諸弟子，而諸弟子即置飯病者前，道人出其袖中鐵尺横飯上，誦大悲呪，已，起尺摩病者曰：「瘥矣。」脱不活，道人則趨而出。病者家以死日請，道人則出其指，示日數如其指數。然道人不取錢，每歲自正月始，活一人，取其布尺裹衲，裹完，弗取也。病者家脱有見飯飯道人，以椀列諸案，無問多少，道人食之。若加飯，更以椀列之，不食也。若見飯是草恶食，道人即喜食之。曰：「更爲造。」美食，道人則不食。其見飯或雜葷物，道人曰：「第擇去葷物。」終不欲更造也。

道人善飲水，鄉野人聞之，争來請，願觀道人飲水，道人微笑頷然之。弟子前置水，道人目弟子，令鄉野人自置水，亦以椀列諸案，無問多少，道人飲之。若冬月水冰，則聞道人齒間瀺瀺聲，頃之，肩踴面紅，汗簌簌下若雨也。

道人與予世父同時，世父患脛瘍久不愈，以問道人，道人曰：「此祟也，若往聘於某氏乎？謂其女陋也，將更聘之，女慚而縊死，此其祟也。」世父大驚，伏地頓首，曰：「奈何？」道人曰：「今遇我，三日解矣。」三日，瘍果瘥。

居十餘年，忽謂諸弟子曰：「吾將歸歟？」諸弟子曰：「先生福慶之人，慶之人無敢慢先生者，何遽言歸邪？」道人不應。一日，道人令設几三層而坐其上，諸弟子始悟其歸謂死也，環守之。夜有登几而伺其息者，道人猶揮肱墜焉。夜半，霹靂隱隱起屋脊，若戈士甲馬戰鬬之聲。諸弟子震懾伏地，天明起視，則道人死矣。

贊曰：子不語怪。若道人者，何如人哉？二氏惑世亂政，而道人口悛悛不欲道辭，急人之難，弊而後已。嗚呼！是所謂逃於墨者，非邪？

【箋】

〔一〕文中曰：「邵道人者，蜀人也，至慶陽，年七十餘矣。」按，慶陽今屬甘肅，爲夢陽出生地。據夢陽封宜人亡妻左氏墓志銘（卷四十五）等文，弘治六年夢陽母卒於京，夢陽扶柩歸大梁，弘治八年歸葬慶陽高家坪，不久父又卒，合葬於慶陽。是弘治八年至十一年間，夢陽一直在慶陽守制。該文疑作於此時。

【評】

湯賓尹新鍥會元湯先生批評空同文選卷之三：終篇本是譚邵道人之異處，乃以子不語怪法之，是敦敬之善避誚者。

又，此見道人不貪處。

又，此見道人不茹葷處。

又，以道人口不道二氏，而急人之難，斃而後已，謂其爲逃墨者，是揭其長處，以叙己作傳之意。

太白山人傳〔一〕

太白山人者，吴越間放人也。終吴越間，莫知其所自來，問其姓名，山人曰：「我孫姓，一元名。」問其字，曰：「我字太初。」問何以稱太白山人，曰：「我秦人也，嘗棲太白之巔，於是稱太白山人云。」於是人始知山人爲秦人。及問其家世，山人不之答。故人止知山人秦人也，而不知秦何人也。

山人善詩，有超逸才，嘗出秦四遊，浮湘、漢，躡衡、廬，逾河涉泗，謁闕里，登岱嶽之峰，憩日觀，觀日出焉，奇之，駭叫狂走，人頗異之，然弗識之也。於是山人則南走吴會，吴會人識山人，又識山人詩，於是争禮敬山人。山人固善説玄虚，又膚瑩、渥顔、飄鬚，望之如神仙中人，於是愈禮敬山人，而好異之士踵接於門矣。山人往來越、湖間，多在支硎、南屏山寺中。鉅家則争造寺，餽山人美飲食、鞋、服。以是饒裕冠佩之士，慕名來訪，山人輒供具，歡洽竟日，酒酣暢歌，意態超脱，令人起塵外之思。人士或事功人，説及時事，山人則又善説時事，率鑿鑿副名實，於是人士轉相譽稱爲孫山人，聞四方矣。

一日，山人病且革，倉皇屬其友曰：「死，葬我佳山，幸題我墓，曰：『明詩人孫一元之墓。』」已而，山人甦，起而憤曰：「幾負我志。」而吴越人以是覘知山人初無羽化術，徒空談，放浪形骸，稍稍疑避，而山人則顧益説世務，恒切齒不平，其詩亦多爲忿激悲壯之音。於是用世之士顧益喜之，樂與之交，義投情合，犯濤弄月，扣舷和歌，俯仰一笑，每自許於世無雙。而湖舉人施侃者，雅喜山人而病其放，因説之居，山人然之，於是買田苕溪之旁，又説之婚，則婚侃妻妹張氏。喜山人者聞之，率移書相慶曰：「太初爲全人矣。」是時建業劉麟、龍霓咸徙居湖，與吴琉①、陸崐暨山人結社遊，號苕溪五隱。山人始講吾儒性命之學，無何，病作②，竟死，年三十七矣。

李夢陽曰：予不識孫山人何如人，未之面也。往劉子過夷門，蓋數稱山人風神藻雅云，曰：「與之遊，令人坐忘。」而山人亦時時詩寄來，然予竟莫知其何人也。

【校】

①琉，原作「充」，據明史改。　②作，原作「卒」，據黄本改。

【箋】

〔一〕孫一元字太初，號太白山人。自稱秦人，或傳爲安化王孫。嘗棲太白之巔，故稱太白山人。又嘗西入華，南入衡，東登岳，又南入吴，與劉麟、吴琉、陸崑、龍霓稱苕溪五隱。晚而就婚施氏，遂卒於吴興。劉麟爲之作墓志銘，事跡具明史卷二百九十八隱逸傳。著有太白山人漫稿八卷，四庫全書總目卷一百七十一太白山人漫稿提要稱：「一元才地超軼，其詩排奡凌厲，往往多悲壯激越之音。」按，劉麟清惠集卷八有孫太初墓誌銘，曰：「太初，不知何許人，自稱曰關中人，人亦曰關中人，湖南雅社西溪龍致仁題其名曰：『太初，關中人。』正德戊寅秋八月，僦居湖南之後林村。是歲娶妻，己卯舉一女，庚辰二月二十日卒。」庚辰，爲正德十五年（一五二〇），是該文疑作於正德十五年或稍後。

【評】

湯賓尹新鍥會元湯先生批評空同文選卷之三：叙山人履素，亦自妙品。

又，讀此傳知山人之高處，但至買田開舍，山人乎，山人乎，恐見笑，行許乎將矣。

又，山人始譚玄虚，復又譚世務，買田娶婚，毋乃爲兩截人乎？

又，以「予竟莫知其何人也」結句，則同文之含蓄藴藉處，而山人之瑕瑜必見矣。

張光世傳〔一〕

張光世者，洵陽人也，名鳳翔，字光世，號攸陵子。生而異質殊才，目羞日短視，然暗處則反明，燈月之下猶晝也，故其書窗晝必遮障而後視也，字左手横書之，興到筆飛，瞬息滿紙。李夢陽舉之鄉也，蓋與光世同榜云。先是西涯公遺提學石淙公書，曰：「今年榜張潛冠乎？」〔二〕石淙公答之曰：「設無李、張二生者，潛不後矣。」及見試録名第，西涯公歎且服曰：「邃老知人，邃老知人！」是時光世角尚丱，業已夢寐屈、宋，追步班、馬，小視褒、雄，馳騁騷賦，落筆千萬言，奇字爛錯，綺文輝奕，觀者咸謂子安再生、文考復出。既至京師，王公大人，翰卿吟客，訪造其門，求其面識者，殆日無虚也，於是聲名出李上。然光世不以自居，未始不兄事李而讓其精也。及舉進士，李與同部見其面黄，憂焉。居無幾，晴亦黄，察其身，又黄。問曰：「光世不病疸乎？」光世乃於是告休沐，卧西山巖崦中。李忖其非計，遺之詩，有曰：「石髓遇不識，黄精春始花。洞中日月秘，强食勝丹砂。」光世於是乃移入城。居無何，卒，年三十歲耳。子安二十九，文考二十四。先是，人以二子擬光世，不識乎？殁之日，母七十餘歲，子七歲，一妻一妾相號於旅邸，聞之，無不心酸淚下者。蓋傷張子才而不永，又老者、孤者、孀者，貧無歸也。李於是作哀鳳之操：「鳳之來兮，爾胡爲兮？牛有皁兮，雞有棲。鳳兮鳳兮，今何歸？傷哉命兮，我心悲。」

是時，李夢陽與曹縣王崇文亦部寮，實經紀其喪事，既以之歸葬洵陽，夢陽復上書孝宗皇帝，言：「鳳翔抱才未究，居官清苦，困貧客死，棺斂路費，咸資友朋，幸獲反葬，禮遵首丘。然老母、孤兒、幼妻不免凍餒溝壑。伏冀聖慈，追繹鳳翔前備庶員六年，不無犬馬微勞，體古之敝帷敝蓋之義，查近時李嵛、孔琦之例，敕有司月給米一石，養贍終其母、妻之身。」奏下吏部，準行。至正德末，有人自洵陽來，言光世母謝世，有司月米住支，而河南巡撫李公以前奏轉行陝西巡撫官，言月米必終其妻，於例乃合，不知今何如行也。

嘉靖五年，馬考功輯其遺文七卷，屬胡蘇州板之行〔三〕，然散佚者不少矣。於乎！嗇其年，復忌其文哉！初光世殁，李掇其手稾十餘帙。未幾，李罷官，而人吏又無能識其稾中奇古字者，會孫平泉過，索之去，曰：「吾必卒其事。」然竟無聞也。

論曰：大化流行，誰乎測哉？相如病於金馬，長吉死於玉樓，居實摧於秋風，胡畀之良？胡奪之永？是以豪夫志士惑焉，仰天而問，履霜而悲，凌雲託之大人，造化比之小兒，蓋憤簸弄之叵測而痛英雄之難遭也。夫張子者，固僻邑之産而寒素之倫也，總角之年，非有雞窗之授、螢囊之聚者也。一旦起而談玄虛，振藻麗，漸鴻之逵，空驥之群，斯直學之至之哉，亦天之所以畀之也！乃今若斯焉已，大化果測乎？吁，傷哉！然張蓋亦嘗夢幢軿冉冉自天下，廣樂導之，若迎己者。病之革也，起端坐，索紙筆，掃詩一十八章，言意漫涣弗次，漸昏漸竭，末詩有一章三句者，一章二句、一句者，投筆而氣絶矣。今集中録其全者一十四首。

【箋】

〔一〕張光世，名鳳翔，字光世，號伎陵子，洵陽人，卒年三十歲。弘治五年（一四九二）與夢陽同年中陝西鄉舉。據明朱安淝李空同先生年表：張鳳翔卒年爲弘治十七年（一五〇四），曰：「户部員外郎張公鳳翔卒。張有異才，時人以子安、文考擬之，年甫三十歲，母七十餘，子七齡，一妻一妾，號於旅邸，過者無不心酸淚下，公作哀鳳操以傷之。復倡諸部僚經理喪事，始得歸葬洵陽。公爲之上疏：查近年李崙、孔琦之例，敕有司月給米一石，養贍終其母妻之身。奏上，敬皇帝俞其請。聞者多公之義焉。」此文中曰：「嘉靖五年，馬考功輯其遺文七卷，屬胡蘇州板之行，然散佚者不少矣。」是該文當作於嘉靖五年以後。四庫全書總目卷一百七十六集部別集存目三張伎陵集七卷提要云：「文章本未成就，與李夢陽爲同年，夢陽爲作小傳，至比之王勃，當時頗以爲黨。今觀集中所附夢陽評點，惟白巖賦一篇，稱揚過甚，其他詩文，率多譏彈之語，則夢陽實未嘗心滿之也。」

〔二〕雍正陝西通志卷五十七上人物三載：「張潛，字用昭，華州人，生而穎秀，從李西涯受尚書。弘治壬子，楊邃庵督學關中，以慶陽李獻吉、洵陽張光世與潛爲三才子，秋試，三人同舉。丙辰第進士，授户部主事。劉瑾擅權，深用避匿，或曰：『公，鄉人也，不往且有禍。』笑不答。擢廣平知府，時盜起，流劫郡邑，潛多方捍禦，郡中賴以無事。按行屬邑，省財力，均徭賦，黜舞文，清滯獄，興禮讓，洺士熙然向風。擢山東左參政，罷歸。」千頃堂書目卷二十四著録其東谷集。

〔三〕馬考功，疑即馬汝載，陝西綏德人，正德間任考功郎中。胡蘇州，即胡纘宗，字孝思，號可泉，别號鳥鼠山人，鞏昌府秦安（今屬甘肅）人，正德三年（一五〇八）進士，曾官蘇州、安慶知府，山東、河南巡撫等。善詩文，著述頗豐，有鳥鼠山人小集、安慶府志、雍音等存世，明史卷二百零二有傳。胡纘宗在蘇州知府任上主持刻印藝文類聚等書，堪稱明嘉靖本之精品。張光世之張伎陵集七卷，亦爲胡纘宗所刻，現南京圖書館僅藏前三卷，前附李夢陽張光世傳。

鮑允亨傳〔一〕

鮑允亨者，歙人，商也，與其弟乘米舟自湖陰之繁陽，有三人者來附舟曰：「吾蒓人也。」舟人疑之，不許，允亨曰：「汝以渠赤身，疑邪，然渠蒓人也。」許之。行至螃蟹磯，舟回旋不得進，於是允亨亦疑三人者，亟舟岸，遣之去，而是夜盜果來，執允亨兄弟，縛之將並殺之，曰：「汝識我乎？」允亨側窺之，則附舟者也。刃及血出矣，允亨大呼曰：「吾母老，即殺我，留吾弟。」其弟亦呼曰：「我殺，無殺我兄。」賊猶豫不自決，會大風起，雨雷暴至，江洶洶吼，山鳴地震，草木披亂，賊恐，散遁去，一賊後，謂允亨曰：「汝稻①紙灰傅血處，可痊也。」

君子曰：詩云：「無曰高高在上，陟降厥士。」豈不信哉！今觀鮑允亨事，則急詐術而後仁義者，不可省乎！而或者則謂風雷之會爲偶然，斯亦甚可嗤也。夫天何物也，而欲豫謀哉！誠謂義不足以入賊，則江革、趙孝之倫虚邪！然予聞鮑氏，先有值賊，父子争死，賊兩釋之者，若允亨者，亦其餘烈否耶？

【校】

①稻，四庫本作「掐」。

【箋】

〔一〕鮑允亨，不詳。夢陽詩文中常提及寓居開封之歙人鮑演、鮑澈等，或其族人。疑該文作於正德九年後作者閒居大梁時。

六烈女傳〔一〕

儒生劉德舉來，言六烈女事，李子聞之，泫然而涕出。劉生曰：「夫子奚慟也？」李子曰：「予蓋傷爲臣不終云。」於乎，死生亦大矣！往逆瑾之亂，予實丁焉。當是時，人士大都以賕行，問之，曰：「救死爾？」又曰：「死瑾，無謂。」於乎，死生亦大矣！彼粉黛笄褘之人，乃顧若是烈邪！自死瑾無謂之説興，於是賕者公言於朝，群議於巷，偶語於途，以逮至，則問金多少，爲罪重輕。於是天下吏曰考掠桎梏之咸金逋也，下斂而上聚，公簿而顯輸，曰姑救死爾。夫爲臣宜若是否邪？設靡賕瑾能盡死之邪？於乎，死生之際，難矣！彼粉黛笄褘之人，乃顧若是烈邪！予蓋傷焉，於是作六烈女傳。

陳氏者，陳傑女也，年十八，聘楊瑄。居無何，瑄卒，女痛哭將死之，父母不許，欲往哭瑄，又不許。女則竊翦髮屬媒氏，往置其夫懷。汴俗，聘女生年月日朱綺金字與男家，號「定婚帖」，於是瑄母以定婚帖裹其髮懷瑄葬焉，而女乃遂卸容飾，素笄縞衣。居無幾，父母謀改聘，女縊而死，天順五年六月十一日也。後五十三年，爲正德甲戌，瑄有姪曰永康者，改葬瑄，而求陳氏骨，合焉，二骨朽矣，髮定婚帖獨鮮完。劉生曰：「葬之三年，而岐穀、丫瓜產之墓。」李子曰：「世人蓋多言青陵臺事〔三〕，予竊疑焉，連理之木，比翼之禽，今以岐穀、丫瓜觀之，不其信邪！」

張氏者，李傑妻也，年十八，歸傑，逾年而夫病且死，握其手，訣曰：「我死汝必更，然善侍後人矣。」妻泣，矢之曰：「君死，妾死不願更也。」傑死，張氏謂棺匠曰：「棺大之，夫性喜寬大也。」其父母曰：「棺第狹之，勿大。」匠從其父母，狹其棺，張氏哭毀其狹棺，曰：「不大不棺也！」棺成，自經而死。

高氏者，夏永昌妻也，嫁三月而永昌病死，高氏欲從之，然家人防之嚴，則日主前焚香竊祝曰：「永昌俟我。」其母知之，泣謂之曰：「汝今十九年耳，奈何輕死？」高氏曰：「嗟，母謂百年永邪，然均死耳！」竟縊死。

劉氏者，魏相妻也。相之死也，祖姑王覘婦有決志，乃引婦登樓同寢，婦哭之達旦不輟聲，已，紿其祖姑曰：「我飢渴甚。」祖姑信之，下樓取水食，婦以手巾二幅接縊於梁上，年二十一矣。

王氏者，孫林妻也。林病貧無以療，王氏賣衣辦湯藥，夜籲天祈身代之，林死則匍匐哭不絕聲，水漿不入口者二日，乃潛詣後園棗樹，自經死。

張氏者，田孝子妻也。孝子曰田鋭，嘗刲股療母病，母死廬墓三年，於是稱田孝子云。孝子有甥宿舅鋪而夜殺其鄰鋪客，盜其財，於是逮孝子獄。無何，孝子死，出其屍，牆爲之崩。張氏之死也，或勸之矣，則怨哭曰：「我與田鋭夫婦二十年矣，彼既爲孝子，我獨不得爲節婦邪！」竟死。

今按，六女者，皆祥符郭門西人也，六十年間，烈者六焉，足謂之興矣。聞風者激邪，抑地之靈使然邪？

李子曰：予於六女而重傷時俗之偷也。孔子曰：「匹夫不可奪志。」乃人不欲死，顧詫人曰：「我死弗獲死。」今以六女事觀之，然邪？否邪？夫鉅鑊之嚇盈諸耳，甘綺之誘戰於中，人鬼之關，須臾是決。乃六女者，方視死如歸，求亡如飴，遉間伺隙如探金攫玉，惟恐後時而靡獲也。斯其志可奪邪？不可奪邪？夫粉黛笄褘之人，至微也，窮閭敝闠、顦悴下賤之女，非有閨閤之儲、文史之訓、父兄之指誨、聞見之開卓也。而一旦有如此者，彼冠裳鳴珮之夫，口先王而講詩、書者，乃往往狼貪而狗生，患難之至，不化蘅爲蕭，則豕突鼠竄矣。於乎，極矣！予於六女，安得不重傷時俗之偷也？劉德舉曰：「斯舉也，予倡首義於鄉人，復白其事於官司矣，業爲六女立廟郭西。」

贊曰：貴非必爵，輝豈惟華。有碎而完，有凶而嘉。於烈陳女，甘心未家。槁骸竟雙，並蔕則瓜。岐穗離離，載嘉者禾。五女繼興，奮義執情。隕軀捨生，展哉令名。於惟六女，生猶鴻毛。死而遽巍，山嶽其高。瞻廟者拜，過里者式。無貴無賤，無識不識。即跡揆心，持獨驗同。古今一感，人心至公。熊掌取譬，瓦全是恥。爾忠爾孝，敢告君子。

【箋】

〔一〕明朱安㴉李空同先生年表曰：「（正德）十六年辛巳，公年五十歲。儒生劉德舉來言六烈女事，公聞之，泫然出涕，作六烈女傳」。時作者正閒居開封。

〔二〕青陵臺，在今河南封丘東北。唐李商隱青陵臺詩：「青陵臺畔日光斜，萬古貞魂倚暮霞。」

【評】

湯賓尹新鍥會元湯先生批評空同文選卷之三：譚逆瑾時士大夫垂首喪氣，正古所稱丈夫無道，道在婦人矣。李君之傳，其有所激也夫。

又，鑿鑿之見，侃侃之言，砥中流而障頹波。

又，以「爾忠則孝，敢告君子」結之，語有盡而思無涯，誠可廉頑而立懦矣。

尚書黄公傳〔一〕

尚書黄公者，封丘人也。名紱，字用章。其先洛人，高祖克讓始徙封丘，克讓生思豫，思豫生秀，秀生中，中生黄公。初，高皇帝兵起，思豫掌太常事，以罪編氓沅州，已，又軍平越衛，於是平越、沅州、封丘、洛皆有黄氏。乃後，秀商金陵，死，中收其貲，商重慶，娶於張，生公重慶，於是重慶亦有黄。公生之夜，夢老人抱嬰兒曰：「送蹇尚書爲汝子。」長依舅氏張宗琦。宗琦爲麻成學職，從如麻城，歸如平越，補衛學生。正統丁卯，以春秋中雲南鄉試第五。明年，登進士第，除行人，升南京刑部員外郎、郎中。出爲四川參議、參政，進右使，轉湖廣左使，升右副都御史，巡撫延綏，進南京户部尚書，改左都御史，尚書仍舊。

黄公廉峻直執，遇事飆發，正色山立，即重忤時貴弗恤。智巧所避，公毅然肩之，人率竊笑其呆，然亦以是獲名。郎中時，人業以「硬黄」目之矣。部堂嘗缺官，公署堂印，諸寮事之，即猶堂官也，亦才識超之之故。譚千户者，大猾也，善歡顯貴人，嘗奪民蘆場，顯貴人無敢爲民直者，公直之，竟歸之民。爲參議，督松、茂諸倉，兼備其兵，釐革宿弊，擒豪惡數百人，舉劾將官各當，邊賴以寧。參政如崇慶，旋風擁輿不得行，公曰：「汝冤氣邪？姑散，予圖之。」至州，齋沐禱夢。翌日，清其囚，無驗，乃禱諸城隍。夜果夢，若有神言州西寺云。寺去州四十里，邊路而巢山。公旦起，率州官吏兵往，詣寺，圍捕之。有僧少而惡，詰之，無牒，便醋堊塗其額，曬洗之，則有巾痕，乃鞫訊之，遂盡暴其奸慝。云寺後有巨塘，凡投宿人，則殺之沉塘中，衆分其財，有妻女，則分其妻女。又攢典李節陽，王親也，侵盜官糧巨萬數，王爲之窟，公按之，悉如法。公雖錢穀司，然善摘發奸伏，以是威行境中。

嘗道川東，青神令望風解印綬走。爲右使，奏閉建昌銀礦，許之。大盜周主簿者哨衆抄掠，檄公，平之。公謂盜起於煩苛，宜少寬養，而閹官以方貢横斂，公抗不從。閹擠，移近省。升左使時，兩京工興，徵銀二萬，例派民，公以庫積餘充。又勢豪馬快船債萬坐逼索，又荆王奏徙墳塚，公悉不從，省費鉅萬。又計錮僧繼曉。於是威惠大行。繼曉之來也，勢焰灼人，公私謂諸公曰：「曉以妖術媚上，遂奸眠食共之①，今避而反鄉，名掃墓而實逃生耳。」乃令武昌府錮之後堂，陽尊禮之。居無幾，曉果敗，檻送京，斬之西市。公在蜀，嘗忤閹臣萬安，銜之，三年六推咸抑。公知之，乃亦連疏乞罷，凡三上，已乃有巡撫延綏之命者。劾參將郭鏞，都指揮鄭印、李鐸、王琮，葭州史知州等；又計捕豪奸張綱。乃於是拔才能，察幽隱，問疾苦，飭廢墜；於是申號令，修器械，嚴警邏，節候望，邊政爲新。公見飲馬婦片布遮其下體，乃悲以慚曰：「嗟乎！士之貧至此極，乃驅之戰守邪？」於是令豫支米月三。會詔毁庵寺，公使汰尼解軍門給配鰥士，人人大歡悦，無不願爲公死者。及公去，尼有攜子女拜送路傍者云。

公既官六曹，益無所顧避，威稜截然，特旨改掌憲院，天下方仰望風采。公自以歷侍五朝，中外凡五十年，戇直崖異，忤人獲名，伏禍難測，又盛滿宜戒，乃引年懇乞骸骨。居無何，疾作，竟不起，年七十有一。所爲奏議及政蹟，並所著文詩，悉棄不留。晚嗜參同契，號精一道人、蟾陽子，有注本獨存。國制文極於六曹尚書，官之北斗，天造不論。夏、蹇經綸悃愊，太宗北征，全國是屬。三楊公〔二〕亮寅協，熙績臺省，坐臻太平，君佚臣勞，所謂代天之相。英廟之遇文達〔三〕，略似馬周〔四〕，吁俞一德，密畫顯斷，萬幾精覈，局體一變。成化間，忠良外植，三原、河州、單縣、封丘，巍然輩出。居則岳屹，動則雷擊，大事斧斷，小細②海畜，帷幄佞幸，請劍必殛，使見之者畏，聞之者慴。斯其人，死生富貴足動之哉！然較之天順以前則殊矣。時與位不同邪？委任權力殊邪？弘治中，華容、洪洞、鈞陽、靈寶、陽曲、盧氏、金陵、安福咸稱名卿〔五〕，然志存納約，行在精審，苟濟其事，小枉安焉，局體又變矣。雖形迹罔暴，義遵矯直，亦運數然歟？自言路志伸，毀譽進黜，氣欲滿盛，公卿斂遜。正德以來，遂靡靡難觀，亦諸人甘寵飾譽，稍有嘉美，便立祠樹碑，要歌徵頌，鏤板鐫石，惟恐不流今信後也。此意既横，機巧自生，工言論，務彌縫，斯又一變。然黄公爲左都，則嚴甄御史，量能委之，火其差簿於庭，曰事貴得人耳，資勞久近，豈立官者意哉！當是時，言官能毁之黜否邪？斯爲政在人邪？抑時不同邪？公焚奏草，自泯其嘉美，視汲汲流今而信後者，又何如邪？江浙食鹽錢鈔，民苦包攬，掊勒呻吟，公爲尚書，力條其折徵銀狀以聞，至今行之便。此其事，比之汲汲流今信後者，得與失不較然白哉？

公年二十六舉進士，始室孫郎中鏞女也，生子楫、霖、彬，封宜人，贈夫人；繼室魯，衛鎮撫宣姊，生子杞、桓，封夫人。蓋終其身，無妾婢云。彬，工部司務，桓，光禄寺署正。公卒之日，皇帝驚悼遣祭，敕有司營葬，墓③在長葛縣馬陵岡。

【校】

①之，原脱，據曹本補。　②細，黔詩紀略作「事」。　③墓，四庫本無。

【箋】

〔一〕黄公，即黄紱。明史卷一百八十五黄紱傳載：「（弘治）六年乞休，未行卒。」談遷國榷卷四十二載：「（弘治六年八月）甲申，前南京左都御史黄紱卒。紱字用章，先封丘人，戍平越衛，登戊辰進士，授行人，歷撫延、綏，增築邊堡，超南户部尚書，改留臺，年七十八。性廉峻直執，遇事飆發，忤時貴勿恤，智巧所避，能毅然肩之，人稱『硬黄』。」又引郭子章語：「予入平越，睹黄尚書棹楔。公生平後胤，衛人莫能對也。讀吾學編，李空同集有黄尚書傳，然後知公爲『硬黄』也。」國榷所云「年七十八」恐有誤。黄紱卒於弘治六年，千頃堂書目卷十著録「李夢陽尚書黄公傳二卷」，即此文。黄彬爲其子，與夢陽多有交遊，見蒸熱三子過我東莊（卷十）箋。據作者與黄彬交遊情況推測，該文當作於正德九年後閒居開封時期。

〔二〕三楊謂楊榮、楊士奇、楊溥三人。蔡文莊公集卷三送按察司楊照磨考滿序：「時之云三楊公者，我太宗暨英廟累朝所倚任腹心輔臣也。其一爲吾閩文敏公榮，一爲江右文貞公士奇，又一爲湖南文定公溥。」

〔三〕文達，即何升，字文達，明淳安文昌（今屬浙江杭州）人。正統十三年（一四四八）進士，授户科給事中。末年，蒙古瓦剌部也先南侵，何升受命護運邊餉，明軍大敗，英宗被俘於土木堡。景泰年間，户部尚書金濂爲軍興財用之急，主張將夏秋兩季税糧一併徵收，何升認爲此舉擾亂民心，代宗採納其建議。英宗天順六年（一四六二），升河右參議管理河道，修疏河道，加固堤防，使漕運暢通。

〔四〕馬周，唐茌平（今屬山東）人，字賓王。少孤貧，嗜學，善詩、春秋，高祖武德中補州助教。後至長安，爲中郎將常何家客。貞觀三年詔百官言得失，代何爲疏，所論二十餘事，皆切於時。何爲武人，不涉學，太宗怪問，方知馬周所寫，令直門下省。累拜監察御史、中書侍郎、官至中書令。

〔五〕八人均爲弘治時期名臣，此以籍貫代其姓名。華容即劉大夏，洪洞即韓文，鈞陽即馬文升，靈寶即許贊，陽曲即周經，盧氏即耿裕，金陵即倪岳，安福即張敷華。

【評】

湯賓尹新鍥會元湯先生批評空同文選卷之三：其詞古，其事核，其思淵。

又，叙事簡切，蓋本其大而略其細。

又，恩威並著矣。

又，詞語愈出愈奇。

又，譚國朝諸元老大中肯綮。

又，談及三變處，議論風裁，高出塵表。

又，舉公焚奏草以自泯，其嘉美江税鹽錢之議，皎皎不可掩飾處，有色有情，文家之赤幟也。

江西按察司副使周君行實〔一〕

正德七年，閏五月二十六日，江西按察司副使周君攻華林賊〔二〕，戰死之，其子幹救之，戰亦死。時予在泰和，聞之，驚而疑，已而實然，則痛哭曰：「勇哉，周君！見危而授命。」已哀其子，曰：「幹死於孝矣。」

言是日君以賊食盡，會兵三面夾攻，君攻自北門，三戰，射輒中，賊少却，君與其子先登，逼之，會賊滚其牆石下如雨，軍潰被執。君頭中刀，血流滿面，左髀中鎗，不能行，猶大罵賊不絶口。賊怒，支解之以徇其子。幹前救君，中鎗也，然猶力戰，竟墮崖死。敗兵先舁其屍回營，翌日諭賊求君屍，賊裀裹屍還焉。先是，制兵者以馬腦、華林賊劇滑，諸山賊則日又竊發，憂之。會君到，即檄君勦之。君首擒廬山、左湖、盆塘賊百數，軍爲之振，乃移軍奉新計擒飛王胡雪二，馬腦寨平。華林賊恐，分立仙女寨以拒我，君拔之，賊又立寨雞公嶺，君又拔之，先後斬獲以千數。於是進壁華林，絶其出道，塹之而守。久之，賊窘，遣諜者言賊飢餓匍匐狀，君信之，遂移檄。會兵夾攻，然它兵實觀望不大進，而君獨與其子進逼之，坐是敗而死。於乎哀哉！屢勝者驕邪，抑命歟？

君，弘治六年毛澄榜進士，歷刑部員外郎，謫兖州府通判。正德改元，復其官，歷郎中、大理府知府，拜今官，官一年而死。夫逆豎之亂，炎荒瘴海之濱，死者屢矣。君不之死也，乃今死以此。君爲主事也，檢獄政，日莅視獄中人，藥其病者。員外郎，則坐請貸言疑獄者罪，貶官。兩在郡，無不得民也，所至則又善剖疑獄，此皆足不死，乃竟死也。君係出元總管思後，貌魁梧，性侃侃不阿，善星命之學，談星命十中八九，然不諳自命。初華林之役，有星命者實賊黨來談君星命，已再拜賀曰：「美哉！動罔不利。」君曰：「我刑殺太重，無制。」其人曰：「夫刑殺者，利於兵者也。」議遂決，故曰：「天有大數，世有大運，人有大命，故京房、郭璞皆不免殺身，由是觀之，命可識矣。」

君生天順四年閏十一月十一日午時，年五十有三歲，配宋氏，封宜人。四子：金，州學生，娶黄氏；紈，娶馬氏；幹，死於孝者也，娶劉氏；春，聘高氏。二女：長適劉槼，舉人；次適李瞳，州學生。君父諱正，大同府知府。正父貴，封滁州知州。貴父復，復父添祥，添祥始居長沙，後徙安陸州。

【箋】

〔一〕此乃夢陽爲周憲所作傳。周憲於弘治中與夢陽爲同僚，二人即已相識。文中曰：「正德七年，閏五月二十六日，江西按察司副使周君攻華林賊，戰死之，其子幹救之，戰亦死。時予在泰和。」該文當作於正德七年或稍後，時夢陽在江西提學副使任上視學吉安府。

〔二〕周君，即周憲，安陸（今屬湖北）人，弘治六年（一四九三）進士，曾任刑部主事，進員外郎。正德六年，任江西按察司副使，討伐江西華林起義，卒，謚節愍。明史卷二百八十九忠義一有傳。華林賊，即陳福一等領導的華林山農民起義，結寨山中，攻破瑞州（今江西高安）。指揮周憲帶兵討伐，先攻陷仙女寨，後進軍華林山，由於山谷險峻，周憲軍敗，憲及子周幹均戰死。

華林山，又名浮雲山。在今江西高安西北，接奉新界。樂史太平寰宇記卷一百零六江南西道四洪州奉新縣：「華林山，在縣西南五十里，昔浮丘公隱居之所。今南峰號爲浮丘嶺。吳猛於此山立壇，基址臨道，其山三峰竦峻，高險危秀，周迴百里。」明一統志卷四十九江西布政司南昌府：「華林山，在奉新縣西五十里，一名浮雲山，三峰秀拔，土人常伺雲氣舒卷以驗晴雨，山巔有壇。」

李夢陽集校箋卷五十九　雜文一

賈隱　有序

松崖子遊江湖間〔一〕，老矣，一日買舟，將大歸，人疑之曰：「渠賈人也，松崖子乎？」松崖子聞之曰：「謂我賈者賈，謂我松崖子者松崖子。」或以其言告李子，李子曰：是隱而賈者也。於是作賈隱。

天下之隱二：上隱隱心，次隱隱跡。心隱跡彰，無損於真；跡隱心彰，人斯細矣。然君子恥之，衆人譽焉，茲何也？夫石一也，玉其表，則觀者改目，置金瓦礫，視之弗諦，鮮不棄者，大抵顯飾易欺而深情難察也。夫策肥乘堅之士，難語茹芝飲泉之事；紛華聲利之夫，豈探幽玄岑寂之娱。故曰：「道不同不相爲謀。」且夫松之爲物也，盤石則茂，飲雪則貞，得泉則漱，遇風則吟，漱如玉金，吟如瑟琴；其在崖也，據礌砢，跨岑嶃，翳縣蔦，挂鸑猿，限重壑，韜層巔，逃群之所躭悦，冥心之所扳援。乃松崖子奚取於斯而以自名，且以徵也，不幾於特異而求同哉！夫人者，賈也。絲竹靡輟於耳，綺麗恒接之目，口厭厭腴，躬華其服，入有彈棋灑翰之侶，出有飛纓聳蓋之屬，胡取之松，奚有於崖，而以之名，徵諸將來？

郁郅子聞之曰〔二〕：「若是，是室伯夷之室，而後成仲子之廉也。」竊聞之，居動而執静者之謂定，履嚣而用寂者之謂堅，涉邇而采遐者之謂明，混雜而守一者之謂貞，在群而立獨者之謂高，處污而弗玷者之謂潔。故上士朝隱，大仙市藏。要之心獲，匪跡是關，故金馬、石渠之貴，弗能損歲星竊桃之精；紫塵、黄埃之穢，無以戕藥肆縣壺之靈。而人者必茹松之毛，蔭其芘覆，飱其膏液，又躡其危巘，披荆蓁、薅蒙茸，然後爲松崖子哉！

【箋】

〔一〕松崖子，即寓居開封之歙人汪昂。夢陽有汪子年六十鮑鄭二生繪圖壽之序（卷五十七），曰：「汪名昂，字懋昂，號松崖子。」作於嘉靖元年（一五二二）。此文疑當作於同時。

〔二〕郁郅子，不詳何人，夢陽有郁郅子解（卷六十一），據文意，似爲虚構之人，或以自况。按，郁郅，本春秋時義渠戎地，戰國秦邑，西漢置爲郁郅縣，屬北地郡，即今甘肅慶城一帶，乃夢陽之出生地。嘉靖慶陽府志卷十七古蹟：「郁郅城，在府境白馬嶺，兩水交流，漢爲縣，屬北地郡，俗呼尉李城。水經尉李城，即此。」郁郅子，或即夢陽别號。

訓敦 有序〔一〕

訓敦者何，患時之偷也。宗不立則祠不嚴，祠不嚴則族不合，族不合則親離，親離則禮亡，禮亡則義蔑，禮義亡蔑則肉骨視爲途人。嗚呼！時之偷極矣，不可患哉？夫反偷莫大於敦俗，敦俗莫急於建標，標不建則教不著，教不著則訓不行，訓不行則敦不反。然高氏其人也，遷其鄉則姓之，廟而宗之，無離親焉。祭而聚，弔而聚，慶而聚，愈繁而愈一，愈遠而愈密，無散族焉。年歷四百，代更數姓，猶一日也，非敦之至邪？以是爲訓，教不著乎？即偷何患矣，於是作訓敦。

昔者明王之治天下也，未有不族始者。患其渙也，於是類焉，易曰：「類族辯物。」患其乖也，於是睦焉，書曰：「九族既睦。」患其争也，於是有大小宗之禮；患其忘也，於是有大宗之廟；又患其弗率，於是有九兩之法、世系之官。

李子曰：予歷周、秦、燕、趙、晉、衛諸墟，詢故采實，未嘗不流涕而悲也，曰：嗟乎！教之衰，至此哉！族之散，禍之邪？有庶見素冠者矣，有范冠而蟬緌者矣，父子兄弟亦若是偷邪？齊民不足言，乃衣冠之胄，身之外亦途人邪？問其世則無宗，覈其文則無譜，究其居則無廟，叩其族則忻戚不相聞。嗚呼！先王之所以教者，何乃今若斯邪？教之類乃今涣焉，教之睦乃今乖焉，教之宗乃今不廟，斯法與官之者缺邪？時與勢殊邪？人狃於俗然邪？及涉淮、漢，覽風大江之南東，見其故國遺俗，有百年著土之民。已而久聞高奥高氏之宗之族也，則又歎曰：嗟乎！予觀高氏而知三才之因也，大尉瓊五傳而高奥興，高奥再傳而宗立廟嚴，又數傳而聞人生，至南屏公大顯於位庸。

李子曰：得時者亨，得勢者長，得人者昌。中原亂則海隅罔兵，是謂得時；山水環則風氣結，是謂得勢；禮義行則乖離弗生，是謂得人。得時者天，得勢者地，得人者德，高氏具焉，三才備矣。建標而訓，以之教國，可以敦國；以教天下，可敦天下。夫合抱之木，蔭廣畝者，其本深也，得其地人以永之，天必篤之矣，所謂栽者培之也。若高氏者，雖百千世可也，人苟則之，同百千世可也，斯訓敦之義也。

【箋】

〔一〕此乃夢陽爲友人高氏所作之文。朱應登有高奥賦（載凌溪先生集卷二），其小序云：「甌越之間有巨室焉，肇宋迄明，簪纓接武，族黨繁侈。」與此文所言高奥高氏，似爲一家。高奥，當在浙江樂清。文中曰：「及涉淮、漢，覽風大江之南東，見其故國遺俗，有百年著土之民。已而久聞高奥高氏之宗之族也，……至南屏公大顯於位庸。」按，千頃堂書目卷二十一著録南屏遺稿，作者爲高友璣。友璣，字肅政，浙江温州府樂清人，弘治三年進士，官至刑部尚書致仕，卒贈太子少保，謚讓簡，萬斯同明史卷二百七十有傳。本文所寫或爲其人，則該文似作於正德九年後作者閒居開封時。

原火〔一〕

江西火省焚，或曰火弛歟，或曰火僭，或曰以侈，或曰亢也，燥熯之沴。會他郡若邑亦火，以問李子。

李子曰：「火省，無省也。夫署以官立，官以體正，體正則德敷，德敷則才闡，才以令布，五者，所以植邦而定亂也。定則民安，民安則兵革不興，兵革不興則和氣應而災害弗作。是故當令不行，是曰慢期；用才遲乏，是曰涼力。執持靡堅，屈衄洊至，雖德曷行矣？德沮者侮至，侮則弗威。孫敵授柄，關鑰外扃，豺虎入室，體胡有焉？體虧則官具，官具則署不立。數者，政之大蠹，而天所棄也。天之所棄，災害必臻，然無專沴，感斯應矣。會亢斯焚，故曰『火省者無省也』，亦言天棄之也。夫刑賞異行，勸戒同情，思咎損盈，天之道也。不棄曷存，不無誰有，熒惑退舍，厥微著矣。是故諗情救偏，式法摧姦，不貳不撓，令之上也；剛柔雜措，疏通敏果，明毅濟之，才之良也；廉平豈弟，罔縱惟允，德之程也；不疑不懼，勢不敢凌，邪不可棄，體之經也；以是而官，中外清肅，吏役嚴命，身之所居，鬼神守之，所謂天助之釐也。即有災害，不害之矣，此生於憂患者也。若概謂冥數，泄泄以希幸，亡且無日矣。」

或曰：「若是，則火郡若邑者，亦謂之無郡若邑邪？」李子曰：「然矣。」「火弛、火僭、火侈、火亢，又何也？」曰：「類從也。予原火，言其類省郡邑者也。」厥火，詳見雜記。

【箋】

〔一〕據文意，疑作於正德六年夏至九年夏作者任江西提學副使時期。

【評】

湯賓尹新鐭會元湯先生批評空同文選卷之五：言甚中窾。

又，此段語似過激，宵人側目矣。

原壽

夫壽之品六，何也？生而壽者，則其人觔骨堅礩束肉，其氣則蓬如，然好動，鮮疢疾。

夫人寡嗜欲，能調飲食亦壽，亦有服氣導引之法。夫無思無營，混混冥冥，合於無形，神聚精凝，此壽者，則道家者流也。道家者流，壽則神秀，然不閑世務。閑世務，於理道罔攸悖，斯德壽者也，故曰「仁者壽」。然予觀蔡澤從唐舉相，及許負相周亞夫等，則壽又亦天數。故曰：「修短之紀，無弗命矣；窮通壽夭，鮮弗定矣。」而世顧以爲孔子稱仁者壽，蓋言静云，遂以爲壽不可事事。古人有言曰：「樞動不蛀。」今信無他嗜溺，然日用之履可廢歟？夫憂樂喜怒者，情也。即信無他嗜溺，乃四者之情，何殄矣？堅制其情，以悖道廢履，其亦不知定命矣耳。故人具者形也，生者神也，裁者德也，戕者嗜也，不可易者數也。故制形者堅，存神者永，知德者昌，縱欲者賊，順數者安，知斯五者，斯知壽矣。

【評】湯賓尹新鍥會元湯先生批評空同文選卷之五：通篇名言確論，一字不可移易。又，以「樞動不蛀」言辯壽不至不事事處，最中肯綮。

賈論〔一〕

語人曰：賈之術惡，人必以爲謬，然不知賈深刻取贏羨。深刻則心易殘，取贏羨則戕物。故非大奸巧不能逾等夷，然賈亦不盡爾，若爾常十七八，亦其術使然也。夫心，神舍也，深刻則耗神，耗則昏眊而形不和，形不和則不能修於身行，此非術之罪哉？今天下機利莫大於鹽若貨，鹽若貨散而之四方劇，故鹽若貨，賈尤富實，易盡力。而其人則率能目語頞瞬，談智於尺寸之間，而窺窬於分毫之際，泰者則輒挈妓女，彈鳴瑟，即肥甘、綺麗、車馬、珍玩諸屬與諸大貴人等矣。夫賈，編户之民也，而一旦音樂、妓女之奉，肥甘、綺麗、車馬、珍玩諸屬與諸大貴人等，則淫侈而易爲邪。夫入深谷翳林而能得材者，擇木者也；處奢靡逾躐而能制心者，擇行者也。是以陶朱公居置千金而顯名天下，傳於後世。故不務仁義之行，而徒以機利相高者，非衛欲喜生之道也。

【箋】

〔一〕此文寫作時間不詳，據文意，似作於閒居開封時，時與寓汴之歙人鄭作、程誥、鮑輔、鮑弼及汪姓商人交遊頗多。

作志通論〔一〕

夫述者，存往者也；作者，訓來者也。存以比事，訓以闡義，事以史著，義以經見，二者殊塗，歸則一焉。然自皇帝王伯之世更，丘墳、謨誥不陳，雅、頌之音弗聞於世，於是聖賢君子託述作以寓志，故曰周東遷而春秋作，宋南渡而綱目修。所謂「其文則史，其義則丘竊取之」者，嗚呼微哉！然要有傷之焉。夫志者，史之流也，分例祖諸禹貢，屬事本之周禮，褒貶竊春秋之筆，風俗寓同一之制，宫室取大壯之義，歌詩繫觀風之意。夫史者，備辭蹟，昭鑒戒，存往詔來者也。是以分例屬事，善惡備列，褒貶見之矣。五方異性則風俗雜核，宫室不自立例，藝文但標其目，彰善諱惡，忠厚之道也，故稱志焉。夫志者，一郡一邑之書也。史者，天下者也。小故詳，大則概，然其義悉於經祖焉，所謂「殊塗同歸」者也。

【箋】

〔一〕朱安㴋李空同先生年表曰：「（弘治十二年己未，）奉命監收通州國儲。……是歲閲一統志，作作志通論」。按，夢陽入通州在弘治十一年，而非十二年。夢陽封宜人亡妻左氏墓志銘曰：「戊午，李子拜户部主事，居京師，左氏復從京師，已從通州。己未，孝宗皇帝上聖慈仁壽太皇太后尊號，封左氏安人，給敕命。」左氏接受敕封時當在京師。戊午，是弘治十一年。據夢陽所作族譜大傳，其弟孟章亦隨夢陽至通州讀書。孟章，字汝含，於弘治十二年病卒，夢陽作亡弟汝含祭文（卷六十四）曰：「去歲仲冬，汝從予通州，疾病尋作，……」又家傳（空同集卷三十八）曰：「孟章，吏隱公第三子，字汝含，成化十七年十月十三日午時生，弘治十二年十一月二十日子時卒，年十九歲。葬扶溝縣東北四十里，地曰大岡。」故夢陽「奉命監收通州國儲」事在弘治十一年（一四九八），而非十二年。李空同先生年表有誤。

蛤雀論

舟見舉蛤者，形猶雀也，茸茸餘毛焉。李子曰：蛤知其雀乎？雀知其爲蛤乎？蛤奚弗雀也，且雀入水也，雀知之乎？水入雀，水知雀乎？雀未入水，知非水乎？入水知水乎？易翔爲潛，倏沕冥焉；絶林游淵，剛柔異質，性情遷焉；靈同形殊，縠食波食，有喧無喧，截喙殼涎，寸肉内含，臻臻延延，飛沉漠焉。烏鵲其友，今魚鱉鄰，雀不知其蛤，蛤不知其雀，孰究厥端，陰陽變化，玄之又玄。陰陽不自知，知之誰乎？闔闢修短，委厥時爾，故求固者，雀乎雀者也。

【評】湯賓尹新鍥會元湯先生批評空同文選卷之五：文之變幻，若海市蜃樓矣。又，南華聲口。

叙松山小隱〔一〕

銅陵徐君〔二〕，墅松山之旁〔三〕，自稱曰松山小隱。五山汪子者〔四〕，徐之婭也，言於李子，李子曰：「嗟，徐君！隱乎？小乎？然予聞之矣，人也，固斯人之徒也，立弗遺世，行罔離群，居匪殊域，乃稱曰隱。又自小之，斯殆寂乎囂者也。夫囂者，棼綸塵溷之名，而隱之反也。是故高人之於天下也，惡囂之賊己也。於是思超然以自脱，恬而不棼，静而不綸，潔而不溷，清而不塵，凡以保寂破囂焉爾，而乃舉眼無可意之事，開口鮮契心之友，和通有轇轕之擾，孤亢多危疑之憂。於是乎，即山居焉，以泉石猿鳥足以寂吾而絶囂也。又撫松盤桓焉，以厥毛可衣、實可茹，厥風瑟琴可聽，厥色冬青，厥根苓，食之壽，是之謂隱。然君子弗之取，何也？以行之非中也。夫人有仁義中正之彝，以成身也；有耳目口鼻四肢之嗜，以全生也；有父母、妻子、君臣、朋友之倫，以振經也。若一切山居而松遊惟隱乎躭，是絶物之行也。夫寂囂不於其迹，於其心者也。故處棼而恬者，真恬者也；在綸而静者，實静者也；於溷而潔者，能潔者也；居塵而清者，大清者也。夫徐君者，固有人道之倫、仁義中正之彝者也。耳目口鼻四肢之嗜，度而不逾，孤而無危，亢而無疑，和而無擾，通而靡隨，是迹嚻而心寂者，稱之曰隱，又自小之，殆是之謂矣。」汪子曰：「嗟！達人知言，上士明心，李之謂哉！吾徐之爲人也，處轇轕塵坌之區，而有泉石、猿鳥、松風、飡苓之高，烟朋霞侶，登吟坐嘯，雖日有餘情，而仁施義懷，厚化敦俗，見斯爲之矣。故不山而山，不松而松，不隱而隱，是曰小隱。」李子曰：「嗟，予讀貨殖志①矣，以今徐君觀之，而知遷之言過也。其言曰：『巖穴隱處之士，設爲名高者，亦以利耳。』信斯言也，則伯夷爲矯，巢由爲僞，開倉賑飢者爲沽名，解衣救寒者爲飾譽。以今徐君觀之，然歟？否歟？予故曰：『讀貨殖志而知遷之言過也。』」汪子曰：「惟誠動天。徐君五十無子，後閤十年不字，今乃字，足以占其非利而爲之矣。」

【校】

①貨殖志，原作「殖貨志」，據下文「讀貨殖志而知遷之言過也」改。按：史記有貨殖列傳，而無貨殖志，此蓋作者臨文變言，所指即貨殖列傳。

【箋】

〔一〕據文意，似作於正德九年後作者閒居大梁時。

〔二〕銅陵，五代十國南唐保大九年（九五一）置，屬昇州，治所即今安徽銅陵。北宋開寶八年（九七五）改屬池州，元屬池州路。徐君，不詳。

〔三〕松山，一名五松山，在安徽銅陵西南四里。李白與南陵常贊府遊五松山：「我來五松下，置酒窮躋攀。徵古絶遺老，因名五松山。」輿地紀勝卷二十二池州：五松山「在銅陵。李太白名曰五松山，因作詩以美。今五松山有寶雲院及李翰林祠堂」。

〔四〕五山，在今安徽貴池東南六十五里。讀史方輿紀要卷二十七貴池縣：五山「孤峰獨出，其下散爲五支，聯絡相屬，巍然爲群山之長」。汪子，不詳，夢陽集中有汪子年六十鮑鄭二生繪圖壽之序（卷五十七），或即其人。

【評】

湯賓尹新鍥會元湯先生批評空同文選卷之五：開闢變化，如神龍戲海。

又，談松山，字亦爽切。

又，設此一段以起汪子之答，是抑中之揚也。

又，□□應上，大有情致。

又，如海外峰巒，疊疊呈奇。

説農贈薇山子〔一〕

李子明農於大梁之墟，有洞微先生者過，觀焉。李子無患而修具，先期而戒種，相壤以遵播，驗粒以斥惡，竭力以勤本，警惰以集事，守一以俟時，節財以浚源，蓄衍以防歉。洞微子曰：「善哉！子之農，可以喻政。今杞之政，其人乎？」李子曰：「予，鄙人也，癡癡混混馬牛、耒耜間耳，挹雲氛，卧桑陰，聆禽音焉耳，奚政之諳也，子證之杞？」洞微子曰：「杞之尹，薇山子者，少而飭躬，長而勵行，敦禮嗜文，保貞馳問，藉之白茅，射隼高墉，非農之修具者乎？其臨政也，滌穢剔垢，範才效良，操綱展目，程猷經謨，非先期戒者乎？大結則斫，小結則斯，尅之用剛，懷之用柔，蒲鞭示辱，桁楊威暴，非相壤播者乎？敗群之羊必除，稂類之草必鋤，非驗粒以斥惡乎？夙興夜寐，無小弗親，無隱弗究，無瘼弗詢，非竭力以勤本乎？録善獎能，恕難矜愚，日計歲期，亡業者復，遊食者務，非警惰以集事乎？不違道而干譽，不矯情以釣名，不飾言以要進，不捷徑以求速，非守一以俟時乎？政之行也，則均衆寡，定伸縮，息喘止呻，抑過埤損，儲羨慎餘，敝帷罔棄，木屑是收，非節財以浚源、蓄衍以防歉乎？」李子曰：「予之農於墟也，第知癡癡混混焉耳，不知杞之政似也。」洞微子曰：「施於有政，是亦爲政，夫事萬而理一者也。梓材曰：『若稽田，既勤敷菑，惟其陳修，爲厥疆畎。』」

李子遇杞士於郊東，傾蓋班荆而坐，以洞微子之言質焉。士曰：「予，挾簡策、誦先王人也，杞尹則知之矣，不知其政也。」李子曰：「請言其尹。」士曰：「劉之尹杞也，吾見其官理、民治、教行、政清焉耳，而不知其具何也。見其豫而立，備而無患焉耳，而不知其種戒也。見其淑慝區、彰癉明焉耳，而不知其相而播之也。見其善人多，而猾賊匿焉耳，而不知其驗而斥之也。見其繁剸而錯剖，壅決而棼解焉耳，而不知其竭力勤之也。見其荒蕪闢、疆場飭焉耳，而不知其警惰集之也。見其不矜己、不凌物焉耳，而不知其守一俟之也。見其乏不懼、匱不憂焉耳，而不知浚源防歉之有道也。」李子曰：「甚哉！杞之政似農也，洞微子得其内，士得其外，外者其巨也，内者其細也。細，功也；巨，效也。甚哉！杞之政似農也，薇山子之所行也！例邑有異政，三年則旌拔焉。薇山子未三年，獨旌拔焉，他邑尹聞之，賢也，面以之赤，下也，吐舌警惕。」洞微子曰：「居家理故，治可移之官，子不求之身，而欲達之官，而欲異等，拔乎？」李子曰：「粗者，精之寓；小者，大之始；近者，遠之自。以杞之政政於國，國不治乎？以杞之政政天下，天下不平乎？薇山子行矣！予癡癡混混農間，日望子矣。」

【箋】

〔一〕薇山子，姓劉，杞縣（今屬河南）令，事蹟不詳。據文意，似作於正德二年（一五〇七）初至三年春作者閒居大梁時。按，文中有云：「李子明農於大梁之墟，有洞微先生者過，觀焉。」年表曰：「二年丁卯，……歸而潛跡大梁城北黄河之壖故康王城，依伯兄孟和，築河上草堂。」

【評】

湯賓尹新鍥會元湯先生批評空同文選卷之五：□京描真，因□轉色，言言入彀。

又，萬斛珠璣，從筆端滚下。

又，變幻如神龍出海，不可籠紲。

又，又生一翻議論，愈出愈奇。

又，結束處如淮陰用兵，衆寡如意，排蕩莫測。

叙九日宴集〔一〕

嘉靖四年九月九日，趙帥觴客於青蓮之宫，歡焉。於是空同子立韻賦詩焉，衆和之，裒然而珠聚，爛然而錦彰，主人賡焉，鏗然而卒章。賓主既洽，氛翳載廓，霜清日晶，臺殿下陰，鈴塔警風，林影颯瑟，落葉乘之，既昏復白，皎皎布地，蓋不知月之在天也。空同子覽於衆詩，乃喟然而歎曰：「嗟！詩可以觀，豈不信哉！夫天下百慮而一致，故人不必同，同於心；言不必同，同於情。故心者所爲歡者也，情者所爲言者也。是故科有文武，位有崇卑，時有鈍利，運有通塞。後先長少，人之序也；行藏顯晦，天之畀也。是故其爲言也，直宛區，憂樂殊，同境而異途，均感而各應之矣。至其情則無不同也，何也？出諸心者一也。故曰：詩可以觀。」

是集也，趙帥、張尹則彙征有期，藍帥、白帥、王帥則剥牀未釋，王尹則不遠復者也。黄子、和子咸丘園之賁，左生、和生則利賓於王者也〔二〕。故曰：「人不必同，同於心。」斯之謂也。

【箋】

〔一〕文中曰：「嘉靖四年九月九日，趙帥觴客於青蓮之宫，歡焉。」是該文作於嘉靖四年（一五二五）重陽節，時夢陽閒居大梁家中。

〔二〕趙帥、張尹、藍帥、白帥、王帥、王尹，當是嘉靖四年前後曾住開封之軍事官員。黄子，據尚書黄公傳（卷五十八），爲黄紱之子黄彬，見蒸熱三子過我東莊（卷十）箋。和子，爲夢陽友人，即和君，見見和君病起鬢白輒有所贈亦咎其酒過（卷二十七）箋。左生，即夢陽妻弟左國璣；和生，當爲夢陽弟子。

贈蔡氏〔一〕

蔡子輟河闕之寄，而守備乎江介，其行也，其友祖焉。北海王子爲之賦江漢，曰：「江漢湯湯，武夫洸洸。」封丘黃子爲之賦北山〔二〕，曰：「膂力方剛，經營四方。」歙鄭生爲之賦無衣〔三〕，曰：「王于興師，修我戈矛。」李子曰：「竊聞之，守者對攻之名，備者先事而立之義也。故兵非不攻也，不上攻也；非不貴機也，備者無患也。書有之矣。孔子亦曰：『凡事豫則立。』豫者，固備之義而事之先者也。蔡子者，武蔭而文登者也，度機、審勢，銷患于未形，不在兹行乎？天塹不江，蔡子者塹乎？」于是爲之賦六月，曰：「文武吉甫，萬邦爲憲。」

【箋】

〔一〕從「蔡子者，武蔭而文登者也」一句，可知此蔡氏或即蔡濟之。夢陽贈蔡濟之序（卷五十六）曰：「蔡生鼇中武第歸，李子喜造焉。」蔡鼇，生平不詳。據文意，當作于正德九年後作者閒居大梁時。首句「其友祖焉」，即蔡之友爲其餞行之意也。

〔二〕封丘黃子，指黃紱之子黃彬。見蒸熱三子過我東莊（卷十）箋。

〔三〕歙鄭生，指鄭作，見贈鄭生（卷十）箋。

【評】

湯賓尹新鍥會元湯先生批評空同文選卷之五：簡古遒勁，萬夫辟易。

又，束句有萬鈞之力。

題史癡江山雪圖後〔一〕

雪之天黯霮，凡雲色異，獨雪同，詩曰「上天同雲」是已。雪之山，巔不骨，溪壑淺，蹊徑迷，雪甚則樵不入。雪之水，雲同天一，有舟篷白，而人簑笠之，則水見矣。雪屋檐直，或明其囱柱，然不見茅與瓦。雪之驢，下視凌兢，若臨窟蹈穴。雪之人，目曠而神斂，眩眩然光奪之也。雪之木，枯則白其上皮，花葉雪則皓其心。雪無風則勻，勻斯畫矣，即妙筆弗畫弗勻之雪，何也？勢使然也。畫之勢貴粗蕩，近詳遠略，情貴雅而包，意貴滅而宛，氣貴豪而洶，色貴凜而潤。五者，雪之良者也。李子嘗論及畫事，田生曰〔二〕：「其惟史癡乎？江山一圖近之矣。是圖，今落於吾家。」李子取而觀之，曰：「微癡，吾誰與言雪？」

【箋】

〔一〕史癡，即史癡翁，名忠，字廷直，金陵（今江蘇南京）人。通詩詞，「畫山水樹石，縱筆揮寫，不拘家數。性豪俠不羈，負氣高抗，不謁權貴，人有不合，輒引去。自號癡翁」（列朝詩集丙集癡翁史忠傳）。據文意，該文疑作於嘉靖初年作者閒居大梁時。

〔二〕田生，即田汝棶，列朝詩集小傳丙集田司務汝棶：「汝棶字深甫，祥符人。遊於李空同之門，與左國璣齊名，人呼爲田左。少領鄉薦，十三試春官不第，乃謁選官，終兵部司務。性不閑拘執，晚登仕途，常怏怏不快意。南陽李蓑序其詩而刻之。」見雨後往視田園同田熊二子（卷十）箋。

【評】

湯賓尹新鍥會元湯先生批評空同文選卷之五：此李君先得史癡江山雪圖，極爲得意，故首詳言雪之景，繼言畫雪之貴，末以得雪圖，可以言雪。

又，談盡，亦入妙品。

又，一束語，言約意盡。

題三王詞翰後〔一〕

夫禱而永之，存乎愛；闡而德之，由乎敬；傳而遠之，繫乎言；亡而生之，本乎思。永莫如仙，瑶池者，媛之仙者也。禱人之王母，而王母之者，愛其愛也，然必德焉稱，是謂祖孫之懿，闡懿彰德，敬以之矣。孔子曰：「言之不文，傳而不遠。」故愛非言曷昭？敬非言曷顯？嗟，玉溪子頌而宛歟〔二〕！端溪子音而展歟〔三〕！龍湫子暢而簡歟〔四〕！夫三子者，言足以闡矣。然義主乎永，情觸於思，故蒼谷子誦其言而淚〔五〕，詠其音而悲，蓋傷其王母之長歸，故曰：「亡而生之，本乎思！」

【箋】

〔一〕此乃夢陽爲王溱、王崇慶、王綖三人詩集所作跋文。按，王尚絅卒於正德末年，該文疑作於嘉靖初年作者閒居大梁時。

〔二〕玉溪子，指王溱，字公濟，號玉溪子，開州（今河南濮陽）人。正德六年（一五一一）進士，曾官山西沁水知縣、河南監察御史、江西南康知府，著有玉溪詩集，傳見正德南康府志、嘉靖開州志等。

〔三〕端溪子，指王崇慶，字德徵，號端溪、海樵子，開州人，正德三年（一五〇八）進士。據國朝列卿紀卷一百三十三所載其行實、趙時春趙浚谷文集之海樵子序、王端溪關西詩序等，王曾官户部主事、河南按察司副使、四川左布政使，南京禮部尚書。著有海樵子集等。

〔四〕龍湫子，指王綖，字邃伯，號龍湫子，開州人。據國朝列卿紀卷九十一王綖行實：王爲弘治十八年（一五〇五）進士，曾官户部主事、郎中，正德間，升河南衛輝知府，嘉靖時，官至大理寺卿、山東參政。傳見嘉靖開州志、本朝分省人物考卷十、雍正山西通志等。

〔五〕蒼谷子，指王尚絅。列朝詩集小傳丙集王布政尚絅：尚絅字錦夫，號蒼谷，郟縣（今屬河南）人。弘治十五年（一五〇二）進士，曾官兵部職方司主事、吏部郎中，山西參政等，正德十五年，任浙江右布政使，卒於官。著有蒼谷先生集十二卷。本朝分省人物考卷九十有傳。

題明遠樓詩後〔一〕

夫握樞居要則意飄江湖，處幽履閑則心懸魏闕。所謂情以地殊、音由感發者也。矧登高能賦，古稱大夫之才；而采詩觀風，今有監國之任者乎！紀元之歲，時菊載華，兹筵是開，四子邂逅於一樓〔二〕，俯喬嶽，覽長河，眷焉有感於斯遊，爰各賦詩一首。嘉靖元年秋九月也。

【箋】

〔一〕明遠樓，明清科舉考試，各省鄉試皆在省城舉行，其試院稱貢院，貢院至公堂前置高樓，名明遠樓。考試時，巡察官登樓眺望，居高臨下，監視考場，提防作弊。夢陽有晚秋明遠樓宴集詩（卷二十九），作於嘉靖元年（一五二二）九月，據文末時間當作於同時，時作者在開封閒居。

〔二〕四子者，疑爲王溱、喻漢、劉節及夢陽。四人均當作有登明遠樓詩。王、喻、劉三人在嘉靖初年皆任官河南。

題琴竹詩後〔一〕

不音而音者，用之心者也；不物而物者，資之深者也；不聲而聲者，託諸吟者也。心之用，莫如琴；深於資，莫如竹；吟而託之，則詩生焉，生則烏可已也！烏可已則資愈深，資愈深則心之用廣矣。是故君子貴琴焉，非專於音也；貴竹焉，非物之也；又必詩焉，雖聲而非聲也。嗟，陳子，胡爲琴？嗟，邠子，胡爲竹？胡爲吟？知斯義者，遐哉敻乎！

【箋】

〔一〕琴竹詩，不詳。依文意，當爲夢陽爲陳、邠二人之詩集所題跋文。

【評】

明湯賓尹新鍥會元湯先生批評空同文選卷之五：句句鍛煉，字字飛舞。

毛監察登樓詩跋〔一〕

夫陽春雄於寡和，白紵侈於衆歌，均之爲調，何難易頓殊也。元首之歌，倡已賡繼，然孔子與人歌也，則又必使反之而後和之，何也？豈非同情者感、同聲者應歟？今觀毛君登樓之什，而詩之道見矣。詩云：「伯氏吹塤，仲氏吹篪。」感應之謂也。

【箋】

〔一〕毛監察，指毛伯温，生平見寄毛監察（卷二十六）箋。正德十一年（一五一六）毛伯温任監察御史，巡按河南，作登大梁明遠樓詩，當時有多人和作，如邊貢、王尚絅、夏言、李濂等，後編成詩集，此乃夢陽爲詩集所作跋文。夢陽有和毛監察秋登明遠樓之作（卷三十），可證該詩當作於此時或稍晚。

題東莊餞詩後〔一〕

夫天下有必分之勢，而無能已①之情。蓬飛梗流，忽聚倏散，斯其勢，能必其不分哉？於是孔子所謂「東西南北之人也」！夫既東西南北人也，於其分，不有悵離思合者乎？於是筵於庭，祖於道，觴於郊，嬉於園，不有繾綣踟躕者乎？斯之謂情也。情動則言形，比之音而詩生矣。夏公之撫治鄖陽也〔二〕，諸公筵之祖之觴之者，故無不用其情矣。乃今又嬉於吾園，搴初英，扳柔條，驪駒既駕，旌旗向東，不有悵而思者乎？然莫之能留也。故必分者，勢也；不已者，情也；發之者言，成言者，詩也；言靡忘規者，義也；反之後和者，禮也。故禮義者，所以制情而全交、合分而一勢者也。

【校】

①已，原作「倚」，據黃本、曹本、李本、四庫本及下文「不已者情也」用字改。

【箋】

〔一〕此因夏從壽受命撫治鄖陽，衆人爲之餞行，夢陽作詩序。文中「乃今又嬉於吾園」句，按，夢陽有新買東莊賓友攜酒往看十絶句詩（卷三十六），作於嘉靖元年，其五云：「今春自買城東園，暇即郊行不憚煩。」李空同先生年表：嘉靖二年，「置邊村别墅，日親農事，有菟裘之志焉」。邊村别墅，是爲東莊。年表時間似有誤。故該文亦當作於嘉靖元年營建宅園之後。

〔二〕夏公，即夏從壽，夢陽有送都御史夏公序（卷五十三）云：「夏公之舉進士也，癸丑迄今丁亥，三十有五年矣。」丁亥爲嘉靖六年（一五二七）。夏從壽，江南江陰人，進士。據明世宗實録卷七十二：嘉靖六年正月，河南左布政使夏從壽爲都察院右副都御史，巡撫河南。又本文中曰：「夏公之撫治鄖陽也，諸公筵之祖之觴之者，故無不用其情矣。」是該文當作於嘉靖六年或稍後。鄖陽，今湖北省十堰市鄖陽區。明爲鄖陽府，屬湖廣布政使司。

朝正倡和詩跋〔一〕

詩倡和莫盛於弘治，蓋其時古學漸興，士彬彬乎盛矣，此一運會也。余時承乏郎署，所與倡和，則揚州儲静夫、趙叔鳴，無錫錢世恩、陳嘉言、秦國聲，太原喬希大，宜興杭氏兄弟，郴①李貽教、何子元，慈谿楊名父，餘姚王伯安，濟南邊庭實，其後又有丹陽殷文濟，蘇州都玄敬、徐昌穀，信陽何仲默。其在南都，則顧華玉、朱升之其尤也。諸在翰林者，以人衆不敘。自正德丁卯之變，縉紳罹慘毒之禍，於是士始皆以言爲諱，重足絫息，而前諸倡和者亦各飄然萍梗散矣。賴皇帝明聖斷，殛元恶，伸拔英類，於是海内之士復矯矯吐氣，此又一運會也。而顧君適以開封知府歲覲都下，乃有朝正倡和之詩。蓋余不聆此音者數年矣，今一旦見之，誰謂異於空谷跫然者哉！然倡和者五人而已，而其詩顧猶多憂讒念歸之辭，則余不知所謂矣。

【校】

①郴，原作「彬」，據四庫本改。

【箋】

〔一〕此乃夢陽爲顧璘所編朝正倡和詩所作跋文。顧璘，見二月四日部署宴餞徐顧二子（卷二十）箋。文中曰：「而顧君適以開封知府歲覲都下，乃有朝正倡和之詩。」按，百川書志卷二十著録朝正唱和一卷，未署編者，或即此書。中國古籍善本書目集部總集類著録趙鶴輯朝正倡和一卷，正德刻本，疑爲另一書。顧君，即顧璘，據雍正河南通志卷三十二職官三：顧璘於正德四年任開封府知府，正德八年謫廣西全州知州。又夢陽於正德六年五月赴江西任提學副使，九年離任，顧璘謫官南下時當與夢陽在南昌晤面，疑該文當於正德八年（一五一三）作於南昌。文中憶及弘治中後期諸人在朝中創作盛況。「正德丁卯之變」，指正德二年劉瑾迫害文臣事件。文中諸人名、字、籍貫如下：儲巏字静夫，趙鶴字叔鳴，二人皆揚州人。錢榮字世恩，陳策字嘉言，秦金字國聲，三人皆無錫人。喬宇字希大，太原人。杭淮、杭濟兄弟，宜興人。李永敷字貽教，何孟春字子元，二人皆郴州人。楊子器字名父，慈谿人。王守仁字伯安，餘姚人。邊貢字庭實，濟南人。殷鏊字文濟，丹陽人。都穆字玄敬，徐禎卿字昌穀，二人皆蘇州人。何景明字仲默，信陽人。顧璘字華玉，朱應登字升之，二人皆南京應天府人。諸人均爲弘治中期至正德初年活躍於詩壇的作家。

李夢陽集校箋卷六十　雜文二

哭白溝文〔一〕

正德二年，閏月初吉，予與職方王子俱蒙放歸〔二〕，南道白溝之野。往白溝之戰，王子伯大父、予曾大父死焉，百載憤痛，爰託於斯文。

嗚呼嗟哉！此何流兮？皓沙千里，霜霧四興。荒濱斷岸，陵沉谷崩。積骨成丘，衝波沃雲。月星夜昏，殺氣晝屯。粤春事之既載，乃予邁於兹野。覽殘墟以掩涕，搴故栅而維馬。暄冰泮而復峙，辰物鬱而未申。日蒼莽兮將墜，天慘悧而愴神。前儔佇以驚顧，追侶悵而增惑。趾欲進而躑躅，哽歔欷乎内惻。

爾其龍蛇鬭争，雌雄未決，戰形闢，兵營列。乃有秦、楚善戰之士，齊、晉詭謀之生，接軌方轂，抉地維而劃天門，甲光鏡四野，戟枝亘長雲。鉦鼓鳴兮河海竭，軍聲振兮山岳裂。嗟！時弗利，甬道絶。弱之肉，强之食，飲人尿，咀馬革。遂爾横屍蔽畛，崇胔截流。哭聲振天，漂血成溝。賤至臺隸，貴或君侯。刃剸其骼，戈穿於喉。踐爲土沙，疊若陵丘。魂營營以無歸，骨交加而卧霜。鬼啾唧以宵嘯，人懍慄而斷行。風陰陰以四起，折鏃朽髑，雜瓦礫兮飛揚。嗚呼！此爲何流，而有斯戰場邪？竊嘗究性命之原，推興替之端。民死等於鴻毛，亦有重於泰山。彼短兵兮既接，耆天傾兮地摇。乃有睛被刺而不轉，膚受刳而弗逃。此結纓抗論之夫，甘心烏鳶之口，膏野草而罔顧者也。

猗嗟我祖，生爲士雄，死爲國殤。岱、華摧而敦支，玉石灼而並戕。委英肝於塵沙，滅聲景而永藏。雷霆結而迅音，烟飆烈而怒揚。神怦怦以縹緲，凴悲氛而望故疆。猥小子兮何知，纘箕裘之末躅。慨時命之難忱，懼遐耀之堙辱。憤原隰之哀棄，束無棺而葬無塋。匝墟壙以冥索，林莽杳兮縱横。腸紆迴以崩裂，涕闌干而染纓。物何微而不昌？德何遠而不存？軫將發而復結，托哀響於兹文。

【箋】

〔一〕正德二年（一五〇七）正月，夢陽因協户部尚書韓文等奏劾劉瑾等「八虎」，降山西布政司經歷，勒致仕。二月，出京，西南行，道經白溝其曾祖李恩戰殁處，感慨而爲此文。白溝，即今河北高碑店市東北五十里白溝鎮，因白溝河而得名。白溝河，爲巨馬河一支流，歷今河北涿州、高碑店等地，復與巨馬河合流，即古之督亢溝水。水經巨馬水注：「督亢水又南，謂之白溝水，……白溝又南入於巨馬河。」五代後泛指東西流向的巨馬河爲白溝河。明建文二年（一四〇〇）四月，燕王朱棣軍隊與建文帝軍隊在白溝河交戰，建文帝派大將軍李景隆率軍六十萬，進抵白溝，謀攻燕王所在地北平，經過激戰，燕王軍隊轉敗爲勝，明軍大敗。夢陽曾祖父即戰殁於此次戰役。見夢陽族譜大傳（卷三十八）。此文當作於正德二年（一五〇七）春。

〔三〕職方王子，疑即王尚絅。按，本朝分省人物考卷九十王尚絅傳：王尚絅於弘治十五年中進士，後即授兵部職方司主事。另，列朝詩集小傳丙集王布政尚絅：「尚絅字錦夫。弘治壬戌進士，兵部職方主事，改吏部，出爲山西參政。年纔三十五，即三疏乞養，不待報歸。十五年復起，歷浙江右布政，卒於官。著蒼谷集若干卷。」王尚絅亦因參與彈劾劉瑾事被放歸田里。

【評】

潘之恒云：「箴銘，法古而不遺近情；字義，近宋儒而不失兩漢史筆；至哭白溝文，可謂發幽篁而啼山鬼矣。先生於楚騷，其最深乎，不以雜文小體而廢。謹嚴校閱，至此不覺斂服。」（載萬曆三十年空同集卷六十一末）

湯賓尹新鍥會元湯先生批評空同文選卷之五：鮫人之泣，點淚點血。

又，如泣孤舟之嫠婦，令人肝腸百折。

咎旱飆文〔一〕

二年丁卯，自一月至於三月，不雨恒風，窈冥晝晦。李子於時寓大梁之墟，作文。

傳曰：僭，恒暘若；霿，恒風若。咎在言與思。京房曰：欲德不用，厥災荒。又曰：顓事有知，誅罰絶理，厥災大風天黄。

雲乎將興，飆爲厲兮。陰陽將交，歙使離兮。聲威鼓烈，緊誰怒兮？屯膏弗降，孰之咎兮？

吁嗟！汝胡不仁兮？亶不畏民，不畏天兮。揚沙晝晦，拔林木兮。既顛我禾，又發我屋兮。賈英蔽天，雨霾颯颯兮。湏湏洶洶，砉摩軋兮。樹無留柯，彼羽族安託兮。殰㲉破卵，賊物和兮。虫獸惶擾，塌翼血趾，負嵎喙兮。

吁嗟！汝寧茲遂兮？日月喪魄，天地易位兮。五星錯而背行，寒與暑其倒置兮。三川皆震，龍失勢兮。巖谷崩衝，轟砰礲硿，騰潮沃日，灌太空兮。莽千里乎無人，塵冥冥征兮。城廓晝閉，慘光精兮。

嗚呼！天監臨四方，明明厥維，亦孔章兮。聿茲若罔知，哀我民罹兮。

誶曰：已矣哉！天既不弔，而予何爲獨憂？苟使豐隆秉競而不回兮，豈屏翳之足仇。彼雨師又容與兮，曰匪予之承。電熒熒以斂耀兮，畢翕翕而將興。畢爲車主風。嗟！爾今之人，胡憯莫懲。

【箋】

〔一〕據小序，該文作於正德二年（一五〇七）春，時夢陽因參與劾劉瑾案而勒致仕，正潛跡大梁故黄河之墟。

禱旱文〔一〕

伏念日者春膏未濡，夏暘轉亢，虐炎毒蒸，焦我嘉穀，瘠我六畜，百姓惶遽，四境告災。某等閔焉抱憂，中心如焚，食弗甘味，卧靡寧席，蓋數月於兹矣。雩神無應，籲天則高，蹶踖内咎，咨歎無聊。竊念祥異之來，乖和是基，是以婦寃致旱，獄決獲霖。揆昔諗今，卓有顯徵。意者某等鎮之寡道，憲而未貞，漏奸仆良，政乖法頗。田畝困而無伸，閭閻怨而罔聞。不然何雲興遽散，垂雨而風，塵霾晝曀，星河夜明。官之不職，神官是殛，元元何辜，罹斯慘極。

某等伏又念大嶽巨靈，生命攸司，豈宜舍其有罪，殄我群黎民無孑遺？犧牲𤛮供，黍稷弗繼，神祀或窮，秉誠洗心，齋沐告神。造雖靡躬，情則篤至，惟神鑒之，惟神之賜！

其二

某等伏念百穀布地，二麥幸秋，雨澤鮮少，恒暘轉亢。實青而乾，苗芃而稿，風霾熱濁，蒸爲癘疫。飢病枕藉，殍屍載途，哀哀我民，罹茲慘毒。日者抒悃告神，責躬祈福，而咸脢未通，屯膏罔濟。是以雲垂垂而飆興，雨微微而日出，土夜濕而晝焦，禾晨霑而夕涸。

某等伏又思休咎徵事，箕範有文；祥異從人，京傳著訓。顧斯亢陽之虐，必由乖政之致。某等疆土是職，救災寡術，觸目抱懼，捫心慚恧。每欲以功而補愆，神其鑒來而宥往。夫好生者，天地之德；矜迷者，神明之惠。尚昭昭而溥賜，庶怲怲而釋懷。潔牲用陳，芬酤是薦。我心或欺，神則殛之，無殃我民。惟神鑒之，享之聽之①。

【校】

①「聽之」下，黄本有「謹告」二字。

【箋】

〔一〕據上文，本文作於正德二年（一五〇七）夏，時夢陽因劾劉瑾案而勒致仕，正潛跡大梁。

謝雨文〔一〕

伏以日者陽亢旱虐，饑歉疫癘，民弗堪災。某等憂懼靡寧，布誠禱神，荷蒙昭昭聽察，赦愆矜愚，憫窮悔禍。三日之内，驟飆暴涷，霑灑遽至。雖土膏未接，禾根未濡，然神之格我佑我，亦云驗矣。

某等伏念天地之於物，猶父母之於子，父母不棄改過之子，天地宜鑒洗心之物。尚冀自今震雷時奮，甘澍普零，俾公私各足，黍稷有馨，庶報神無匱竭之虞，元元有更生之望。我牲鮮潔，我酒清洌，敢以謝神，敢以再祈於我神，惟神鑒焉①。

【校】

①「鑒焉」下，黄本有「謹告」二字。

【箋】

〔一〕據上文，該文作於正德二年（一五〇七）夏，時夢陽正在大梁賦閒。

白室銘二首〔一〕

李子葺室貴州署堂南，掃地而鏝壁，上藺旁堊，窅然而矐，銘曰：

雖有至潔，弗慎則污。雖有上智，罔念則愚。至人皓皓，遊心厥初。太虛爲輿，恬御静驅。細人絇志，斯追斯琢。役采捐質，離奇紛錯。維室生闇，維虛生明。維厥至人，光凝素行。介圭之璞，玄酒之馨。匪伊勿則，含淵乃貞。

其二

夫白生虛，虛生明，固矣。然心與室異乎？能新其污，而不能必其不污，非室乎？非需人以立者乎？由中而出，發於言而作於行，汝尚安所需乎？是故後汝繪事，涅而不緇。觀於爾室，果異邪？否邪？

【箋】

〔一〕此乃作者爲自己辦公處所作文。弘治十八年五月，夢陽由户部主事進户部貴州司員外郎。其封宜人亡妻左氏墓志銘（卷四十五）曰：「乙丑，李子進户部員外郎，會今皇帝上兩宫尊號，左氏進封宜人，給誥命，兩命咸美辭云。明年丙寅，爲正德元年，李子進郎中。」又明朱安淲李空同先生年表：弘治十八年乙丑，「是歲，進公貴州司員外郎」。是該文當作於弘治十八年（一五〇五）。

【評】

湯賓尹新鍥會元湯先生批評空同文選卷之五：□□石骨，質勁不華。

又，太羹玄酒，味自雋永。

獨對亭銘〔一〕

獨對亭者，白鹿洞書院亭也。亭在書院東枕流橋北崖上，朱子舊遊處也。其下則峻溪，湍灘衝撥，乃其崖下广而上砥，陟亭西向，適與五老峰對。又崖間劖「風泉雲壑」，字大如斗，亦西向。故曰「獨對」云。獨對者，前副使提學無錫邵公所名也，詳見其所自記。後十年而予來陟其亭。夫獨之言孤也，對者，主賓也。方吾之未來，則所謂五老者，固謂吾賓也。及既來也，陟亭而對之，則吾非若主邪？何也？亭吾亭也，夫亭不吾常一往而一來？曰獨對，何也？大化流行而不停，往者去之，來者主之。我既主之，則雖謂爲獨對，不過矣。自有兹峰也，周匡氏、漢巖下老人、唐李白氏、李渤氏，率皆來，率對，宜皆曰獨，然而邵公不與也。其言曰：仁者壽，五老峰壽。朱子仁，是宜獨對。方我爲之主，對固我也。其往也，不謂我獨也。此其人高下之倫，造詣淺深次第，學術端邪之等，不于斯而占哉！且匡氏、巖下老人，吾不知其何人矣。然而白也，予知其文也；渤也，予知其節也。夫二者，猶不得獨與峰對，然則來主是亭者，盍亦思所以獨對者？已矣，予無似！追昔從邵公講道許下，今廿餘年矣。不謂繼官而同地，均業共職，有兹來也，自顧品下詣淺，志難端而履弗力，于亭今即主也，然逆知來者不與也。孔子曰：「我欲仁，斯仁至矣。」願及兹勉焉，以副許下之盟，乃爲亭銘，銘曰：

巖巖五峰，若翔若垂。當其東南，我亭對之。惟混沌初，磅礴賦形。彼得其峙，我得其靈。其靈其峙，一元所爲。曰静曰壽，仁者如斯。於穆巖洞，嶺迴溪環。桂松盤盤，學宫是基。鼓篋摳衣，四方攸歸。弘本立教，爰自考亭。人遐跡存，崖劖熒熒，如日如星。邵子爰構〔二〕，獨對斯肇。于微紫陽，孰並而當？淙淙者澗，有源有泉。不有哲民，疇開我先。五峰巖巖，永斯在斯。跡殊理同，哲其我師。作銘于亭，來者式思。

【箋】

〔一〕獨對亭，在廬山白鹿洞書院東邊枕流橋北崖。據文意，此文當作于夢陽任江西提學副使時。

又夢陽遊廬山記（卷四十八）末云：「正德八年夏六月，李夢陽記。」是此文似亦作于此時。

〔二〕邵子，即邵寶，字國賢，無錫人，成化二十年（一四八四）進士，授許州知州，歷户部員外郎、郎中。弘治十三年冬至正德三年春任江西提學副使。傳見本朝分省人物考卷二十七、明史卷二百八十二。邵寶曾于弘治十四年在白鹿洞書院建獨對亭，並作獨對亭記。本文小序中「追昔從邵公講道許下」句，按，據嘉靖許州志，邵寶於弘治元年至六年任許州（今河南許昌）知州，彼時夢陽在開封讀書，有機會向邵寶請教學問，故文中有此語。

井銘〔一〕

故井崩塞，汲溪焉飲，春夏交，溪毛茂芊，蛇虫毒可虞也。正德八年冬至，予至南康府，使學生劉峻往書院，視地掘井，得諸亥方，厥日甲申。是日也，南風至，穿土數尺，石阻，集力除焉。始艱而終利，有泉上涌，甘洌，然慮溪侵也，布墼，其底覆石，泉旁出焉。甃甎而上，石牀約口，五日而井成。余究惟易義，繹孟氏譬旨，乃爲井銘，銘曰：

厥道流形，水行地中；導之斯涌，無卑無崇。維愚靡爲，于潦于澮；爲不及泉，是曰中廢。于井斯肇，亥位廬麓；源源澄洌，匪溢匪竭。艱始終利，孰曰匪力；静止用發，惟義之則。含陽潤陰，炎寒冬熱；勿鮒勿幕，九五終食。出時溥施，視受爲容；吸華茹甘，挹之必充①。濯煩滌污，費而弗勞；爰薦神明，以亨以芼；彌遠彌馨，聖澤攸陶。

【校】

①充，原作「克」，據四庫本改。

【箋】

〔一〕小序曰：「正德八年冬至，予至南康府，使學生劉峻往書院，視地掘井，得諸亥方，厥日甲申。」是該文當作於此年冬，時夢陽已身惹官司，赴南康（今江西星子）養病待罪。見廣信獄記（卷四十九）。

六合亭銘〔一〕

仰觀俯察，八荒在兹。處高見大，登之自卑。來者敬聽，勿遽勿疑。

【箋】

〔一〕夢陽六合亭碑（卷四十二）云：「亭，正德六年冬落成，厥知府章之功。再逾年，予復來登之，而知府霖從，蓋知府章亡逾年矣。」雍正江西通志卷四十一古蹟南康府載：「六合亭，廬山志：在白鹿洞迴流山巔。洞志：明正德辛未郡守劉章建，李夢陽爲記。」辛未是正德六年，是該文亦似作於正德六年秋作者任江西提學副使視學南康時。

端硯銘二首

世以眼貴，而汝無此，人其瓦礫汝。

其二

台端若方，女式；虛内，女式；越若鈍静亦乃式。乃磨不磷，涅不緇，允兹在兹，相台。

【評】湯賓尹新鍥會元湯先生批評空同文選卷之五：以己銘硯，詞蒼意駿。

石几銘

李子獲石焉，平而方，爲几焉，而銘之。銘曰：

色乾之清，質坤之剛。扣之鏗然，平直静方。我有嘉林，庋汝其旁。汝憑汝依，可詠可觴。我有兄弟、友朋、親戚，燕無豐約，來惟汝覿。朝之夕之，汝歡汝昵。人情靡同，汝應則一。浴露吞烟，瑩月烜日。孤貞介確，光澤縝栗。雖有霜霰，毒蒸厲飆，侵之不入，而撼之汝摇哉！

【評】湯賓尹新鍥會元湯先生批評空同文選卷之五：讀其文，則盡几之景象；叩其意，則狀己之胸臆。

孔子贊

鳳鳥不至，人莫我知。行廢嗟命，獲麟竟悲。己詘道信，萬世攸師。願學謂何？小子敬思。

大舜贊

聖狂天淵，一念則分。孟欽大孝，孔贊克君。袗衣鼓琴，今如見之。我猶鄉人，雞鳴孳孳。

齊太史贊〔一〕

崔杼弑其君莊公，齊太史書曰：「崔杼弑其君。」崔杼殺之，其弟復書，崔杼復殺之，少弟復書，崔杼乃舍之。贊曰：

皇天厭德，逆徒干經。國既無人，亂是用丁。桓桓太史，抗言討兵。舍命不渝，蹈仁秉程。一門三烈，巖巖茂名。

【箋】

〔一〕該文創作年代不詳。春秋時，齊國大臣崔杼弑其君莊公，齊太史秉筆直書「崔杼弑其君」，崔杼乃殺齊太史。太史之弟二人亦如史載，亦均爲崔杼所殺。齊太史秉筆直書爲後世史家所讚譽。事見左傳襄公二十五年、史記齊太公世家。

三仁贊三首〔一〕

微子

殷喪厥馭，奸宄師師。天乎下災，神罔攸依。國既顛越，我寧獨支。何其發慨，決于二師。三諫遂行，允哉睿思！

箕子

於維哲人，知微知彰。譬如滔天，涓涓是防。象箸道奢，瓊宮兆亡。鼓琴自悲，過衢佯狂。洪疇翊聖，朝鮮錫昌。

比干

箕啓存祀，干以殺身。殷稱七竅，孔贊三仁。烈烈太師，實惟國楨。人之云亡，邦是用傾。鹿臺玉焚，麥秀吞聲。

【箋】

〔一〕該文創作年代不詳。據文意，似作于正德三年作者因彈劾劉瑾被捕，放歸開封之後。微子，西周宋國國君，紂同母庶兄。「微」爲畿内國名，「子」爲封爵，本名啓，爲紂卿士。紂暴虐失政，微子數諫不聽，遂出走。周武王滅商，面縛銜璧請降。周公旦誅武庚，封微子于商丘，國號宋。箕子，商代人，名胥餘。紂之諸父，一説紂之庶兄。封子爵，國于箕。紂暴虐，箕子諫而不聽。後見比干被殺，箕子懼，披髮佯狂爲奴，爲紂所囚。武王滅商，放箕子。相傳武王訪箕子，所對答之論見尚書洪範。比干，商代人，紂王之叔父，一説爲紂王之庶兄，直言諫紂，剖心而死。此三人爲古之忠賢之臣，受人崇敬。

宋龍圖閣學士范公畫像贊〔一〕

予觀范龍圖，則慕其人，嘉其志。觀龍圖出處，則哀其時。予過無錫秦氏，獲睹其畫像，峨冠法服，莊嚴弘毅，蓋得其彷彿焉。則又識人心不泯，不然，即顧吳更生，安所置毫哉？予生長環慶間，與故老談龍圖扼元昊事，雖古名將何加矣！于是薰沐再拜。贊曰：

有偉一人，清明令儀。三代遺才，百世之師。

【箋】

〔一〕范公，即宋范仲淹。文中小序曰：「予過無錫秦氏，獲睹其畫像，峨冠法服，莊嚴弘毅，蓋得其彷彿焉。則又識人心不泯，不然，即顧吳更生，安所置毫哉？」秦氏即秦金，正德五年任河南布政使左參政，是該文似作于正德五年（一五一〇）或稍後。文中「即顧吳更生」句，當指東晉畫家顧愷之與唐代畫家吳道子。又「予生長環慶間，與故老談龍圖扼元昊事」句，指范仲淹嘗于慶曆初年在延州一帶（今陝甘交界區）抵禦西夏軍事。

鍾馗贊〔一〕

唐有進士，鬼之司直。夢中誅邪，帝瘖驚惑。雖瘖匪瘖，内豔外佞。曾無如馗，是匡是正。禄食者誰？我言敬聽。

【箋】

〔一〕鍾馗，傳説爲終南進士，卒後成鬼，捕捉各種不德之鬼。「帝瘖驚惑」，醉翁談録載：唐玄宗夜夢鍾馗捉鬼，即覺，命人繪畫之。後人將其畫像貼于門壁，意欲驅鬼。據此詩大意，似作于正德三年作者因劾劉瑾獲捕，放歸開封之後。

張將軍畫像贊〔一〕

我崇我官，有徒嘽嘽。我服我丹，有蟒盤盤。盤盤者蟒，天子之賜；嘽嘽者徒，天子之畀。何以畀之？以伐以征。何以賜之？汝陟汝明。北徼是清，南蠻是平。將軍者誰，姓張桓名。於赫將軍，魁軀長髯。戰陣能勇，處己卑謙。禮士若訥，臨下威嚴。動若虎髆，静若女潛。將軍之馳，如鳥之過。之①矢之發，當之者破。此衛開設，將官實罕。將官豈罕，損于自滿。於美將軍，年始向强。髪黟顔渥，膂力載剛。萬兵罔雄，百戰匪奇。慎終如初，文王我師。

【校】

①之，四庫本作「如」。

【箋】

〔一〕張將軍，即張桓，字彦威，元真定藁城（今屬河北）人。以國子生授白馬丞，入補中書掾，累拜陝西行臺監察御史，以言事不合去。後居確山（今屬河南駐馬店）。紅巾軍起義，請之爲帥，不從，遭殺。後代文人以其爲忠節之士。元史卷一百九十四有張桓傳。

【評】

湯賓尹新鍥會元湯先生批評空同文選卷之五：一篇純是美詞，其將軍足以當之乎！且文亦蒼古。

劉文華畫像贊〔一〕

劉文華者，大梁之逸民也。修而弗耀，老而靡怠。潛于塾，顯于醫，訥焉如愚，有而罔居。君子哉！君子哉！贊曰：

嗟乎文華！人貴之欽，君也衣布。人富之歆，君也寒素。利人之趨，君篤者義。勢人之附，君遇則避。

嗟乎文華！金不出鑛，玉隱于璞。一壺懸市，百錢停卜。榮期帶索，韓康賣藥〔二〕。彼嘵彼呶，我守之訥。彼侈彼矜，我守之約。

嗟乎文華！褧衣内文，宫鐘外聲。閭黨敬禮，月旦優評。鄉飲是賓，古貌古服。膺祉戩休，而安而穀。昔稱長者，今覯有恒。厥像儼如，令儀可徵。

【箋】

〔一〕據文意，似作於正德後期或嘉靖初期閒居開封時。

〔二〕榮期，即春秋時隱士榮啓期。韓康，字伯休，東漢京兆霸陵（今陝西西安東）人，賣藥爲生，後遁入山中，公車徵召不至。事見後漢書逸民傳。

【評】

湯賓尹新鍥會元湯先生批評空同文選卷之五：意新詞古，氣到神來。

李夢陽集校箋卷六十一　雜文三箴、戒、頌、辭、誄、對、解、字義凡八種。

六箴〔一〕

太僕儲先生曰：「人有六事：心事、身事、家事、官事、人事、文事。」空同子聞之，曰：「嗟乎！有非在我者焉，如彼何？」著六箴。

心一

不可對人言，曰慝；言之而不行，曰惑；行之而不至，曰畫；非所存而言，曰賊。亡是而靡獲，自盡則天也。

身二

烈女能必其己之不污，不能必其夫①之不愚、時之弗逾，夫是則烈女也已。

家三

有負郭田百畝，蒔桑數十株，可以聚廬矣。進竭其躬，退爲耒夫，不亦可乎？

官四

君子徇道，志士徇名，嗇夫徇利。是究是圖，毋靦厥位。

人五

信道莫如守己，省事莫如寡交。君子曰：中古貴施報，苟以禮至。斯應之矣。

文六

古之文以行，今之文以葩。葩爲詞腴，行爲道華。嗟彼千鈞，一髮奈何！

【校】

①夫，原作「天」，據四庫本改。

【箋】

〔一〕朱安洭李空同先生年表：「（正德）十五年庚辰，公年四十九歲。第三子梁、第四子柱雙生，作六箴、六戒自警。」是該文似作於正德十五年（一五二〇）。太僕儲先生，即儲巏，字静夫，號柴墟，泰州（今屬江蘇）人。見酬儲太僕見贈（卷三十）箋。

六戒〔一〕

匡衡曰：「聰明疏通者，戒於太察；寡聞少見者，戒於壅蔽；勇猛剛强者，戒於太暴；仁愛温良者，戒於無斷；湛静安舒者，戒於後時；廣心浩大者，戒於遺忘。」李子讀而韙之，著六戒。

太察一

容以畜衆，察則無徒。先民有言，毋及淵魚。厥昔聖王，瑱耳纊目。聰罔弗悉，明靡不燭。

壅蔽二

聖明四目，復達四聰。縣鼓置鐸，維恐弗通。顓任生奸，偏聽生讒。芻蕘罔遺，大道之咸。

太暴三

勇以揚奮，强以義發。用之弗端，鮮不殄伐。受絶於武，桀隕於湯。秦政弗戒，二世而亡。

無斷四

匪陽曷舒？匪陰曷藏？弗濟以義，仁曷由臧？孝元優遊，漢業用隳。衡丁其時，空言式悲。

後時五

有虞鼓琴，穆穆其和。及聞善言，沛若江河。王者之德，應時若響。居則山静，動則飆往。

遺忘六

衽席萌變，蕭牆伏憂。遵藪射鹿，歸而忘牛。武事四夷，海内虚耗。垂暮攸省，輪臺有詔。

【箋】

〔一〕該文似作於正德十五年（一五二〇），參前箋。

榮養堂頌〔一〕

彼美者堂，有南其户。前臨伊闕，緱氏嵩阜。文杏爲梁，蘭橑桂柱。誰其居之？樂彼壽母。桓桓大夫，建旄茲土。夕之晨之，登降堂只。豐膳孔時，籩豆纚纚。剥有肥羜，膾有文鯉。維是大夫，崇志遠辱。人以體養，我養者色。夙夜寅畏，内訓攸服。洛水泱泱，貫於斯城。母氏壽康，子也令名。

【箋】

〔一〕此文乃夢陽爲劉希武父母所作。按，王尚絅有榮養堂卷爲河南二守劉希武題（蒼谷全集卷一），何景明有榮養堂歌（大復集卷四）。疑爲正德年間作者閒居開封時作。

三仲頌〔一〕

湯湯涪水，流清源巨。誰其濬之？爰美爰聚。珠必駢輝，鷟豈孤翥。瑶海既光，赤霄攸煦。伯氏明經，郎曹發硎。賈帷載搴，召棠繼青。大國用監，汝相汝卿。仲遊蘭臺，季也黄扉。豸冠鷺紳，分直彤闈。爲草指佞，爲羊觸邪。如桂之馨，如玉之華。是曰三仲，一門萃之。萃之伊何，三仲連芳。歷祀三十，乃驗乃彰。事有豫定，神有前識。易垂餘慶，書闡陰隲。匪善匪積，厥夢詎獲。

【箋】

〔一〕三仲，據首句「湯湯涪水，流清源巨」，可推測爲席氏三兄弟：席元山，字文同；席虚山，字仁同；席梅山，字材同。爲遂寧（今屬四川）人。夢陽有送席副使監貴州屯學二事歌（卷二十），小注云：「席名書，字文同，蜀人。」林俊見素集卷十二三芳夢紀：「遂寧席公元山文同、虚山仁同、梅山材同，昆仲相師友。元山凝重莊永，老意横出，以領袖二山；二山軒特奇偉，怙怙然其左右，而含元布氣，生枯澤涸，無不同者。成化丙午，公落解，夢一石浮射江而下，大刻其上，曰『三仲聯芳』。意夢者妄也，不謂然。既而元山、虚山、梅山相繼第進士，始悟前夢之符。」黄省曾有學士席公三仲圖序一首（五嶽山人集卷二十六），黄佐有三芳行（泰泉集卷五），康海有席侍御過予言乃兄方伯公少時夢涪江漲落得碑刻曰三仲聯芳未幾方伯公登第又二年季弟給事君與侍御君相繼亦第位既顯頎名復芳烈夢之足徵有若是者因群公之賦倚而賦之（對山集卷八）等，可見當時文人吟詠盛況。此文當作於弘治中夢陽任職户部時。

邃庵辭 有序〔一〕

石淙夫子舊居京國〔二〕，有室一區，窔静幽紆，左圖右史，前授生徒，是之謂庵而稱邃焉。愚也竊嘗慕之而未獲遊也。後夫子提學關輔，愚始得隨鄉邦士摳衣講坐下，然自恨限於勢分。未幾，竊科第，輒復違去，不得從容左右如庵中諸子，卒業以立於世，而有私幸，究緒、論遵顯，則若有自得焉者。雖不敢自謂得其門而入，亦不敢苟焉以自棄。乃作邃庵辭以誌愚衷。辭曰：

蓀壁兮桂宇，葯橑兮在下。水潏潏兮溜渠，蘭葳蕤兮當户。庵之構兮何所？接紫闥兮崇期。庵何爲兮閉寂？窈棼楣兮參差。蔽修櫳兮連延，錯瓴甓兮委蛇。穆空洞兮内啓，豁廉隅兮外直。回巷前通兮，嘉樹後植。邇莫可探兮，遐乎可即。匪邃曷名兮，厥惟庵德。庵中兮何有？玉佩兮青衿。惠我人兮不貌以心，遹我人兮可宗可桶。可棟可楹兮，維庵是學。赤帷兮翠幰，庵中人兮西遊。斗暉暉兮晝揭，嶽巖巖兮夕秋。予邊鄙兮賤夫，悵瞻庵兮弗早。幸門牆兮未麾，矢貞心兮恒保。

【箋】

〔一〕據李空同先生年表，此篇作於弘治四年（一四九一），時夢陽「長子枝生，公偕左宜人歸慶陽，時大學士邃庵楊公一清爲督學憲副，見而異其才，延之門下，日從講肄，公爲賦邃庵辭」。

〔二〕石淙夫子，即楊一清，生平見在獄聞余師楊公誣逮獲釋踊躍成詠十韻（卷二十八）箋。弘治四年，楊一清任陝西提學副使，夢陽得相師之，弘治五年，夢陽舉陝西鄉試第一。

挽歌辭

中庭閴兮今日何日，繐帷揚兮苔生於室。悵遊子兮西歸，木颯颯兮風振悲。邈山川兮愁歎興，望城闕兮魂若崩。歷故階兮弔叢蘐，白露隕兮霜霰繁。椒酒兮桂漿，羞余珍兮杜蘅。神懭恍兮若來，奄逾佚兮逝不回。柏輀兮杉椁，文幢兮素旌。送完璧兮山阿，從君子兮允寧。

許子誄 有序〔一〕

正德三年，歲在戊辰，六月己巳，工科都給事中許天錫卒，李夢陽曰：「嗚呼哀哉！許子！」乃作誄曰：

閩産其傑，受命端固。孤行介直，踐道靡豫。爰放厥辭，靡届靡究。執言不回，貞厲獲咎。懷誠匪察，瀆經自效。逾中奮志，白刃是蹈。義同尸諫，信勇可悼。伯奇、申生，厥履是紹。

【箋】

〔一〕許子，即許天錫，見安南歌送許給事中天錫（卷十五）箋。明史卷一百八十八許天錫傳載：「（正德）三年春，竣事還朝。見朝事大變，敢言者皆貶斥，而劉瑾肆虐加甚，天錫大憤。六月朔，清覈内庫，得瑾侵匿數十事。知奉上必罹禍，乃夜具登聞鼓狀，將以尸諫，令家人於身後上之，遂自經。」據小序，知該文作於正德三年六月許子卒後。

月塢癡人對〔一〕

張生含者〔二〕，金齒人也。含侍其父南園大夫於京師，嘗從北郡李子遊。李子居梁也，有稱月塢癡人者見焉，見之，則含也。

李子曰：「子奚斯稱也？」

張生曰：「含蓋塢於郡之大保山，業焉，月東出則對塢而升，光觸形應，劃焉顔破，遞映曾入，虧蔽流徙放也。檻輝堂白，枕簟波溢，含也於是出塢而立，仰而視，俯而睨，恍乎若失己，充乎若有獲也，久之堨焉而忘。」

李子曰：「嗟，冥哉！且子忘者，月乎？塢乎？」

張生曰：「含始見其巖砑焉，木爛焉，暝析實浮虛繫，谷泠風淅，已而耳更目易，迷不知所。精發靈飛，飄若鴻翥，矯若霞舉，不知孰月，安知孰塢？山中人有呼含者，含兀兀無以應也，於是山中人走告南園大夫曰：『而郎癡。』於是大夫乃亟召含問故，含兀兀無以應也。大夫乃大驚，撫含背曰：『兒真癡邪？』於是遣含復北遊於京師。夫安一枝者，難語天池之運。據腐之鳶，仰而嚇鵠者，非其智不如也。處小則大者昧，恬於幽則熠乎眩。故觀廊廟鐘鼎之盛，則事功之心興；覽聲文冠冕之會，則進爲之志增；與四方豪賢友，則識廣學登。於是冥寂可移，而癡可遺也。」

李子曰：「大哉！大夫之教子也。含歸何也？」

張生曰：「方枘圓鑿，雖公輸不能强之使入，故材有異宜，性有難移，彼巧我拙，彼佞我訥，彼通我塞，是以諸弗入也。京師識含者，不謂含弗入也，顧咎含曰：『子奚不仕？』含兀兀無以應也。乃又咸大驚曰：『南園大夫兒癡。』含自笑曰：『後癡人癡，前癡我癡，吾人癡乎？寧我癡乎？』於是月塢癡人稱焉。」

李子曰：「異哉！若是，則子之癡瘳且有時矣，吾不子病而子之幸。」

【箋】

〔一〕月塢癡人，指張含。正德十三年（一五一八），「往年金齒張生含侍其父南園大夫於京師，嘗從公遊。是秋，有稱月塢癡人者見焉，公視其刺，大笑，及見，乃含也，公爲作月塢癡人對」（朱安淝李空同先生年表）。是該文似作於正德十三年作者閒居開封時。

〔三〕張含字愈光，號禺山，永昌衛（原爲金齒衛，今雲南保山）人。生平見贈張含二首（卷十二）箋。

【評】

湯賓尹新鍥會元湯先生批評空同文選卷之五：談景談情，名理名言。

又，真仙丹成，銅鐵皆金。

又，字字金石，語語珠璣。

又，一束語有扛鼎食牛之氣。

虛里子對〔一〕

虛里子問於龍溪公曰：「敢問處世有道乎？」

龍溪公曰：「有！渾渾默默，惟道之極；窅窅莫莫，惟神之窟。」

虛里子曰：「異乎！吾所聞君子磢人之爽，告人之穀。」

於是龍溪公勃然變色曰：「迂哉遐乎，子之言也！且子以若爲爽，非欲其靡爽邪？若不以子爲欲其靡爽，必將曰：『是誠詬我。』必孽子之短，還而詬之曰：『亦猶吾子之磢我也。』語若以穀，若不以子爲欲其穀，必將曰：『是誠襄我。襄陵之襄。』必思以加於子者，復之曰：『亦猶吾子之告我也。』二端交戰於中，故面然而背詆，公與而私忌，群議而單詛，如是有不危邪？夫躭譽者，世之恒情；希勝者，士之通患。今徒示直以賈禍，吾竊於子弗取矣。」

虛里子曰：「予成若德焉。爾知不知奚恤焉？苟有，以復我，適我乎益；苟孽我，奚辱焉？」

龍溪公曰：「惡是何言歟？愚龍溪鄙人也。往有翁出龍溪之野，見巨卵五色，攜以歸，伏以舒雁。居頃之，剖子，嵬顙、尾殺、蛇身、四足、青黑、斑若鱗，是日瑞氛鬱盤，紫氣亘下上。翁大驚喜，祝曰：『茲殆龍子，天錫我祉。』龍子性劣惡，好緣樹騎屋，翻盆倒罌，生之日雞犬咸鳴走。龍子又嗜血食，翁顧無所得血食，若且怖，於是齋沐諏日，請龍子詣溪焉。適有婦浣於溪，龍子擊殺食之，其家因即擊翁，曰是翁家物。後數年，夜雷雹，有龍降翁室，繞其故巢三匝而去。夫今之欲成人之德者，不爲豢龍翁幾希矣。故君子之於人，三宿而後見，非崇傲也；三年而不言，非貶行也。誠不通則交不固，中不孚則聽不入。故楚客以售璞遇刑，齊人以操瑟蒙詬，國佐以語盡見殺，屈原以言直殞軀。奈何逐汶汶之煩而招訑訑之議乎？」

虛里子於是囅然笑曰：「子之言似矣，獨不曰拯溺不畏濡履，救焚不惜燎衣，必欲爲渾默窅莫之行，必蚓而後充者，是豈可哉？」

龍溪公艴然不悦曰：「子不聞坤著括囊之文，蒙闡擊蒙之義，詩申玷圭之詠，傳立守瓶之訓。信如子說，則三緘之鑄，孔子奚取焉？」

二子争論不能決。明日，以其言質諸中河子，中河子不答，鼓枻而去，歌曰：「瞻彼中洲兮有鳧居居，翔而復集兮擇匹而遊，渴飲水兮饑餐吾魚。夫復何求兮！」

【箋】

〔一〕虛里子，或即夢陽本人。其河上草堂記（卷四十九）曰：「正德二年閏月，予自京師返河上，築草堂而居。其地古大梁之墟，今曰康王城是也。」墟、虛二字互通。故此文似作於正德二年（一五〇七）或稍後作者閒居開封時。龍溪公、中河子，不詳所指，疑爲作者虛構之人。

【評】

湯賓尹新鍥會元湯先生批評空同文選卷之五：設爲隱默忠告問答，意到，情到，神到。

又，大似蒙莊寓言。

又，種種名言。

又，思深神溢，語含格迴。

馬對〔一〕

秦子北遊京師〔二〕，墮馬傷足①，時郁郅子亦有霜露之疾〔三〕，二子共巷而處。郁郅子素善秦子，居頃之，謂其門人曰：「西不有秦子乎？然吾聞其人矣，非所謂守道自信者邪？」於是作黄鵠之歌，以其門人上官氏爲使，往遺秦子。秦子是日會使使來，遇諸塗，使異其事，各反於主而後交焉。

久之，秦子愈，先造郁郅子，遂及墮馬事，郁郅子强起問故。秦子曰：「吾南産也，不習馬，出卒假人馬，即不解良惡，是以墮爾。」

郁郅子曰：「異哉，言也！且子能盡習天下之馬乎？」

曰：「不能。」

「能盡解其良恶而後假乎？」

曰：「不能。」

曰：「二者既不能矣，子能終身棄馬乎？」

曰：「又不能。」

曰：「子墮馬，何傷？」

曰：「傷足。」

曰：「幸若是！鄉使傷藏絡、捩脰、磕腦、抉眥、毁齒，子尚能即起邪？殆哉！殆哉！」

秦子聞之，讋慴無人色，呫呫語曰：「奈何？先生幸以教之！」

郁郅子曰：「昔者伯樂學相馬於其師，三月不進，其師曰：『可以益乎？』伯樂曰：『未得其骨。』三月得其骨矣。曰：『未得其神。』又三月得其神矣。曰：『吾未得馬之外。』竟盡其師之術，乃辭歸。於是持以相天下之馬，聆其聲而會其精，睨其形而貫其靈，然後天下無逃馬。當是時也，而暇於習乎？今吾子不求諸馬之外，日僕僕較良惡，墮且滋甚。」

秦子於是囅然笑曰：「闊哉，譚也！千里馬常有，而伯樂不常有。子以伯樂望予，無乃過乎？雖然，伯樂即幸而生今之世，吾恐驪黄牝牡之徒得以鑠金而刺天也。誠使人衆議堅，伯樂即幸而復生，故不得破其非良也。」

郁郅子不答，憮然有間曰：「夫物非天不生，非地不長，非人不成。故材美弗㸰，是謂棄天；芻粟豐足怠厥力，是謂戕地；材㸰矣，弗怠厥力，而世無王良、造父之儔，是之謂命。故馬一也，遇王良、造父，則過都歷塊，靡流景，逐奔電，蹀血②萬里，顯名天下。不遇則放之沮澤之中，與鹿豕鳥鳶並遊，豈非命哉？豈非命哉？昔有獻馬於楚王者，王愛之，衣之文繡，處之華屋，席之露牀之安，啖之棗脯，終其身弗駕也。馬慚憤悲鳴蹄齧，思效王一日之用，王不從，竟老死厩下。故知而弗愛，不如弗知；愛而弗用，不如無用。故寧甘心沮澤之中，與鹿豕鳥鳶並遊，不願衣文繡之衣，席華屋露牀之安，故即有棗脯之餐，弗餐也。此之謂盡性以俟天者也。且子亦將俟其在天者乎？抑需在人者乎？」

秦子出，郁郅子呼上官氏記之。頃之，郁郅子疾亦愈，秦子客久，鬱鬱不得意，乃卒取學職往教於楚下邑。郁郅子往餞之曰：「子記疇昔墮馬之説乎？子之不爲天下知亦久矣，奈何，雖然，行有物色子者第行矣。」

【校】

①足，原作「是」，據下文「傷足」語及四庫本改。　②血，四庫本作「足」。

【箋】

〔一〕據文中第一段，疑該文作於正德初年任官户部時。

〔二〕秦子，不詳。

〔三〕郁郅子，不詳何人，夢陽另有郁郅子解（卷六十一），據文意，似爲虚構之人，抑或以自況。郁郅，本春秋時義渠戎地，戰國秦邑，西漢置爲郁郅縣，屬北地郡，即今甘肅慶城縣，係夢陽出生地。

郁郅子解〔一〕

郁郅子寢疾，杜門謝客，客無以見也。金城段炅過武功康海〔二〕，問曰：「郁郅子何以不出？」康子曰：「郁郅子疾也。」段子曰：「郁郅子疾乎？疾奚杜門謝客？疾而杜門謝客，是有託者也，盍謂郁郅子？忠臣不潔名以暴君，君子不違衆以要勳，且未形而彰，是曰自戕，無憂而戚①，其憂必集。若誠有託，譬諸縣鐸急趨，響必及之矣。」康子曰：「咈，是罔郁郅子也。吾將見郁郅子。」明日，康子固請見郁郅子。於是郁郅子擁黄狐之裘，凴文石之几，尚以白雪之縠，强起見，康子坐上坐。郁郅子休安若山，貌若敷腴，徐覘其息，俞俞于于焉。然顧有靡豫之色。康子於是辟席問曰：「夫子奚病也？」郁郅子欠伸，喟然仰歎，久之，目康子曰：「吾誠不能狀吾疾。吾始焉，惄焉若飢，若思，若悲。已而輪囷於邑，怲怲悒悒，糾錯積鬱，其狀絲棼埃結，氤氲靡絶。發於脾，縈於心，浸淫於肌腸、腠理之間。究之不見其際，究之莫知根柢，毆之未已，觸之復起。故居則恍焉惚焉，恍若有遺，步之不能端履也。夢岑岑焉，若將舉而控於帝閽。家人驚怪詰予，予茫然無以答也。故陳之鐘鼓管籥，不知其爲音；炫之黼黻繁褥，不知其爲華；啖之芳醲珍烈之品，不知其爲甘。故飫之不肥，膏之弗澤，問之莫可名象，而排之不能自解也。然遍國中無醫之者。有玄機先生者，號靈醫，往使迓之，語以狀，玄機不肯命駕，教使者曰：『能置泰始之鼎、無爲之榻，坐我廓然之宇，食我切玉之饌，元化之羹，則迓我。』顧卒不能置，故厥疾罔獲瘳。」

康子出，以其言告段子。段子曰：「予聞在形爲疾，在心爲憂，郁郅子殆有憂乎？」

【校】

①而戚，黄本作「不戕」。

【箋】

〔一〕郁郅子，不詳何人，據文意，似爲作者虚構之人，夢陽賈隱（卷五十九）、馬對（卷六十一）二文中均出現郁郅子，當爲夢陽早期自號。郁郅，本春秋時義渠戎地，戰國秦邑，西漢置爲郁郅縣，即今甘肅慶城縣，乃夢陽故鄉。故其自號郁郅子。本文當作於正德初年作者在户部任官時。

〔二〕段炅，號河濱，金城（今甘肅蘭州）人，弘治十八年（一五〇五）進士，授翰林院檢討。武宗時，太監劉瑾專權亂政，段炅與大學士焦芳、吏部尚書張綵等爲劉所用。劉瑾敗後，段炅被革職。同時翰林院修撰康海、吏部郎中王九思，也因劉黨（均爲陝西人）被罷官。段炅與康海、王九思均以工詩文博學聞名於世，人稱「關中三老」。段炅著有河濱集，事跡見明史卷二百八十一、乾隆甘肅通志卷三十四人物。夢陽與段炅之交往，似在京師任官期間，即弘治十一年至正德二年之間。

【評】

湯賓尹新鍥會元湯先生批評空同文選卷之五：凌駕入格，融會人意，登作者之壇矣。

又，正詞電發，闔肆風生。

又，從華子善忘處脱胎來。

又，游龍舞鳳，不受約束。

又，一「憂」字結句，是一莖草化丈，亦金身矣。

直臣字義

舉人吴廷對字直臣〔一〕。李子曰：「字直臣，何也？」吴生曰：「廷對者，對於廷之名，對不直不可以爲臣，故曰直臣。」李子曰：「生奚直焉？」吴生瞿然避席而請曰：「直不同乎？」李子曰：「夫博問强記，奮辭而駭人，曰：『我能爲逢爲干。』此其直以言也，而未必有諸氣。天威臨於上，斧鉞在側，鼎鑊在前，揚眉吐膽，能批逆鱗、觸忌諱，屹然山立，此其氣直矣。然退而悔焉，不可謂心也。古之直也，莫如史魚，孔子贊魚曰：『邦有道如矢，邦無道如矢。』是矣。乃它日又曰：『邦無道，危行言孫。』孫者，非直之反乎？子讀易乎？『王臣蹇蹇』，直矣。又曰：『遇主於巷。』又曰：『納約自牖。』一何曲而徐也。夫水性曲而木則直，二者，愚夫愚婦所知也。木生石底，不側出，不獲達，而建瓴屋脊，水之下也，雖賁獲之勇，不能使之曲也。故臣無二道，而直有五義：一曰言，二曰氣，三曰心，四曰時，五曰勢。生也，奚直焉？」

吴生曰：「願聞其詳。」

李子曰：「夫直人者，未有自不直者也。故隱污之行行於家，而光大之議揚於國。共驩其身，而以堯舜之道責君者，此所謂言直者也，非直之實也。故言者，其華也；氣者，其充也；心者，本也；時者，逢也；勢者，用也。故直言者必氣，直氣者必心，識時者先幾，審勢者有爲。五者而能全，則聖矣。殷之三仁或去或不去，孔子之無可無不可，是也。孟子論氣曰：『直養而無害。』易曰：『敬以直内。』學之事也，通乎上下者也，生也奚直焉？」

吴生於是俯而思，仰而歎曰：「大哉，對也！往謂臣之直也，問焉如賁焉已矣，諍焉如雲焉已矣，犯焉如允語黑子云焉已矣，而不知直之義若是浩也，乃今聞教矣。」

【箋】

〔一〕吴廷對，事蹟不詳。檢乾隆梧州府志，有梧州（今屬廣西）人吴廷對者，中正德八年舉人，正德十五年任番禺知縣。是此人乃吴廷舉之弟，見戲作放歌寄别吴子（卷十八）。其正德中任江西右參政，此文當作於正德七年前後夢陽任官江西時。

【評】

湯賓尹新鍥會元湯先生批評空同文選卷之五：錚錚古色，風骨在先秦之際。

又，水木之譬，情境兩到之語。

又，直人先於自直，又是一番奇意。

又，調奇詞駿，有千巖競秀、萬壑争流之態。

維極字義〔一〕

劉峻字維極，何也？詩曰：「崧高維嶽，峻極于天。」峻者，高大之名，然不極不至天，不天不可謂學也。故曰：「洋洋乎發育萬物，峻極于天。」道猶山也，故咸稱峻焉。繼之以極，夫然後高大備矣。孔子贊堯曰：「大哉！惟天爲大，惟堯則之。」而史臣亦曰：「克明峻德。」史之峻，孔子由天歟？惟堯極之，不堯則之哉！而論者則曰：「六爻莫極于上，聖人訓辭垂戒焉。」故龍極曰「亢」，城極曰「復于隍」，鳥極曰「翰音登于天」。而不知易時也，有位焉，二者非在我者也。故道以極成，時以極厲，位以極危，成以達天，時以規動，位以行時，而後學之義備矣。

峻生長匡嶽間，瞻崧高者也，而復業詩、書，誦法孔子，未遊予門，予名之曰峻，請字，予曰維極。請字義，予曰云云。峻乃曰：「天曷能即至也？夫孔子不云：『下學而上達，知我者其天乎？』」

【箋】

〔一〕文中劉峻，當爲夢陽在江西時所收弟子。夢陽井銘（卷六十）曰：「正德八年冬至，予至南康府，使學生劉峻往書院，視地掘井，得諸亥方，厥日甲申。」此文曰：「峻生長匡嶽間，瞻崧高者也，而復業詩、書，誦法孔子，未遊予門，予名之曰峻，請字，予曰維極。請字義，予曰云云。」是該文似作於正德六年至八年作者任官江西時期。

董生兄弟字義〔一〕

董大夫遣其二子見李子，李子問焉，長瀾，次潤。李子曰：「二子冠乎？禮：冠而字之。吾字汝矣。」二子請焉，曰：「瀾，字汝巨源，潤，字汝真玉。」請義焉。李子曰：「吾聞君子之名其子也，必昭物以勗志；其字人也，必廣才以章義。義以闡訓，訓以副名，名以責實。夫然後父有其家，子有其身，名無忝實，字無辱勗。夫瀾者源之達，而潤者玉之發也。故君子測源於瀾，揆潤於玉，瀾以觀道，玉以比德。即末以驗本，緣用以占體，巨小相形，真僞以别。故弗巨弗長，弗真弗光；長則瀾涌，光則潤永；涌以知巨，永以知真。是故軻之言道也，稱瀾焉，繼之以明以光，懼遺本也；記之言德也，稱潤焉，繼之以密以栗，思務體也。子亦觀水乎！江、漢、河、淮，天下之至瀾也，然其出岷也，嶓冢也，崑崙也，桐柏也，非其本細而末巨也。亦觀玉乎，瑜、瑾、璆、瑶，天下之至潤也，然廉而不劌，其聲清越，孚尹旁達，氣如白虹，非其體僞而用真也。是故君子志道求達，考德視發，於是乎有瀾與潤之名，達必先本，發以後體。於是乎有巨源、真玉之字，本植體實，訓義乃行。於是名副字彰，父兄榮之，師友成之，身無損名，家無棄子。斯古今之共義也。」

【箋】

〔一〕董生兄弟之父董大夫，據雍正河南通志卷三十一職官二，似即董鋭，玉田（今屬河北）人，進士，嘉靖間任河南左布政使。夢陽董氏族譜序（卷五十三）云：「嘉靖五年，董大夫來參河藩之議。」疑即此人。是該文似作於嘉靖五年或稍後作者閒開封時。

弟汝含字義〔一〕

二十而冠，冠而字，禮也。弟生三月，先吏隱府君名之曰孟章矣。十六歲，而弟通詩、書大義，能爲絶句詩，責以成人之道，可也。於是冠弟，字之曰汝含。在坤之六三，曰「含章可貞」。

夫剛柔相雜而成文之謂章，患其不章，何以含之？坤，順道也，六三居下之上，得位之象。人臣有美，含之，歸功於君，坤之道也。嘗觀天下無分外之事，君子亦惟求其在我而已。是故有所自足於内，則無待汲汲以求見乎其外。先王制禮，盛服必襲，德旌必結，則服飾之章晦；博文强識而讓，則問學之章晦。書曰：「汝惟不矜，天下莫與汝争能；汝惟不伐，天下莫與汝争功。」則章於事業者必晦，況三方進而位不中者乎？故雖有美，含之，不敢挾才能而躐進，坤之道也。得坤之道，可以常久而無咎，故曰可貞。夫聖人之言，大小前後不相背，引而伸之，自功業之大，問學之切，服飾之常，細求乎言動起居，苟非分外之事，殆未有可掀揭以自衒鬻者，可不含歟？有美含之，而況未美者歟？

汝含省察無功，涵養寡力，有長惟恐不揚，有能惟恐不知。出必修其貌，動必華其服，又強毅多悔吝，是未能有三之章，已不能含矣，況有之而能含歟？君子退則修己，進則事君，所以自修者，掀揭衒譽如此。它日得位，其不可貞也，較然矣，可不戒歟？汝含柔順，體坤之性；直方大，法坤之德，足於内而無待乎外。居三則以時發，進之於五則美在其中，暢於四支，發於事業，其章也，至矣，終含乎哉！故既字之，復説其義①。

【校】

①卷末原有刊刻者箋語，今移至卷六十哭白溝文之後。

【箋】

〔一〕汝含，夢陽弟孟章。夢陽族譜家傳（卷三十八）載：「孟章，吏隱公第三子，字汝含，成化十七年十月十三日午時生，弘治十二年十一月二十日子時卒，年十九歲。葬扶溝縣東北四十里，地曰大岡。大岡者，王氏居也。娶朱氏，生一女子。」是此文疑作於弘治十二年之前。

李夢陽集校箋卷六十二　書一

戲擬趙高答李斯書①

二世使中車府令高按丞相斯獄治罪，李斯乃從獄中上書陳七事。趙高使吏棄去不奏，曰：「囚安得上書？」乃顧詐爲二世答書遺斯，曰：「覽丞相事，辭甚愍，朕竊怪丞相忘其大而掇乎細，拾毛瑣之行，而捐夫赫赫者也，朕蓋惑焉。先王幸哀憐黔首，立詩、書仁義之教，所以惠來世甚厚，丞相固誦習其説，已乃立議盡焚之。夫詩、書何恶於丞相哉？諸生之坑咸陽也，朕自有識知，聞此事，未嘗不腐心而切齒者。丞相縱不與謀，獨不能强諫邪？朕既與丞相訣，何敢卒諱！沙丘之事，出自朕本心與否，丞相所明也。大行喪未發，輒背自立，又矯吾親屬及大臣，荼毒之。朕口雖不言，於心獨無恥乎？一詔一令，無不自丞相手出，丞相爲朕則得矣，如先王何？如天下何？往以私議於丞相，丞相乃曰：『堯、禹以身徇天下，是奚足法？法之，是以天下爲桎梏者也。』丞相不欲朕爲堯、禹，則欲爲桀、紂耶？夫讒賊者，不可與②共國；阿比者，不足以存君。丞相侍始皇帝，始皇帝未聽或左右，窮兵黷力，殫天下之財，勤事四夷，外内騷動，丞相弗止也。既戡六王，丞相不以此時强諫，按甲息戈，振百姓之急，乃言治馳道，興遊觀，以見主之得意，勸爲己有，抑末矣。且前數事，孰與丞相所自陳？丞相何愛瑣瑣之迹，而輕夫赫赫者也？夫闢地顯主，循尺寸取功名者，將之事也；鎮國家，調燮陰陽，輯和其民人，使人人親其主上，以顯序大業，相之職也。且丞相將邪？相邪？丞相治民，三十餘年於兹矣。始皇帝倍群臣未久，關東盜賊大起，殺長吏，攻陷城邑，裂幟而鬬，揭竿而兵者，至不可勝數。使者冠蓋相望於道，其咎安在？丞相子由三川守，與賊通，按驗且有狀，君其告諸廷尉？」

李斯覽書泣涕良久，仰天喟然歎曰：「嗟乎，斯之死固晚矣！」遂服辭，論具五刑，腰斬咸陽市。

【校】

①題目，「答」字原脱，據李本、四庫本補。　②與，四庫本作「以」。

【評】

湯賓尹新鍥會元湯先生批評空同文選卷之五：□千鈞之弩，一發中革，令李斯地下，亦魂驚魄奪。

又，射雕胡兒，在在中的。

又，斷案明盡，比作李斯之獄詞。

與徐氏論文書〔一〕

僕，西鄙人也，無所知識，顧獨喜歌吟，第常以不得侍善歌吟憂。間問吴下人，吴下人皆曰：「吾郡徐生者，少而善歌吟，而有異才。」蓋心竊鄉往久之。聞足下來舉進士，愈益喜，計得一朝侍也。前過陸子淵，子淵出足下文示僕，讀未竟，撫卷歎曰：「佳哉，鏗鏗乎古之遺聲邪！」方伏謁足下，會足下不以僕鄙薄，幸使使臨教曰：「竊欲自附於下執事，即如日休、龜蒙輩，走之願也。」僕聞之悚息，不敢出一語應，意者足下戲邪？居無何，使者三反，於是乃敢布愚悃。

昌穀足下：周易有言曰：「鳴鶴在陰，其子和之。」故人莫祥於同，莫不祥於異。故同聲者應，同氣者求，同好者留，同情者成，同欲者趨。何則？感於入也。昔者舜作股肱、卿雲之歌，即其臣皋陶、岳牧等賡和歌。當是時，一歌一和，足下以爲奚爲者邪？其後召康公從成王遊卷阿之上，因王作歌，作歌以奉王，即王戚戚入也。足下亦觀諸風乎？瀏瀏焉其被草若木也，渢渢溶溶乎，草木之入風也，故其聲軥礲轟砰，徐疾形焉，小大生焉。且孔子何人也？與人歌，善矣，必反而後和。何則？未入耳。今足下忘鶴鳴之訓，舍虞周賡和之義弗之式，違孔子反和之旨，而自附於皮、陸數子，又强其所弗入，僕竊謂足下過矣。

夫詩，宣志而道和者也，故貴宛不貴嶮，貴質不貴靡，貴情不貴繁，貴融洽不貴工巧，故曰「聞其樂而知其德」。故音也者，愚智之大防，莊詖簡侈浮孚之界分也。至元、白、韓、孟、皮、陸之徒爲詩，始連聯鬬押，纍纍數千百言不相下，此何異於入市攫金、登場角戲也！彼睹冠冕珮玉，有不縮腕投竿而走者乎？何也？耻其非君子也。三代而下，漢、魏最近古，鄉使繁巧嶮靡之習，誠貴於情質宛洽，而莊詖簡侈浮乎，意義殊無大高下，漢、魏諸子，不先爲之邪？故曰「争者士之屑也」。然予獨怪夫昌黎之從數子也。請與足下論戰：世稱善戰非孫武、司馬穰苴輩乎？然特世俗論爾，何則？此變詐之兵也？荀子所謂施於暴亂昏嫚之國而後可者也。僕常謂兵莫善於六韜，仁以漸之，義以斷之，禮以治之，信以驅之，勇以合之，知以行之，蓄之神幽而動之霆擊，故尚父得之，佐武王王天下。夫詩固若是已，足下將爲武與穰苴邪？抑尚父邪？且夫圖高不成，不失爲高，趨下者，未有能振者也，矧足下負千仞之具哉？夫狂夫之言，聖人取焉。足下誠幸而不棄，請間伏謁侍，更一深論，僕至願至願！

【箋】

〔一〕徐氏，指徐禎卿，見贈徐禎卿（卷十一）箋。據明史及王守仁徐昌穀墓誌銘：弘治十八年，徐禎卿中進士，進而與夢陽相識。此文中云：「聞足下來舉進士，愈益喜，計得一朝侍也。前過陸子淵，子淵出足下文示僕，讀未竟，撫卷歎曰，……」是該文疑作於弘治十八年（一五〇五）或稍後作者任官户部時。徐朔方、孫秋克明代文學史第六章第三節也以其作於弘治十八年（第二〇六頁）時。

【評】

湯賓尹新鍥會元湯先生批評空同文選卷之五：□□處有包□□古之才，牢籠宇宙之意。

又，就喜起卷阿談詩，是得詩之聖者，誰敢置喙。

又，「貴宛」四句，大中詩之肯綮。

又，以兵喻詩，尚父固兵之聖者，下此不足言兵矣。

詒古鏡書〔一〕

姑蘇徐昌穀纂外史湘郡，瀕行，關西李子持古鏡爲贐，復爲書以詒之，曰：

嗟乎！古人有言，明鏡所以照形，往事所以知今，鏡不古不靈，士不古不成。夫自桃冶氏①範金規體，利世鑒物，民用是貴。至於殉丘冢，瘞山澤，歷歲綿邈，精氣上泄，往往爲盜掘發，暴於人間。初哲冶之操鑪熾炭也。鼓橐成風，五銅具鑠，什百就模，孰賢孰劣？及有入地千祀，情質滲漉，膏融液結，緑汞内瑩，赤砂外積，扣如哀玉，映如飄雪。可以走鬼神，銷疾疫，晢志嚯神，進匹鼎敦去聲。同時躍冶之器，雖或間存，莫不斂顔以退者，所養異也。且夫金，陽之質也；規，天之形也。明，日之發而月之行也。鼻者樞也，孔者户也。凸罔兩山澤之怪，詔姦也；圜以干支諸屬，示用也。然必取之於山，鼓之以火，翕之以陰，化之以水土，歷千祀而後成，是天下之至精也。夫士鑄於師，鎔於友。明德體元，冥會億萬載之上，踐羲、譽之域，獵姚、姒之圃，剛足以決疑，智足以析微。虚内美醜，遠炳先幾，凝澄沕曶，待時而發，豈不爲古君子哉？何則？畜不邃不光，變不神不化。妍媸之分易立，旦晦之奥難識。於物且然，而況於人乎？曩者遇老人橋山之陽，緑瞳而玄髮，神若皎星，氣若流電，駟拂雲之駁。謂予曰：「小子來，台軒轅氏故臣也。往從觀九鼎於閿湖之上，掇其滲汁，冶之爲鑑，名曰『青霞之鑑』。湛之九仞之淵，軼帝愈王蓦伯迄於今兹。小子，其受之，爰伐乃翳，勿埃勿虧！」予時再拜奉歸。什襲與俱，蓋二十稔於兹矣，非大賓鉅人，齋沐涓思，未始獲一窺也。竊聞之，君子不私其有，覘於子貌甚古，又聞有遠行，將涉洞庭蒼梧之墟，百物之奸不可不備，乃敢割千金之愛以贈，然幸毋忘老人之事。夫烈士慕鋏，君子尚玉，其類同也。子毋辭焉。

徐子獲鏡，拆書讀既，再拜而受之。

【校】

①桃冶氏，四庫本作「陶冶氏」。

【箋】

〔一〕文首姑蘇徐昌穀，指徐禎卿，見贈徐禎卿（見卷十一）箋。此文中有「姑蘇徐昌穀纂外史湘郡，瀕行，關西李子持古鏡爲贐，復爲書以詒之」之句，正德元年（一五〇六）春，徐禎卿往湖湘公幹。徐迪功集卷六載徐禎卿重與獻吉書曰：「僕以攝提格之歲仲春南徂，出齊魯之郊，經淮沛之墟，直視平原，蕭條千里。」「攝提格」，爾雅釋天：「太歲在寅曰攝提格。」即寅年之别稱，是爲正德元年。徐禎卿於此年離開京城，前往湖湘，與夢陽話别。可知該文當作於正德元年（一五〇六）春，夢陽時任户部員外郎。迪功集卷四有徐禎卿酬李員外贈古鏡歌，即作於此時。

【評】

湯賓尹新鍥會元湯先生批評空同文選卷之五：□□布情於□□□。

又，考究詳盡，詞更蒼老。

又，蒙莊之寓言，不過是也。

又，「烈士」二句，又生一意，是愈出而愈奇者。

駁何氏論文書〔一〕

某再拜，大復先生足下：前屢覽君作，頗疑有乖於先法，於是爲書，敢再拜獻足下，冀足下改玉趨也。乃足下不改玉趨也，而即擿僕文之乖者以復我。其言辯以肆，其氣傲以豪，其旨軒翕而峙嵺。僕始而讀之，謂君我詠也；已而思之，我規也，猶我君規也。夫規人者，非謂其人卑也，人之見有同不同。僕之才不高於君，天下所共聞也。乃一旦不量，而慮子乖於先法，玆其情無他也。

子擿我文曰：「子高處是古人影子耳，其下者已落近代之口。」又曰：「未見子自築一堂奥，突開一户牖，而以何急於不朽？」此非仲默之言，短僕而諛仲默者之言也。短僕者必曰：「李某豈善文者，但能守古而尺尺寸寸之耳。必如仲默，出入由己，乃爲舍筏以登岸。」斯言也，禍子者也。古之工，如倕，如班，堂非不殊，户非同也。至其爲方也，圓也，弗能舍規矩。何也？規矩者，法也。僕之尺尺而寸寸之者，固法也。假令僕竊古之意，盗古形，剪截古辭以爲文，謂之「影子」，誠可。若以我之情，述今之事，尺寸古法，罔襲其辭，猶班，圓倕之圓，倕，方班之方，而倕之木，非班之木也。此奚不可也。夫筏我二也，猶兔之蹄，魚之筌，舍之可也。規矩者，方圓之自也，即欲舍之，烏乎舍！子試築一堂，開一户，措規矩而能之乎？措規矩而能之，必並方圓而遺之可矣，何有於法？何有於規矩！故爲斯言者，禍子者也；禍子者，禍文之道也。不知其言禍己與禍文之道，而反規之於法者是攻，子亦謂操戈入室者矣！

子又曰：「孔、曾、思、孟，不同言而同至，誠如尺寸古人，則詩主曹、劉、阮、陸足矣，李、杜即不得更登於詩壇。」詩云：「人知其一，莫知其他。」予之同法也。堯、舜之道，不以仁政，不能平治天下者也。子以我之尺寸者言也。覽子之作，於法焉筏矣，宜其惑之靡解也。阿房之巨，靈光之巋，臨春、結綺之侈麗，楊亭、葛廬之幽之寂，未必皆倕與班爲之也，乃其爲之也，大小鮮不中方圓也。何也？有必同者也。獲所必同，寂可也，幽可也，侈以麗可也，巋可也，巨可也。守之不易，久而推移，因質順勢，融鎔而不自知。於是爲曹爲劉，爲阮爲陸，爲李爲杜，即今爲何大復，何不可哉？此變化之要也。故不泥法而法嘗由，不求異而其言人人殊。易曰：「同歸而殊途，一致而百慮。」謂此也。非自築一堂奥，自開一户牖，而後爲道也。

故予嘗曰：作文如作字，歐、虞、顏、柳，字不同而同筆。筆不同，非字矣。不同者何也？肥也，瘦也，長也，短也，疏也，密也。故六者，勢也，字之體也，非筆之精也。精者何也？應諸心而本諸法者也。不窺其精，不足以爲字，而矧文之能爲！文猶不能爲，而矧能道之爲！仲默曰：「夫爲文有不可易之法，辭斷而意屬，聯物而比類。」以茲爲法，宜其惑之難解，而諛之者易摇也。假令僕即今爲文一通，能使辭不屬，意不斷，物聯而類比矣，然於中情思澀促，語嶮而硬，音生節拗，質直而麤，淺讒露骨，爰癡爰枯，則子取之乎？故辭斷而意屬者，其體也，文之勢也；聯而比之者，事也。柔澹者思，含蓄者意也，典厚者義也，高古者格，宛亮者調，沉著雄麗、清峻閒雅者，才之類也，而發於辭。辭之暢者，其氣也；中和者，氣之最也。夫然，又華之以色，永之以味，溢之以香。是以古之文者，一揮而衆善具也。然其翕闢頓挫，尺尺而寸寸之，未始無法也，所謂圓規而方矩者也。且士之文也，猶醫之脈，脈之濡弱、緊數、遲緩，相似而實不同。前予以柔澹、沉著、含蓄、典厚諸義，進規於子，而救俊亮之偏，而子則曰：「必閑寂以爲柔澹，濁切以爲沉著，艱窒以爲含蓄，俚輳以爲典厚，豈惟謬於詩義，並俊語亮節，悉失之矣。」吾子於是乎失言矣！子以爲濡可爲弱，緊可爲數，遲可爲緩邪？濡弱、緊數、遲緩，不可相爲，則閑寂獨可爲柔澹，濁切可爲沉著，艱窒可爲含蓄，俚輳可爲典厚邪？吁！吾子於是乎失言矣！以是而論文，子於文乎病矣！蓋子徒以僕規之者，過言靡量，而遂肆爲�之譚，擿僕之乖以攻我，而不知僕之心無他也。僕之文，千瘡百孔者，何敢以加於子也。誠使僕妄自以閑寂、濁切、艱窒、俚輳爲柔澹、沉著、含蓄、典厚，而爲言黯慘，有如搖鞞擊鐸，子何不求柔澹、沉著、含蓄、典厚之真爲之，而遽以俊語亮節自安邪？此尤惑之甚者也。

僕聰明衰矣，恒念子負振世之才，而僕叨通家肉骨之列，於是規之以進其極，而復極論以冀其自反，實非自高以加於子。傳曰：「改玉改行。」子誠持堅白不相下，願再書以復我！

【箋】

〔一〕何氏，指何景明，字仲默，見送何舍人齎詔南紀諸鎮（卷二十）箋。正德十三年，何景明升任陝西提學副使，赴任途中經開封訪夢陽。據王公望李夢陽年譜簡編考證，該文作於正德十三年（一五一八）二人開封會面之後。

【評】

湯賓尹新鍥會元湯先生批評空同文選卷之五：辯論幾千句，俱是蒼蒼古色，炳炳名言，且激而不亢，辨而含規，謂李、何以文相高而相妒者，此耳視者語也。

又，鑿鑿名言。

又，以字喻文，更直截簡約。

又，頂天畫地，引古證今，俱是中窾語。

清顧有孝纂，李煒、陳三島評明文英華卷五引孫慎行曰：「『柔澹沉著，含蓄典厚』八字是空同本領，但『艱窒俚轃』亦不盡無也。辯駁切直，是先輩於此道認真處。」

再與何氏書〔一〕

前書與子論文備矣，然僕猶謂不證諸事則空言不切，不切不信。夫子近作乖於先法者，何也？蓋其詩讀之若摶沙弄泥，散而不瑩，又麤者弗雅也。如月蝕詩「妖遮赤道行」是耳。然闊大者鮮把持，又無鍼綫。古人之作，其法雖多端，大抵前疏者後必密，半闊者半必細，一實者必一虚，疊景者意必二，此予之所謂法，圓規而方矩者也。沈約亦云：「若前有浮聲，則後須切響。一簡之内，音韻盡殊；兩句之中，輕重悉異。」即如人身，以魄載魂，生有此體，即有此法也。詩云：「有物有則。」故曹、劉、阮、陸、李、杜，能用之而不能異，能異之而不能不同。今人止見其異，而不見其同，宜其謂守法者爲影子，而支離失真者，以舍筏登岸自寬也。夫文與字一也，今人模臨古帖即太似不嫌，反曰能書，何獨至於文而欲自立一門户邪？自立一門户，必如陶之不冶，冶之不匠，如孔之不墨，墨之不楊邪？此亦足以類推矣。且仲默「神女賦」、「帝妃篇」、「南遊日」、「北上年」，四句接用，古有此法乎？「水亭菡萏」、「風殿薜蘿」，意不一乎？蓋君詩徒知神情會處，下筆成章爲高，而不知高而不法，其勢如搏巨蛇、駕風螭，步驟即奇，不足訓也。君詩結語太咄易，七言律與絶句等更不成篇，亦寡音節。「百年」、「萬里」，何其層見而疊出也？七言若剪得上二字，言何必七也！僕非知詩者，劌譚偏見，幸君自裁之耳。君必苦讀子昂、必簡詩，庶獲不遠之復，亦知予言之不佞。不然，終身野狐外道耳。狂悖弗自覺，縷縷至此，悚懼悚懼！

【箋】

〔一〕據上文，該文疑作於正德十三年後作者閒居開封時。

【評】

顧有孝纂，李煒、陳三島評明文英華卷五：魏莊渠與霍渭先書曰：「崆峒集奉覽，其文學史記、學選，最後學子，惜其未嘗反而求之六經也。蓋晚而與校論學，自悔見道不明，且曰：『昔吾汩於辭章，今而厭矣。靜中時恍有見，意味迥其不同，則從而録之。』校曰：『録後意味何如？』獻吉默然良久，驚而問曰：『吾實不自知，纔札記後，意味漸散，不能如初，何也？』校因與之極言：『□根之學，需培養深沉，切忌漏洩。』因問平生大病安在。曰：『公才甚高，但虚志與驕氣，此害道之甚者也。』獻吉曰：『天使吾早見二十年，詎若是哉！』」

答吴謹書〔一〕

讀論文一篇，僕竊疑焉。足下之意，不過執以艱深之詞文淺易之見耳，恐不然。夫文自有格，不祖其格，終不足以知文。今人有左氏、遷乎？而足下以左氏、遷律人邪？歐、虞、顔、柳，字不同而同一筆，其不同，特肥、瘦、長、扁、整、流、疏、密、勁、温耳。此十者，字之象也，非筆之精也，乃其精則固無不同者。夫文亦猶是耳。足下謂遷不同左氏，左氏不同古經，亦其象耳。僕不敢謂然。幸足下思之，有教，再布。

【箋】

〔一〕吴謹，即吾謹。明文海卷一百五十七録吾謹與李空同論文書，曰：「史遷弗同於左氏，左氏弗同於古經，殆亦人貌之不同乎？」夢陽即以此復，故有「足下謂遷不同左氏，左氏不同古經，亦其象耳」之論。千頃堂書目卷二十二著録吾謹大方笑集，注曰：「字惟可，開化人。」雍正浙江通志卷一百八十一人物六載：「吾謹，舊浙江通志：字惟可，開化人，正德丁丑進士，總角能吟詩，博綜經傳、子史、天文、地理、兵家、陰陽、釋道等書，過目不忘，李夢陽奇之，曰今之李賀也。志輕軒冕，得第後歸隱少華山，與何仲默、孫太初、李崆峒相頡頏。」是此文疑作於正德十二年（一五一七）後作者閒居開封時。

論史答王監察書〔一〕

僕嘗思作史之義，昭往訓來，美恶具列，不勸不懲，不之述也。其文貴約而該，約則覽者易遍，該則首末弗遺。古史莫如書、春秋，孔子删修，篇寡而字嚴。左氏繼之，辭義精詳。遷、固博采，簡帙省縮。以上五史，讀者刻日可了，其册可挾而行，可箱而徙。後之作者，本乏三長，竊名效芳，輒附筆削，義非指南，辭殊禁臠，傳叙繁蕪，事無斷落。范曄後漢，亦知史不貴繁，然剜精鏟采，着力字句之間。故其言枯體晦，文之削者也。蓋不知古史文約而意完，非故省之言之妙耳。下逮三國、南、北諸史，遠不及曄，漫浪難觀。晋書本出群手，體製混雜，俗雅錯棼。歐陽，人雖名世，唐書新靡加故，今之識者，購故而廢新。五代史成一家言，是矣。然古史如畫筆，形神具出，覽者踴躍，卓如見之，歐無是也。至於宋、元二史，第據文移，一概抄謄，辭義兩蔑，其書各逾百帙，觀者無所啓發，展卷思睡矣。得其書者，往往束之高閣。僕謂諸史，他猶可耳，晋、宋、元三史，必修之書也。若宿學碩儒，才敵馬、班，後漢而下，種種筆削，誠萬世弗刊之典，或憚其難，止取三史，約而精之，亦弘文之嘉運，昭代之景勛，管豹井天，私蓄素矣。幸公有問，輒吐布以聞，伏俟大君子教焉。

【箋】

〔一〕夢陽禹廟碑（卷四十一）云：「是時，監察御史澶州王子會按河南，登臺四顧，乃亦愴然而悲。」又云：「王子名溱，以嘉靖元年春按河南，明年秋，代去。」夢陽刻戰國策序（卷五十）云：「是年也，監察御史澶州王君會按河南。」是此文之王監察疑爲以上二文之王溱，字公濟，號玉溪子。正德六年（一五一一）進士，開州人。嘉靖元年任監察御史，巡按河南。能詩，明詩綜録其落星寺別蔣南泠一首。夢陽有寄贈玉溪子一詩，該文疑作於嘉靖元年或稍後，時夢陽閒居開封。

【評】

湯賓尹新鍥會元湯先生批評空同文選卷之五：史之貴約而該矣，而移體晦文爲約之病者，則又不貴徒約。此等論議，皆是不可移易之語也。

又，談五代史之病，言言中窾。

答周子書〔一〕

往聞稽山之陰、大淛之濆，多嗜古篤行、獨立勇往人者，然僕北人也，莫之能知也。日者乃奉遐訊拜腆儀，激發之音，玄要之旨，高逴之識，慷慨之義，有曠世之大感，閔俗之重悲。僕捧而讀之，欽羨慨惋，内愧彌日。曰：「古哉周子！篤行哉！獨哉！勇哉！」易曰：「同聲相應，同氣相求。」僕鄙人也，嗜古無成，行之寡效，立之罔獨，往之鮮勇。足下乃奚取於僕而有斯求也？又奚所應而同僕之聲也？

僕少壯時，振翮雲路，嘗周旋鵷鸞之末，謂學不的古，苦心無益。又謂文必有法式，然後中諧音度，如方圓之於規矩，古人用之，非自作之，實天生之也。今人法式古人，非法式古人也，實物之自則也。當是時，篤行之士翕然臻向，弘治之間，古學遂興。而一二輕俊，恃其才辯，假舍筏登岸之說，扇破前美，稍稍聞見，便横肆譏評，高下今古，謂文章家必自開一户牖，自築一堂室，謂法古者爲蹈襲，式往者爲影子，信口落筆者爲泯其比擬之跡。而後進之士悦其易從，憚其難趨，乃即附唱答響，風成俗變，莫可止遏，而古之學廢矣。今其流傳之辭，如摶沙弄螭①，涣無紀律。古之所云開闔照應、倒插頓挫者，一切廢之矣。僕竊憂之，然莫之敢告也。又每竊歎獨立之鮮、勇往之寡，又每傷世之人何易之悦而難之憚也。而易之悦者，乃又不自謂其易之悦也，曰：「文主理已矣，何必法也。」吁！「言之弗文，行而弗遠」，玆非孔子言邪？且六經，何者非理？乃其文，何者非法也？斯言也，僕懷之稔矣，然莫之敢告也。今足下既有同應之聲，又相求也，僕安敢終默也！且人情未有不忽近而務遠者，何也？知其實者少，而徇乎名者多也。世遠則論定，持定采名則曠世相慕，故漢文帝拊髀思頗、牧，而不知李廣、魏尚者，以其近也。近則疑，疑則實昧，實昧則忽之矣。斯時俗之重悲也。

今足下於僕同時最近，涉疑而不疑，又無傾蓋之譚、接袵之雅，乃一旦走千里之使，聲應而氣求之，僕以是知足下立之獨而往之勇也。以是而的古，何古之不的矣！諺有之曰：「一年二年，與佛齊肩。三年四年，佛在一邊。」言志之難久也。幸足下無悦其易，無憚其難，積久而用成，變化叵測矣。斯古之人所以始同而終異，異而未嘗不同也。非故欲開一户牖、築一堂室也。足下誠不棄芻蕘，幸采焉察焉。墨本賦一通，戰國策一部，附獻左右者。

【校】

①螭，四庫本作「泥」。

【箋】

〔一〕周子，即周祚，生平見贈定齋子（卷十）箋。列朝詩集小傳丙集周給事祚：「祚字天保，山陰人。正德辛巳進士，歷官給事中，移疾歸，遂不起。當時李空同崛起河洛，東南士大夫多心非其學，天保自越中走使千里致書，稱弟子。南方之士，北學於空同者，越則天保，吴則黄省曾也。」

按：周祚書（見本書附録三）云：「方時舉進士，不獲自逸，後二年出宰東阿，又不獲自逸。……居東阿不六月，以父憂歸越。……然以衰絰嬰己，未易奔趨，托便鴻而附音。」正德辛巳，爲正德十六年，故其投書似在嘉靖二年（一五二三）或稍後，時周祚在家中守孝。又夢陽刻戰國策序云：「嘉靖二年秋七月，河南省刻其戰國策成。或問：『戰國策，畔經離道之書也，然而天下傳焉，後世述焉，何也？』」可證夢陽答周祚書作于嘉靖二年或稍後，亦可知夢陽所贈戰國策即爲其親自作序本。

答黄子書〔一〕

自邑來〔二〕，辱致華牘奇帙，兼之高篇，展之爛然，誦之鏘然，目之蒼然淵然，蓋所謂希世之珍也。僕潛伏空谷久矣，跫然之音，胡爲乎來哉？夫志士死道，貪夫死財，故攬仁收義，汲汲若不及者，君子之所以樹名；慢藏深積，孜孜若不足者，小人之所以穢身。故曰有若無，實若虚，公私之用别，而務得之心一也。

僕，西方之鄙人也，少鮮師承，白首多岐，獨往雖力，夾①持則寡，甘心丘壑，弗求知聞者垂二十年矣。吾子乃忘己羡人，注神馳想，發爲英章，掞其密義，過推逾奬，布誠剖疑，取諸同聲之末，定交千里之外，豈非仁義之懷切，汲汲若不及者邪？夫水一也，灘聲而淵寂者，淺與深殊也，吾子何奥弗探？何明弗則？機觸而天動，才運而飆發，思出而泉涌，固所謂萬人之敵也。横照今古，燁如懸鏡，尺牘千言，鑿鑿中的，乃顧欲然自視，定同聲之交於千里之外，非有若無實若虚者能如是邪！婚嫁果畢，五嶽必遊。僕老矣，尚能撰杖屨以從，聆玄論，覿睟顔，竊至人之靈氣，或能破慳祛鄙，吞精蜕凡，長嘯溘埃之表。昔李白遇司馬子微謂「可與神遊八極」，遂賦大鵬以見志。吾子固希有之鳥也，所慚僕非圖南翼耳。何日坐雲崖，濯洪流，高議大觀，與君共之，祇增惓戀耳。

【校】

①夾，四庫本作「挾」。

【箋】

〔一〕黄子，指黄省曾。見喜程生自吴中回致五嶽黄山人音問（卷二十七）箋。夢陽與黄省曾相識於嘉靖年間，黄先投書於夢陽求教。（黄書見本書附録三）此文中有「婚嫁果畢，五嶽必遊」之語，是該文似與卷二十七聞吴郡黄山人將遊五嶽寄贈詩同作於嘉靖七年（一五二八）或稍早。

〔二〕自邑，程誥之字，見初秋上方寺别程生（卷十）箋。

李夢陽集校箋卷六十三　書二

奉林公書〔一〕

愚生也晚，不幸不獲侍公，然又私幸溉公之餘波。凡聞公一言一行，真如睹景星、瞻喬岳，寤寐向往，以標以趨，而愧莫之能也。所委序詩之文，力綿才孱，實莫敢承。而札教屢及，豐貺接至。

夫學非子夏，孰引毛詩？識殊元凱，胡增左氏？將筆復輟，竟自遲疑。屬石峰藩使〔二〕，尅日北行，有僮南返，因自竊計，大賢知遇，義難卒孤，即文之弗佳，亦鄙人請益之端也。用是弗揣，輒作林公詩序一篇。言或過當，離經乖義，就便點竄，敢不拜公之明惠。

【箋】

〔一〕林公，指林俊，傳見明史卷一百九十四與夢陽交遊事，見暮春逢林子邂逅殊邦念舊寫懷輒盡本韻（卷十五）箋。文中提及「石峰藩使」，按，明武宗實録卷一百二十四：「正德十年閏四月，「壬戌，升山東按察司副使陳琳爲河南布政司右參政」。邊貢華泉集卷十二封承德郎工部主事槐亭王公墓誌銘曰：「正德丙子冬十一月十有九日，槐亭王封君卒於家。……當是時，閩石峰子陳琳、齊華泉子邊貢之二人者之與按察友也，同仕於梁，聞訃悲焉。」該文疑作於正德十一年（一五一六）或稍後，此時林俊致仕在福建莆田家中賦閒。夢陽爲其作林公詩序，見本集卷五十一。

〔三〕石峰，即陳琳，字玉疇，莆田（今屬福建）人，弘治三年（一四九〇）進士，見石峰子歌（卷二十一）箋。

奉邃庵先生書〔一〕

某不肖，不能仰則懿矩，諧世寡術，積誠弗著，動輒獲咎，貽父師瘏痳之憂。然私懷種種，徒抱瞻戀而莫敢輒上一書者，以物議未白，爲門牆羞也。今送門子、造僞章二事，勘官勘，咸有下落，無我干矣，人人稱慶，以爲天道至公，而勘官心反不悦。乃淮人奏我事咸勘實，江奏我事咸勘實，吴奏我又咸勘實，而我奏江與劉、喬事則咸勘我虚，揚言曰：「不如此，無以塞科道之口而快其心。」某謂前二事既明白，諸亦聽之而已，不復與之辯。而勘官猶云：「中之不深。」乃於勘文外移文各府縣，廉我陰事。某自保曾參決不殺人，料亦無事可廉也。即有之，不過害我作官耳。彼既不能害我作人，他非所憂矣。

某自沾餘馥以來廿年於兹矣，恒懼玷點名教，忝違訓旨。每以不欺師君實，不以死生富貴動心法希文，而攬轡澄清則欲效孟博之爲。不意世莫我知，百犬吠聲，千人傳虚。凡所振紀綱，懾權貴，興禮教，作士氣，起廢舉墜，拔冤伸枉，植善鋤强，皆置不説。而妒者目爲生事，異者倡爲尚氣，仇者指爲奸邪，私者誣爲善訐，排者劾爲不謹。喜諂者見秀才不望塵雅拜，則曰：「歪提學使之。」罷輭者無能爲也，則曰强臣奪其權；人卷畢集而推託者，則曰畏李某而人卷不易提解；問贓官者，不怪官之贓也，則曰李某有害人之心，非惟不之怪，顧又禮貌之；唾駡者，不唾駡贓官也，則曰舉贓官者可唾駡。時事至此，中夜拊膺，未始不流賈傅之涕，而危巷伯之遭也。古人邈矣，試論今人：陳士賢，曲庇諸生，有爲强盗者釋弗問也，凡上司咸莫敢諸生何。敖静之，拳毆唐御史，争小試，甚至挾刃而入，唐御史發疽而死。當時未嘗以姦、以强、以歪、以訐、以害人、以生事、以尚氣加之也。某無事也，而何以蒙是名也？楊繼宗，對人輒駡贓官不絶口，凡有事於其邦也，則沿途伺察其動静，嘗以按察使朝覲，見藩司官封人事送人，謀挾之併列己名，嘗又任意縱賊囚，當時未聞謂之姦、之强、之歪、之訐，未聞謂害人、生事、尚氣也。雍世隆，以臬使路辱知府，爲都御史則鞭參將，爲右轄時浙人惟知雍布政耳，詞訟者不復之臬司矣，天下咸壯之，不甚謂非。某無事也。今其加我者，矧又無形之謗，而甚者如任漢所陳，咸懸空架捏，初無影響。幸賴皇天無私，太祖、太宗二皇帝有靈，孤臣寸心竟獲洗雪。而勘官者乃不降心平氣，開布至公，猶欲他求中傷。夫善人者，國之經；端士者，天地之元氣也。今顧爾爾矣。而於其可摧、可抑、可廉、可擊及一切收威柄而潛消跋扈之計，則反畏蜀如虎，莫之敢動也。某嘗對勘官大言曰：「今諸瑣瑣勘畢矣，然非元氣所係，紀綱之關也，必於激濁揚清之内，而暗寓扶陽抑陰之義，使彼知朝廷有不可罔之法，天下有不可屈之節，古今有敢爲之男子，無能逃之貪吏，然後能懾服勢雄，係屬涣散，潛泯亂階。」勘官曰：「慮有後話耳。」某曰：「夫燕卿者，代天子行者也；大理者，持天下之平者也。然猶慮有後詞，則天下官不勘事邪？」彼不聽。某退，悔失言矣。孔子曰：「不可與言而與之言，失言。」彼意直欲保官耳。夫士之見重於世者，以人不以官，以若所爲，即使位極人臣，封公封侯，時衰運移，一旦捐館，亦與吾輩等矣。傳之天下後世當云何矣！激切疏鹵不文，臨封悚慄。

其二

草莽中伏聞謝柄歸里，卑懷無任喜慰。比遇張生，言眠食安健，門客往來者如常也，則又慰又喜。某私計不謁杖屨、奉道顏，今十年餘矣。雖耳謦欬，目和睟，神馳心注，無殊曩昔，然悲離隔，慕親接，於衷莫之寬也。壯歲性狂臆戇，高視獨行，四方是負，意之所拂，投冠便往。以爲軒冕之耀，不若丘壑爲安。於是一擬江左，再圖襄漢，心勇跡阻，竟還舊棲，才弱成寡，自鄙自嗤。去年室人喪亡，子蠢孫孺，家事埤舠，顛毛漸種種矣。夙志謂何？臨鏡竊歎。遹卜域鈞州太陽山〔三〕，其地泉石幽曠，想於兹焉老矣。南望門牆，豈勝瞻戀。

其三

愚無似，然陶範懷德，景行慕履，真仰如日月，親如父母，無日忘之，無時忘之。顧經霜逾暑，左右訊缺，音墨載疏，斯窮居寡接，因循自阻之故，非敢忘大昧深，安下而恬污也。年來自惟「復駕焉求」之義，杜門絶遊，葺室廬，闢田園，爲終焉計，然猶多口是憎，身非娥眉，群妒奚來？死生有命，聽之而已。戊寅之歲，再舉一兒，去年一乳兩兒，皆幸生活，通家骨肉，敢附以聞。虞萬里行，草次布白，不勝惶懼。

其四

張、陶二客比數往來，以是得聞起居，爲詳爲慰。某疑似之跡，市虎成真。而勘臣遂以殺人媚人爲心，鈎織窘辱，無所不至。幸素翁當道，疑剖似解，不費言説，大誣明釋。某嘗自鄙，亦嘗自幸。自鄙者，疏亢弗容於時；自幸者，元老碩公取爲覂駕之馬，目爲磊砢之材也。某反觀私計，平生不敢爲汙下苟且之行，即遘擠陷，不敢爲門牆玷也。

其五

既見遽違，瞻戀增劇；心旌去旆，摇摇共西。伏念天生李晟，本爲社稷；朝有君實，吏戒邊隙。顧經綸早卷，巖壑淹棲。塞塵既起，廷論乃歸。大相元宰，老就金革。窮沙大漠，殘城羸馬，焦勞心骨，想見先憂之容。然秦、隴舊民，伏威涵澤，望公之來，真如日月之照，雨露之濡，斯所謂事半而功倍者也。

某少躭章句，曲荷陶成，迂執忤時，中歲淪斥，無由操策轅門，侍聆邊略。然金鼓之音、旌旗之色，恒若親之。斯雖想像之餘懷，亦聞見之素心也。委箋名作，自慮知識蕪淺，黑白或混，青黄是菑。然命嚴意懇，弗敢固遜。緣節鉞過汴時，内人暴病，夜警困瘁，會風又襲之，逾月始平。諸帙校定，涉秋畢矣。鄙詩二篇，敢上左右，非能步驟來章，幸置贈什卷末，亦驥尾之附也。聞有脇痛之疾，事體定後，想勿藥矣。伏惟强食節勞，爲社稷、爲生民自愛！不宣。

其六

門生李某，死罪死罪。上言歸田録四帙，奉教勘定了畢，敢先馳以獻者。竊念某身處堂下，眼在管中，乃敢横肆①譏評，點竄名作，謬擇明珠，瑕指完璧，某誠死罪死罪。夫栗然之色不以指而損美者，以其璧真也；淵然之光不以擇而亡圓者，以其珠神也。我公神珠真璧，幸無怒於妄人。轅門萬里，無由質疑，以聆緒旨，西瞻太華、吴岳之峻，不勝仰望戀慕之至。

其七

伏念日者途館趨侍，河舟登别，踟躕春野，佇望風帆，感慨今昔，衷曲悽惋。憶在沖年，獲叨鎔範，萍蓬飄逐，忽焉衰暮。公逾七袠，愚過半百，會不信宿，復此違隔。人非木石，誰堪此懷也！

大作十册，校定者九，遺者自訟稿耳。愚嘗静繹潛究，推求旨緒。西巡諸作，矜持嚴整，大而未化；立朝之作，廊廟冠冕，俊拔典則；邊塞之作，忠誠奮揚，規畫概見；歸田之作，幽眇流行，情涣意層，變化百出矣。揆厥原本，蓄厚決沛，藴深光淵。故觸之則發，驅之則伏，寫之無逸景，用之無梗事，鋪之無留情。遂使工辭者畏其渾淪，負氣者讓其雄高，攻意者服其巧妙。雖唐宋調雜，今古格混，瑜瑕靡掩，軌步罔一，然所謂千慮一失者也。一代名筆，後必有知子雲者。縷縷之譚，未及面陳，敢附此以聞。

其八

徐州使至，知蒲輪北矣。公之出處，天下關之。初，公之南也，愚嘗私計，出則利國，處則利身。且今夢傅卜尹之秋，孰能使公獨以身利哉？夫治朝亦有雜進，君子不無異同。今欲主張國是，定雜爲一，合異爲同，非公是利而將誰利哉？往者公之柄政也，議者謂公喜通才，獎辯給，拔門士，優故吏。故其顯名高位者，程事簿書之夫多，而雅裕鎮俗之徒寡；爽快取辦之流揚，而先憂識微之士抑；委曲活變之風行，而守死執義之心灰。至今言官猶以此病公，而不知道以正行，事由通濟。聖人通天下之情，達天下之變，而後成天下之亹亹。夫日有中昃，時有孟季。愚嘗竊觀今天下之才，正德不如弘治，弘治不如成化，豈否泰消長、生才有高下邪？抑有之而未用邪？用之而未盡邪？斯非後生小子之所知，亦非所宜言者。以道義肉骨，弗覺縷縷至此。

大作四種五册，勘檢各畢，敢緘付來使以還②。企瞻光範，北斗在天。斟酌元氣，霖雨四海。畎畝之氓，伏俟太平。無任慰幸歡忭之至。

其九

十二月半間，王承差齎教翰詩册至，並獲蒭（芻）變陳言之章，皇上慰諭之札，竊歎私幸，連夜彌日。歎者遭際之難，而幸者夫子之道行也。伏自皇上入繼，虚心委政，禮耆右儒，孝敬恭默，天下信之，有君有臣，愚安得不私爲之幸？然必至誠而後動，積久而後徵，於是又知遭際有難焉。因念夫子秉莅要樞，建白彈駁不止數十百章，而精誠剴直，該貫練徹，格心明誼，指事正體，無如此疏之大且切者，斯所以天聽回而眷心注也。仲舒三策，光武十行，今復見之。太平之業，非我夫子而誰望哉！所委勘檢，屬年殘倥偬，俟春初完報耳。夏方伯人便，輒布此。悚懼。

其十

歲事復更，瞻望台斗，戀慕愈切。大製三册，勘校各畢，中間批評，言語放肆，去取嚴刻，殊非事長事貴之禮。愚以爲託屬既專，導誘復至，使有懷弗罄，不涉於欺乎！故寧言之而欠當，不忍知之而弗言，況由此有獲教者乎？是非可否，無吝開示，固愚者之幸也！

【校】

①橫肆，四庫本作「肆橫」。②遷，黄本作「還」，近是。

【箋】

〔一〕遂庵先生，指楊一清，字應寧，號遂庵、石淙。見在獄聞余師楊公誣逮獲釋踴躍成詠十韻（卷二十八）箋。十篇書信所撰時間不一。書信「其一」有「今送門子、造僞章二事，勘官勘，咸有下落，無我干矣」，是説自己於正德八年（一五一三）在江西被誣，至次年春，自南康府赴廣信（今江西上饒）就獄聽勘始末。證之夢陽廣信獄記、後記（卷四十九）、朱安淝李空同先生年表等記載，書信「其二」當撰於自廣信出獄，於南昌聽候處置之時，在正德九年（一五一四）五月前。「其二」有「去年室人喪亡」語，據封宜人亡妻左氏墓志銘（卷四十五），夢陽妻左氏卒於「正德丙子五月丁未」，此信當寫於正德十二年（一五一七）。

「其三」有「戊寅（正德十三年）之歲，再舉一兒，去年一乳兩兒」語。據朱安淝李空同先生年表：夢陽於左氏卒後次年，娶繼室宋氏。正德十三年，次子楚生，十五年，三子梁、四子杜雙生。此信當寫於正德十六年（一五二一）。

「其四」中曰：「而勘臣遂以殺人媚人爲心，鈎織窘辱，無所不至。」指南昌被誣下獄事件。又曰「幸素翁當道」，指嘉靖元年，有人誣陷其與辰濠交通，幸得林俊爲之辨解開釋。似該篇寫於嘉靖元年或稍後。

「其五」中曰：「緣節鉞過汴時，内人暴病，夜警困瘁，會風又襲之，逾月始平。諸帙校定，涉秋畢矣。」按，明史卷一百九十八楊一清傳：「嘉靖三年十二月戊午詔一清以少傅、太子太傅改兵部尚書、左督御史，總制陝西三邊軍務。」故其五、其六或作於嘉靖四年秋。

「其七」曰：「公逾七袠，愚過半百。」楊一清生於景泰五年（一四五四），嘉靖四年恰七十歲。又據文意，夢陽似已校訂畢楊一清詩集，則此信似寫於嘉靖四年後。按，明史藝文志著録楊一清石淙類稿四十五卷，詩二十卷。其詩有李夢陽評點本。杜澤遜撰四庫存目標注石淙稿版本解題：「日本東京内閣文庫藏明嘉靖刻本，作石淙詩稿十九卷，文稿十四卷。天津圖書館僅有石淙詩稿十九卷，其卷十七後别有督撫稿第二卷，合之則爲二十卷。卷一題『門生北地李夢陽評點』。半葉十一行，行二十二字，白口，四周雙邊。前有庚午（正德五年）自序。……卷十八前有嘉靖七年戊子方鵬序，云：『凡公之詩，門生孫思和育析之爲數類，統之爲石淙詩稿，梓行于世久矣。此曰玉堂後稿者，蓋續刻也。』知係陸續刊版，匯印爲此本。……存目叢書據以影印。」

「其八」曰：「徐州使至，知蒲輪北矣。公之出處，天下關之。」嘉靖五年五月，楊一清奉詔還京，以吏部尚書兼武英殿大學士銜入閣，該句當指此。故此信或寫於嘉靖五年。

〔三〕鈞州太陽山，在今河南禹州，夢陽卒後與其夫人左氏合葬於此，見封宜人亡妻左氏墓志銘（卷四十五）箋。

【評】

湯賓尹新鍥會元湯先生批評空同文選卷之五其五：□□交致，詞又蒼健。其七：褒貶抑揚處，大有古人忠告風度，以此施干元老，尤世所難者。其十：讀此札，見此君之高處，在不欺也。

與何子書二首〔一〕

勘官以送門子、造僞章二事與我無干，乃反大懊恨，深其文鈎織，如以釘釘木，惟恐不入也。然竟公罪，無奈何，乃招擬還職，而於參語則曲紐刻加，務求合言官之文。此亦甚足笑也。

僕静觀性命之變，窮通顯晦，斷斷有默定之數。通顯即無賴亦進用；苟窮而晦，叔向、柳下惠不獲免也。以僕至公極廉，脱屣富貴，誠利於國，死生以之，猶不免大惡之名之加，他可知矣。

僕此一言一動，悉爲仇者所搜羅。江御史搜羅者二，吴廷舉者二，淮人者三，然竟若斯焉矣。僕私謂勘官勘畢，必酸心流涕，痛我之冤而憤讒説之易扇，而今乃反爾爾，可笑也。餘見文詩。四月八日。

其二

勘事一二日畢矣，而淹至三月廿五日始發，回省城候命下，今寓城北玉虚觀也。蓋是時赦下已久，有使之無引赦者，而勘官遂不之引赦。勘官初許，只在廣信候命下，形諸言矣。已又發回省城，此亦有使之者。臨發第歎曰：「斯非我意，你衆人所知耳。」僕今決長往，此等不足與較云云者，欲君子知顛末耳。家人尚頓九江，蓋俟僕同歸居鹿門耳。

自僕罹此難，友朋多不復通書問，結交在急難，徒好亦何益！僕交游遍四海矣，赤心朋友，惟世恩、德涵與仲默耳。其難如此，可悲可歎！同日。

【箋】

〔一〕何子，指何景明，見送何舍人賫詔南紀諸鎮（卷二十）箋。正德八年（一五一三），夢陽於江西提學副使任上受御史江萬實等誣陷，正德九年正月，入廣信獄，幸得何景明、楊一清相救，倖免於難。其二曰：「勘事一二日畢矣，而淹至三月廿五日始發，回省城候命下，今寓城北玉虚觀也。」是該信當寫於正德九年四月八日，時夢陽已由廣信返南昌，居玉虚觀，等候朝廷發落詔令。何景明得獻吉江西書：「近得潯陽江上書，遥思李白更愁予。天邊魑魅窺人過，日暮黿鼉傍客居。鼓柁襄江應未得，買田陽羡定何如。他年淮水能相訪，桐柏山中共結廬。」正作於此時，亦可見二人之情誼。

與李道夫書〔一〕

僕婞直之性，孤危之行，皎然難白之心，自諉世無知己久矣。乃幸而遇大君子者，違群而顧，汰沙而收，訓惜保獎，日彌月增，此真僕希曠之逢。然君之信善弗疑，夷險靡貳，即古大丈夫之事何加矣？而隨場悲喜、寒燠異情者聞之，尚有里閈之疑，可詫也。信之獄，勘者任私拷成，蔑有理法，無竟明之事，無不冤之民，如程伯者總司問，而君詳而允者也。勘文所不載，勘者羅織插入，擬程伯永遠充軍，而坐僕以故入，此更不可曉，亦大可笑也。蓋彼意止欲害僕，初勢不啻山壓，然竟莫如何，乃擬僕還職，而於參語則深文鉤陷，迎附彈者。我命在天，聽之而已，復何言！復何言！獨念遠逝甚邇，無計縮地，把臂一譚，用泄俯仰千古之懷耳。跂望光範，曷勝愴惋。有便，不吝數寄，則爲慰大矣。

【箋】

〔一〕王守仁王文成全書卷四有寄李道夫一文，鄭善夫少谷集卷一下有送李道夫赴闕兼懷仲默詩，即此李道夫。鄭善夫詩曰：「强敵且構患，我友之朔方。朔方萬餘里，金門鬱煌煌。」嘉靖欽州志卷八名宦：「李純字道夫，福建莆田人。以正德六年進士，知欽州。……升韶州府同知，尋轉南京宗人府經歷。」即此人。李純似於嘉靖間嘗任南昌知府。據文意，此文當撰於正德九年（一五一四）後，夢陽閒居開封時。

答左使王公書〔一〕

吏至，奉巍牘，檢豐貺，詢所從來，感刻深切，歎惋並至。僕自險難以來，素號海内義氣友朋、知己親舊，不復通一書者多矣，而公獨以一日之雅，乃千里遣使，跋艱泛涸，出境致問，申詞布悰。此其介然之明，毅然孤往，同聲必赴，破衆而趨，詎足與隨埸悲喜、逐波浮沉者道邪！傾蓋如故，白頭如新，豈不信哉！竊念僕人雖蕪鄙，志不安下，顧内愈精而外愈疑，心耿耿而踪靡白。嘗自負丈夫在世，必不以富貴死生毁譽動心，而後天下事可濟也。於是義所當往，違群不恤，豪勢苟加，去就以之。不意時體不然，哄然排笑，吠聲射影，釀成大獄。君子不怨天，不尤人，凡此咸僕忠誠未孚於人，而婞直不慮其後所致。即使時論優容，而如僕者，終豈用世之才，不敢更靦行列，塞賢路也。今諸謗幸頗洗雪白矣，即日揚孤帆，泝江漢，入鹿門，偃仰丹壑，顒觀諸大君子太平德業之盛，而霑其餘休，斯志望畢矣。然此隱懷也，不敢輒告人，而今吐露於公者，以有鍾子之知，蒙歎樂之顧者也。來吏謹敏，能悉公官履嘉大之詳，瞻佇景輝，不勝躑躅，不宣。

【箋】

〔一〕王公，指王崇文，字叔武，曹縣（今屬山東）人，生平見煌煌京洛行爲曹縣王子賦（卷七）箋。夢陽與王崇文在户部任職時即爲同僚，後二人一直有交遊。據文中「今諸謗幸頗」一段，此文當作於正德九年春，時夢陽已出廣信獄，尚在江西，此年秋即攜家人北返開封，途中在襄陽暫居。

【評】

湯賓尹新鍥會元湯先生批評空同文選卷之五：談境若盡，談情如訴。

又，骯髒之氣，此札見之矣。

報吴獻臣書〔一〕

雄章珍餌，孤使遠馳，仰知公有至意焉。奉誦什襲，與心俱藏也。北來尚無消息，僕今手纜以待，消息來便開也。别後沿途采詢謡議，士人頗不以僕輩爲非，而不知者猶謂僕矜己凌儕，而謂公附炎忌才，此甚可笑也。

僕與公雖幸並生明盛之世，共有海内之名，而往昔邂逅湖東，交袵接席，譚不逾日，奇情未諒，各負氣不下，致生異同。此亦古今豪傑之常，而僕之過執靡遜，自遂往顧，厥咎孔焉，然於心無他也。患難相值，風萍偶聚，頭攢耳摩，卧起相聞，酒食延呼。數月之間，兩襟遽豁，轉爲綢繆，前何以戾？今何以歡？隱衷怍懷，彼此獨知矣。來詩云：「夫既遘顔面，豈不愜素心？如何異同論，三兩相差參。君誠子淵儔，而我非孔壬。」辭旨婉實，所謂言不違心者也。第子淵擬僕，則似過耳。長徂有日，悵念風義，爰爲放歌一章，輒煩來使，毋曰反之而後和也。

【箋】

〔一〕吴獻臣，即吴廷舉，字獻臣，梧州（今屬廣西）人。成化二十三年（一四八七）進士，除順德知縣，正德八年前後任江西右參政，與夢陽同陷官司，其子鄭岳亦受到牽連。後官至南京工部尚書，嘉靖五年致仕，卒謚清惠，明史卷二百零一有傳。四庫全書總目卷一百七十五著録其西巡類稿八卷。此文末曰：「爰爲放歌一章，輒煩來使，毋曰反之而後和也。」夢陽有戲作放歌寄别吴子（卷十八）詩，即指此。陳田輯撰明詩紀事丙籤卷九引國史唯疑曰：「吴廷舉初請從李獻吉學詩，音響不諧，爲所哂，怒相排抵，免官去。後顧疏薦李。余誦李放歌云：『東湖子，君非洪浤闒沕之丈夫，余亦豈卑卑與世而浮沈。恂復共鬬非庸劣，廉藺終投萬古欽。』吴亦報之詩：『夫既覯顔面，豈不愜素心？如何異同論，三兩相參差。』蓋兩公皆偉人，負氣不下，微生睚眦，旋消釋久矣！」據文意，疑作於正德九年（一五一四）夢陽罷官離江西之時，時已與廷舉和好。

與王獻可書（一）

人至奉書，狀備諗接。遘大憂，彌年在疚，顔形可知也。蒙以銘文見託，委非其人，潛光何闡？顧通家肉骨，義當效力，千里馳使，勢難固辭。然僕謂凡文必據大體，存氣象，是故瑣屑尋常，一切鏟刈。銘文中間，不無筆削，斯以意會可耳。八世敬仲，大名畢萬，恐費搜索，輒附以聞。

【箋】

〔一〕王獻可，即王納誨，見王吏部惠太玄戲贈（卷三十五）箋。據雍正陝西通志卷五十七上人物三，王納誨，字獻可，長安人。弘治十五年進士，授工部主事，正德中任河南按察司僉事。又據雍正四川通志卷三十職官，王納誨於正德末任四川按察司副使。據本朝分省人物考卷一百零三王納誨傳，王氏之父母於正德十年、十二年相繼去世，丁憂五年，正德十四年復除河南按察司僉事，改四川按察司僉事。據文意，則該文似作於正德十三年前後王納誨守制期間，時夢陽閒居開封。

【評】

湯賓尹新鍥會元湯先生批評空同文選卷之五：□□短札，亦見其切直不阿。

李夢陽集校箋卷六十四　祭文

九江謁濂溪先生祠告文[一]

維正德六年，歲次辛未，秋八月，中順大夫江西按察司副使後學關西李某[二]，以巡視事至九江府。乃八日乙酉，率郡之官屬師生等，敢再拜謁贈道國周元公濂溪先生祠下，而以牲醴匹帛，修厥奠事。乃爲言曰：

嗚呼！孔亡孟殂，言湮聖逖，六經僅存，異端爲敵。天產夫子，起自南夷，繼絕開來，文不在兹。圖書啓秘，我明我聰，譬晦而旦，江河地中。嗚呼！夫子貞履坦坦，道光跡幽，自彼魯鄒，匪我獨遭。峨峨廬山，公遊而棲，爰墓爰祠，百世是師。某沐馨研粕，年逾三紀，志銳質劣，無成内悔。文鐸忝竊，言邁江邦，過公里阡，汗顔徬徨。式修厥明，以奠以祀，品豐於豆，我酒伊旨。誰其配之，二程夫子，濬深貫奥，敢忘本始。神格相予，造我髦士。尚饗。

【箋】

〔一〕濂溪先生，即宋理學家周敦頤。廬山下有周祠。文中曰：「維正德六年，歲次辛未，秋八月，中順大夫江西按察司副使後學關西李某，以巡視事至九江府。」是該文當寫於正德六年（一五一一）八月，時夢陽任江西提學副使，巡視九江，拜謁周祠。

〔二〕中順大夫，明史職官志一：「正四品：初授中順大夫，陞授中憲大夫，加授中議大夫。」

蘇先生入白鹿洞先賢祠告文〔一〕

維正德六年，歲次辛未，九月戊申朔，越四日，中順大夫、江西按察司副使李某敢昭告於前提學虛齋先生蘇公〔二〕。

公昔省方視學，衿珮作氣，抗折權貴，威武不屈。兹洞之興，公實有力。某謹按：祀典，德祀，功祀，二者公並有之。爰采輿情，載稽群議，飭南康府以九月四日奉木主，書公銜號、姓名入白鹿洞書院先賢祠。公神是依，來遊來豫。敢告。

【箋】

〔一〕蘇先生，即蘇葵。據文意，該文當寫於正德六年（一五一一）九月時夢陽任江西提學副使不久，將蘇葵牌位立於廬山之下白鹿洞書院先賢祠中。

〔二〕虚齋先生，即蘇葵，字伯誠，廣東順德人，成化二十三年（一四八七）進士，改庶吉士，授編修。弘治九年（一四九六）至十二年任江西提學僉事，終福建右布政使。著有吹劍集，明詩綜卷二十五有略傳。按，夢陽提學江西分司題名碑（卷四十一）：「蘇葵：字伯誠，順德縣人。進士，任翰林院編修，升僉事，弘治九年至。」

丘先生祭文〔一〕

維正德四年，歲在己巳，六月甲子，處士松山先生丘公卒，其友人北郡李夢陽以柔毛庶品爲奠，而致辭曰：

於乎！士有曠百世而心相求者矣，而公與僕生並時也，又共里閈而居，豈不幸哉？當是時，公年六十餘矣，而與余交。余，仕宦人也，而獨敬重公以隱操，此非世俗所謂相左者哉？然僕於公則相合也，此豈苟然而已者邪？且以公之豪鉅，使出而干仕，與世翩翩，其所就固可量哉！而説者乃曰：「何論愚智？顯貴則身高。」此所謂井蛙之見也。誠以彼較此，其輕重可同日而語哉？是以原憲、季次之倫，寧没迹於滄波巖穴之區，而不肯苟禄以狥世，即守蓬蒿畢身隱約而死，而終不與汶汶者比權而量力也。古人有言曰：「天道無親」，「惟善是親」，「不於厥身」，「於其子孫」。且如陶潛、杜甫，非不善人也，然率困苦不顯見於世，乃其子率又不甚似，亦謂有天道否邪？故原憲、季次雖隱約，然不以其故而損名；陶潛、杜甫其子即不似，然議者不以是貶其行。故曰：「君子强爲善而已矣。」公何憾哉？前公以壙誌數見屬，今且撰公壙誌矣。不敢卒負。

【箋】

〔一〕據文章首句，該文寫於正德四年六月，時夢陽因參與彈劾劉瑾而賦閒開封家中。夢陽有處士松山先生墓志銘（卷四十五），曰：「處士姓丘氏，名琥，字伯玉，號松山，蘭陽人也。」即其人。見丹穴行悼丘隱君（卷十九）箋。

熊士選祭文〔一〕

仲夏之交，我舟南邁。衝沙改路，浩浩江瀨。顧瞻劍浦，有墳山阿。慨思哲人，攬涕滂沱。惟斯①哲人，志超美心。如玉如金，英其德音。豸巍於冠，立朝之端。如鷙戢翰，鳥棲弗安。聯裾並珂，喟昔京室。晨遊繼燭，宵唫見日。形忘道孚，死生膠漆。妖祲中昏，塌翅各歸。天清地寧，重離再輝。我乎南來，哲人玉頽，蕙零松摧。不見顔儀，見此夜臺。絶弦爲誰，掩袂徘徊。百身願贖，返魂無丹。巨川滔滔，林原盤盤。車停馬駐，孰知我歎②。

【校】

①斯，李本、四庫本作「思」。　②文末，黄本有「尚饗」二字。

【箋】

〔一〕熊士選，即熊卓，字士選，江西豐城人，弘治九年（一四九六）進士。爲平湖知縣，擢監察御史，以劉瑾案黜，歸鄉，卒。按，夢陽曲江祠亭碑（卷四十二）曰：「正德七年夏五月，予巡視豐城，登岡望江曲之勢，……」又熊士選詩序（卷五十二）曰：「瑾誅，起余官江西。過豐城，訪其人於曲江之濱，亡矣。余既往哭其墓。」夢陽於正德六年五月赴江西，次年仲夏視學豐城，是該文當作於正德七年（一五一二）五月。

周副使祭文〔一〕

嗚呼！公父子蓋棺者，於兹兩月矣。公之罹禍之慘，見之者，哽咽不能道其事；聞之者，不忍聞也。即不相識，爲公猶痛悼忿恨，不欲與賊共生，矧吾儕於公同進士爲僚友邪？當公之擊賊也，知有君也，不知其有身；公之子知有公也，不知其身爲身也。使天下爲臣者皆如公，爲子者皆如公之子，可常治而不亂。矧有如盜賊，矧有如公父子者，死於盜賊之手。嗚呼！何忍道！何忍道！不忍道而復道此者，亦以痛悼忿恨天下無公父子者耳！今公長子奉二柩登之巨舟，由彭蠡、大江反葬於故丘。較之無聞而死者，死同；而所以死，則固殊矣①。

【校】

①文末，黄本有「尚饗」二字。

【箋】

〔一〕周副使，即周憲。夢陽有江西按察司副使周君行實（卷五十八），即其人。周君行實篇首曰：「正德七年，閏五月二十六日，江西按察司副使周君攻華林賊，戰死之，其子幹救之，戰亦死。時予在泰和。」周憲傳見明史卷二百八十九忠義一。該文當作於正德七年（一五一二）或稍後，時夢陽在江西提學副使任。

左公墓祭文〔一〕

年月日。具官某以牲醴之儀，遣永新縣官往祭於奉訓大夫、泰州知州左公之墓。曰：

始予下車，詢公園域。掃治缺人，鞠爲榛區。心竊悼之，亟欲往視。今在鄰邑，竟亦斯沮。蔦蘿之懷，歆焉靡寧，乃輒遣官臨祭。公如有靈，鑒茲永忱。於乎！碩德下位，澤復弗延於後人，孰謂有天道哉？尚饗。

【箋】

〔一〕據夢陽儀賓左公合葬志銘（卷四十五），此左公當爲夢陽岳父左夢麟之父左輔。據文意，該文當作於正德八年前後，作者任江西提學副使視學吉安府時。按，永新，屬吉安府，今江西永新。夢陽明故朝列大夫宗人府儀賓左公遷葬志銘（卷四十五）曰：「左氏，永新逢橋人也，……知州公，永新左方墓，……」

汪世興祭文〔一〕

維正德四年，歲次己巳，十一月某朔越某日，友人某等，謹以庶品清酤奠於亡友校尉、宣武衛百户汪君世興柩所。其文曰：

嗚呼！世興死乎，真邪非邪？兩月前，世興别我，行往山東，固偉然一壯男子也，而今遽死乎？世興爲人，無致短之道，不宜客死暴露，而今短邪？又客死而暴露邪？且今狂悖無行、負君父、用奸計、欺壓輩行、得罪友朋者，豈少也？然多白頭不死，乃今竟短而客死而又暴露哉！且自有宇宙來，忠直獲殃咎，不才受顯福，屈伸顛倒，夫豈少哉？至於論人，則於其行不於其年。今世興即短而客死暴露，較之諸所白頭死牖下，其得失不侔矣。嗚呼，世興！余又何悲！

【箋】

〔一〕汪世興，生平不詳，世襲宣武衛百户，正六品。正德初，任南京兵部校尉。似爲寓居開封之徽人。據首句，知該文寫於正德四年（一五〇九）十一月，時夢陽因涉劾劉瑾事致仕閒居開封。

延平同知閆公祭文〔一〕

惟昔杏林坐宴，花京走馬。元龍逸氣，王融妙年。附蠅有幸，方慚葭倚。逝水難諶，遽成萍跡。浮沉既判，悲慶隨生。中間乖隔，哽咽何述？又況雍門軫存殁之懷，山陽起横吹之感。迎輭撫孤，此痛疇堪。緬惟年甫釋褐，星軺衣繡鷺軾。當其攬轡河朔，褰帷濟上，風聲義氣，豈出范、賈二子下哉？故時弗常春，明必有晦。林甫曳紳，九齡褫爵。丁生端笏，平仲竄荒。雖顯幽定數，智人罔譚，而慨古憤今，志士多淚。閩邊越徼，竟墮跕鳶。瘴雨蠻飆，徒歸唳鶴。一麾尚爾，胡論高牙。獨櫬南來，孤魂西返。榛墟巖雪，風亭暫依。禮同斗酒，情倣生芻。昭昭有知，鑒兹永懷①。

【校】

①文末，黄本有「尚饗」二字。

【箋】

〔一〕延平，即明置延平府，治所在今福建南平，轄境相當今福建南平市和沙、金兩溪中下游及尤溪流域。同知，宋代主管一事而不授以正官之名者，稱爲知某事。州之主官稱刺史，佐官稱同知州事。明清相沿，皆簡稱爲知府、知州與同知，爲正五品。閆公，據文意，似爲夢陽同科進士。檢皇明貢舉考卷九，有陝西涇州閆潔，與夢陽同爲弘治六年進士，當即此人。嘉靖延平府志官師志卷二同知：「閆潔，涇州人，進士，歷監察御史，山東提學副使。正德六年任。萬廷彩，江西武寧人，舉人，歷福寧州知州。正德十一年升任。」據此，該文疑作於正德十一年前後。

王汝鄰祭文〔一〕

鳳翔千仞，龍游四澤。昧者翅首而挹其輝，枯者跂足而俟其液。乃一旦翮殺鱗脱，奄焉與常羽凡介同盡共滅。此其恨若痛，有不肝蝕而腸裂也邪？於乎，汝鄰！方岳之任，高矣，陟矣！挹君之輝，而俟君之液者，天下有同情焉，人士有同評焉。乃亦殺翮脱鱗，奄焉與常凡者埒邪？追惟牛刀初試，鷺車載揚，錦炫鶚擊，何者風采！雖寶鋏中埋而龍光竟吐，柏臺薇省，臺輔是階。李廣不侯，顔回終夭，天乎命邪？此恨此痛，行路靡堪。矧附驥於甲流，斷金於末契者哉！某等轉①蓬自昔，聚萍在斯，淮陽匪遠，哭弔罔由。寄薄奠於生芻，軫遐悲於宿草。文縮意永，室爾心綿。尚享！

【校】

①轉，原作「輔」，據四庫本改。

【箋】

〔一〕王汝鄰，疑即王良臣。按，雍正浙江通志卷一百五十一名宦六湖州府：「王良臣，嘉靖湖州府志：字汝鄰，陳州人，進士，弘治七年知德清縣。果確廉明，訟者盈庭，一言而決。崇文教，表名賢。興廢舉滯，百度維新。」王氏爲弘治六年（一四九三）進士，與夢陽同榜。明史卷一百八十八王良臣傳：「王良臣，陳州人。弘治六年進士。官南京御史。瑾誅，起山東副使，終按察使。」據嘉靖山東通志卷十職官，王良臣於正德六年（一五一一）任山東副使。明武宗實録卷一百十二：正德九年五月，「升山東按察司副使王良臣爲浙江布政司右參政」。可推測王良臣卒於正德九年後，則此文作於當時。

林元佐祭文〔一〕

年月日，友人某等，以庶豆清酤奠於故户部員外郎東石林君柩所，再拜哭且告之曰：嗚呼！元佐旬浹喪二子，未幾身與俱亡。天之禍林氏，亦遽至此極邪？元佐氣體若北人，善飲食，不畏寒暑，而一病骨立以死。元佐上不負君，下不負民，内宜於親，外義於人，足永祀矣，而乃竟無子。識元佐者，謂其空洞坦達，道遠之具，而其官若壽，竟止於此之數者，展轉思繹，莫究厥始。而所謂天者，果安在哉？予嘗博觀天下，勢有所難恒，數有所難一，卒然而值，欻然而失，則雖所謂天者，無容力焉。故得喪不足以自律，而成敗不足以盡人。不然，豈無崇爵考終傳之子孫，無一善可稱於世者乎？予固知元佐，且將唾之不顧，而自亮其死之爲安也。他何論哉！他何論哉！元佐馮麗雲，附景星，攬觀宇宙之内，亦少慰乎？

【箋】

〔一〕林元佐，即林夔，字元佐，福建東石人。弘治三年（一四九〇）進士，曾任户部員外郎，嘗與夢陽爲同僚。陳田明詩紀事丁籤卷六收録林夔經趙邊地詩，小傳云：「夔，字元佐，莆田人，弘治庚戌進士，官户部員外。」此文似作於弘治後期任官户部時。

李員外祭文〔一〕

嗚呼！君結衾蓋棺離人世者，忽二旬於兹矣。思與君偕入並馳，棋局酒杯，諠娱笑謔，極平生過從之樂，而今不可獲矣。頎然之貌，森然之髯，恍然立吾前；豪激磊落之論，侃侃在耳也，而呼之不應，招之不徠也。君慷慨悲歌人也，英爽不散之氣，必有附麗馮倚，與陰陽相升降者歟？然予不得而知之矣。自君之没，予寢不安枕，食不甘味，累欷重息，未始一日而置。蓋一以憤善人之弗穀，一以悼交游之陵替，則君之英爽不散者，亦有鑒於斯否邪？

【箋】

〔一〕李員外，不詳。員外，指員外郎，爲六部曹司之次官，産生於隋唐，歷代相沿。

余員外祭文〔一〕

嗚呼！士有負凌雲概日之材，挾奮迅扶摇之翮，一旦崩隕僵踣，與百卉共盡，腐鼠同磔，必有水火之厄，雕鎩之疾，虞羅斧斤，爲之災者。否則衝風毒霧，排其堅幹，焦其勁羽。嗟，吾邦臣有一於是乎？而遽奄然死乎？曩謂君垂蔭萬畝，振翰九霄，可計日而至，而今已矣。嘗竊觀天下，貌弗中、相羸瘵、多嗜欲弗壽，志庸識卑弗貴，譾薄弗禄，悍急弗穀。嗟，吾邦臣有一於是乎？而穀也，禄也，貴也，壽也，於斯焉止乎？或謂君席肅敏之業，産富千金，年四十餘育五子，又莅官赫赫，畀之良而奪之全，殆所謂天也。夫良者，天既奪之矣，彼貌弗中者，羸瘵者，多嗜欲者，志庸識卑者，譾者，薄者，悍者，急者，顧或全之。何邪？向畀之材若翮，又安所爲邪？嗚呼！是固不得而知，又奚足爲吾邦臣辭也？始大夫命下，群趨賀君，相顧而笑，諏辰蠲饎，將大饗賓客，孰謂慶者出廬，返轡來弔？非斯文之至厄，千古之深悼乎！是月也，設旐於庭，戒行有期。君有老母，日夜企君之歸，君之魂氣，尚無它之乎？

【箋】

〔一〕余員外，據文意即余邦臣，名余寰，四川青神人，弘治十二年進士，弘治十三年前後任户部主事，弘治末任户部員外郎，與作者爲同僚，其卒似在任時，雍正四川通志卷九有略傳。此文似作於弘治末年夢陽任官户部時。

馮照磨祭文〔一〕

嗚呼！生死其天乎？哀歡其情乎？不有邂逅之遇，金石之盟，杯酒彈劍，意氣相傾者，一旦幽顯異途，榮隕殊科。於是軫薤門之調，誦蒿里之歌，傷如之何矣！臨君之門，歸輿駕矣。丹旐揚揚，柳在下矣。子衰妻絰，賓客縞衣冠送矣。嗟嗟，悲夫！修榮短戚，窮憂達悦，伸暢縮抑，人情固矣。及百年共盡，一抔均掩，狸鼠内穴，螻蟻下呐，草卉瓦石，又何異矣？孰夭孰壽？孰愚孰智矣？君雖弗昭，異於弗仕；四十而有子，異於徒死，吾又奚悲！吾又奚悲！

【箋】

〔一〕馮照磨，不詳。照磨，元代諸部、院、臺、司的屬官，掌收發文移，核對文書卷案，或兼承發、架閣管勾等職。明沿置，中央之都察院，地方之布政、按察二司各府均置，正八品。

祭鮑子文〔一〕

維嘉靖元年十月癸酉朔，越十有六日戊子，梅山先生柩還於故山，其友人李夢陽設奠夷門道左，再拜送之，而爲之言，曰：

嗚呼，鮑子！胡爲乎來？胡爲乎歸？子之來也，高冠大衣，輕舟穩車，前有斯，後有臺，江行月迎，山邁雲隨；而今之歸，丹旐前飛，素幔後圍，賓客縞衣而白冠，送子吹臺之側，哭子長河之干。嗚呼！鮑子十年北顧，氣横中原，一旦堂堂之軀，而爲營營之魂乎！豈生死有地，壽夭者天乎？草木黄隕，繁霜慘人；吴澤寒波，越猿暮呻。子無東無西，無南無北，魄返魂俱，還汝鄉國。汝有朋親弟昆，宗之子，族之孫，有迓於境，有俟於門。肴嘉酒馨，肥羜香豚。汝嗣六齡，哭爺零丁；汝靈汝征，汝家汝庭。尚享！

【箋】

〔一〕據首句，該文當寫於嘉靖元年（一五二二）十月，時作者閒居大梁。夢陽有梅山先生墓志銘（卷四十五）云：「嘉靖元年九月十五日，梅山先生卒於汴邸。……梅山姓鮑氏，名弼，字以忠，歙縣人也。」即此人，亦作者好友。

亡弟汝含祭文〔一〕

汝含既卒之三日，二哥以牲酒果爲奠，拊棺大慟，仰天而言，曰：

嗚呼，吾弟！吾尚忍言邪？昔我先君徙官於河藩，挈吾兄弟，僦居坻邸，入飽出嬉，家室如火。元年戊申，喪我季姊，癸丑喪吾母，乙卯又喪吾父。八年三喪，故業崩解，骨肉荼毒，李氏不絕如綫。維伯兄念先世起家之艱，夙夜罔懈，振我中業，久而未集。吾雖竊有班秩，顧恒有歸志，而大我門閭，惟汝焉望，而汝今死已！嗚呼！尚忍言邪？尚忍言邪？

汝七歲猶乳，以吾母絶字於汝也。十歲嬌悍，群兒莫之敢鬬。十三四綴幡走馬，捷如猱狖，吾知汝稟之者厚也。十五涉獵典籍，日誦二千言，微旨奧義，多所自解。十八九鋌鍔軒露，漸有光彩，吾知汝蹄齧者必善走也。吾見汝額骨隆隆起髮際，巨口豐頤，闊步凝視。始生之日，有不速之客二人來，緋袍而皂蓋，吾知汝貴且壽也。有一於此，足以不死，而汝竟死邪！昔先君易簀，惟汝焉憂，以婚姻屬兄，以行業責我。爾家爾室，厥女彌月，兄亦庶乎矣。汝行未見，業未大，予何以見先君於地下邪？去歲仲冬，汝從予通州，疾病尋作，目睆睆而癡，首岑岑而恶。更數醫之手，而巉然骨立，日銷月削，抑孰謂遽罹此虐也？

嗚呼！天邪？命邪？蚩蚩之氓，天乎壽之，命乎佑之，何獨殤吾弟，且奪其後邪？凡此皆所不忍言，而吾言之。雖虞爾之魂，亦以泄吾之悲。夫吾能言者，言之矣。所不能言，汝亦知之否邪？

【箋】

〔一〕夢陽有弟汝含字義（卷六十一）文，即此汝含。又族譜家傳（卷三十八）曰：「孟章，吏隱公第三子，字汝含，成化十七年十月十三日午時生，弘治十二年十一月二十日子時卒，年十九歲。葬扶溝縣東北四十里，地曰大岡。」是此文當作於弘治十二年（一四九九）冬，時夢陽正任户部山東司主事。百川書志卷十六著録李汝含詩一卷、附録一卷，云：「慶陽李益章汝含撰，空同之弟。詩止六首。」按，李益章，當爲「李孟章」之誤。詩集或已散佚。夢陽爲其母所撰明故李母高氏之壙誌云：「子三：長孟和，義官，次夢陽，次孟章。」

方山子祭文〔一〕

方山先生卒殯矣，大梁李某乃以香幣之儀，遥奠於殯所。爲言曰：

於乎！横海之鱗，釣者徒盱。順風之翼，弋人何慕。子也傑特，警捷英悟。彈鋏悲歌，振纓高步。扁舟浮游，駿馬馳鶩。五岳丘垤，萬古昏暮。軒駟弗義，視如蚼蟫。一言苟合，千金毫毛。弱弄觚翰，壯涉風騷。笑銜杯醆，手無停毫。於乎，鄭子！易艮其背，詩養時晦。天道忌露，自滿者潰。茫茫草澤，曠曠豐沛。桂折松摧，珠沉玉頽。梟雁鳴叫，雲霾慘其。遵吴邁越，魂氣東之。方山書屋，沙溪釣絲。驚猿月嘯，孤鶴夜悲。生芻延頸，山川紆迴。歌不盡哀，意豈達辭？悠悠君子，孰知我思！

【箋】

〔一〕方山先生，指鄭作，夢陽好友，生平見贈鄭生（卷十）箋。列朝詩集丙集方山子鄭作曰：「嘉靖初，年四十餘，病痰，别空同南歸，歿於豐沛舟中。」該祭文寫作時間當爲嘉靖六年（一五二七），見聞鄭生死豐沛舟中（卷二十八）。

内弟左舜在祭文〔一〕

年月日，左君舜在卒。越四日，其姻兄關西李某，以剛鬣柔毛、清酤庶果往奠之，曰：汝生早孤，形影悵悵。甫及解事，遽夭而亡。二雛在抱，重闈在堂。視天夢夢，哀哉①允傷。爾祖樹德，厥考孔揚。天畀爾良，既篤既臧。惠親友弟，和鄰睦鄉。怒不至詈，戲不涉狂。口無兼味，體無麗裳。所不永者，謂非天殃。予來自西，聞汝大喜。整衣呼食，示健强起。予往診視，病則骨髓。神醫弗治，況予小子。再經旬浹，而竟至此。阽危之言，琅琅可書。天鼓自候，以占疾徐。達生委命，智者弗如。莫壽於殤，莫樂於死。斯言良怪，要有至理。昭昭聽之，尚其鑒止。

【校】

①哀哉，四庫本作「哀哀」。

【箋】

〔一〕左舜在，夢陽之妻弟。按，夢陽岳父左夢麟有四子，夢陽明故朝列大夫宗人府儀賓左公遷葬志銘（卷四十五）曰：「長曰國璿，年十三歲；次曰國璣，年十一歲；次曰國玉，次曰國衡，年各四歲，以卑稚，蓋咸莫克成我公葬事。」國璣，字舜齊；國玉，字舜欽。文中曰：「汝生早孤，形影悵悵。甫及解事，遽夭而亡。」疑此左舜在，即左國衡。又明故朝列大夫宗人府儀賓左公遷葬志銘云：「左公，諱夢麟，字應瑞，年四十，弘治三年六月三日病卒，葬白塔兒原梨園中。葬二十二年，而爲正德五年，於是始徙於今墓云。」則夢麟移葬時爲正德五年，左舜在二十一歲。據此推測，則左舜在卒時，大約二十七歲。據儀賓左公合葬志銘，知國衡之卒在國玉之卒數年之後，則該文似作於正德十一年（一五一六）左右，時夢陽閒居大梁。

外母廣武郡君祭文〔一〕

嘉靖元年二月戊寅朔，我廣武郡君將啓殯而西宅之三十六陂之佳欝，於是甥李夢陽設酒脯牲俎以奠，而言曰：

於乎！謂賢者嘏，我君恭孝，四十而寡。謂貴者盛，我君玉枝，隱約愁病。謂壽者祺，我君七十，霜鴣夜悲。於乎！賢匪無嘏，天實靳之。貴匪無盛，我遘靡時。既畀之壽，胡靳之祺？如瓊株飆撼，珍草霰摧。即光英馨馨，詎守之弗黯，久而能持也。哀哀我君，秋蘭俄殞，晨月竟沉。既往何言，追思痛心。雲轜載駕，二月初吉。羽衛翺狘，原野慘慄。攀號莫及，窀穸永畢。哀哉，尚饗！

【箋】

〔一〕廣武郡君，夢陽外母，左夢麟之妻，周定王朱橚之曾孫女，鎮平恭靖王之孫女。夢陽鎮平府大輔國將軍墓志銘（卷四十四）云：「初鎮國娶於楊，生兩輔國，暨廣武、遂寧二郡君，而廣武郡君生左宜人，左宜人配按察副使李某。則大輔國者，於吾妻實母舅，而爲之甥之夫者。」據文章首句，該文當寫於嘉靖元年（一五二二）二月，時夢陽閒居開封。

李夢陽集校箋卷六十五　外篇一

化理篇第一〔一〕

或問雹雷。空同子曰：吁，胡叩淵於淺人？雖然，竊聞之矣，是陰陽搏擊之爲也。

曰：有鬼神形者何也？

曰：氣動之也，氣散則散。凡神怪隨氣之妖祥，亦有人物形者，皆變也。星之妖爲欃槍、天狗、彗孛等，亦氣之生散，唐一行「北斗化七豕」是也。

正德二年正月一日，日食既。

空同子曰：予蓋親睹焉。月體不滿規，日大而月小乎？凡月食既，則輪盡黑無餘欠，乃益知月體小於日。

「天與水違行，訟」，天一生水，天水一耳。違行訟者，訟詞兩而事一也。

五行木、金、水、火四氣不内邪，邪入則壞。惟土内污，污變則化，化則神。是故貫四時而獨功也。在人脾爲土，游溢精液，輸灌肺、腎、肝、心，不然，百物食之，腥葷臭味穢雜於胃中，何以發神明而行變化？莊子神化爲臭腐，臭腐復爲神化，蓋言土也。

用先土，生先水，天一生水，資始之道也。故人命門在腎。

極黑之夜，久坐亦明，陰中之陽歟？猶水之中明歟？負勁氣者，有非威之威，是故松檜不棲蟬，熊豹之皮不上蟻。

天道以理言，故曰「虧盈而益謙」；地道以勢言，故曰「變盈而流謙」；鬼神以功用言，故曰「害盈而福謙」；人道以情言，故曰「惡盈而好謙」。盈謙以分限言耳，非謂消長升沉也。而俗儒不知類，以日月草木等當之，悲哉！月有虧而無益，草木有益而無虧。若以凋落爲虧，則謙者不凋不落邪！

天地間惟聲色，人安能不溺之？聲色者，五行精華之氣以之爲神者也。凡物有竅則聲，無色則敝，超乎此而不離乎此，謂之不溺。

德者必福。天人相與之際若求焉者，無心之心也。「求福不回」，人際天也；「介爾遐福」，天際人也。「壽考不忘」，言壽考之求德如念念在之也。禍福之幾，捷於影響。察之乎！察之乎！

十月無陽，故曰陽月。非無陽也，陽生而未成也。消長之道，盡於上則生於下，故曰：「復其見天地之心乎？」董仲舒雨雹對謂：「十月真無陽。」又謂：「月内一日無陽。」何哉？

易獨言象，象者，懸一以會萬者也。又一①者，象之所由始也。一以會萬，故得象而忘言；萬以會一，故得意而忘象。它經言一理則止一理，言一事則止一事。

雨一也，春則生，秋則枯。風一也，春則展，秋則落。雪一也，冬六出則益，春五出則損。水一也，鵝鴨則宜，雞濡則傷。土一也，夏至則重炭，一物且爾，況殊哉？

或問人性上人，何也？

空同子曰：陰陽必争也，二氣旋轉坱圠，以負勝爲寒暑。是故晴和之日少，而風曀之時多，斯陰陽之争也。人秉其氣，得不上人哉？

或問化權。

空同子曰：陰陽代更必争而主之者行。如春主生，即恶風淒霜無損於坼萌；如冬主藏，非無晴和之辰而黄落愈增，故曰化權。權者，謂主之也。有官之義焉，官之者，權也，能推移輕重之也。

東方蒼龍七宿，中曰火，心星也，心昏中則夏。木生火也，人心屬火，故名火爲心，詩「七月流火」是也，斯皆自然之數也。火秋則流而下，以火不生金，故不復中於西。而二十八宿：西者虎，北者龜蛇，東者龍，南者鶉，皆自然此象，非人假借之也。北之象二，陰二也。

空同子曰：予往在玉虚觀見其像設，問道士此何神，答曰：「皆星也。慮人不敬畏，故假名像耳。如王靈官即心星，故焰。而火輪北者，至陰之地，陽之根窟，故日照三面，如人之背，至陰不自見，至静而動者出焉。非此則無根，無根則其用窮也。人五臟繫在背，背有神舍，故膏肓病則無醫，膏肓者，根也。」

夏易首連山，天下不止不動，動根止。商易首歸藏，天下無陰無陽，陽根陰。周易首乾，天下非陽不統，故後天尊陽。

【校】

①一，原重「一」字，據四庫本删一「一」字。

【箋】

〔一〕朱安淝李空同先生年表云：「（嘉靖）六年丁亥，公年五十六歲。公閔聖遠言湮，異端横起，理學亡傳，於是著空同子八篇。其旨遠，其義正，該物究理，可以發明性命之源，學者宗焉。」故據此繫於嘉靖六年，明人聶豹有空同子序。千頃堂書目卷十一著録李夢陽空同子一卷。四庫全書總目卷一百二十四子部三十四雜家類存目一著録空同子一卷，提要云：「明李夢陽撰。夢陽字獻吉，慶陽人，徙扶溝。弘治癸丑進士，官至江西提學副使，事蹟具明史文苑傳。其書分化理篇二、物理篇一、治道篇一、論學篇二、事勢篇一、異道篇一，凡六目八篇，已編入空同集中。此本乃後人摘出別行。夢陽文摹擬秦漢，多艱深詰屈之語，爲後人所詆訾。此書亦仿揚雄法言之體。其發明義理，乃頗有可採，不似其他作之贗古。」

又，陸深儼山外集卷十四：「李憲副夢陽字獻吉，號空同子，弘、正間名士，與予交好。嘗約獻吉遊吴，卜居，予將入梁訪族，二十餘年未酬也。嘉靖己丑秋，獻吉尋醫渡江，留京潤一兩月，予適有延平之行。是歲除日，獻吉下世，予赴晉陽，以庚寅三月二十一日，經汴城而西望，几筵一慟而已。其子枝，字伯材，以空同子八篇來貺，燃燈讀之，重爲之流涕。内論學下篇一條書劉閣老言李、杜事，微失旨。」

化理篇第二〔一〕

夏則伏者，傳其所剋也。秋、冬、春不伏者，子承母也。伏則蒸濕者，土氣也，助金生之也。木生火，故日東出，日不照北以水也。夏至，日照三面，亦不北。月西生者，金生水也。月不北者，從日也，又借日而光者也，又陰不獨成者也。

「萬物並育而不相害」，謂不相妨耳。桃榮而梨枯，麥秀而穀槁，則妨矣。百步之内，茂草各遂，一不遂則妨矣。虎肥而鹿瘠，馬健而牛羸，則妨矣。斗七，故天之數多準七，二十八宿皆七也，左氏「天以七紀」是也。日月五行，璣政亦七。易曰：「七日來復。」極永之晝，時七則回，夜亦如之。詩曰「終日七襄」是也。僧家竊其意義，是故數亡人用七。

人皆曰：「中國，天地東南隅耳。」又曰：「萬物齊乎巽。」故中國文物聲教獨懿然。燕之土盧，盧龍塞是也。盧，黑也。江之南，石之色皆赤，中國之四方不見乎？又星曆驗之測景臺，郭守敬量天尺亦樹嵩、洛間，則中國不有中乎？佛者竊其意，乃曰：「天地有幾洲，中國者，南贍部也。」

或問海市。

李子曰：此處偶有此怪異氣耳。夫陰陽五行氣化不齊，濱海之邦，海錯萬殊，廣之珠，滇之石，北之鯉，南之鰲，淮之蟹，吴之蛤，能盡究所來耶？事有不必辯者，以其非急也；有不能辯者，以其非理也。不必辯，如海市、鳥鼠同穴、象膽四時在四脛之類是也。不能辯，如豕立人啼、人死託生之類是也。人不能自見其腦與背，病之來也，忽而痛，忽而止，忽而寒，忽而熱，自不能知之，而好奇者每每辯其非急，求之理之外乎？

夏之初月高，其圓也低；冬之初月低，其圓也高，進退之義也。

人之五臟，各其①喜生，腎虚者嗜鹹，肝虚者嗜酸。凡食，脾胃喜之則味佳，不喜則咽之不下，亦自喜生之道歟？口脾之屬歟？

濟之性勁，源於晉，伏流地中，乍見乍伏。一支穿太行，爲百泉，爲衛水；一支爲濟源，出山東，爲七十二泉。大抵天地勁氣在山西，人之性勁天下，其鐵亦如之，所謂并州剪刀者也。漢之性曲，其流十里九灣，郢、沔之間，瀦爲澤藪，皆漢之漾也。語曰：「勁莫如濟，曲莫如漢。」

五行，火無體，在物則藏，燃物則用，用盡則息。五臟，心爲火，炯然中伏，遇動則發，不動則已。

干支在時，五日一周；在日，兩月一周；在月，五年一周；在歲，六十年一周。朱子謂六十節者，此也。十二支子鼠、丑牛等，初謂取象耳，然木人見漆則瘍，猫見寅人則銜其兒走徙其窠。昨問劉南宫，劉曰：「是真有之也，不但取象。」朱子論乾馬、坤牛、震龍、巽雞、坎豕、離雉、艮狗、兑羊，曰此取象亦自有來歷，非假譬之。由是觀之，十二支象真有之邪！

項氏曰：「六子，始氣也，末形也，中精也。雷風，氣也；山澤，形也；水火，精也。」

空同子曰：雷電光，墮地則石，氣非不形也；山澤通氣，形非不氣也，水火非氣，何來？氣非不精也，形、氣、精，一而三，三而一者也。朱子本義主揲蓍乎？陰陽貫錢，四時一緡。錢亂而成緡已矣，向背上下難仍也；四時成歲已矣，明晦雨暘難仍也。

離爲科上槁，木盛火藏於內，助其盛，木槁火燃其外，灰其槁。人，水火濟而生者也。生則神棲目，離爲目也。水絶則死，以槁而焚也，人槁則神先去目。

空同子省穡，坐其場，麥將颺，候風焉。田老曰：「風之來，視雲，雲之方無風也。」已而四方雲，風來，子詰之。田老曰：「風即來，無定方，斯謂斷續之風也。」不信，令颺焉，麥果四落。子曰：「嗟，斯可以心觀矣。夫風，無不入者也，雲猶格之，況心乎！況心乎！」

後天之易：退乾西北，長子用事；退坤西南，長女代母。然國有長君，社稷之福，傳稱觀志，易戒無成。又家有主母則悍奴奪氣，如漢高不廢呂雉者，斯何也？

空同子曰：用事者六，主之者二，是故六氣代謝而乾坤常行也。故曰「役乎坤，戰乎乾」。

秋之雲，闊而薄，故其雨微；夏之雲，獨而涌，故其雨注。化氣亦專而後壯者，勢然也。轟雷遍四海，湅澍盡八埏，天地能之乎？故言仁智者必曰勇，勇者，專壯之義也。

「風行水上，渙」，天下之至文也。渙者，文隨之而生者也，亦天下之至變也。天地之道一耳。齊生而概斂，則其功不普，物之生斂，有先後而無棄遺者，變化之漸也。故曰「乾道變化，各正性命」。化極而不生不斂，則萌者始枯，實者始槁，斯傾者覆之也，非變化之罪也。

小人多，君子少，何也？陽一陰二也。陽生於陰也，小人必壞者邪也，福善禍淫之道也。陽生於陰者，男自女生，其證也。

元氣，正行已矣，成歲功已矣。非無邪恶妖穢之氣，任之矣。任之者，俟其盡自滅也。彼即溷，溷無損於歲功，斯天地之大也。堯、舜之治亦其大焉矣，非户户人人者論也。

時甲子，五日一周，周六而成月；月甲子，兩月一周，周六而成歲；歲甲子，六十歲一周，周六而爲三百六十。「倮蟲三百六十，而人長之；毛蟲三百六十，而麟長之；羽蟲三百六十，而鳳長之；介蟲三百六十，而龜長之；鱗蟲三百六十，而龍長之。」皆六之則也。木、水用陽六甲、六壬，火用陰六丁，而土、金不用。

或問：「舜入井以孔出？」空同子曰：既入井，顧安所得孔哉？即有孔，象獨不之知邪？曰：「若是，舜胡由出？」曰：神爲之也。漢高大風破圍，光武六月之冰，宋康王泥馬渡河。古來真天子怪異多矣，況舜哉？此等不可知，亦不可窮。

【校】

①其，四庫本作「自」。

【箋】

〔一〕化理篇，「乃指宇宙造化的道理。空同子以易説明大自然的運行，概括宇宙的法則」（蕭家怡李夢陽空同子敘録，載東方人文學誌第六卷第四期）。

物理篇第三〔一〕

道理，一横一直爾，十字是也。數盡十，理亦盡之矣。「王」字，真、草、篆、隸不變，挺三才而獨立者也，變之非王也。人食蔬穀不害，食果蓏害，木剋土也。木味酸，木生火，故食果蓏多，則酢而内熱。木實曰果，草實曰蓏。

雀乳雛四月四、五月五、六月六。夫曆者，聖人節天者也，烏知四時已矣，知月乎哉？

麥種之秋而焦於夏，火剋金也，麥穗直而芒，有兵象焉；穀種之春而焦於秋，金剋木也，穀穗垂而毛，有木象焉。

環、慶無麥。秋，大梁無螢，無寒蟬，然寒蟬、螢，北京有之矣，地之異邪？冷使之邪？江之南不産荆棘，山不産櫟，柔之義邪？孔林不産荆棘，仁邪？

空同子之廬有蝠焉，多而穢，令撲焉。撲者無始而有終，問焉，曰：「始撲之逐焉，逐逐擾擾，其獲也少；終立廬之中俟焉，至則撲之，故其獲多。」甚哉，一之應萬也！

宋人不言理外之事，故其失拘而泥。玄鳥生商，武敏肇姬，尹之空桑，陳摶之肉摶，斯於理能推哉？

空同子曰：形化後有氣化焉。野屋之鼠，醯甕之雞，其類已。

桃、杏，人以殼内含生生故曰仁①。孟子曰：「仁，人心也。」又曰：「仁者，人也。」以生生言之也。

髮，血之餘，血，陰也。髮黑者，水之色也；白者，反從母氣也。凡物極則反。松柏蒼然，梧竹疏秀，茶梅冷淡，荆棘針刺②，樗櫟臃腫，芝菌靈異，荼蘗穠弱，鹿葱海棠繁③艷，並育而同生，氣之變化然也。文固難以拘論也，故文必曰如此如此者，皆拘之類也。

雙生以後爲兄者，昧化理者也。凡産必前動，謂之回轉，無礙則首始下，首下則生矣。即以受氣先後疑，則回轉時先氣者先出矣，斯造化至妙之幾，所以全母子者也。予亦雙生子，先生者體大差長，亦獨先龀。

橄欖爲楫，撥魚則浮，亦磁石引針、琥珀起草之類歟？骨鯁以玉簪花根汁滴之則化。

席具化理，其篾一横一直者，二儀也。一顯一伏者，陰陽也。一篾顯伏者，陰陽一道也。篾必錯三而成文者，三才也。織之必自中起者，極也。形必方者，四方也。製器④尚象，孰不由之，而人知之乎？

北之土厚，故其人信；南之水廣，故其人智。土厚，故其鼻隆；水廣，故其口閎。鼻隆，故北人不相鼻；口閎，故南人不相口。信而偏，故其性戇；智而流，故其性飾。

水克火，然火水既濟；木生火，然火焚木，何也？天下有一氣之害、二性之交也。

海翁忘機則鷗狎，百里奚忘禄則牛肥。禄亦機心乎？禽鳥，先氣者也，凡噪聚處則旺而興。

空同子曰：弘治初，予蓋侍朝焉，每鐘鼓鳴，則烏鴉以萬數集於龍樓，予退而問諸長老，曰：此百鳥來朝也。然久矣，朝朝帝帝如此。後正德間不復見此矣。嘗聞獻皇帝之國也，舟泊龍江關，烏鴉以萬數集江柳，向王舟鳴噪，亦今中興之應歟？今人家喜鵲憂鴟，亦氣之先歟？寧陵符生舊稱老鴉符家，言環莊樹皆鴉，每鳴噪，妨人語。今多事來，鴉亦不之來。

知聲而不知音者，禽獸是也；知音而不知樂者，衆庶是也。惟君子而後知樂。

空同子曰：聲言直，音言曲，樂言律。直者，單而粗者也；音者，方而文者也；律者，比而諧者也。如啄啄呼雞，落落呼猪，咄咄呼馬驢，苗呼猫，噍呼雀，呼之則應者，知聲也。人人能謡。如今里巷之詞曲，不學而能之，疾徐高下皆板眼，所謂知音也。及問其出某吕、某律、孰宫、孰商，則不知也，故曰惟君子而後知樂。解者未達，乃以瓠巴鼓瑟，游魚出聽；伯牙彈琴，六馬仰秣，爲禽獸知音。夫作樂而獸舞鳳儀，斯感通之妙，非聲音之末也。昔有鼓琴於池上者，調及蕤賓，而蕤賓鐵躍之出，亦謂知音邪？

「天道虧盈而益謙」，繪事其證乎？凡繪，不及則是，過之則非，如繪人，分寸亦人，若六七尺則非人，以人長五尺也。物皆然。又如繪朴野幽寂之形則雅，如草村茅廬、疏松片石、疲驢破帽則雅，若繪樓閣金碧凡富貴事則俗矣。吁，天之盈虧不顯哉！不顯哉！

鳥之性南向。鴉鵲晨南昏北，蝠昏南晨北，南出而北還也。雁之南也，鶴鸛亦南，即鶺鴒、鷦鷯、梧同、黄雀之微亦南。不問遠近，但見其南耳。

生性難移，如草木之蔓之直，故人剛柔之偏，變之爲剛善、柔善有之矣。若欲剛爲柔，柔爲剛，能之乎？

天之生物，主於用。龍用天，故雲；馬用地，故健；虎用山，故風；牛主耕，故柔；馬主行，故不寐；豕主食，故一乳十七八，推之物皆然。而仙釋之徒，乃欲棄人倫，絶群類，高飛遠翥哉！如生才亦主用，大受小受，即有湮淪者，鮮焉，用之時義大矣哉！

王生善聽聲，聞丁公馬蹄聲，曰：「旬月必拜相。」又聞其蹄聲，曰：「必出而西行。」皆驗。以是觀之，小人名位素定矣。易謂「小人道長」，不以是乎？又以知宋宰相乘馬，今達官肩輿行，謂馬卑也。唐宋拜相則築沙堤，或以便於馬。箋云：唐天子尚乘馬，況宰相哉！如肅宗與玄宗控馬是也。

禹貢山川多與今不合，何也？空同子曰：自河之入淮也，破滎澤、孟諸、芒碭諸陂，今皆耕牧地耳。流謙變盈，滄海而桑田，古今能合哉？

車陸象鳥，舟水象魚，蓋不能不圓，席不能不方，智者行其所無事已矣。私意鑿之哉！

空同子圍爐而觀，銅瓶之水熱極則響轉微，乃喟然而歎曰：嗟！至寶不耀，至聲無聞，天之道哉！天之道哉！凡欲人知者非足者也，凡人不知而慍者，欲人知者也。

「秦時用商鞅，法令如牛毛」，天下之毛多矣。繁令必曰牛毛者，何也？空同子曰：牛之毛於人獨無用，用之無益也，然則繁令者不可鑒哉！

味生色，故染絳必以酸；義生味，故吟詩必用色。嘉靖六年四月，舞陽之野麟生於牛，其夜火光，又其聲雷，又見其角而麟，以爲妖，擊之，口吐火，斃。頃又蘇，瘞之土，又自起。聲轉雷，擊碎首乃死，見者謂麟也。野人懼，扛之省城，然誠麟也。古謂麟一角，然此則雙肉角；麟馬蹄，此則蹄牛；古謂鶴胎生，今鶴卵生。豈傳者誤邪？抑形有變邪？此似麟非麟者邪？古又謂牛馬交則生麟，此牛馬交者邪？龍與馬交則生千里馬，汗則腹下鱗。

嘗疑大學絜矩，又疑平天下不言準而言矩，今乃知方圓平直一道，矩盡之也。矩爲方，削其角則圓；矩爲平，直其尾則平，尾不直不平也。陣法五變亦方變圓，或問：「方能圓，圓不能方，何也？」李子曰：「陽⑤根陰也。」

鋸之齒，太平直則入木不行，必有齟齬，俗謂之料，斯濟變之譬也。覂駕之馬，不羈之才，用之易效。

聖人貴智亦貴藏，以智者善藏也。鱖魚性痴，見人則樹其鬣，謂人懼己也，又其性畏寒。西方有鳥曰半翅者，亦痴，見人飛不過三五尺，可以杖擊之得也。鰣魚入網輒伏者，惜鱗也。孔雀愛其尾，潛則露尾。錦雞愛其毛羽，自照水，因而有溺死者。皆不智不藏者也。

乾爲駮，駮鉅牙，食虎豹，一名兹白。空同子曰：凡物食物，天生相制之義，非但力之也。駮未必力虎豹，虎豹食鹿、豕、牛、馬，鹿、豕、牛、馬見之，則顫而尿。斯有制之者，非力之罪也，如豺小而降虎豹是也。在人，如君制民，夫制妻；在禽，如鶻搏兔，鶻擊鳶。

【校】

①仁，原作「人」，據四庫本改。②刺，原脱，據四庫本補。③繁，原脱，據四庫本補。④器，四庫本作「氣」。⑤陽，原作「楊」，據四庫本改。

【箋】

〔一〕物理篇，講事物的道理與自然規律，諸如地理環境對動植物及人的影響等，目的是告誡人們要順應自然規律，包括人倫關係等。

治道篇第四〔一〕

或問：「哀帝屢誅大臣而卒不威，何也？」

空同子曰：人主以無爲爲威，有代天之相，則百官自正；有執法之吏，則百度自貞。君何爲哉？故自用者小，侵下者煩。煩小之政，挾之誅戮，則人心離，矧哀非正己之君乎！賈氏曰：「廉遠地，則堂高。」

君子以遏恶揚善，順天休命。遏者，止之之義，而揚者，彰之之名也。火在天上，既無所不照，物無遁形，善恶畢露，使遽賞罰之，則四海兆民勝罰之邪？又能盡爵之邪？故聖人不曰罰而曰遏，遏之不遏則罰行；不曰賞而曰揚，揚之又揚則賞行。天命有善而無恶。又火在天上，故曰「順天」。言有非我者遏之揚之，吾何心哉？

真僞兩在，不逆其僞，功罪具疑，則重其功，上之道也。

群居而和，一君子每蓋數小人，陽統陰也；私起而争，一小人每害數君子，陰賊陽也。反復之，道也，天地能使陰無哉？在統之有道耳。

衆美容恶，群恶不容美，如華屋有穢，只見其華，而茅茨之下，著一雕器則詫眼難觀矣。故衆君子中不無小人，而群小人内絶無君子。故治朝，君子七而小人三，不害其治，而亂世容一君子不得。

言治者必曰唐虞，何也？聖人久於其道而天下化成也。堯在位一百一年，舜在位八十年，又禹繼之則二百餘年矣。即有堯、舜而年或不及，則於變亦難。孔子「王者必世而後仁」，謂此也。

郊上辛，社稷上戊，祭孔子上丁，戊在丁後，故先丁。如十日丁則一日戊，當先戊而後丁，以丁不常十，故人鮮知一日之戊。弘治間，吏部主事楊子器上言，戊從初十之丁，則次戊，非上戊也。時無諳禮者，竟寢不行。

大人以天下爲度。書云：「其心休休焉，其如有容焉。」言度也。論相者曰：「鼻吸三斗醋。」曰：「腹内好撑船。」亦以度言也。相必言度者，以狹人氣勝也。氣勝則偏，偏則窒，窒則瞢。天下之務，大人恒澄明，澄明則鑒物也。今人但知宰相包容，不知包容中有鑒也。不然模棱胡塗，亦謂天下之度，可乎？

天地父母萬物，聖人父母萬民，其心無一息忘之，故孔有莫知之歎，孟有不得已之辯，即如父母育嬰兒，有一息忘之耶？

莊周齊物之論，最達天，然亦最害治。使人皆知彭、殤、孔、跖同盡同歸，則孰肯自修？或又知清濁混沌，金石銷鑠，孰彭、孰殤、孰孔、孰跖，肯自修乎？故曰害治。孔子曰：「民可使由之，不可使知之。」

人之病，痰火八九，老人不宜盡去火，虚人不宜盡去痰，去之則愈病，斯救世之譬也。書曰：「汝惟風，下民惟草。」又曰：「彰善癉惡，樹之風聲。」孔子曰：「君子之德風，小人之德草。政之行，風行之也。」關羽威振華夏，陶侃千里不拾遺，亦其風耳。李斯論囚，渭水爲赤，而關東盗愈繁。漢武令直指使者誅捕無道，而海内愈擾，以不知風耳。傳曰：「知風之自。」

甘誓以君行，故其詞嚴；胤征以臣行，故其言詳。一君二民之道也。

「疾威上帝，其命多辟」，命之天者也；「天生烝民，其命匪諶」，秉之人者也。命一也，蕩之世乃辟，乃匪諶，乃有初無終，皆詩人疑怪之辭也。「天不湎爾以酒，不義從式」，言酗酒者不制之義。酒伐德，故愆爾止；又亂性，故無明晦。「號呼，俾晝作夜」者，「靡明靡晦」也。斯自事耳，非天湎之也。

顛沛之揭者，本實先撥也，非枝葉之害也。治天下有本，其本亂而末治者，否也。

人無賢愚，嗜酒必跲，然紂甚，是故詩、書言酒禍於紂，切也。

居上貴寬，太寬則弛；臨事貴簡，太簡則漏。故曰：「寬而栗。」又曰：「居敬而行簡。」

聖人重禄位者，本人情而順天心也。天之禍福主德，人之好恶主利。孔子稱舜曰：「故大德必得其位，必得其禄。」又曰：「貧與賤，是人之所恶也。」書曰：「我有周惟其大介賚爾，迪簡在王庭。」是以名位歆之也。詩亦曰：「爾公爾侯，逸豫無期。」聖人豈内好爵而外隱約哉！民之所好好之，又天以是報德也。故今將喬其官，則高廣紅黄夢寐嘉美，星命①拱吉，固知天未始不禄之重也。又曰：「期人以名位，不若勉人以德業。」

空同子曰：無其德，無其業；無其業，無其位；無其位，無其名。即有之，幸耳矣。

空同子曰：使孔子得位，二帝、三王之治難哉！

或問：「何難也？」

曰：堯、舜、禹之世則有益、稷、皋、契、夔、龍，湯有伊尹、萊朱，文、武有太公、周、召，孔門惟一顔子王佐才，不幸而蚤死，設使孔子得位，則參、雍、游、夏、季路輩，能爲益、稷諸人事否乎？以沛中豪傑、南陽貴人觀之，則佐命未生，亦孔子不王之兆也。

爲政在人，非其人而用之，則不官；取人以身，非其身而取之，則不人。不人而曰世無人，不官而曰世無官，有是理哉？孟子曰：「虞不用百里奚而亡，秦穆公用之而霸。」劉基、徐達輩，固元生之也，我太祖用之而興，世無人邪？有人邪？

鮑參政曰：「今欲平治，先三要。」或問：「何謂三要？」曰：「内閣掌印一要，吏部尚書一要，左都御史一要。」

空同子曰：内閣之要大而公，吏部之要明而執，都御史之要貞而無回。大生公，公生明，明生執，執生貞，貞無回。聞之先生曰：「銷元氣者，苛吏也。苛則刻，則不恕，則恕己凌人，則訐人，則伺察人，譬無疾而藥，索五臟之未形。」

今之弊，官不久任。國初臺省不甚通，如御史升按察僉副，或徑升使，使久則入爲左右都，副則左右副，僉則左右僉。如知府久，則升左右布政使，或參左右，使久則入爲部侍郎、尚書等。如此，則法吏敢持繩糾之權，民吏無不更事之嫌。今臺省既大相通融而任又弗久也。蓋官非良，久必敗。故今之官利數遷，太相貪緣求速，故私奸易規避，大事無了絶，途路迎送糜費，甚者，一官至，民不知姓名，去矣，猶過客也。今又爲小轉法，如知府轉按察副使，按察僉事轉參議等。或年資未應轉，又爲更調法，如此府調彼府，此縣調彼縣，此臬調彼臬，此省調彼省等，甚者，巡撫、都御史亦調。法愈巧而官愈廢，故曰今弊。

古之良，久任獲之也。漢世，爲吏者不長子孫乎？凡治朝皆然。

孝廟不立貴妃，是時言官有以匹夫之行言者，或誚之，誚之者，不讀禮者也。古者，天子有后，有夫人，有世婦，有嬪，諸侯一娶九女，皆廣嗣之道也。是故一傳絶。

曹志、秦秀、庾純父子，皆切實之才，晉武怒而不采。郤詵、阮种、華譚直辯博之士，則上第登庸。斯取人以身之證乎？

太宗時，鄱陽一老儒詆斥濂洛之學，上己所著書，上覽之大怒，閣臣楊士奇力營救，得不殺，遣人即其家，盡焚其所著書。

空同子曰：盛世之君有道哉！記曰：「一道德以同俗。」故異言亂政。

詔令足以占朝廷，言有遺慮則知野有遺賢矣。故朝有王臣則其言王，朝有霸臣則其言霸。尉佗得漢文書，即徹黄屋奉正朔；竇融得光武璽書，歎服曰：「天子明見萬里。」孰謂詔令不足占朝廷哉？

「爲上爲德，爲下爲民」。如聚財强兵，非不爲上，然非爲德；拔引私昵，非不爲下，然非爲民。

舜、禹有天下而不與，孟子所謂「若固有之」者。注曰：「不以位爲樂。」非也。樂者，對憂之名，不以位樂，以位憂乎？既若固有，則憂樂具泯。豈必不樂而後爲不與哉？獨言舜、禹者，以其得天下易也。

成、康刑措之治，召畢壽考夾輔之功也，不然，康之世其難哉！或曰：「任之而不疑，二王不賢乎！」

春秋，諸侯出，告廟則書，至則有飲至策、勛之禮，所以敦孝敬而防游佚也。聖人之制禮不其微邪？是故僖伯憂如棠。

和氣致祥而治世亦災，天心仁愛之歟？乖氣致異而叔世亦瑞，燈滅必光耳。或曰：「治世，災在朝廷而瑞在天下；叔世，瑞在朝廷而災在天下。」

【校】

①命，四庫本作「合」。

【箋】

〔一〕治道篇，結合儒家思想討論治理國家之方法與道理。包括對君王的道德要求、君臣之道以及合理利用人才的方法。

李夢陽集校箋卷六十六　外篇二

論學上篇第五〔一〕

知易者可與言詩。比興者，懸象之義也；開闔者，陰陽之例也。發揮者情，往來者時，大小者體，悔吝者驗之言，吉凶者察乎氣。

陽已回，則寒①愈劇；人將亨，則困益至。故禍敗萌而氣焰愈熾，福祐臨而拂亂益深。三代之學，必論天人之際，以消長倚伏非斬然而來也。嗚呼！易備矣，詩、書詳焉。今之學者知之否乎？

空同子曰：暑日但静坐，則心便定，心定則涼。然老人不能也。道心者，借血氣行者也。孔子曰：「甚矣，吾衰也！久矣，吾不復夢見周公。」身衰則行之難。孟子亦曰：「壯而行之。」

昔人謂文至檀弓極，遷史序驪姬云云，檀弓②第曰「公安驪姬」，約而該，故其文極。

如此論文，天下無文矣。夫文者，隨事變化、錯理以成章者也。不必約，太約傷肉；不必該，太該傷骨。夫經史體殊，經主約，史主該。譬之畫者，形容之也，貴意象具，且如「非驪姬，食不甘味、寢不安枕」之類是也。經者，文之要者也，曰「安」而食寢備矣。自「檀弓文極」之論興，而天下好古之士惑。於是惟約之務，爲涌洗，爲聱牙，爲剜剔，使觀者知所事，而不知所以事，無由彷彿其形容。西京之後，作者無聞矣。

或曰：「今之材松柏，故易摧；古之材金玉，故難朽。」予曰：「金不鑄，玉不琢，古而今矣。松柏非楝梁不斲，今而古矣。」或曰：「斲之人，摧之已。今之材自棄哉？」予曰：「不鑄不琢，無害於質；斲之摧之，質斯毁之歟？」

涉疑而徑詢，於長則瀆；聞譽而專叩，於己則損。故夷、齊知仁，桑户知簡，謂之善問。

孟子曰：「言近而指遠者，善言也。君子不下帶而道存焉。」記曰：「視不下帶。」其言至近，然道存者，何也？視上於帶則傲，下則戚，傾則奸。無是三者，非道乎？故曰善言。

或問：「詩集自序謂『真詩在民間』者，風耳，雅、頌者，固文學筆也？」

空同子曰：吁，黍離之後，雅、頌微矣，作者變正靡達，音律罔諧，即有其篇，無所用之矣。予以是專風乎言矣。吁，予得已哉！

張東海韻辯，東冬、青清何以殊？虞模麻遮何以同？夫東冬、青清，反切本殊，而人自不殊；虞、模、麻、遮，調協本同，而人自不同，顧歸罪韻者。嗚呼！人之蔽至此哉！韻，母子相生，五音互之，自然而成聲，智不能加，愚不能損。信如此言，則冬、江、貞、先、虞，尤不得通押，而説不得説去聲，哲不得哲去聲邪。今人因前人云四聲出於沈氏，遂不復根究，便立訓教人，不知兹韻其來已遠，沈特校定之耳。

王維詩，高者似禪，卑者似僧，奉佛之應哉！人心係則難脱。

「惟聖罔念作狂」，斯反之之聖乎？衛武公抑、詩「如履薄冰」、「臨深淵」是也。或曰：「聖矣，念罔乎？」曰：「生而知者，無哉！然有惕心焉。詩曰：『不顯亦臨，無射亦保。』」

激生於忿，五音令人耳聾，五色令人目盲。人自聾自盲耳，音色使之哉？陰陽消長，五行生剋；發之聲爲音，吐其采爲色；騰之爲氣，滋之爲味；天以之成，人以之生；貪者戕，淫者荒，音色之罪哉？毁量折衡而民不争，民之争，量與衡使之哉？黄鐘者，累黍而成，隔八相生，萬事由之，自然之數也，量與衡所由起也。聖人則天訓民已耳，非有心爲之也。凡此皆忿人之辭耳。故曰「忿之辭激」。元結之文激，亦忿人非邪？

枚氏七，非心於七也，文涣而成七。後之作者無七而必七，然皆俳語也。夫宫室、服食、遊獵諸等，君子恥言之，而乃侈之，又相襲言之邪？漢之崔、傅，魏之王、曹，晉之張、陸，皆一代之偉也，亦爾爾耶？今俳人作院本，名一文錢戰到底，祖曹植七而爲之也。

序卦③「有過物者必濟」，然過曰賢智，則過亦難矣。過猶不及，思中行而與之者，立教之經歟？

志不在卑，而不力以求之，思而不學者也，有終身焦勞而不獲者矣；力以求之而心無達焉，學而不思者也，有終身研磨而弗獲者矣。

敬生於愛者，厚；生於畏者，嚴；生於德者，久；生於尊者，暫。

愛生於公則遍，生於私則偏，生於真則淡而和，生於僞則穠而乖，生於義則疏而切，生於欲則昵而疑。

特立之士必無徇人之爲，徇人者，必同也，心無義理則狹，舉目無可意事，故曰「盡心知性」。

宋儒興而古之文廢矣，非宋儒廢之也，文者自廢之也。古之文，文其人，如其人便了，如畫焉，似而已矣。是故賢者不諱過，愚者不竊美。而今之文，文其人，無美恶，皆欲合道，傳志其甚矣。是故考實則無人，抽華則無文。故曰「宋儒興而古之文廢」。

或問：「何謂？」

空同子曰：嗟，宋儒言理不爛然歟？童稚能談焉，渠尚知性行有不必合邪？

流行天地間即道，人之日爲不悖即理，隨發而驗之即學。是故摭陳言者腐，立門户者僞，有所主者偏。

古人言必稱先王，不合則疑，疑則闕。今人弗合則詆，詆則仇。程子曰：「自點檢不暇，尚暇點檢人邪？」「人之患在好爲人師」，詆人者，必好爲師者也。

杜甫見道過韓愈，如「白小群分命」、「文章有神交有道」，又如「隨風潛入夜」、「水流心不競」、「出門流水住」等語，信手拈來，頭頭是道。

或問：「典、謨、訓、誥不言權，呂刑『輕重諸罰有權』。」

空同子曰：夫權者，權其變以適中者也，故變而後權。夫聖人在位，允執厥中，又用其中於民矣，何權之言哉？

曰：「舜不告而娶，唐虞禪，湯武放伐，非權乎？」

曰：「夫身或遇之行之矣，又何言哉？」

曰：「孔子每言權，何也？」

曰：「高而無位，於是發其微以詔來，且春秋之世，何世矣？」

曰：「孟子七篇，大半言權，何也？」

曰：「戰國之世，又何世矣？孟子不發其微，天下不以謀數爲權乎？吁，大哉！予何敢忘孟氏之功也！孟不生，孔其熄乎！矧帝王之心傳。」

或又問漢儒。

空同子曰：反經無道，無道，何權矣？聖人之權輕重之以適中者也，非反之也。

問宋儒。

曰：「宋人④不知孟子，又安知權？故心帝王之傳者必孔、孟，心孔、孟者，必知權，可也。」

曰：「若是，則宋儒得位，不興三代之治乎？」

空同子曰：吁，難言哉！周、程其大矣，宋之開國者誰歟？致太平者誰歟？應變定傾者誰歟？固非斯人之流也。吁，難言哉！然周、程其大矣。

孔門，曾子傳大學，子思傳中，孟子傳權，非權則中不中，非中則大學不大學。

情者，性之發也，然訓爲實，何也？天下未有不實之情也，故虚假爲不情。

【校】

①寒，四庫本作「陰」。②弓，原作「公」，據四庫本改。③序卦，四庫本作「卦序」。④宋人，四庫本作「宋儒」。

【箋】

〔一〕論學篇，主講文學與經學理論，反映作者之文道觀。據蕭家怡概括，包括「吉人辭寡」，經史辨體：經主約、史主該，「情」與「韻」三方面（參閲蕭家怡李夢陽空同子叙録，載東方人文學誌第六卷第四期）。

論學下篇第六〔一〕

術異者終罔吉，泄化機也，京房、郭璞其人也；文異者終罔吉，發神秘也，遷、固、蔡、禰、韋、陸其人也；貪盛者終罔吉，犯止戒也；好訐者終罔吉，悖厚訓也；好殺者終罔吉，戕生道也。

古詩妙在形容之耳，所謂水月鏡花，所謂人外之人，言外之言。宋以後則直陳之矣，於是求工於字句，所謂心勞日拙者也。形容之妙，心了了而口不能解，卓如，躍如，有而無，無而有。

「小子何莫學夫詩？」孔子非不貴詩。「言之不文，行而弗遠。」孔子非不貴文。乃後世謂文詩爲末技，何歟？豈今之文非古之文，今之詩非古之詩歟？閣老劉聞人學此，則大駡曰：「就作到李、杜，只是個酒徒！」李、杜果酒徒歟？抑李、杜之上，更無詩歟？諺曰：「因噎廢食。」劉之謂哉！

色厲而内荏，内柔而外剛也，色取仁而行違，内陰而外陽也。

趙宋之儒，周子、大程子，别是一氣象，胸中一塵不染，所謂光霽風月也，前此陶淵明亦此氣象。陶雖不言道，而道不離之。何也？以日用即道也。它人非無講明述作之功，然涉有意矣。

大人、赤子，心一耳，擴之爲大人，未擴則赤子。如草木始於萌，以出土時分量具也，培之使之足已耳，非能矯之使增也，如松參天、柏盤石，桃李能之乎？

人之目一塵不著，而心亦然，一塵則礙，見道亦然，一塵則不透。又如鏡然，一塵則不瑩。鏡無妍媸，人自妍媸；鏡不塵，人自塵；月不雲，人自雲。

晉人字，傳之今無不精妙者，然比之羲之則下矣，神不如也。羲之字，輕重操縱獨神，而十七帖爲最。

理欲同行而異情。故正則仁，否則姑息；正則義，否則苛刻；正則禮，否則拳跽；正則智，否則詐飾；言正則絲，否則簧；色正則信，否則莊；笑正則時，否則諂；正則載色載笑稱焉，否則輯柔爾顔譏焉。凡此皆同行而異情者也。人之偏甚於蔽，蔽易通，偏難回。難回則堅，堅則僻。易通則開，開則復。

多言畔道，故曰訥，曰慎，曰謹，曰寡，曰默，曰時。凡與人談，簡言少失矣。張訂頑足矣，乃又正蒙，故於道或有畔歟？

六經言利，而孔、孟不言利。經言利，利正也；孔、孟不言利，謂非正者也，公私之別也。然夫子戒利，辭更嚴，謂「多怨」，謂「小人喻」，故於利則罕言，以利非貞鮮不壞者。

書之言，多西土之音，如呼「我」爲「台」，本奴來切，至今西人音猶然，而訓者爲「怡」。又如西人謂「都是」爲「純」，而「純其藝黍稷」，謂都是黍稷也，今訓者爲「全」。又西人著力幹此事則呼爲「所」，而「所其無逸」、「王敬作所」，今訓者以爲「居處」。

古人重威儀，而詩爲詳。「威儀棣棣，不可選也」，以身言者也；「抑抑威儀，維德之隅」，以德言者也；「朋友攸攝，攝以威儀」，以事神言者也；「敬慎威儀，維民之則」，以治民言者也。大學「赫兮烜兮」者，威儀也，以學言者也。旁見之六經，遠證之三代，儀禮三千，皆欲人制其外以養其中。書曰：「思夫人自亂於威儀。」詩曰：「顒顒昂昂，萬民之望。」而今無知之者，悲夫！

孟子論好勇、好貨、好色。朱子曰：「此皆天理之所有而人情之所不能無者。」是言也，非淺儒之所識也。

空同子曰：此道不明於天下，而人遂不復知理欲同行異情之義，是故近裏者諱聲利，務外者黷貨色；諱聲利者爲寂爲約，黷貨色者從侈從矜。吁！「君子素其位而行」，非孔子言邪？此義惟孔知之，孟知之，朱知之。故曰非淺儒之所識也。

有恃者壞。恃勇者亂，亂必亡；恃才者凌，凌必傷；恃壯者縱，縱必夭；恃勢者驕，驕必戕。孟子所謂「生憂患而死安樂」者也。

高必自卑，大必由衆。故自高無卑，無卑則危；自大無衆，無衆則孤。得丘民爲天子，衆之謂也；無得罪於群臣百姓，卑之謂也。孔子曰：「無衆寡，無小大，無敢慢。」

麴糵爲酒，酒成而麴糵棄；讀書求義，義精而文自捐。故泥書者謂之糟粕。

孔子曰：「不義而富且貴，于我如浮雲。」漢以下儒者，只言富貴如浮雲，過矣。斯中庸之鮮也。周茂叔：「君子以道充爲貴。」而曰：「塵視金玉，銖視軒冕。」如其義，亦塵銖之乎？

孟子不談易，以孔門不易言也。論語「加我數年」與「不恒其德」耳。孔子傳之參，大學不言易；參傳之思，中庸不言易；思傳之軻，孟子不言易。以是知孔門不易言。所謂性與天道不可得而言也。

春秋終始爲麟。魯西狩獲麟，孔子乃始取魯史筆削，起自隱元，故曰始於麟。筆至獲麟之文遂止，不復修，故曰終於麟。

道貴簡默，非但防易與煩也。有道者其言自簡，聽言亦簡，不費辭説而情僞了然也。言約而義盡，故自簡。易曰：「吉人之辭寡。」

象與義，至精者莫如頤。頤，口輔也，養也。象曰：「君子以慎言語，節飲食。」口之出惟言語，入惟飲食。故其象視他卦獨精。養德莫如慎言語，養身莫如節飲食。故其義更精。

「君子之道費而隱。」費，賁也，顯之義也，故曰：「上下察也。」至者，極至之義，精而微者也，全體言非也。即以夫婦言之，二五妙合，聖人知之乎？孔子不幸而出妻，聖人能行之乎？故一事有一至，全體有全至，「及其至也，察乎天地」，即「上下察也」。天言天，地言淵也。察者，飛之躍之也。斯謂之至亦全體乎？

大風歌而霸心存，秋風辭而悔心萌。詩外哉！否乎？

作事謀始，然坤戒始，則曰「無成」；知終終之，然訟戒終，則曰「終凶」。由是言之，執一①者可與言易乎？

【校】

①一，四庫本作「易」。

【箋】

〔一〕此部分，作者主論「理欲同行而異情」觀，間談「古詩妙在形容」及六經之道。

事勢篇第七〔一〕

論樂毅者，謂不即下即墨、莒而敗。

空同子曰：細人哉，斯言！周之克殷也，周公、君陳、畢公繼撫其餘民，多士多方，諄懇未服也。乃毅能旬月而收齊衆，墟其城郭，夷其宗廟，食其倉庾，税其畎畝，役其丁夫邪？即使無單之火牛，火牛不止一單矣。孟子曰：「取之而燕民悦，則取之。」

柳氏謂箕子佯狂，意紂或崩，武庚幸立，無人輔之。

空同子曰：細人哉，斯言！箕子洪範，數學之源也，乃獨不知天命去留邪？微子去之，亦爲輔武庚去邪？武庚可輔之君否耶？

家曰齊，恩斷義也，如刀切草；國曰治，緒而分之也，如理亂絲；天下曰平，因其好恶而均之也，如平道塗。斯大小遠近之義乎？

子孫貴而賢，上也；賢而不貴，次也；貴而不賢，則下矣。貴不期驕，不賢則淫，淫則菑其身，不然，必其子孫矣。子孫非生而不肖，則觀效爲之矣。人家世修積而後貴子，子貴而不賢，則家未有不破者，富貴淫之也。

天地間皆性也，獨人貴者，自貴之也，失其貴則賤惡至矣，有草芥犬馬之者矣。夫草芥犬馬，不猶有愛之者乎？

斗筲之器，管仲之器，雖小之，然器也。今之材，雖小無之矣，雖大無之矣。何也？成而後器。今未成而毀之，奚其器？

人有未學而仕者矣，有初仕而壞者矣；女有未笄而歸者矣，有未歸而穴窺者矣；瓜果未熟而市鬻之矣，五穀未克而采之食焉矣。始秋而萑葦箔矣，十歲而冠者有矣①，布帛日短矣，斗升日巨矣。工日粗矣，商日僞矣，農日惰矣，士日嬉矣，官日營矣，其代速矣，消長起落促促矣。悲哉嗟嗟②！王制用器不中度，布帛精粗不中數，幅廣狹不中量，五穀不時，果食未熟，木不中伐，禽獸魚鱉不中殺，皆不鬻於市，而今不之見矣。悲哉嗟嗟！

俗靡靡矣，無弗諂者矣，無弗饕者矣，無敢者矣。

空同子曰：關、張死而蜀之事去矣。傷哉！

或曰：「蜀存亡，孔明哉？」

曰：惡何言也？湯非尹不商，文非姜不周，何也？撥亂世反之正③，其才殊也。夫蕭、張非信劣者也，然卒成漢者，信也。由是觀之，將必有殊才，不然，萊朱、周、召非聖人邪？而鳴條、牧野之師，必尹與姜行哉！

凡勢進而上則難，語曰「從善如登」是也。日之行過午，則疾以下也，日月尚然，而況於他乎？

「桃李不言，下自成蹊」者，實也。李廣口咄咄不能吐，而亡之日無識不識哀焉，以實也；黄憲、郭林宗無功業、事實、文辭於世，而天下頌之，後世信之者，以是也。故名者，非言貌襲取之也。

有開必先，秦其開漢乎？隋其唐乎？五代其宋乎？成則王，敗則虜，幸乎？抑道乎？竊國者侯，竊鈎者誅，然乎？不然乎？

空同子曰：道，天佑之矣，故曰天賜、天啓、天授。

皮以爲裘，雖聖必服，貍狐是也；言以爲訓，雖惡必録，陽虎是也。蛇蝎砒硝，藥皆入之，世欲無小人，得乎？

禮重主器，非私之也。所以示尊、昭一、養體定勢者也，如此而奸人豪奴猶有覬覦之者，況輕之乎？

病而後知安之獲，患而後知平之益。過益則傷，故病而後知安；太甚則損，故患而後知平。

聚必散，散之不善則恶矣，善者仁行而義施，恶者禍生而家破者也。吁，慎聚哉！

祀禮，發油然之心者也。崇祖考者，所以廣愛敬而交神人也。聖人之意微矣，故遏慢止悖，莫先於祀；嚴祀立教，莫大於祖考。愛敬者，孝弟之所由生也。今士大夫於祀也忽，故其教廢；教廢則風偷，風偷則俗惡，故其子孫視其祖考猶秦、越也。吁，甚矣！聖人之微意蔑乎！

忠者通上下而言者也，獨於臣切者，利達之途，其心易欺也。左氏：「上思利民，忠也。」不忠不足以使民，況事君乎？

孔子出妻，亦不王之兆也。三代興廢皆判於婦人，文王刑於寡妻，亦天成之也。詩曰：「天作之合。」

孟子氣象非止巖巖，説大人，便藐之；貨多，便厚葬其親；得位，便車乘、臺僕；傳食於諸侯，便曰「舜受堯天下」。揮霍赫灼，難量哉！

接之以文，雖悪必答，孔子之於陽貨是也；隆之以貌，雖讐必酬，關羽之於曹操是也。吁，斯可與俗人道哉！

顏淵死，孔子曰：「噫，天喪予！」非止悼傳，亦以占廢也。凡王之興，天必與之佐，孟子所謂「其間必有名世者」。故益稷佐禹，尹朱佐湯，吕佐文、武。天豫生之，雖烏冰、牛巷、空桑、寂濱，必全成之而置之王側。夫孔門王佐，一顏子耳，今也早死。不天喪予而誰喪哉？

空同子曰：古今人見同乎？偶哉？

或問：「何也？」

曰：周以文弊，宜忠與質以矯之。予序戰國策言之矣，然陸士衡嘗述焉。不偶同乎？

時能輕重人，或問：「何也？」

空同子曰：桓榮曲謹之學，遇盛漢而重；賀循大賢之具，當衰晉而輕。是故今之人知榮而不知循，非時使之乎？

空同子曰：岳武穆全人乎？得正而斃矣。

或曰：「將在軍，君命有所不受。」

曰：「惡何言也？不受命者，其身猶將也，周亞夫是也。非召之使還也，使之還者奪之也，奪之而不受命，是叛也，以叛伐叛，夫誰其與之？」

曰：「閫以外，將軍不制之乎？」

曰：「制之者，其身將軍也，言有位也，汲黯發倉粟之類也。非召而奪之也。召之而不赴，則騎劫代毅矣；代之而不赴，則陽周之鐲鏤下矣。嗚呼！岳也，得正而斃矣，春秋之義也。」

處難進之時，可高不可大。高者何？危行是也。不大者何？言遜是也。危謂孤峻，遜謂謙晦。孤峻如避世、避地、息交絶遊，斯之謂高；謙晦如不譏議，不圭角，不問朝報差除，不言官府得失，斯之謂不大。凡禍自口出，故言貴遜；道不可貶，故行貴危。

戰國策，周之衰乎？論祖論繩尺，宋之亡乎？或問：「何謂？」曰：「其氣苶以索，其文刻以峭。」

或問趙苞、徐庶之事。

空同子曰：苞傷勇哉！不戰而死可也。不戰而死，猶足以存母。

髡問男女授受之禮而舉嫂叔者，何也？禮：「嫂叔無服。」又：「不通問。」斯别之又别，嫌之又嫌者，髡真辯雄哉！大抵戰國横議堅白，非孟子不能破。

求勝者必敗，老子不爲物先，即見群龍無首也。故項斃於劉，智氏趙滅。

天生才必用，孔、孟弗遇，爲萬世師，不謂之用何邪？子陵、淵明，世遺之矣，然聞其風者必起塵外之思，不謂之用邪？

今人論行藏太易，是故退風微矣。孔子謂顔淵「惟我與爾有是夫」，則行藏易邪？不易邪？

據詩、書載記文王非無意於商也，曰：「文王受命。」曰：「大業未集。」如後車載姜，三齡與武，勘黎伐崇等事，誠非無意者，特時未可耳。孟子曰：「取之而燕民不悦，則勿取。古之人有行之者，文王是也。」亦謂時未可耳，然孔子則謂文王無意。

春王正月，係王正月之上，明子月非寅耳，初無他意義，而儒先④每以大一統言，鑿矣。今秦權往往人見之，亦有王春或王正月文，亦謂之大一統乎？或問：「秦權何有此文？」

空同子曰：秦奉周正朔，故云王以别于寅。以是言之，春秋王正月必魯史本文也，非孔子故加之以大一統也。曹無劉久矣，然銅雀瓦有建安年；秦無周久矣，然權有王正月。

予謂關、張死而蜀事去。或云蜀人不幸龐士元死，士元不死，關、張未必死。然乎！

惟聖人能通天下之變，其次莫如守，守身，守官，守禮，守法，皆事也。或謂琴瑟改弦，何也？

空同子曰：調琴瑟者，必能琴瑟者也，否則愈更而愈亂。故曰其次莫如守。

操不代漢者，欲挾天子以平吴、蜀也。或謂操身受臣之名，而使子孫享君之利者，非也，亦操欺之也。操嘗曰：「死，題墓道曰『漢征虜將軍曹侯』足矣。」此欺之由也。操征馬超，斫樹而血流，操恶之，急還，欲受漢禪而死於途。

【校】

①十歲而冠者有矣，四庫本無。②悲哉嗟嗟，四庫本無。③撥亂世反之正，四庫本作「撥亂反正」。④儒先，四庫本作「先儒」。

【箋】

〔一〕事勢篇，體現作者對時局的看法，並提出解決當時社會問題的意見，尤其是强調振興儒學對於治理社會風氣之作用。

異道篇第八〔一〕

或問風水。

空同子曰：有哉？無哉？風氣聚則靈異自發，何謂無？富貴，可遇而不可求，天之秘非人之能爲也，何謂有？故吉以善獲，非善之家，雖遇弗遇矣。

曰：「若是則廢之乎？」

雖然，曷可廢哉？卜其安焉、平焉者可矣。

或問子平。

空同子曰：小數哉！包括造化，未之盡也。是故得失半焉。如範圍天地而不過、曲成萬物而不遺者，推之有不準哉？河圖、洛書、伏羲之易是也。徐昇，字子平，今星命家宗其學。

空同子曰：仙者以能久視耳，然猶夫人也。吾百年死，渠二三百年死，渠固猶吾也。夫仙者，軒翥塵氛之表，下小區寰，擾擾溷溷焉耳。吾靜觀高覽，吸日月之華，極雲霞之變，閱寒暑之代，潛消息之用，何仙之弗若也？乃其狹小寰内哀憐蠢蠢者，吾固亦如之矣。斯所謂其或繼周者，雖百世可知也。故曰猶夫人也。

或問仙有死。

空同子曰：氣消之也。氣旋轉消息，息則臭腐而神化，消則精靈而枯朽也。仙結天地日月之精，去殼出神焉耳。然如消何？元會數窮，天地日月亦消，而況於仙乎？

或問導引采取之法。

空同子曰：小法耳，殺人哉！心動則疲，精下無返。人體如天，血肉固實，脈絡周流，無罅無欠，外氣入之，灌之紅鉛，安容哉？

邪術，邪人不能用，必强正而後行；邪術，邪物不能用，必假正而後行。如濟源，妖氣收却抛獻，必假之瀆；如術人，役鬼心於貨色，則鬼反弄之，是也。

釋言怪主於有，故妄；宋儒言怪主於無，故泥。怪者，鬼神之變也，有而無者也。高釋名儒，静同而色異。釋之色幽沉，儒之色和晬。又静同而意異。釋之意抑，儒之意活；釋强而止，故抑；儒順而用，故活。

儒義取，故其地高；釋貪取，故其教污。儒有揮千金而不顧者，而釋則望人施。儒非其力不食，而釋則食人之食，廬人之廬，衣人之衣。

人言釋有體無用。夫體者，對用之名也，無用而有體哉？吾儒寂然不動者，體也；感而遂通者，用也。人之動常活，故感則通，所謂敦化而川流，斂之一而散之萬者也。釋毀心人也，夫心既死而有體哉？

釋亦有至言，如「苦海無邊，回頭是岸」，即易之「不遠復」，書之「狂克念」，詩之「誕先登」。是啓人自新之門，而闢其反觀之機也，可以人廢之哉！

嘉靖丙戌夏，倍熱，戊子更熱。其年皆倍寒。故曰：「大熱之歲必大寒。」言陰陽之争也。五運、六氣不達，而欲治毉者，可鑒哉！

夏，陽氣畢達，伏陰在内，謂絲絲未絶之陰潛伏待時。夏至爲姤，如冬至之復也。驗之井泉，則陰之伏亦九淵之底。而病暑者，大順散治之，薑桂大熱，意爲過飲冰水者，設如王安道之議，非謂伏陰能使人虚也。

英奇之氣，流顯沙漠，每發異人，然竟畢於中華。帝王之世，蠻夷率從，玁狁之難，周薄伐之，無大患也。衛、霍横行匈奴，漢威以振；英、衛提兵深入，唐業是成；使宋任李、宗、岳、劉諸人，即百兀朮足道哉！我明，于、石執柄，也先褫魄，故胡虜勢識者，非其才無敵也，非中華無人也，用不用也。如其奇氣生佛，號「西方聖人」，能識吾周、孔道哉①！

神貴藏，人五臟真色見則病劇，以其神露也。脾病劇則黄疸，黄者，脾之真色也。臟之名，藏之義歟？故肝病則色青，肺病則白，心病則赤，腎病則黑。故曰望而知之之謂神，言察乎露者也。

【校】

①「英奇之氣」至「能識吾周、孔道哉」一段，四庫本無。

【箋】

〔一〕異道，即有異於儒家正統思想的學説，如佛教之類。異道篇反映作者抑佛揚儒的思想傾向。

【評】

聶豹空同子序：「予讀空同子八卷，而歎其爲文之至也。或曰：『空同子文跨一代，隻字流落輒爲所傳頌，而子獨以八篇，何哉？』予曰：『文以見道，道以經世，斯其至矣。夫見道者詣精，經世者識達，唯精也，故能通天下之志；唯達也，故能成天下之務。若空同子者，天假之年，起而究厥施焉，則其所以名世者，文不足道矣。』或曰：『空同子嘗仕也，乃落落爲世所擯，何耶？』予曰：『前乎此者疑於道猶未也，蓋其英氣太露，常有凌軼古今之意，其不爲世所容有以也。五十以後，則盡悔平生，而並其所爲詞章者，若將爲而不屑矣。是故懲艾深而真見定，八篇之作而豈徒哉！』予故讀而歎之曰：『此空同子文之至也。乃刻之郡齋，俾後世之知空同子者，不讀以其文而已矣。』

李夢陽詩文補遺

遺詩

王宅瓜豆迎秋罔實相國弗説詩以咎之余擬體比聲亦成四韻爲瓜豆解嘲

伏雨增虛夢，迎秋媚淺花。南山元歉豆，陶詩「種豆南山下，草盛豆苗稀」。東郭本宣瓜。邵平。魚掌難兼得，陰陽豈故差。拔葵欽魯相，瑣事後人誇。

題張將軍竹居

幸以全歸第，寧思老拯鞍。竹開居與秀，心入歲俱寒。倚劍風生葉，揮毫露滿竿。相期厲晚節，留爾子孫看。

聞蜩

野寺行吟晚，新蜩故故悲。林深看不見，爲爾立多時。擇木棲難穩，驚人響易遲。夜來有風露，莫近最高枝。

——以上録自弘德集卷二十三

玉溪歌三章

一

適意不在奇，會心不在故。蓮菊天下花，獨有陶周悟。君不見澶州王子稱，玉溪斯溪乃在山之西。山乎嶄巖盤秀靈，水摐石激常古聲，玉不盡，王之德；溪不盡，王之清。我歌玉溪君試聽。

二

兩崖突破泉流中，自遠望之如素虹。旁泉有石白齒齒，扣之玉聲比君子。君不見，泉流大海鼓波濤，堆石磊碣天齊高。

三

爲石貴白不貴采，水流必東性不改。君也奮飛覽輝下，昔導兩凫今驄馬。勁氣常卑朱子遊，威稜不數桓公雅。四海一夜生秋風，下有逸兔上有鴻，請看一鶚橫霜空。

江泌讀書圖歌

君不見堂上樹，拳屈如老龍。又不見樹上月，吐焰如白虹。畫工何意掃明月，揮毫便涌廣寒闕。月光墮地碎，石色古苔裂，皦如飛雲颺明雪。曲屏矮几旁有人，秀眉長鬢雙眼神。手書隨月月故皎，展卷字字蠅頭真。人言此圖江子泌，所奈不類南朝巾。林風寒霄鬢毛颯，石棱骨氣争嶙峋。窮酸虎皮那用爾！畫者貴意不貴似，牝牡驪黄古有之。芭蕉雪葉誰聞此，自昔爲儒必苦身。攻書不獨江生貧，映雪亦稱櫪下駿。鑿壁果然席上珍，也問流品儒第一，堅力轗軻名乃必。君不見，江生雖死月不死，萬載千秋畫者筆。君家兒孫個個如立竹，謝庭森森挺蘭玉。玉有藍田日暖之紫煙，蘭有幽谷春生之奇馥。折桂奪月當少年，騎龍誇鳳各上天，江生蕞爾何足憐。

張生畫瑤池圖爲李太君壽歌

青天飛來一隻鶴，堂上何得松子落。張生拂素掃丹青，六月颯瑟寒霜零。揮毫欻見鬼神出，點綴似有風雷停。石闌逶迤赤花繞，瑤壇兀律紅雲曉。虬軿虎節紛旖旎，獻祉呈祥衆裊裊。中有王母騎白鳳，侍兒飛瓊跨青鳥。太君本是神仙家，八十童顏如舜華。于時迎仙朝斗立，帔霞影翩露衣濕。骨格雖從造物定，精神乃逐畫手入。旁者誰女擎蟠桃，一女並捧芝盤高。斯桃元是王母精，歷九千年桃始成。芝也老紫通神明，食之白日毛羽生。太君餐桃無擲核，餐芝留根種仙宅。生子聰慧生孫賢，孫之又孫皆長年。瑤池之圖挂高壁，堂前鼉鼓吹龍笛。

諸公散後自作

五夜横霜角，層城散寂寥。月偏人影直，天迥望心遥。金鼓秋應振，關山虜正驕。匡時才濟濟，吾分合漁樵。

菊日任君見過三首①

其一

繞菊含情立，敲門報客過。惜芳兼酒至，穿徑問花多。冷色留觴斝，晴香出薜蘿，主人猶未揖，先自背叢哦。

其二

吾園秋頗勝，每怕客來誇。偶爾淹杯酒，知君爲菊花。引風真爛熳，吞雨不欹斜。漫墮蕭森淚，人間有物華。

冬至

陰極誰真挽，陽回爾尚微。漸看雲霧意，恐近太陽輝。腐草春應入，嬌梅凍欲稀。朝來有雲物，不敢問天機。

① 按，此詩原有三首，正集卷二十六有「其三」一首，此處僅補未收的前二首。

人日有感

天意留陰氣，人心厭鼓鼙。時平還鼠竊，屋破有狐啼。積雪浮沙迴，孤城壓霧低。夜來看邸報，朝議急征西。

春郊感興

覓花郊駐馬，隔樹夕聞鴻。雲路鄉書逆，天涯客意同。人生元去住，世事各西東。萬里孤城思，長楊日暮風。

詠庭前葵

炎陽百卉槁，此樹獨高清，枝豈因風倚，花能向日傾。隔簾番的歷，含霧亦分明。樵斧虚相忌，春來種又生。

癸未中秋不月二首①

人間不受月，桂子落誰聞。晴憶去年會，秋憐今夜分。兔毛元歷歷，蟾影固紛紛。汝自違天上，徒勞怨暮雲。

十七夜月

長風推月出，獨立看天晴。輪比昨來減，光猶終夜清。空明迥積水，寒色倍秋城。何處一聲角，嗷嗷孤雁征。

送人遊嵩山

山行冬亦好，雪後數峰青。冰底溪元響，洞門松故扃。燃薪覓石髓，揮鑱斸龜苓。爲

① 按，正集卷二十三有「其二」一首，此僅補未收者。

問三花樹，年來幾度零。

鄭客寓杏樹兒屯詩以懷亡

日來風再發，冬半雲微飄。坐念萍蹤子，躬耕杏樹遥。滌蕩親築屋，患水督修橋。野暮牛羊下，田鴻伴寂寥。

柬鄭生問其憂病

聞喪忽大病，望裏復遥途。客淚枯春草，鄉魂斷夜烏。舊阡須補碣，新路合裁梧。問爾南歸棹，滄江日易晡。

東園贈琴客陳鰲

園亭初過雨，江海忽流音。天與林中静，人傳譜外心。雲停元遏響，風逆故留吟。曲罷鳴蟬續，嵩河夕自陰。

送汪生還歙

別離衝暑熱，辛苦爲庭闈。六月三江路，孤舟一客歸。渚蓮迎寶劍，堂草俟斑衣。汝抱榮親志，無言只釣磯。

寄題孫氏七峰山房

江海元吾地，乾坤托此峰。深林不住虎，大壑自蟠龍。石室瑶編積，丹房紫氣重。洞中留日月，天外見杉松。仙侣時能就，樵人或與逢。道寧甘僻寂，心遠謝紛沖。巖嘯偏流響，雲行不著踪。渴吞金沆瀣，飢采玉芙蓉。伊我抛軒冕，端居學老農。一舟思汗漫，雙劍望巃嵸。汝祖天台賦，吾門大雅宗。吴趨羨白紵，越調薄黄鐘。慕隱懷標格，參玄想過從。何時最高頂，共聽海門鐘。

園莊餞蔡客還江東二首①

觸熱因君强出城，破堂雛燕接林鶯。塵埃固識風雲器，落魄還爲江海行。莫問千金求駿馬，且將杯酒戲青萍。停雲靄靄孤遊地，此別遥知日暮情。

贈田四有堂落成

田家荆樹紫常煙，大朵小朵春相鮮。臨花實宜起重閣，有酒更合開清筵。捲簾風日幾燕雀，填門冠劍咸高賢。解綬汝兄新就隱，塤篪細和竹苞篇。

臺院秋日餞玉溪侍御

乘驄使者兩秋迴，設餞儒客各盡杯。四海悲歡元對酒，百年意氣有登臺。雲開北極

① 按，正集卷三十一有「其二」，此僅録未收的「其一」。

星先入，木落中原雁自來。側席諫書求正切，太平今日望三台。

哭陳留公次李子韻

虎變龍翔四十秋，暮年鷗興付滄洲。老承温詔今皇問，死有遺封太史收。大旱傅公曾作雨，真鋼包老不爲鈎。包詩：「真鋼不作鈎。」天方祚漢台星隕，灑淚黄河搔白頭。

甲申元夕和養素子

舊京燈火稔知聞，奢俗流傳久益紛。弦管夜中猶匼匝，爐香天暝已氤氲。光浮第宅疑偏月，氣壓城池不見雲。野老閉關高卧醒，雁聲驚有北來群。

二月三日與客過城南莊

澤國春先起渌波，水楊煙足碧絲多。柴門避世人稀到，濁酒談玄汝一過。醉倚村童看老鸛，閑教莊嫗抱雛鵝。鄰園桃杏誰家劇？預擬尋花處處歌。

贈任使君開詔還朝上方寺會飲塔廊作

使節中原喜再來，别筵高閣爲重開。争梯穩識凌雲步，放酒豪憐濟世才。四海一龍名與重，五雲雙鳳詔同回。炎林向暮涼風進，把袂還登百尺臺。

曉起見殘月一絶句

曉起見殘月，宛如初月曲。終始無直形，徒誇滿如玉。

題竹齋圖

爾寓金陵日，王生畫竹齋。清風與翠色，分取過江淮。

——以上録自李夢陽嘉靖集

童謡　七首①

雞鳴倉黄起，抛孩爺懷裏。我但知添水煮糜，豈料南村買罩籬，歸來爛了糜。公則駡，婆則打，小姑下床采頭髮。一縷髮一縷麻，我母聞知心痛殺。

小姑謡

石榴花千千朵，狠心爺娘賣了我。賣得錢財能幾多，打水般漿可奈何！井深繩細膐破手，血瀝瀝叶去，向娘説，滿眼淚，向哥説，「典田賣莊贖姊妹」。向嫂説，「正好苦你小娼妓」。

羅綾曲

東屋點燈西屋明，家家小姐織羅綾。小機大機響軋軋，一夜織成三丈八。嫂嫂要了莎羅裙，哥哥又要鞋兒襪。莎羅裙上一對鵝，批留撥刺過漳河。漳河岸上女兒多，不作營生只嘲歌，腰間扱着黄草棒，上樹撥拉野鵲窠。野鵲窠裏一包旦，拿回家中奶奶看。放到

① 按，七首中郭公謡見正集卷六，此僅録正集未收的六首。

鍋内煮不爛，氣了奶奶一頭汗。

上古樓臺

上古樓臺，下古樓臺，小姐小姐吃茶來。茶也香酒也香，一百槖駝馱衣裳。馱不動，叫馬郎，馬郎拿着一盆水，濕了小姐花棒槌。小姐小姐休煩惱，明日後日車來到。甚麽車，紅油板兒砑光車；甚麽牛，彎角老牸牛，拿刀來斫了頭，先來吃肉，後來啃骨頭。

小二漢

小二漢快使牛，一使使到地南頭。張大官人好門樓，門樓下面宫娥女，我心招與爲女婿。不愛你莊不愛你牛，只愛小腳慣梳頭。左手梳出盤龍髻，右手梳出看花樓。花樓上，好飲酒，你打鼓，我拍手。誰不道我風流，樹上斑鳩亦點頭。

油狄髻

一更一點入儂房，汝淒争似我淒涼，我淒涼，一日相思淚萬行，鴛鴦繡在羅衣裳。

二更二點入儂房，汗巾包米自煎湯，自煎湯，煎出湯來郎不嘗，孤負儂心只自傷，只自傷。

三更三點入儂房，姑嫂二人燒夜香，嫂嫂願生好兒女，小姑願嫁好夫郎，好夫郎。

四更四點入儂房，石榴燈照蓮花床，蓮花床，紅油板壁雙簧鎖。鐵打鑰匙紙糊窗，紙糊窗。

五更五點入儂房，架上金雞兩翅張，兩翅張，汝莫惶兮汝莫忙，恐郎誤着儂衣裳，儂衣裳。

送郎送到前門外，深深拜郎早回來。送郎送到柳河北，手攀荷花淚淅淅。送郎送到柳河南，手攀垂楊淚潭潭。送郎送到柳河東，手攀花枝淚雙雙。送郎送到柳河西，手攀桑枝淚啼啼。送郎送到柳河頭，手攀桅杆看水流。水流恰是長流水，長席鋪床直到頭。

——以上録自嘉靖九年黄省曾刻空同先生集卷六

酬秦子百泉之招人事羈滯頗興延阻之歎五首

一

暑阻慮難周，弦促調不緩。風雩徒情歎，濯熱爲誰纂。昨枉泉上期，結念在晨晚。折花信延佇，欲往心莫展。

二

心展會有時，跡垂難重期。自我别林岑，倏焉周二期。物靈賞不延，神往情詎移。想像北池遊，回橈鶩南漪。

三

南漪亂渚煙，北池弄清漣。芙蓉發錦苞，白石響碉泉。慮澄美莫致，景入情更牽。攀英遲來跡，倚壑悵周旋。

四

周旋歡莫同，回策入雲峰。陽崖亘積雪，六月如嚴冬。若人竟何乘，孤遊邈難從。倘遇仙潭鯉，露我躡雲蹤。

五

躡蹤誠靡尋，佇瞻勞我心。高高望雲霓，横絶天中岑。遊泉歎昔女，隔阻匪惟今。投桃遺來使，倘惠瓊華音。

將赴南邑借丘長公巾車

北遊情未斂，初吉復南騖。積疴畏登涉，怛焉憚修路。控銜力不任，執綏性有慕。願蹈高賢轍，懼枉邯鄲步。諒兹無憾心，庶慰車中顧。

寄題隴州閻氏林亭

出處信不易，卜築豈在遠。聞君壯年日，頗此遂仰偃。創基倚北阜，開窗面層巘。雜樹莽蓊蔚，長流激清淺。跡異願不隔，路阻日遂晚。愉悦各殊趣，幽意不逮顯。春風翻深谷，裊裊葛葉展。代耕與灌園，垂老付所遣。

——以上録自嘉靖九年黄省曾刻空同先生集卷十二

詠鐵塔

鐵塔峙城隅，川平愈覺孤。登天盤内磴，落日影東湖。風裊垂簷鐸，雲棲覆頂珠。何年藏舍利，光彩射虚無。

——録自正德間刻崆峒集卷十四

玉簪花

緑葉偏扶汝，黄鬚且自包。不知何匠製，疑是月妃抛。得露團無見，臨風脆欲敲。美人誤一掇，笑掩怕人嘲。俊與摇金步，香宜妥翠髾。如何離瑶圃，慘澹雜蓬茅。

——録自嘉靖十一年曹嘉刻空同集卷二十二

鮑嫗八十十韻

耋爾誰家嫗，身形類鶴形。蠟開姑射宴，夕下董娥軿。席獻瓜如棗，盤堆日似萍。黄山真我宅，婺女是元星。南嶽先傳誥，東華昨授經。豈惟仙作侣，實以德爲馨。夙著宜家詠，終收烈女銘。謝蘭春自秀，郗桂晚逾青。驗息龜同筭，占姿柏並齡。蹌蹌稱慶地，合起壽雲亭。

——録自嘉靖十一年曹嘉刻空同集卷二十五

寄贈彭子

黑頭何事乞歸山，白日清秋笑入關。衛霍古慚功已定，伊周今擬詔終還。泉莊舊灌松偏大，圃徑重遊菊正斑。安得從君假雙翼，流沙西去弄潺湲。

閣老劉公七十壽詩八月十五其生日也

團團桂月静秋筵，裊裊蘭風拂露天。黄閣兩朝調鼎後，碧山雙屐壽杯前。林中列坐花能舞，竹外迎賓鶴解先。再相行看君實起，耆英休羨洛中仙。

——以上録自嘉靖十一年曹嘉刻空同集卷二十九

贈趙將軍

將軍生長舊安邊，十五彎弓射胡虜。二十西從張校尉，六十還家鬢垂素。

——録自嘉靖十一年曹嘉刻空同集卷三十

酬鈞州陳別駕寄送窑器口號

山窑分送碧琉璃，注酒栽花野興宜。投鼠忌防聊自遣，瓶空罍耻荷君知。

——録自嘉靖十一年曹嘉刻空同集卷三十一

贈甥嘉生日

三月廿日生汝辰，三十三迴全盛春。流放一官今起詔，艱難萬里昨歸身。自從結髮朝明主，每向彈冠論古人。努力無令悲老大，鳳凰臺側有麒麟。

病甚與親友訣别遂爲絶筆

平生逸氣横雲海，一病侵冬歷夏秋。小兒弄人古有此，君子知命今何憂。親從江國迎醫返，滿擬家園賦雪遊。載酒爲君何日起，東園松竹翠修修。

——以上録自嘉靖十一年曹嘉刻空同集卷三十二

題張路松鶴幛子贈豫齋翁

張路畫松氣英傑，老根嶄巖幹屈鐵。風毛瑟颯似欲動，高堂六月生霜雪。樹根倚坐者誰翁，面顔怡如十五童。玄筆塗抹遽成鶴，昂藏意欲淩雲空。問翁自言不記歲，會與太古鴻濛戲。食桃落核昆崙坳，桃長今與昆崙高。桃也開花復結實，東方小兒竊其七。此論荒唐舊所聞，畫筆畫出真如神。願將仙品投仙侶，常作乾坤不老人。

——録自萬曆二十九年李思孝刻空同集卷二十一

早春豫齋先生見招壽樂亭即席八韻

每當和旭日，逕造賞春臺。爲與歲華約，非因歌舞來。乾坤從白髮，節序且紅梅。轉徑尋花發，憑軒數雁迴。日斜雲故擁，地煖氣仍催。彭澤羲皇意，河間禮樂才。激昂還王笛，爛熳有金杯。坐待中天月，長風霧已開。

——録自萬曆二十九年李思孝刻空同集卷二十八

宴豫齋翁第次韻

面面危樓對曲臺，枝枝花樹向樓開。主人不有生生意，隙地寧容長緑萊。

——録自萬曆二十九年李思孝刻空同集卷三十五

題貞烈祠

祀通判姜榮妾竇氏及婦女死節華林者。

閲城駐東隅，俯之見孤廟。詢事歎崩突，感義發悲嘯。罵賊志已決，藏印智仍妙。捐身①一何易，下與流珠耀。寒塘映白日，千載仰餘照。

——録自雍正江西通志卷一百四十九藝文詩三

古豳道中

高原驄馬曉嘶風，歷歷封疆一望中。畝有耰鋤溝遂改，野無鞞琫處廬空。豳山涇水遺民慶，秋穀春蠶啓國功。讀罷二南歌七月，始知深慮是周公。

——録自光緒永壽縣志卷九

① 捐身，正德瑞州府志作「沉身」。

黄帝陵

黄帝騎龍事杳茫，橋山未必葬冠裳。内經洩秘無天地，律吕通神有鳳凰。創見文明歸制度，要知垂拱變洪荒。漢皇巡視西遊日，萬有八千空路長。

秦扶蘇蒙恬

紫塞橋山慘暮云，舊時寃枉不堪論。玄黄天地空埋血，鹿馬江山不返魂。自是孤臣纔易得，肯遲一死義還尊。陽周城下青青樹，猶擬牙旗駐虎賁。

傅介子墳

刺殺樓蘭歸便侯，四夷稽顙萬方愁。義陽陵墓今人指，異域功名漢史收。使節飛塵空道路，古碑生蘚尚交虬。華夷異種同天地，錯盡將軍報國謀。

韓范祠

范公人物當三代，韓相元勳定兩朝。延慶曾連唐節度，生平不數漢嫖姚。一封攻守安邊策，千歲威名破膽謡。郡府城南雙廟貌，異時追慕此情遥。

——以上録自嘉靖慶陽府志卷二十

夏城坐雨

河外孤城枕草萊，絶邊風雨送愁來。一秋穿塹兵多死，十月燒荒將未回。往事空餘元昊骨，壯心思上李陵臺。朝廷遣使吾何補，白面慚非濟世才。

——録自弘治寧夏新志卷八

夏城漫興

行盡沙陲又見河，賀蘭西望碧嵯峨。名存異代唐渠古，雲鎖空山夏寺多。萬里君恩勞饋餉，三邊封事重干戈。朔方今難汾陽老，誰向軍門奏凱歌。

——録自嘉靖寧夏新志卷七

草堂雪霽爲樊敬題

鄆城日出海雲殘，積雪光摇列戟寒。侍立泥中皆帶劍，笑談堂上盡峨冠。新朝故假威權重，儒將從教禮數寬。一代英雄餘慶在，百年圖畫使人看。

——録自嘉靖山東通志卷三十七

寶應别朱君淮海暨其姪子价

潋潋波水國，渺渺淮海連。平湖滿秋月，挂席雞鳴天。牽袂戀晨發，悵别臨洪川。渚鳥振歸羽，岸蛩喧曙煙。梁臺渺何許，修路浩盈千。子持彤管贈，予御玄雁旋。眷言念雙美，忉惙申此篇。

——録自萬曆寶應縣志卷十一藝文下

謝友人送惠山泉

故人何方來，來自錫山谷。暑行四千里，致我泉一斛。清泠不異在山時，中涵石子蕪苔緑。越州花瓷爇燕竹，陽羡紫芽出包束。故人貽我手自煎，分坐庭隅候湯熟。瀉器寒雪碎，繞腸車輪鳴。一舉煩鬱釋，再舉毛骨輕。三舉不敢咽，恐生羽翼隨風行。我聞兹泉世無匹，夢寐求之不能得。詩乞翻愧蘇家才，驛送兼無衛公力，又虞誤載石頭波，頓令真品無顔色。感君酌我向君揖，二句横澆萬古臆。嗟嗟此意誰復知？極目江雲三歎息。逆想水師初具船，山靈涕洟上訴天。蝃蝀委蛇睛貫窗，蛟鼉睥睨宵近舷。淮浮泗泛梅雨蒸，車輪馬曳炎塵煎。開甕滴滴皆新泉，敢謂君非山水仙。或我埃垢不安天，倩君攜此親洗湔。酬君合書蠆尾帖，九原誰起黄庭堅。

——録自萬曆重修常州府志卷十七

贈華雙梧瑯琊行①

瑯琊山，淮海際，瑯琊神，上訴帝。唐韋亡，宋修老。釀泉西澗空秋草，圉人山下開新道。勾吴驥子行地龍，奮鬣入燕燕群空。屹立天仗下，長鳴向天子。願借上方劍，斬此求馬使。千金買騕褭，可望千里至帝斥。驥歸瑯琊駕，紫氛驂赤霞。步驟堯舜軌，背扛羲和車。怒氣灑江江水立，渴吻吸海老蛟泣。颸風夜襲扶桑根，天吴噴薄箕斗昏。絶頂望之眠不得，圓方莽蒼日無色。亭前吹笛凍石裂，崖下笛聲風雨黑。長安執友東生芻，楚天延佇雲模糊。

——録自明王維楨槐野先生存笥稿卷十六雜著

① 箋，王維楨槐野先生存笥稿卷十六書李空同贈華雙梧瑯琊行後云：「此空同先生詩也。蓋華公以言事謫官之滁，因遂借馬爲喻，又切太僕本事，其間命意、構詞上逼少陵，而骨健氣逸，則駸駸然凌太白之駕矣。頃來晚學纔弄筆札、習韻語便欲雌黄老手，誠所謂『幾曾望見脚板者』也。余在愁寂中，偶閲太僕志，此詩編在其間，因附是語，以警狂悖云爾。」華雙梧，即華昶，字文光，號梅心，更號雙梧居士，無錫人。邵寶有福建布政司左布政使華公昶神道碑。萬曆滁陽志卷十四亦録此詩，並云：「右詩，空同集不載，以是知先生著作逸者蓋尚多也，因附載於此，俟蒐藝者采焉。渭上後學南師仲志。」

過儀封

攬轡返彝門，乃自東昏里。磬聲向衛傳，鐸韻中天起。叔孫毁仲尼，楚狂過孔子。何如儀封人，無道知久矣。

——録自乾隆儀封縣志卷十二

遊懷玉睹玉斗山人遺稿

三百年來見此編，留藏真識子孫賢。溪堂此日尋山到，玉斗峰高想像前。

過梅巖精舍

南州歲暮濛濛雨，絶頂人居沁沁寒。千古草堂成棟宇，百年巖穴又衣冠。登高自覺諸山小，遠到無歌行路難。俯視塵寰雲霧裏，大江東海正風瀾。

梅巖弔古二律

萬古雄魂尤骯髒，當時此意故蹉跎。疊山義惠辭何激，先生，疊山故人也。元人執疊山北去，先生累詩爲行，辭甚激烈，具如斐稿。填海冤深事已訛。九殿北來新燕雀，六經東拜舊山河。洗天風雨和陽日，積憤曾君洗却無。

又

桑濮延哇只掩吟，偶依玉斗瀉孤音。荒墳鐵樹存青骨，絶磨丹書走赤心。先生作梅巖精舍摩崖大書：一曰青天白日，一曰古今一人，一曰至元逸民。具如巖磨。自我先生堪作古，共誰不死到如今。山花海月梅巖舊，想見當時抱膝吟。

——以上録自元王奕玉斗山人集卷三

寄題陳氏耕讀堂

李密曾横牛角書，兒寛何事帶經鋤。輟耕不爲看鴻鵠，閉户多應辨豕魚。諸葛南陽空有宅，子雲西蜀已成廬。思君欲放山陰舸，載酒談農問卜居。

——録自嘉靖尉氏縣志卷五

失題①

其一　奉和高韻，並申賀忱。

春風白髮拜新升，舊署重來有夢曾。官暇更饒詩酒興，病餘甘遜簿書能。吏人掃閣將移竹，賓客臨軒或遇僧。他日門牆三鱣在，愧從雲裏接飛騰。

其二　奉次高韻，語意縱放，伏惟恕而進之。

坐便涼爽入西齋，天末黄雲送晚霾。蠅虎技微空守户，葡萄陰重欲翻階。瘦餘子夏非關病，醉後陽城不爲懷。古今往來共回首，世人猶自巧安排。

飲張氏芳園會諸君子

三月到扶亭，扶亭春正好。緑水帶煙城，林花白皓皓。況與會心人，銜杯坐芳草。微

① 按，此乃夢陽與其師李源唱和之作。

言時剖晰，幽意恣探討。風來落英滿，醉卧不須掃。

再遊張氏園

莫道園林春事稀，重來尚見一花飛。葉心梅實垂垂結，樹底山蜂款款歸。百罰酒杯真不厭，故鄉風景舊多違。濁河清濟天波遠，更上高城眺落暉。

寓扶亭

霜落扶亭已暮秋，遠人翻作故園遊。天低曠遠沙扶樹，月滉高城水近樓。千里關河今一到，百年桑梓竟何求。畫堂銀燭親朋酒，車馬何妨數日留。

——以上録自朱孟震續玉笥詩談

九日無菊詩

季秋中土每無霜，逢閏今朝菊未香。座上衣冠皆玉立，酒邊風日比春長。關河獨雁催淒色，樓閣疏林過夕陽。便擬留君待花發，龍山高醉嚼寒芳。

——録自李中麓閒居集卷三

水簾泉歌①

水簾背懸五老峰，直挂三級三飛龍。溪谷石坦玉瓏瑽，周遭山削金芙蓉。鬼神掩藏人不見，可憐彼暴蒙稱羨。走勢天晴萬古雷，流光鬡暝帶留電。至寶從知鑒者希，萬險千危躡翠微。銀河句擬磨崖續，驟雨雲黄客懼歸。

——録自正德南康府志卷九

題三清觀

二十年前走馬地，三清臺殿肅清高。重來無限春風思，不似劉郎爲看桃。

——録自明李濂汴京遺蹟志卷十三三清觀條

---

① 按，正集卷二十二收有觀水簾泉歌，中間「可憐彼暴蒙稱羨。走勢天晴萬古雷，流光鬡暝帶留電」三句與此相同，疑兩者爲同一詩，暫録於此。

如夢令

昨夜洞房春暖，燭盡琵琶聲緩。閑步移欄干，人在天涯近遠。影轉影轉，月壓海棠枝軟。

不信園林春早，一夜偏生芳草。説與小童知，池上落紅休掃。休掃休掃，花外斜陽更好。

——録自諸人穫堅瓠集

遺文

明故李母高氏之壙誌①

先妣姓高氏，慶陽安化之赤城里人，世德樸信，力農事。我外大父諱成，娶劉氏。正

① 按，該文見文物一九九三年第十期，後又經畢昭傑校正，見甘肅慶陽李夢陽之母高氏墓志録文辨誤，載文物一九九四年第四期，第九十六頁。

統庚申五月丙子日，我先妣生焉。繦褓許李氏，二十有一歸我家君。大人名正，字惟中。後十五年，家君得訓導，隨任之阜平。又七年，升周府封丘王教授，隨在汴。弘治癸丑八月二十九日，卒于京師官邸，壽止五十四。性重厚端淑，明敏識事。于歸不及舅氏，我家中衰，處之如固有，其事我家祖妣，相我家君力學，交娣姒，修内職，無不盡善，家道蓋駸乎振作矣。比從遊仕，以勤慎率人，雖閨門嚴畏，僕妾奉命，而慈愛藹然，聞談窮困流落者，痛加憐惜，恨莫能助，飲食贏餘必給丐者。先仲父有子曰孟春，兩歲失怙恃，取撫爲己子，俾成立有室。女奴既長，則置箱奩以嫁之。故家君仁厚之德，特介之節，人謂得内助焉。教子弟隨事戒諭，與嚴師比。弘治壬子，夢陽竟賴發陝西鄉解，癸丑登毛澄榜進士，被留。家君尤手示敬君、勤事、處人之宜，曰：「此我之意，亦汝母之意，不可忽也。」夢陽去膝下既久，先妣苦思一見，是歲六月，拿舟至京師，意倚慈訓，用圖報忠萬一。無何，天有頑惡，不奪之壽，而禍我所恃矣。自途中遘疾，幾百日，醫雖罔卻，而拳拳以命自處，分囑後事，若有所前知者，夢陽泣涕請，惟曰：「忠孝不兩盡，汝竭力事汝君，吾目瞑矣。」子三：長孟和，義官，次夢陽，次孟章。女三：一適曹經，一適王璽，一先夭。孫男四：曰根、曰木、曰枝，親見其長；曰葉，但見其生。屬纊時，夢陽與幼弟、幼子枝在左右，歛後一日，孟和兄奔始至。家君與諸孫在汴，諸女、諸外孫在慶陽。嗚呼！痛哉！夢陽等攀號哀苦，輿櫬至汴，哀貧莫濟。後二年乙卯春三月，始得先還故里，秋七月壬午朔，始安厝于慶陽之南向十里鋪西原。

嗚呼！身負淑德而中道殞催，家隔關山而魂氣以之，視天夢夢，一至此虐邪！而致之者誰之罪也！濫有一官而褒貶不逮，又不克速葬而虞焉。兹地永安，兹石不朽，兹恨則與天悠久也。

大明弘治乙卯正月十五日鐫石。

詩集自序①

李子曰：曹縣蓋有王叔武云，其言曰：「夫詩者，天地自然之音也。今途咢而巷謳，勞呻而康吟，一唱而群和者，其真也，斯之謂風也。孔子曰：『禮失而求之野。』今真詩乃在民間，而文人學子顧往往爲韻言，謂之詩。夫孟子謂『詩亡，然後春秋作』者，雅也。而風者亦遂棄而不采，不列之樂官。悲夫！」

① 按，此即夢陽弘德集序。

李子曰：「嗟！異哉！有是乎？予嘗聆民間音矣，其曲胡，其思淫，其聲哀，其調靡靡，是金、元之樂也，奚其真？」

王子曰：「真者，音之發而情之原也。古者國異風，即其俗成聲。今之俗既歷胡，乃其曲烏得而不胡也？故真者，音之發而情之原也，非雅俗之辯也。且子之聆之也，亦其譜而聲者也，不有率然而謠、勃然而訛者乎？莫知所從來，而長短疾徐無弗諧焉，斯誰使之也。」李子聞之，矍然而興曰：「大哉！漢以來不復聞此矣。」

王子曰：「詩有六義，比興要焉。夫文人學子，比興寡而直率多。何也？出於情寡而工於詞多也。夫途巷蠢蠢之夫，固無文也。乃其謳也，咢也，呻也，吟也，行咕而坐歌，食咄而寤嗟，此唱而彼和，無不有比焉興焉，無非其情焉，斯足以觀義矣。故曰：『詩者，天地自然之音也。』」

李子曰：「雖然，子之論者，風耳。夫雅、頌不出文人學子手乎？」

王子曰：「是音也，不見于世久矣，雖有作者，微矣。」

李子於是憮然失，已灑然醒也。於是廢唐近體諸篇，而爲李、杜歌行。

王子曰：「斯馳騁之技也。」李子於是爲六朝詩。

王子曰：「斯綺麗之餘也。」于是詩爲晉、魏。曰：「比辭而屬義，斯謂有意。」于是爲賦、騷。曰：「異其意而襲其言，斯謂有蹊。」于是爲琴操、古歌詩。曰：「似矣，然糟粕也。」于是爲四言，入風出雅。曰：「近之矣，然無所用之矣，子其休矣。」李子聞之，闇然無以難也。自録其詩，藏篋笥中，今二十年矣，乃有刻而布者，李子聞之懼且慚。曰：予之詩非真也，王子所謂文人學子韻言耳，出之情寡而工之詞多者也。然又弘治、正德間詩耳，故自題曰弘德集。每自欲改之以求其真，然今老矣。曾子曰：「時有所弗及。」學之謂哉！

是集也，凡三十三卷：賦三卷，三十五篇；四五言古體一十二卷，四百七十篇；七言歌行五卷，二百一十篇；五言律五卷，四百六十二篇；七言律四卷，二百八十三篇；七言絶句二卷，二百二十七篇；五言絶句并六言、雜言一卷，一百二十篇，凡一千八百七篇。

——録自嘉靖十一年曹嘉刻空同集卷五十

柏崖春雨序

蓬溪有柏崖公者，潛于崖，處於柏，登聞於帝，錫之鞶帶，封之御史，寵之龍書，耀不奪潛，處而猶出也。君子曰：「柏崖，春哉！雨哉！」厥子御史巡按大河之南，遇李子，詢焉。李子曰：「大哉！君子之言雨也。發之以時，配之以土，篤物以受天之道也。時以令春，土以膏崖。物受于柏，雨復濡之，材成德食，氣數適至，驗之於人，譚公當之矣。」人必言天，擬不遺類，通乎大者，故曰：「大哉！君子之言雨也。」夫均是物也。而柏者，體貞抱靈，傲寒緜齡，昂霄棟宫，何也？莊周所謂松柏之受命獨也。記曰：以其有心也。夫土，一也，柏於崖則翠流光蕤、神朗秀輝者，積石剛陽之氣，柏所入也。夫君子尚類者，以其心通也；擬不遺物者，以其命同也；潛不求耀者，俟時而食者也。氣數適至，潤斯濡之矣。其於人也，則雨之春也，譚公驗之矣，故曰：「大哉！君子之言雨也。」謂其天而人也。

巡按君曰：「纘也，侍我大人，嘗竊覘之矣，莊默正固，非貞乎？鑒灼中度，非靈乎？弗渝弗疚，非寒而齡乎？見義必爲，弗懟弗懼，非剛陽之秉乎？察秉考貞，審靈諦齡，非由之心而受之命能然乎？雖然，纘疑之矣，材成而潛，德處而弗食也。」李子曰：「天下有耀於潛而處猶出者，固不必身親昂霄也，父我者，誠棟也，豈必吾之自宮也。」傳曰：「栽者培之。」夫氣若數，既至之矣，予于是知譚氏之永春也。永春者，永雨，天之道也。雖然，苞室者必務基，茂末者必豐本，譚氏基數世矣，其聳猶崖也；本數世矣，其深猶柏也。甲科聯，忠孝敦，前開而後承，且四世矣，其澤猶雨也。夫其永也必矣，故曰：「予於是知譚氏之春也。」

——録自嘉靖十一年曹嘉刻空同集卷五十二

徐迪功別稿序①

徐氏別稿五卷，吴郡徐昌穀所著，皆未第時語也。予見昌穀談藝録及古賦歌頌，謂其

①按，四庫全書總目卷一百六十九海叟集提要曰：「弘治間，陸深得舊刻不全本，與何景明、李夢陽更相删定，即所刊瓦缶集、既悔集是也。……凱以白燕詩得名，時稱『袁白燕』，李夢陽序則謂白燕詩最下最傳，其高者顧不傳。今檢校全集，夢陽之説良是。」又何景明大復集卷三十四海叟集序曰：「李户部夢陽有序，其履歷可考而知也，兹不復述。」

有自得之妙，及覽斯稿，顧殊不類，何也？木之始必萌，泉之始必濫者，勢使然也，斯稿殆其權輿乎？夫然則何以不删？古者考德以言，文者，言之華也。斯殆以自考乎？間問諸昌穀，昌穀曰：「噫，子其知予哉！請書之，以警予志。」予曰：「諾。」遂書之。卷各有名，曰鸚鵡，曰焦桐，爲上帙；曰花前，曰野興，曰自慚，爲下帙。爲詩凡二百二十有七，爲文凡一十有八云。弘治乙丑秋九月一日北郡李夢陽題。

——録自范志新整理徐禎卿全集編年校注附録四

海叟集原序

海叟集，雲間袁凱氏所著。海叟，其自號也。會稽楊廉夫嘗作白燕詩，及覽叟作，驚歎以爲不及。叟詩法子美，雖時有出入，而氣格、韻致不在楊下，其耿耿於叟者，要非一日矣。按集中白燕詩最下，最傳，諸高者顧不傳。雲間，故吴地，叟亦不與四傑列，皆不可曉者。夫毁譽可盡信哉！洪武間，叟爲御史，上將戮一人，太子固諫而止，上以問叟，對曰：「陛下創業之義，東朝守成之仁。」上意遂解。未幾，以病免歸，翰林陸吉士子淵，叟同郡人，間道前事，令人侃侃生氣。夫斯亦足以傳矣，而況於詩乎？叟名行既晦，集亦罕存，子淵購得刻本於京師士人家，楮墨焦爛蠹涅者殆半，乃删定爲今集，仍舊名者，著叟志也。夫韓退之，唐之聞人也，其文至宋歐陽公始暴於世，然則如叟者，尚奚尤哉？仲默謂：國初詩人叟爲冠，故子淵表揚甚力，君子以爲知言。李夢陽序。

——録自袁凱海叟集卷末

古八義記序

三百篇遞而爲詞曲也，亦愈俚下矣，士胡述焉。雖然，所繇貴乎？詩可興，可觀，動人于意氣之徵者。今試萃市夫田氓而爲之，陳二南之風，繹雅、頌，列國之變，彼有瞠目掩耳却走耳，俳優詎有後焉？是記也行，令山陬海隅，市夫田氓，咸知有數子之忠義，更藉不朽。而記數子者，與數子記者，亦不朽。則文負徐生乎，徐生負文乎？

嘉靖六年秋九月，崆峒山人李夢陽題。

——録自萬曆本八義記卷首

宗老會記

宗老會者，會鮑宗之老也。鮑宗之老，當正德五年，年七十以上者八焉，八十以上者四焉，九十以上者一焉。凡四世爲一會，會起於鮑時瑩。初，時瑩約曰：「會非七十者不與。」鮑以濳，時瑩從子也，獨非七十與。蓋凡十四人焉。其約一年四會，會於清逸亭，亭有四時之花，每花開則會，輪流而主辦，蓋三年半一週焉。其坐，同世則論齒，酒肴足而已。明年，菊木樨開，適時瑩主辦，而十三人者相逶迤來，皓髮長眉，各服其冠服，有幅巾者，有壽而官者，有義而官者，就筵觴行，歌伐木、頍弁之章。時瑩又約曰：「飲者不辭，不飲不勸。言毋及家事，毋及邦國時政。」而諸老者雍雍于于於一亭之上，古貌色愉，動止有度，言語有則，望之蓋若畫圖焉。既夕，有風西來，汎叢鳴林，吹菊桂之香，樸尊襲衣。而諸老者各簪花滿頭顱，離席遊吟，三三兩兩，或弄琴書，或摘芳蒨，徙倚於軒楹之間，翺翔於莎徑之側，蓋已皆酡然醉矣。時瑩顧謂之曰：「諸宗亦聞『民壽觀國，身壽觀人』乎？」衆皆曰：「何謂也？」時瑩曰：「設今差役繁苛，四海有警，或水旱疾疫，澤涸無魚，夜犬頻吠，雞豚牛羊不育，吾儕有今日之樂乎？」衆皆曰：「無矣！」時瑩曰：「設①……吾與諸宗不理於身家，生計窘鞠，子孫不肖，日奔波氣惱，虧損神志，又能有今日乎？」衆皆曰：「無矣！」時瑩曰：「今吾與諸宗幸生長太平之朝，又幸能自理於身家，可無醉乎？」衆皆曰：「諾！」於是各以酒觴。時瑩酬其主辦，且以報言也。

其事聞於李子，李子曰：前有會者，香山九老、洛下耆英、睢陽諸老耳。成化間，則有南京壽俊之會。四會者，古今稱難焉，然非同宗也，又咸謝仕而間與當官而壽者，以今歙棠樾鮑氏觀之，不尤難乎？我聞之曰：「國泰壽民，人泰壽身。」鮑氏諸老之謂哉？

——録自萬曆二十九年李思孝刻空同集卷四十七

雜記

陶淵明墓，德化縣面陽山也，爲九江衛軍張祥輩所據毀焉。山下有塘，前荒，地平而方，長二丈五尺，闊四尺，瓦礫積焉，疑樹坊處也。淵明屋基墓山下，東至石牆脚，西田畝，

① 「設」下有缺葉。

北去墓山一十丈五尺，闊二十四丈，亦張祥輩據之。其祠與洗墨池則在鹿子阪，東至古楓樹，南至河，西至松樹，北至石牆腳，大小六十二丘，計田一十七畝八分一釐六毫，爲南昌左衛軍田仲仁、方志達、張福善、甘真一、德化縣民張玉順輩所據。祠基之前，水衝爲沙洲，長二十五丈，闊十二丈。洲生雜樹一百三十五株，約圍二尺，又水衝其碑趺出。始，予按九江府也，教讀羅允中鳴其事，已使官勘之矣。正德八年，再按府，則使府經歷齊璋、千户趙忠勘拘其遞年里甲鍾允康等，並老人、鄰人、高年人審勘，一一得實，畫圖造册，明白矣。又發知府李從正、指揮同知邵繼宗會勘，果實，張祥等各心退所據墓山、屋基、池洲等，悉如勘數，而俾陶氏裔孫老人陶瓊領業焉。諸侵葬於其墓山、屋祠基、軍民墓，知府從正悉令遷之，而於淵明故墓所崇土爲表識，皆有條理明白，今畫墓山、屋祠基、池洲等圖於左。李夢陽記。

——録自新刊陶靖節先生詩文集跋，朝鮮刻本

致黄勉之尺牘六首

人物誌、阮集、神仙傳、高士傳評、詩格、詩中密旨六種，録之寄我。弘德集僕亦無之，

諺曰：「織布無衣。」一笑。

其二

云翻刻此集，必得五嶽序之乃可刻。蓋草户珠簾，在序不在詩也。

其三

自邑往傳五嶽言欲刊鄙作於吴中。蕪讇之辭，每一閲之，不當自意者多矣，詎足播天下，信後世？比會袁永之，亦傳崦西少宰言，謂良工獨苦，不宜廢此。而永之又言其兄褧篤古好義，誠以此託之，即重費不吝。至京，復書來索我全稿，寄其兄。而前可泉太守則云：「徐文明富而好文，其館客朱精於款製。」謂「宜托之徐，則事可立辦」。僕則謂此舉非謀之五嶽不可。會自邑復下吴，因遂以全稿付之，詩文凡五十九卷，若分嘉靖二集爲三卷入之，則六十二卷矣，然序文不能不望於五嶽，蓋海内知己，于古爲難，況今乎？惟君亮之矣。

其四

去歲冬，僕之全稿付程生獻大君子門下，求勘檢，並大文序之，今夏秋交矣，杳無聞也，程亦無回音。屬金客行，輒復致惓惓，取消息，黄葛一端，奉備暑服耳，瞻望怊惙。文稿無副本，鄙意恐失之。

其五

六月廿一日始獲五嶽書，始知刊校遲速之詳並委曲懇至之情，四海之内，有斯知己，肉骨道義，死生以之，僕何幸而得兹哉？夏來染病，駕舟南下，泊於京口，計一水之地，必與五嶽一面，必罄種種之懷。杙纜初定，遣伻走報，而五嶽先一日出矣，千里易趨，一見難遂，天下事足痛恨如此。竊念五嶽忠厚誠確，鶴立山峙，屹爲東南士望，僕此衷托必無半途之廢。第工食浩大，前自邑嘗致三十金，高、蘇所許，今何如矣？僕兹更奉三十金，亦門人故舊助者也。集中文或無甚要義，如柬札、祭文之類，删之可也；童謡既采民俗，不宜雜之。僕所作中，其詳自邑能道，病勢方劇，不及一一。

其六

北郡李某之旁，僕意忝吴郡黄某校刻，使百世之下，知黄、李通家之懿，如何？序成，先寄一目，如饑如渴，亮之，亮之。舊著空同子八篇，今附覽，或可采之。

——録自萬曆三十年鄧雲霄刻空同子集卷末

附録一 傳記

明江西按察司提學副使空同李公墓誌銘

（明）崔 銑

弘治中，空同子興陋痿文之習，慨然奮復古之志，自唐而後，無師焉已，汝南何景明友而應之。空同子之雄厚，仲默之逸健，學者尊爲宗匠。又咸激厲風節，敢上直諫，安於冗散，鄙忽驟貴，空同子方雅簡，仲默稍飭廉稜。仲默恬淡温遜，不露才美云。

空同子諱夢陽，字獻吉，慶陽人，徙大梁。甫冠，舉弘治癸丑進士，授户部主事，再遷至郎中。才敏氣雄，簿書外，日招集名流，爲文會，酬倡講評，遂成風致。嘗監三關招商，用法嚴，格勢人之求，被構下獄，尋得釋。每抗疏言：出令不平，宫府殊法，一涉宦戚，即尼不問。不報。乙丑，應詔陳二病、三害、六漸之弊，末言皇親横則外戚驕恣之漸，爲掩義之害。張侯辯愬，摘奏中張氏字爲訕母后，遂令回話。乃列張侯不法狀，悉實可按，遂下獄，衆爲桌桌，已僅奪俸三月。上語尚書劉大夏曰：「朕欲置夢陽輕典，左右謂當廷杖，渠忿則泄，如朕殺諫臣何？」正德改元，八閹導上燕遊，閣部臺諫協請誅之，不克，閹遂竄斥諸臣，已，知部之奏，實空同子贊成，奪官，降山西布政司經歷，致仕。戊辰，劉瑾必快前忿，羅以他事，械赴京，人意其必死。是時瑾敬禮修撰康子，康子謂瑾曰：「李生能法皇祖爲文，殺之，大失天下學者望。」瑾嬖人姜達亦申理，瑾乃賢空同子。既釋係，又欲用之選部，空同子託以痼疾，康子爲力請，得免。辛未，瑾誅，起爲江西副使提學，敕許舉聞重事。空同子振學涖士外，大有更白，臺使及同官者，病其侵官，空同子非其隳職，各起訟，當路素忌空同子才名，落職閑住。要辭曰「臨官不讓」云爾。聞者笑之曰：「斯以虞之臣責過空同邪？」寧庶人方畜異圖，威劫謀内，省臬受制，知空同子不可撼，陽下之。及庶人叛滅，有言空同子亦疑於黨附者，當路又將陷以法，司寇見素公不可，止。

空同子以成化壬辰十二月七日生，嘉靖己丑九月二十有九日卒，享年五十八。配左氏，子一：枝，舉進士，由主事左官州同知。側室宋，子三：楚、梁、柱，女一。枝四子：一夔、二典、三謨、四維，女一。某年某月某日葬大陽山，左宜人祔空同子，家世自有譜，所著詩文集若干卷，空同子八篇。

銘曰：伊天閟之，伊人嫉之。專方者礙，固正則危。隱約委蛇，于河之湄。大昌厥詞，永式來思。

——録自萬曆三十年潘之恒、鄧雲霄刻空同子集附録一

李夢陽傳贊

（明）顧　璘

李夢陽字獻吉，本關中人，從父官，遂寓大梁，仕至江西按察副使。朗暢玉立，傲睨當世。初，讀書斷自漢魏以上，聞人論古昔有不解事，即曰：豈六代以還書邪？蓋不之讀，故其詩文卓爾不群。晚始泛覽諸家，益濟弘博。或失則粗，抑矯枉之偏，不得不然耳。夙尚氣節。當孝宗朝，上書言事，意翕翕希賈生；代韓司徒草奏劾諸閹，危矣，賴武功康子海脱其難；視江西學政，文教鬱興，不能與俗俯仰，躬陷縲絏，誠亦負氣之過。卒使讒毁叢積，擯棄終身，伊誰咎哉？空同集六十三卷，可謂富矣，姑蘇黄省曾詮次。至以辯獄等辭，亦錯其間，祇點之耳。

贊曰：黄初響絶，詩道中微。唐興二傑，大發厥機。世豈不遠，知繼者希。桓桓李君，生也實後。上泝風雅，志則多有。一鳴驚人，千古爲友。

——録自顧璘國寶新編

明江西按察司副使空同李公墓表

（明）徐　縉

嘉靖己丑十二月二十九日，前江西按察司副使空同李公卒於大梁，聞京師，其友人縉爲位以哭，復絜酒束芻，使使往奠之。既客從大梁來，附其子枝所述年譜，道公遺言曰：「知我者，鄴郡司成崔子、吴郡少宰徐子也。我即死，崔當爲銘，徐爲表，我無憾矣。」嗟乎！公實命我，我忍以不文辭邪？則爲之表其墓，曰：

公秦人也，生於慶陽，後乃徙大梁。曾大父恩，大父忠。父正，官阜平縣學訓導，升周王府教授，累贈奉直大夫、户部貴州司員外郎，號吏隱。母高氏，累贈宜人，詳李氏族譜。始，高夫人夢日投懷中，寤生公，乃名曰夢陽，既字獻吉。吏隱公教授藩府，遂家於梁，故扶溝籍也。已又歸慶陽，時邃庵楊公提學陝西，見公，大奇之，補爲弟子員。弘治壬子，舉陝西鄉試第一。癸丑，舉進士第，官户部山東司主事，歷升員外郎、郎中，終江西提學副使。

敬皇帝朝，天下宴然，人文熙洽，才賢奮興，而文章多法唐宋。公乃精思高視，宗經稽史，包羅百家，言尤好遷史、左氏傳。而公才雄奇，善叙事，下筆即馳驟兩漢，相上下，詞賦取材于騷，詩則衆體兼長，渾厚沈著，格高調古，尤工七言古歌詞，開闔縱横。人不能述者，公獨模寫曲盡，雄健可喜，即錯之杜甫、高適歌行中，莫能辨也。於時大梁何仲默、吴郡徐昌國，咸懷儁才，工古文詞，與公名頡頏，而二子秀潤清藻，微乏雄渾，一時稱藝文者必首曰空同子云。

公初監税三關也，立法嚴整，請謁不行，勛璫誣之，逮獄，尋釋。已又應詔言事，陳二病、三害、六漸之目，語在年譜中。言頗危激，侵勢者必欲置之死，誣下詔獄，幸敬皇帝聖明，且宰臣木齋謝公申救，遂獲輕譴。張主事鳳翔死於官，母子孤貧，不能歸，公爲奏乞贍養，終其身。武皇帝初年，逆瑾輩擅柄，洪洞韓公等劾之，瑾知疏草出公手，必欲殺，不果，竟奪官，降山西布政司經歷。尋勒令致仕，歸居康王城著書，乃修李氏族譜，作游渾軒集，又作賦弔申徒狄以明志。而瑾恨未已，復羅織他事，械至京師，再下詔獄，以伯氏營救乃免，歸梁。瑾敗，起爲江西提學副使。至則奬進人才，敦崇風化，士論翕然歸之。嘗修白鹿洞書院，清書院田，修紫陽遺惠倉，修白鹿洞誌，然以才氣高，不肯折下人，又嫉惡嚴，同官咸忌毁之。宸濠之謀逆也，官江西者多受籠絡，莫敢迕，迕即受顯禍，獨公不爲屈。宸濠乃詭術以誘，公弗察也，未幾乃覺，絶弗與見，而同官者故有隙，遂巧文構公於裏，就鞫無驗。時見素林公爲司寇，秉公申理乃已，然竟以閑住放歸。道襄陽，愛峴山、習池之勝，留四月，歸大梁，乃寄情詩酒，自沈晦。久之，士論明，譽望日高，當路者數薦之，弗果用。嘉靖戊子，病，己丑，病大作，就醫京口，罔效，歸卒於家，享年五十有八。弟子私謚曰文毅先生。所著有空同子八篇、詩文集六十三卷，傳於世。配左氏，封宜人，儀賓左夢麟女，先卒。子男四：長枝，嘉靖癸未進士，南京工部主事，謫海州判官，敏而文；次楚、梁、柱，女二。孫男四，孫女一。墓在大陽山麓。

徐縉曰：高才興謗，直節忤俗，自古然也，獨一空同子邪！名榮身辱，小官中壽，造物使然，無所恨已。今之論公者，獨慕誦其文，稱爲文士，鮮有知其氣節行誼，慷慨激直，若斯之奇顯者也。即求之漢廷，其賈誼、劉向之儔乎？使時見用，功業未可量也。予素辱公知，且知公頗深，乃撰次其大者，表之墓道，俾後世有考焉。他見崔子銘，無容表。

——録自黄宗羲明文海卷四百三十二

李空同先生傳

（明）袁　袠

李公諱夢陽，字獻吉，陝西慶陽人也。母夢日墮懷中，寤而生公，故名。年十八，舉鄉試第一，明年，弘治癸丑，舉進士，丁内外艱。戊午，授户部主事，倡古文辭，以變衰陋，斷自秦、漢而止，六代以下弗論也。乙丑，進員外郎。外戚壽寧侯張氏，怙寵驕縱，開張皇店，奪民莊田，聲焰薰灼，莫敢問。公獨上疏論，語侵中宮，昭聖大怒，孝廟不得已，下公錦衣衛獄。拷掠詰責，辭氣無所撓。孝廟坐文華殿，召見大學士劉公健、李公東陽、謝公遷，問李夢陽宜何如。劉公叩頭對曰：「夢陽狂直，不足深罪。」孝廟色變，李不敢對，叩頭叩頭而已。謝公從容對曰：「李夢陽雖狂，然其心無他，實欲效忠於陛下。」孝廟曰：「謝先生言是。」有旨，夢陽復職。一日，孝廟獨召兵部尚書劉公大夏，問曰：「日來外間事何如？」劉公對曰：「近釋李夢陽，中外歡呼，聖德如天地之大！」孝廟曰：「初下夢陽獄中，中人皆勸朕杖之，其意實欲殺夢陽，以快中宮之怒，使朕負殺直臣名。其不忠如此，朕故釋之。」劉公曰：「陛下此事，即堯舜之心也。」

正德改元，丙寅，進郎中。太監馬永成、劉瑾等蠱亂朝政，給事中劉茝、陶諧相繼論奏，而大臣未有言者。户部尚書韓公文日流涕憂憤。公進曰：「大臣同國休戚，此而不言，焉用彼相？」韓公慷慨曰：「吾當言，言而獲罪，報先皇帝於地下耳。」乃令公草奏，文多載集中。疏入，詔廷議其事，而八人者環哭上前乞命，事中變，瑾遂召入司禮監。而中官王岳、范棨皆竄死。明年丁卯，大臣多罷免，瑾知韓疏公手草也，蓄憾不已，矯旨奪劉公健等四十八人官，放歸田里，榜爲黨人，公與焉。然瑾必欲殺公。又明年戊辰，矯旨羅織公罪，械繫逮京師，再下錦衣獄。公之内弟左國玉者，間行徒步從公，上書康狀元海，勉以大義，賴力救得免，放歸大梁。

庚午，瑾敗。辛未，起公江西提學副使，振起古學，力變宿習，褒獎義節，訓正禮俗，士翕然向風。時宸濠懷逆，招致文學，凡吏江西有才名者，即啗以厚利，否則威劫之。以公有大名，折節下之。公初不爲動，久之，墮其術中，乃公不知也。公既才高負氣，不肯同流俗，人多忌之，而江御史某與公有嫌，遂相奏訐，天子命大①理卿燕忠體勘，下公廣信獄，摧苦殊甚，公不稍爲屈，竟文致閑住。而布政使鄭岳適爲濠所陷，公素與岳不相能，岳既得罪，謂公傾之也。濠敗，辭連公，賴刑部尚書林公俊力救，得亡窮治，乃後大臣暨撫按數論薦，不用。

嘉靖辛卯，就醫京口，還大梁，病卒。所著有空同集若干卷。余戊子歲使大梁，以書投先生，辱賦答相逢行，一見甚歡，談宴累日夜。是後，人從大梁來，先生必有書遺。辛卯，以所著集見託，屬纊之日，遺言「必袁生表吾墓」，而先生之子伯材，馳書京師曰：「亡父落落大節，世或未盡知，子必傳之！」

① 大，原脱，據文意補。

嗟乎！先生之名同天壤敝可也，而何籍於予。世有不知先生，輒開口雌黄者，請三復於斯文。

論曰：昔人言文章與時高下，不其然哉？漢氏去古未遠，古文未喪，然自遷、向、雄、固而下，亦鮮稱矣。唐則韓、柳，宋則歐陽、蘇氏父子，咸以所長擅稱。而説者猶多低昂，謂宋之不逮唐，猶唐之弗逮漢也。我明文章發於金華數子，而宋、劉二公雍容述作，潤色鴻業，特尚典則，雖奇麗不足而樸醇有餘，要亦氣運熙洽使然也。列聖紹統，人文宣朗，暨弘治間，李公夢陽以命世之雄①材，洞視元古，謂文莫如先秦、西漢，古詩莫如漢魏，近體詩莫如初盛唐，乃與姑蘇徐禎卿、信陽何景明，作爲古文辭，以蕩滌南宋、胡元之陋。而後學者有所凖裁，彬彬郁郁，蔑以尚矣。李公材最高，其人負奇氣，傲睨一世，以是得奇禍，坎壈終其身，世咸疾之如讎。嗟乎！斯人也，豈世俗所能容哉！

——録自潘之恒、鄧雲霄刻空同子集附録一

①「雄」上原衍「才」，據熙朝名臣實録卷二十六、今獻備遺卷四十二、續藏書卷二十六、皇明名臣言行録續集卷三所收文删。

李崆峒傳

（明）李開先

嘉靖己亥，予以隨駕興都，道出均陽李崆峒墓下，可泉胡纘宗題其碑曰「明詩人崆峒李先生墓」。嗚呼！崆峒豈徒工于詩者！先是，辛卯轉餉，歷慶陽，見華池驛側亦有一碑埋没蒿萊，而「教授李公墓」數字，尚可辨識，詢之居人，乃崆峒祖阡，而教授則其父也，餘塚悉爲耕牧地。嘗聞有詩寄崆峒者，「君若有心問丘壟，行人新自慶陽來」。幸而有族譜可考，而墓誌出後渠手者，豐神絶不相似，蓋崆峒豪宕，而後渠簡古，以生前有書稱其爲「國朝第一人」云云，病中即以身後文爲托，不意其文中竟未入此一節也。予欲爲之一傳，衰病餘，文思慳澀，又少壯鋒芒裁剪久矣，不自諒其綿力，直欲不負初心，强顔操筆，述其生平大略，曰：

李氏三世上不可知，以其陣亡子幼，無所與考。傳説名恩者，生子忠，忠生第三子正，正則教授温和王府者也。正生次子孟陽，今改孟爲夢，原字天賜，今改獻吉，而取號崆峒，爰自素屏改焉。皆由俗入雅，可見文學隨時漸進，非可一蹴能之者也。崆峒生有殊才，海内至今談者，猶以爲死有餘才。年十九，娶左氏，左父夢麟，母廣武郡君。次年生子枝，後舉進士，授主事，降止州同知。崆峒自河南扶溝赴陝西鄉試，即爲丁紳太守所許，薦之邃庵楊提學一清。邃庵驚歎，以爲當以文章名天下，薦之者雖丁守，而知之尤深者則邃庵也。與鳳翔張鳳翔稱爲「二傑」。西涯曾貽書邃庵曰：「今年解首，將屬之華州張潛乎？」邃庵復曰：「若無李、張二生，潛不後矣。」及見試録，崆峒名居第一，西涯服且稱曰：「邃庵果是知人。」連舉進士，連遭父母喪事。至弘治戊午，爲進士者六年，始除户部主事，尋遷員外郎。以豪雄不可下之氣，而爲闊肆不可遏之文。簿書有暇，即招集名流爲詩會。鄰有同官素不能詩者，會即堅請其來，將分題賦詩，即有家童走報曰：「主母將就館矣。」翌日，群僚相賀：「夜來必是得佳男！」鄰乃顰眉應曰：「不能隨衆成詩，聊假此爲逃計耳。」其恃長不體悉人情，以至於此。雖爲文不妨政事，然爲政太拘文法。以監三關招商過嚴，革絶勢人求索，被搆詔獄。已而應詔陳言二病、三害、六漸之弊，末及壽寧侯兄弟怙寵驕縱，罔利殃民，白奪人土田，强虜人子女，開張皇店，要截行商，横行江河，占種鹽課，川瀆則傷必衆，萬一法行，欲保全之而不可得矣。壽寧遂一辯訴，摘奏中張氏字爲謗訕母后，孝廟不得已，收繫錦衣獄。金夫人日夜在御前泣訴不平，上以爲張氏者，概舉之也，豈一家皆母后耶？且欲借衆官力解之。朝退，召内閣三老問其事，劉健對以狂妄小人，上默然似不稱旨，謝遷直前對曰：「其心無非爲國。」上深然之。會科道交章而入，止奪俸三月。釋後，上嘗謂尚書劉大夏曰：「朕初欲薄罰李夢陽，而左右以爲非杖之不足以蔽其罪，若得旨，雖數少，亦必死，於渠憤快矣，如朕殺諫臣何？左右不忠有如此！」張後與刑，家業破落，奏辭可謂見遠而驗，奇矣。

正德改元，進郎中。青宮舊閹劉瑾、馬永成、谷大用、羅祥、丘聚等，誘上以鷹兔狗馬及魚龍角觝之戲，日夜嬉遊，漸棄萬幾不爲意，且恐閣臣阻己也，陰使王岳、范榮伺其短。王、范乃閹之正直者也，久之，知是非有在。其家人姚景祥間亦説之，曰：「内閣持正，而壞事者列位公公也，何不改邪歸正？」都院長張敷華，依違於其間，心無他而力不逮也。王、范遂與内閣合謀，持密奏，破其惑而發其奸，已得旨，拿問矣。西涯久恨晦庵碎其詩文，簡遣心腹人漏言於閹輩，時方蹴鞠，附耳以密旨告，閹輩羅哭上前，上初不認，繼諭以法司一問，即便赦出，閹輩復大痛出聲曰：「咫尺不可離，離則不得復見天日。所以害衆枉上者，乃岳與榮也，且嬉遊何損朝政？但以司禮監不得其人，得則惟上所欲，前朝誰敢復嘩？」即夜傳旨，瑾等各柄司禮，而竄王、范，又密使人追殺於臨清州。數日前，户部尚書韓文，感傷時事，每對部屬垂涕不已，崆峒知其意，密切告之曰：「大臣與國同休戚，可言則言，徒痛何益？」即命崆峒具疏稿，探問内閣上之。内閣得此，持之愈力，而榮以腹疾，不能上御階，岳因母壽，日過私宅，無與持辯者，閹中李榮詿衆散，而事勢變矣。當時瑾輩求安置南京不可得，非西涯洩其機，何以致十六年之紛擾。而劉、謝閣臣，從此去國，及崆峒共四十八人，一時同被放逐，且榜爲黨人，崆峒獨降作外經歷致仕。夫二張、八黨，勢焰熏天，立能禍福人，朝士無不趨附奉承者，崆峒獨能明擊之、助攻之，可謂威武不屈、卓立不群者矣。

昔人謂：「論人先觀其立朝大節。」如蘇子瞻風采凝持，非碌碌苟同世俗，若崆峒者，亦豈出蘇公下哉？嘗聞之，提牢刑曹郎閩人蔡克廉云：「大張在獄中言：弘治末年，大市街夜遇崆峒，罵其生事害人，以鐵鞭稍擊落二齒，將欲奏聞，以前奏未久，恐涉煩瀆，乃惶愧中止。」詩有「半醉唾罵文成侯」，蓋指此事也。雖非中道，近世寧復有若人哉？官罷，瑾意猶不釋，矯旨遣官校械至京，復下錦衣獄，死在旦夕。是時瑾獨禮敬康修撰海，但嗔不出其門，内弟左國玉遂上書求救於康，而張潛、何景明共促之往，乃投刺上謁，門閽入報，瑾喜而出，曰：「吏、禮兩部正缺侍郎，何不俯就？我朝狀元以子居首，此同鄉之光也。」對山欲脱友難，假爲諛辭云：「鄉尊相業，張太宰政事，李夢陽文章，謂之『關中三絶』，而區區不與焉。」瑾云：「此人安在？」應以「見在獄中」。瑾不之信，取獄簿觀之，笑云：「乃原任户部李郎中，不記其名爲夢陽。在孝廟輕薄上言，連及宦寺，正德初又代寫本草，從吏部韓尚書彈害吾輩，方欲殺之，以快吾心。」康又云：「鄉尊能法太祖爲治，夢陽能法太祖爲文，殺之或失士林之望。」其家僕老姜亦從旁申救，管倉日曾聽其賣糧獲利。瑾乃德崆峒，欲官之吏部，終賴康言，力請得歸。

庚午，瑾誅，起升江西提學副使，興復古學，整頓頹風，奬節義而正文體，觀其旌表九節婦及歲考文優録可知已。上任例有宴會，因他事怒藩臬長，假以遣戲子寓意譏之：「六經何嘗有戲！公堂上縱其褻狎之語，而沸淫哇之聲，不美觀聽甚矣。」二司長叱曰：「善戲謔兮，非詩語耶？歌者自歌，不聽者任其不聽。」崆峒不辭而退，由此成讎。又任巡撫漢行縣，方試士，不令出迎，且出語不遜，復生一敵。又許誚江巡撫萬實，敕書雖許舉聞重事，往惟視爲故事而已。崆峒一一行之，兩臺劾其侵官，崆峒亦劾兩臺不職，事屬大理卿燕忠體勘，又以鄭副使陽、段參議敏爲同勘官，竟文致閑住，聲其冤者萬口一辭，崆峒惟以脱獄爲幸，不復計其他矣。宸濠久蓄異圖，招集文學士，要名譽，收人心，凡吏於其土有才名者，或啗以利，或劫以威，悉入網羅。崆峒初亦不屈，被其朔望困餓，又欲借其勢以挾軋己者，實則不與其謀。布政使鄭岳有事，意謂崆峒陷之也。濠敗，遊辭連及之，惡之者將陷於法，公文一下，開封張太守鍵即痛責一老人，臀血淋漓，守提，罵於其門。不得已，出，而拘於空閑衙中，遂與左國璣等計議作何解交。林都御史俊北上，曾以詩六首見貽，崆峒乃如數奉和。至京，改任刑部尚書，正司其事，左因別作陽和樓詩，並代致書與林及首相楊廷和，得亡窮治。平江西，榜文作「見提未到」名目，張守命吏挂於崆峒門壁，乃笑謂所知曰：「吾惟旬餘不迎送客，則是榜可收矣。」子枝外，更有側室子三人，並一女十孫，亦云有後而多矣。

所著詩文，刻於晉者，名崆峒集，二十一卷；刻於趙者，名弘德集，三十二卷。全集一刻姑蘇，一刻鳳陽，俱六十三卷。是外仍有叙拘集、結腸集、嘉靖集、晞陽子集、崆峒子八篇。予爲諸生日，慕其名，己丑第進士，即托舉主王中川致書，時崆峒已病，枕上得書歎息，以爲世亦有同心如此者。俟病愈復書，至九月念又九日，不起矣，享年五十八。作詩模擬杜子美，而壽算復與之同。然杜遭亂離，窘逼終其身，崆峒雖四次下吏，而晚景富貴驕奢，以其據紛華之地，而多賣文之錢耳。傳據素聞，或不得其真，而何、吕、崔、王四公，則交遊最厚者。霍公素亦未面，而慕之尤甚於予，又有勢力，可進用人，其薦章久爲士林所傳誦。黄、袁兩生，一則會於京口，一則會於大梁，所言皆自可信，特各舉其概。而其自序自贊，尤足以見其實云。大復謂：「振大雅而超百世，書薄子雲，賦追屈原。」涇野謂：「使弘治之疏行，則病害去而下可爲民；正德之疏行，則褻御正而上可爲德。」後渠則云：「維天閔之，而人忌之，卒能昌厥辭，以永後世之思。」浚川序其集云：「執符于雅謨，遊精于漢魏，以雄渾爲堂奥，以藴藉爲神樞。思入玄而調寡和，如鳳矯龍變，人罔不知其爲祥，亦罔不駭其異。」渭厓薦後，因有訾其尚氣傲物者，則解之曰：「孟子善養浩然之氣，亦是尚氣而已。興起學士，挽回古文，五色錯以彪章，八音和而協美，如玄造包乎品物，海渤匯夫波流。」此則五嶽省曾之言。而「陵轢四始，扶摇九霄，負氣不同流俗，高才洞視元古」，則又胥臺袁袠之所稱也。序則以屬義比辭、出風入雅自負，而病沉自贊，言大非誇，生無敢欺，死無敢私，衆雖見惡，君子是之，即不見是，天豈不知！近見顧東橋所撰國寶新編，總論一時名流，而以崆峒居最。「黄初響絶，詩道中微，唐興數子，大發厥機，一鳴驚人，千古爲友」，乃出諸知己之口，而非意料之語也。責備者猶以爲詩襲杜而過硬，文工句而太亢，當軟靡之日，未免矯枉之偏，而迴積衰、脱俗套，則其首功也。同時如景明，如徐禎卿，皆賴之成就。鳳翔乃將成而逝者也。後學得其指授及私淑者，抑又不可勝計。其會試途中題驛壁末句：「不堪鄉國思，又觸雁南翔。」初舉進士，出使雲中詩云：「黄河水繞漢邊牆，河上秋風雁幾行。客子過壕追野馬，將軍韜箭射天狼。黄塵古渡迷飛輓，白月横空冷戰場。聞道朔方多勇略，只今誰是郭汾陽。」其寄林見素詩第四首第一聯云：「潭起漢娥留佩賦，井傳王粲倚樓題。」及末詩：「謝安實費登山屐，司馬虚傳諭蜀文。」結句「半生心事白頭知」，極爲真切。詩總一千八百篇，獨及二句一律並六首者，前見出門合轍，終能致遠；後見詩可招尤，亦可免禍云。

——録自李中麓閒居集卷十

李空同先生年表

（明）朱安淲

空同先生李姓，名夢陽，字獻吉。其先扶溝人，國初以從戎徙陝西慶陽，曾祖恩以義勇聞，殁於王事。祖忠爲人重厚長者，鄉人稱李處士。父正以貢入太學，授阜平訓導，補封丘温和王教授，遂家大梁。教授公以公貴，誥贈奉直大夫、户部貴州司員外郎。母高氏，贈太宜人。

成化八年壬辰十二月癸丑七日己巳，公生於慶陽里舍。先是，奉直公以貢士如京師，遇日者占之，曰君年三十三歲當生男，必顯，至是果驗。母高太宜人夢日墮懷中而生公，遂以今名命之。

十一年乙未，公年四歲。奉直公筮仕阜平訓導，公從如阜平，始就學，即穎敏不凡。夏，大雷雨，坎塹皆溢，公出墮泮池中，人無知者，有羊繫廡下，哀鳴異常，衆怪，視之，見頂髮突出水上，救之得生。

十七年辛丑，公年十歲。奉直公補任封丘温和王教授，公從如大梁，受毛詩。

弘治元年戊申，年十七歲。

遊心六籍，工古文詩賦，閉户潛修，尚友千古，梁人目爲李才子云。

二年己酉，公年十八歲。

以儒士應河南鄉試，不第，奉直公命習舉業，公僶勉從之，爲文即迥出流輩，同業生皆斂手推服。

三年庚戌，公年十九歲。

娶宜人左氏，宜人父爲朝列公，母廣武郡君。

四年辛亥，公年二十歲。

長子枝生，公偕左宜人歸慶陽，時大學士邃庵楊公一清爲督學憲副，見而異其才，延之門下，日從講肄，公爲賦邃庵辭。

五年壬子，公年二十一歲。

舉陝西鄉試第一，與洵陽張鳳翔同榜，是時奉直公夢公爲車所轢，迸血滿地，以爲憂。有鄉長老曰：「爾子中元矣。」報至果然。

六年癸丑，公年二十二歲。

登毛澄榜進士第，觀政通政司。夏，迎母高太宜人，養於京邸。八月，高太宜人以疾終，公哀毁擗踴，扶柩歸大梁，權厝城北寺。遂讀禮寺中，朝夕哭奠上食，旬日，一至官舍省父。

七年甲寅，公年二十三歲。

在大梁授生徒，學者及門甚衆。秋，渡黄河，作弔申徒狄賦。作樂府三十二篇。

八年乙卯，公年二十四歲。

歸葬母高太宜人於慶陽高家坪，遵遺命也。奉直公亦請假偕行，至逾月，亦以疾終。七月，遂合葬焉，廬於墓側。

九年丙辰，公年二十五歲。

在慶陽守制。

十年丁巳，公年二十六歲。

以盜警寓華池，病恤幾殆，尋愈。弟孟章、内弟左國璣從公受學。

十一年戊午，公年二十七歲。

服闋，如京師。時執政大臣北人也，弗善公，曰：「後生不務實，即詩到李杜，亦酒徒耳。」於是授公户部山東司主事。公不以錢穀爲困，剸棼斷錯，乃顧亨於官，其學益進。一時郎署才彦有揚州儲静夫、趙叔鳴，無錫錢世恩、陳嘉言、秦國聲，太原喬希大，宜興杭東卿，郴李貽教、何子元，慈谿楊名父，餘姚王伯安，濟南邊廷實，後又有丹陽殷文濟，信陽何仲默，蘇州都玄敬、徐昌穀，南都顧華玉，皆能游思竹素，高步藝林。惟公主張風雅，裁定品流。每得公一篇，天下傳誦以爲矜式焉。

十二年己未，公年二十八歲。

奉命監收通州國儲。會敬皇帝上太皇太后徽號，推恩敕贈父承德郎、户部山東司主事，母高氏，贈太安人。弟孟章卒。是歲閲一統志，作①作志通論。

十三年庚申，公年二十九歲。

奉命犒榆林軍。作時命篇、轅駒歎、出塞詩。

十四年辛酉，公年三十歲。

奉命監三關招商。公見邊儲日匱，奸蠹歲滋，戚里宦寺豪横無忌，包攬者賂通當道，上下相蒙，是以利歸權要，士有饑色，前監臨者，皆依違其間，或充私橐。公至，持法嚴峻，請托不行，嬖倖不便，媒蘖誣奏，致下詔獄。公依然就理，指陳利病，辭氣不撓，事遂得白。

① 「作」下原脱一「作」字，據文意補。

釋①，復職。

十五年壬戌，公年三十一歲。

時户曹多有缺員，公總攝六司，庶事叢脞，公才既優贍，決斷如流，不廢著作。

十六年癸亥，公年三十二歲。

奉命餉寧夏軍，便道歸慶陽，汛掃先壠，焚黄。

秋，西陲有警，督府以公雄才，咨以兵事。公素諳韜略，且以奉命出疆，值國家有急，遂指授戰陣，方略飛挽，芻糧立辦，運籌決勝，坐摧强虜，邊境以寧。督府欲以功上聞，公曰：「吾奉使犒軍，他非所預也。」力辭，遂行。

十七年甲子，公年三十三歲。

户部員外郎張公鳳翔卒。張有異才，時人以子安、文考擬之，年甫三十歲，母七十餘，子七齡，一妻一妾，號於旅邸，過者無不心酸淚下，公作哀鳳操以傷之。復倡諸部僚經理喪事，始得歸葬洵陽。公爲之上疏：查近年李崙、孔琦之例，敕有司月給米一石，養贍終其母妻之身。奏上，敬皇帝俞其請。聞者多公之義焉。是歲，公初度，追憶死生骨肉，擬

① 「釋」下原衍「釋」字，據文意删。

杜子美七歌。

十八年乙丑，公年三十四歲。

詔曰：「朕方圖新政理，樂聞讜言，事關軍民利病，切於治體可行的，着各衙門大小官員，悉心開具，明白來説。」於是公感激思奮，密具疏數千言，疏入，不報。時皇親壽寧侯張延齡與弟鶴齡怙寵驕縱，勢焰赫赫，天下謂之「二張」，自公卿以下，皆尊而避之，莫敢誰何。見公疏，大怒，即奏公有斬罪十，謂疏言張氏斥母后也。敬皇帝不得已，詔下公錦衣衛獄，楚毒備至，公不爲少屈，舉朝爲公危之，科道交章論救。上一日坐文華殿，召大學士劉公健、李公東陽、謝公遷，問：「李夢陽宜何如處？」劉公對曰：「夢陽狂直，不足深罪。」上色變，李公不敢言。謝公從容奏曰：「夢陽雖狂直，然其心無他，實欲效忠於陛下。」上乃首肯曰：「謝先生言是。」尋詔夢陽復職。居頃，龍馭上賓，公作大行皇帝挽章，末云：「向來激切疏優渥，小臣知至嘉靖初。」張氏卒陷大辟，身戮家亡，識者以公有先見焉。是歲，進公貴州司員外郎。

正德元年丙寅，公年三十五歲。

毅皇帝上兩宫徽號，推恩誥贈公父爲奉直大夫、户部貴州司員外郎，母贈太宜人。尋進公廣東司郎中。

時上初即位，逆閹劉瑾輩以青宫舊恩，日導上狗馬鷹兔、舞唱角抵，漸棄萬機罔視，時號「八虎」。給事中劉公茝、陶公諧相繼論劾，不報。於是户部尚書韓公文每退朝，對屬吏輒泣下，以閹故。公間説之，爲具草疏。閹瑾知韓公之奏皆公贊成之，疏又出公手也，遂矯詔奪官，降山西布政司經歷，勒致仕。又黜劉公健、謝公遷、韓公文等四十八人，榜爲黨人，禁錮之。公作去婦辭。

二年丁卯，公年三十六歲。

出京南邁，道經白溝曾大父戰殁處，作哭白溝文。

歸而潛跡大梁城北黄河之壖故康王城，依伯兄孟和，築河上草堂，起翛然臺於後圃，需于堂於草堂之南，閉門却掃，課子弟，聚生徒，怡然終日，不履城市。有河上秋興詩。暇日，撰杖脂車遊蘇門山，登嘯臺，作遊輝縣記並雜詩。是歲冬，修李氏族譜成。

三年戊辰，公年三十七歲。

逆瑾蓄憾未已，必欲殺公以攄其憤，乃羅織他事，械繫北行，矯詔下錦衣衛獄。公兄孟和與内弟左國玉間行，匍匐謁修撰康公海，爲解之。瑾變人姜達者，昔貧，販草束於邊，公監三關招商，革宿弊，禁權勢包攬，惟許小民上納，於是達獲利數倍，遂投入瑾宅。見公下獄，毅然申救，得放歸。有離憤詩，並獄中詠物詩。

四年己巳，公年三十八歲。

以舊業讓兄，借居土市街。室廬湫隘。是歲秋霖彌月，公作苦雨前後篇、久雨柬黄子詩。

五年庚午，公年三十九歲。

移居東角樓，始自有家室。閑居寡營，感愴今昔，作雜詩三十二首，作省愆賦。是歲，逆瑾伏誅。得何大復論文書，以書報之。

六年辛未，公年四十歲。

臺諫交章薦公忠直，詔起爲江西按察司提學副使。公益勵風節，慨然有孟博澄清之志，作述征賦以行。

至則修白鹿、盱江書院，爲文立石，慕紫陽遺風，聚士其中，豐餼嚴約，闡明經義，至者千人。又於各鄉立社學，以教民間俊秀，所以養蒙斂才，視昔爲備矣。

時子枝以離思賦來獻，公爲作寄兒賦。

七年壬申，公年四十一歲。

寧庶人宸濠，陰懷逆圖，招致文學之士。凡吏江西有才名者，即啗以厚利，否則威劫之。知公不可撼，佯下之，欲從公學詩，字有門生之稱。公正言拒之，公出，而有濠嬖伶遭之不避，公撻之於市，濠積憤，將中傷之。初，公奉敕許舉聞重事，乃於學政外復有建白，同官者病之。會巡按江御史萬實不諳憲度，公疏其罪，江亦奏訐。上命大理寺卿燕忠往勘，由是上下承濠風旨，罪且不測，獨何公景明上書冢宰楊公一清，乞爲申解，公遂得閑住。作廣信獄前後記、懼問記。時布政使鄭公岳，又爲濠所忌，公素與岳不相能，復相訐，岳亦以濠故罷官。後濠敗，辭連公，忌者復欲擠之，獨刑部尚書林公俊毅然曰：「夫李獻吉有何罪？不過人妒其文名耳。」遂得免焉。

八年癸酉，公年四十二歲。

寓廣信，候勘結。

九年甲戌，公年四十三歲。

北還，作宣歸賦。至襄陽，愛峴山、習池之勝，欲作鹿門之隱，會江水泛漲，洶洶没堤，乃歸大梁。

十年乙亥，公年四十四歲。

邃庵楊公以詩文集寄公，命爲删定，公爲作石淙精舍記。何大復婭士過梁，公作鈍賦寄之，何公答以蹇賦。

十一年丙子，公年四十五歲。

左宜人卒，公作結腸操以宣哀。

十二年丁丑，公年四十六歲。

卜宅兆於鈞州大陽山，公自作誌銘，葬左宜人。客有自京師來者，言逆瑾所造玄明宮荒廢之狀，公作玄明宮行。

是歲，娶繼室宋氏。

十三年戊寅，公年四十七歲。

次子楚生。往年金齒張生含侍其父南園大夫於京師，嘗從公遊。是秋，有稱月塢癡人者見焉，公視其刺，大笑，及見，乃含也，公爲作月塢癡人對。

十四年己卯，公年四十八歲。

築别墅於梁國吹臺之側，登臺四眺，緬懷五岳，婚嫁未畢，頗有向平之歎，作五仰詩。

十五年庚辰，公年四十九歲。

第三子梁、第四子柱雙生，作六箴、六戒自警。

十六年辛巳，公年五十歲。

儒生劉德舉來言六烈女事，公聞之，泫然出涕，作六烈女傳。

嘉靖元年壬午，公年五十一歲。

先，正德間，黄河清，至是世宗肅皇帝自興邸入繼大統，公有詩云：「大明十帝轉神明，天意分明賜太平。紫蓋復從嘉靖始，黄河先爲聖人清。」

秋，子枝中河南鄉試。長女生。冬，子枝赴試，公有送兒詩。

二年癸未，公年五十二歲。

子枝登姚淶榜進士第。是歲，置邊村別墅，日親農事，有菟裘之志焉。

三年甲申，公年五十三歲。

第二女生。以所作古今詩刊而傳之，命爲弘德集。公自爲序，述曹縣王叔武之論甚詳。

是歲，都御史王公廷相薦公學行可大用，不報。

四年乙酉，公年五十四歲。

子枝授南京工部屯田司主事，便道歸省。

公甥御史曹君嘉以諫謫四川茂州判，過謁逄、干廟，有詩，公爲屬和。

見素林公以詠懷六章寄，公和亦如之。

是秋苦雨，水涌，陸地行舟，公作我出城闉詩。

五年丙戌，公年五十五歲。

謁于肅愍公祠，觀正德間自製碑文，慨然有感於己巳之變，作弔于廟賦。作楚調歌天門開。

六年丁亥，公年五十六歲。

公閔聖遠言湮，異端横起，理學亡傳，於是著空同子八篇。其旨遠，其義正，該物究理，可以發明性命之源，學者宗焉。

七年戊子，公年五十七歲。

吏部侍郎霍公韜與諸公講於朝堂，曰：「宋儒所謂『歐陽修今之韓愈』也，若李獻吉者，非今韓愈乎？何使之終老林下，如後世之議吾輩何？」諸公然之。霍公疏薦於上，命吏部起用，亦不能行。

程生自邑來自吴郡，五嶽山人黄省曾寄公書，求詩文全集。

是秋，公體微不平，京口錢醫官，名手也，過梁，公命診之，曰：「此不足慮，病其在明年乎？」

八年己丑，公年五十八歲。

夏，疾果作，乃就醫京口，且得爲東南勝遊，門人張賓、次子楚從行。七月渡淮，寓楊相國南園，錢醫療之，少愈。五嶽山人黄省曾迓公京口，公與之論文賦詩。八月，還登金山寺，題詩。

九月，抵家，疾復作。公夢有人迎龍亭旌幢至，執手板請公書「肯」字，覺曰：「吾疾不起矣。」又夢日瞳瞳墮海中没，蓋符其始生之兆云。司務黄公彬以詩問疾，公答之詩曰：「平生逸氣横雲海，一病侵冬歷夏秋。小兒弄人古有此，君子知命今何憂。親從江國迎醫返，滿擬家園賦雪遊。載酒爲君何日起，東原松竹翠修修。」

至十二月晦日將易簀，作自贊曰：「生無敢私，死無敢欺。質雖凡近，高遐是期。或謂弗然，請試察之。剛而寡謀，自信靡疑。衆雖見惡，君子是之。即不見是，天豈不知。老而覺悟，途窮數奇。齎志長畢，命也何爲？空同八篇，潦草綴詞。」書畢而逝。子枝時判海州，奔歸，以次年合葬公與左宜人於鈞州大陽山。祭酒崔公銑撰志銘，門人有服心喪者，乃私謚公曰文毅先生。

右年表一卷，爲空同李公而作也。空同幼從父宦，寓汴，歸老，終於兹土，爲余姑廣武郡君之婿，接姻連戚，余素知其平生，兼采鄉評之公者著之，但辭旨蕪陋，不敢附於作者，藏之巾笥久矣。近見東莞陳建所輯皇明通紀謂：「空同宦江西時與宸濠交歡，借勢誣善，奏罷布政使鄭岳之官。及濠事敗，以交通繫獄，禁錮終身焉。」夫既與濠交歡矣，又借其勢可罷人之官，而又一時自罷其官者，何耶？濠之被俘，而詞引空同，亦宿憾之所致也。賴見素林公持法不阿，遂已之，未嘗逮繫，此汴人之所知也。其曰「繫獄禁錮」皆無之，陳蓋得之傳聞之誤耳。舉此一事，則通紀之謬可知矣，覽者其詳焉。

——録自潘之恒、鄧雲霄刻空同子集附録一

空同先生傳

（明）朱睦㮮

空同先生李公，名夢陽，字獻吉。其先扶溝人也，國初徙居慶陽。父正，以阜平訓導補封丘温和王教授，遂家大梁。母高夫人，夢日墮懷中，寤而生公。年十八舉鄉試第一，明年爲弘治癸丑，登進士第，授户部主事。

是時海宇清寧，部寺多暇，諸薦紳先生雅事文墨。公與信陽何公景明、姑蘇徐公禎卿倡爲古文辭，以變衰陋之習，斷自秦漢而止，學者尊爲宗匠云。乙丑，進員外郎，時外戚壽寧侯張延齡怙寵驕縱，莫敢問，公乃應詔陳其二病、三害、六漸，語稍侵中宫，詔下錦衣衛獄，楚毒備嘗，辭氣無所撓屈。上一日坐文華殿，召大學士劉公健、李公東陽、謝公遷，問李夢陽宜何如處。劉公對曰：「夢陽狂直，不足深罪。」敬皇色變，李不敢對。謝公乃從容言曰：「夢陽雖狂直，然其心無他，實欲效忠於陛下。」敬皇曰：「謝先生言是。」及獄具，詔夢陽復職。已而獨召見兵部尚書劉公大夏，問曰：「日來外間事何如？」大夏對曰：「近釋李夢陽，中外歡呼聖德如天地之大！」敬皇曰：「朕初欲輕譴此人，而左右者輒曰：『輕莫若杖而釋之。』汝知渠意乎？」大夏曰：「不知。」上曰：「杖必送錦衣衛，渠拴關節，杖之必死也，於渠輩則誠快矣。其如朕殺諫臣何？」大夏曰：「陛下此事，即堯舜之心也。」

正德改元，公進郎中。逆閹劉瑾輩日導上鷹兔狗馬舞唱角牴，漸廢萬機罔親，給事中劉公蒞、陶公諧相繼奏劾，不報。於是户部尚書韓公文每退朝，對屬吏，輒泣下。公間説之曰：「公大臣也，義同國休戚，徒泣何益？」文曰：「奈何？」曰：「比諫臣有章入，交論諸閹，下之閣矣！夫三老者，顧命臣也，聞持諫官章甚力。公誠及此時率諸大臣殊死争，事或可濟也。」文乃毅然改容曰：「善，即事弗濟，吾年足，死矣。不死，不足以報國。」翌日，文入，密扣三老，三老許之，而倡諸大臣，諸大臣又無不忻然從者。文退，乃召公具草，語多載集中。及疏入，上遣司禮者八人詣閣議，一日而遣者三，閣議持不肯下。而王岳者八人，中人也，剛厲而無阿，頗亦惡其閹儕，顧獨曰：「閣議是，明日召諸大臣。」諸大臣既入左掖，徐徐行使，吏部侍郎王公鏊，趨詣閣探動静，大學士健語鏊曰：「事已七八，濟矣，諸公第持，莫輕下。」至左順門，閹首李榮手諸大臣疏曰：「有旨謂：諸先生言良是，無非愛君憂國。第奴儕事上久，不忍即置之法耳，幸少寬之，上自處耳。」衆懼，莫敢出一語答，榮面文，曰：「此舉本出自公，公云何？」文復陳諸閹罪狀。榮曰：「疏備矣，上非不知，第欲寬之耳。」鏊乃前謂榮曰：「設上不處如何？」李榮曰：「榮頸有鐵裹之邪，敢壞國事？」諸公遂退。是日，群閹已窘，業自求安置南京，閣議猶持不從。而吏部尚書焦芳泄其謀，群閹環哭，上前乞命。事中變，瑾遂召入司禮監，而王岳、范榮皆竄死。瑾知韓疏出公手也，蓄憾不已，矯旨奪其官。尋又黜健等四十八人，榜爲黨人。然瑾必欲殺公以攄其憤。明年戊辰，羅織其罪，誣奏械繫詔獄。公兄孟和及内弟左國玉者，間徒從謁，康修撰海與瑾嬖人姜達申救，得免，放歸大梁。庚午，瑾誅。辛未，起公江西提學副使，敕許舉聞重事。公振學造士外，復時時大有更白，臺使及同官者病其侵官。而江御史萬實①會按江西，不諳憲體，公疏其罪狀。萬實亦奏訐。天子命大理卿燕忠往勘。是時，忌者咸欲擠入之不測之淵，獨景明上書冢宰楊公一清，乞爲力解，公遂獲末減云。初，宸濠懷逆，招致文學之士，凡吏江西有才名者，即啗以厚利，否則威劫之。知公不可撼，佯下之，而布政使鄭公岳適爲濠所陷，公素與岳不相能，岳既得罪，謂公傾之也。及濠敗，辭連公，賴刑部尚書

① 實，原誤作「石」，據明史改。

林公俊論救得免。今上即位，都御史王公廷相、學士霍公韜及知者相繼論薦，竟不用。嘉靖辛卯，迎醫京口，還，遂卒，年五十有九。所著有賦、頌、樂府、古今詩三十六卷；書、疏、碑、志、記、序、雜文二十七卷；空同子八篇，行於世。子枝，舉進士，爲工部主事，左遷海州同知，其才情藻思有父風云。

論曰：文豈易言哉！班固自叙惟稱司馬遷、相如而已，即雄、誼、向、歆之屬，亦所不論。至唐三百年，僅得昌黎、柳州二子。宋自歐陽子後有王、曾、蘇氏父子。嗟乎！代不數人，兹不謂之難哉！明興，青田劉公伯温、金華宋公景濂、王公子充，遭際昌辰，秉筆蘭署，鋪揚鴻業，黻黼皇猷，猗歟盛矣。永、宣之際，則有楊文貞，成化以來，則有李賓之、謝鳴治，各擅一時之譽。雖氣存淳樸，而體沿卑靡，要亦習俗使然也。弘治間，北郡李公獻吉始變文體，力追元古，以蕩滌金元之習，文稱左、遷，賦尚屈、宋，詩擬漢、魏，兼法李、杜，海内學士大夫翕然趨之，誠一代之宗工也。郁郁彬彬，後雖有作，弗可尚已。始，公江西之歸也，與先大父豫齋①府君談經榷藝，至相密也。余時以童年獲侍，輒蒙國器之許。嗟嗟！乃今齒逾不惑矣，而汨汨尚無聞也。回憶疇昔之遇，可勝愧哉！

① 齋，原作「齊」，據胡纘宗明故鎮平王輔國將軍□□朱公合葬志銘改。

——録自嘉靖十一年曹嘉刻、嘉靖三十一年朱睦㮮增修本空同集

李副使夢陽

（清）錢謙益

夢陽，字獻吉，慶陽人，徙大梁。弘治癸丑進士，授户部主事，遷員外，監三倉。下獄，尋得釋。已而應詔，陳言二病、三害、六漸，末及壽寧侯張鶴齡怙寵殃民，爲外戚驕恣之漸。壽寧摘疏中張氏字爲訕母后。上不得已，繫錦衣獄，旋釋之，奪俸三月。出獄，遇鶴齡大市街，乘醉唾罵，揮鞭擊之，墮二齒，鶴齡隱忍而止。正德改元，進郎中，代尚書韓文草奏，劾八閹，坐奸黨，鐫職致仕。明年，復逮繫，自戊午至此，凡十年，下吏者三矣。劉瑾必欲殺之，康海謁瑾，以詭辭撼瑾，乃得免。瑾誅，起江西提學副使。倚恃氣節，陵轢臺長，坐訐奏罷免。宸濠誅，坐爲濠譔陽春書院記，獄辭連染，林俊爲司寇，力持之，得亡窮治。失勢家居，賓從日進，間從汴洛間少年射獵繁、吹兩臺間，二十年而卒。

獻吉生休明之代，負雄鷙之才，僴然謂漢後無文，唐後無詩，以復古爲己任。信陽何仲默起而應之。自時厥後，齊吴代興，江楚特起，北地之壇坫不改，近世耳食者至謂唐有李、杜，明有李、何，自大曆以迄成化，上下千載，無餘子焉。嗚呼，何其誖也！何

其陋也！夷考其實，平心而論之，由本朝之詩溯而上之，格律差殊，風調各别，標舉興會，舒寫性情，其源流則一而已矣。獻吉以復古自命，曰古詩必漢魏，必三謝；今體必初盛唐，必杜，舍是無詩焉。牽率模擬剽賊於聲句字之間，如嬰兒之學語，如桐子之洛誦，字則字，句則句，篇則篇，毫不能吐其心之所有，古之人固如是乎？天地之運會，人世之景物，新新不停，生生相續，而必曰漢後無文，唐後無詩，此數百年之宇宙日月盡皆缺陷晦蒙，直待獻吉而洪荒再闢乎？獻吉曰：「不讀唐以後書。」獻吉之詩文，引據唐以前書，紕繆挂漏，不一而足，又何説也！國家當日中月滿，盛極孽衰，粗材笨伯，乘運而起，雄霸詞盟，流傳訛種，二百年以來，正始淪亡，榛蕪塞路，先輩讀書種子從此斷絶，豈細故哉？後有能别裁僞體如少陵者，殆必以斯言爲然，其以是獲罪於世之君子，則非吾所惜也。獻吉詩弘德集三十三卷、空同子集又若干卷，録得五十二首。其有大篇長律，舉世誦習，而余所汰去者，爲存其百一，略疏其瑕纇，以申明去取之義，庶幾學北地之學者，或有省焉。

——録自錢謙益列朝詩集小傳丙集

李夢陽傳

（明）查繼佐

李夢陽，字獻吉，初以戍籍隸陝西慶陽。弘治中，父正教授周府，因就試河南，不遇。還慶陽，而棘闈且閉，夢陽闖監場使者，大言「夢陽不入試，是科無解首」。使者勉收之，果舉鄉試第一，時年十八。明年癸丑，成進士，授户部主事。

夢陽有軼才，雙瞳烱若電，抗論古今，傲絶一世。居燕中，社集四方名士，興復古文詞，與信陽何景明互旗鼓，時人稱李、何，然兩人各自成家。十八年，詔求讜言，夢陽疏陳二病、三害、六漸。

其二病：一在元氣。大略謂今日士氣，張拱深揖，吶吶不一辭，則目爲老成，遇事圓巧，則以爲善應。轉相則效，翕然風靡。承訛踵弊，言行無實。大臣被劾，廷辯求勝。親喪服除，非詔而起。廉耻道喪，佞人因循，互相欺詆，譬患内耗，伏未及發，所謂無其形而有其幾也。一在腹心。内官逼近，性陰而狼貪，所爲攻之則難攻，不攻則亡身者也。夫倉廠場庫，錢穀之要也，盡若輩主之，陛下以爲果忠實可用耶？抑例故不可廢耶？且其奸業摘發之矣，不置之法，又不竄斥，即何所憚？且皇城之内，通名藉者，亦幾萬人，陛下又敕禮部選十五以下浄身男子五百名，嗚呼！此其禍可勝道哉！

其言三害。一曰兵害。兵害者，冗食而無，空名而鮮實也。夫騰驤四衛者，今非所謂内兵耶？外官既不與稽其數，征役又不復選調其人，率淫而驕。而内官者主此淫而驕之人，詭託冒濫，布列要地，而自以爲無害，吾不信也。且夫錦衣衛，爪牙之司也，又内官之家人子弟官之。團營，兵之精也，内官之内兵又其專掌之，陛下寧不爲寒心耶！二曰民害。民害者，斂重而民貧。又貪墨在位，恩不下流也。内府供用，有常數矣。今較之弘治初年，費溢十倍。因而部派倍之，下之州縣又倍之，百姓輸納稱頭等，又倍之，輸納于内官賄賂，又倍之。大臣不以告有司，乘機而肥其家，陛下雖嘗降旨存問，所爲空名而不減實禍也。三曰莊場之害。皇親之家，奪民田土，夷其墳墓，毁其居屋，斬伐樹木，土著之民，蕩産失業，損害赤子，動摇基本。嗚呼！亦已甚矣！且薊州牧馬草場，與百姓争阡，尺分而寸剖之。以數千頃地，今三遺官，勾攝牽連，廢業而即死，是何賤人而貴馬也？

其言六漸。一曰匱之漸。各邊用兵，以將則庸，以卒則罷。糜財而無功，曠日而損威，軍供不足，至于和買，和買不足，轉爲乞運，乞運不足，遂行乞帑。臣始至户部，太倉糧尚百七十萬，今耗過半矣。而乞者未已也。貨入私室，又苦浪費。即以京城内外，千觀萬寺，孰非左右侍臣爲之？動輒鉅萬計，而陛下方遍察寺觀，敕給修葺。設猝有水旱之警，兵甲事興，內取則已匱，外斂則民窮，臣不知陛下何以應之。二曰盜之漸。盜幾在民窮，盜而得食即死，不猶愈于餒而死乎？天下無智、愚、强、弱，舉俯首捧心以事我者，以有法維之，且畏死也。即死猶愈，彼亦何所不爲？今嘯聚州村，焚燒剽掠，日相聞矣。承平日久，民不知兵，萬一有處外之警，非但盜，將興大患。三曰壞名器之漸。古曰：「爵人于朝，與衆共之，示非我也。」今乞官者官，乞蔭者蔭，黜父而陟其子，黜祖而陟其孫。豈以報功，又非示勸。即大學士萬安，前侍先皇帝，醜穢彰露。陛下踐祚之始，嘗令內官逼逐之去，今蔭其子爲丞，報耶？勸耶？顧何利爲之也？四曰弛法令之漸。夫舛莫大于縱罪，玩莫大于長奸。犯人王禮，擅搶夷僧貨物，損辱國體，傳笑外邦，獄案已具，法所不赦。而陛下尋復赦之，是縱罪也，是長奸也。五曰方術眩惑之漸。陛下踐祚詔曰：「僧道不得作醮事，煽惑人心。」堂堂天言，四海誦法，乃今復爾，臣故知有誘之者也。譬若鋤草不盡，反滋其勢。天變屢見于上，百姓嗷嗷于下。邊報未捷，倉庫匱乏。信如真人國師，道足以庇，法足以佑，陛下即何不遂一試之？不然梁武、唐憲明效彰彰矣。六曰貴戚驕恣之漸。水防惟土，國防惟禮。陛下至親莫如壽寧侯；所宜保全而使之安者，亦莫如壽寧侯。乃顧不禮以爲之防，臣恐其潰且有日矣。壽寧侯招納無賴，罔利賊民，有①人田宅子女。要截商貨，又召種鹽課，横行江河，張打黄旗，道路飲恨，夫川潰則傷必衆，萬一法行，陛下即欲安全之，得乎？

昭聖以及后家大怒。后母金夫人泣訴上曰：「李主事疏末斥后，大無人臣禮。」上不得已，下夢陽詔獄。尋以大學士劉健、謝遷言，有旨復職，罰俸三月。上遊南宫，皇后、皇太子及金夫人從，壽寧侯鶴齡入侍。酒中，上召鶴齡促膝語，左右咸莫聞知，鶴齡免冠觸地謝，蓋上以夢陽語重督之也。夢陽一夕醉遇壽寧侯於道，以鞭梢擊墮其齒二，侯恚甚，欲聞上，爲前疏未久，隱忍且止。

武宗嗣位，歷郎中。正德二年，尚書韓文欲率諸大臣論劾諸閹，夢陽爲代草文疏，宦瑾大恨之，矯旨降山西布政司經歷，致仕，尋以他事械繫詔獄。蓋瑾獨敬禮其鄉翰林修撰康海，海顧不與瑾，兹特爲夢陽一屈，修瑾，夢陽乃得免。瑾誅，起爲副使，提學江西。夢陽往往負材氣自高，弗能下人。都御史俞諫以征諸峒賊總督江西，欲用兩廣例，屈體諸司，夢陽長揖廷抗，曰：「公奉天子詔督諸軍，吾奉天子詔督諸生，何所不如公？」故事，監

① 有，疑作「奪」。按本文所録與上孝宗皇帝書稿有較大文字出入，參見本集卷三十九。

司五日一會揖御史所，夢陽輒不往。嘗以諸生故，擅撻淮王之卒。王奏，下巡撫御史治，夢陽遂與御史江萬實隙，相訐奏，改下藩臬會勘。夢陽率諸生手鋃鐺欲鎖御史，御史杜門不敢出。布政使鄭岳故與夢陽不相能，欲從中持之，快其素。寧王濠每常托詩文與夢陽交歡，心知夢陽不平岳，執岳門下人入府中拷治，踪跡岳平日，奏之，並餙其子沄通賄狀，囚沄。而參政吴廷舉者，嘗從夢陽爲詩，夢陽笑不答，至是亦以職事相左，上疏論夢陽。適太守劉喬奸有贓，既擅死一諸生，夢陽持之急，因僞爲奏草，託御史萬實之劾都御史金者，故露之，謂夢陽所代作，以怒夢陽於萬實，金遂以聞。詔遣大理卿燕忠即訊，諸生群擁呼忠，直夢陽。忠以老氏家言，案夢陽獄。據案團手，罵且教之，謂老氏守其黑雌以爲谷谿，夢陽不能。獄上，岳、喬贓私，削爲民，子沄充戍，而廷舉論事過當，奪俸一年，夢陽得閑住。

夢陽既廢歸，居開封，從閭里俠少射獵繁、吹二臺間，自號空同子，而海内慕重之。方岳部使者過汴，往往造夢陽廬，顧夢陽年位不尊，往往隅坐客，客率怪怒去。宸濠敗，御史周宣追論夢陽陰比反者，坐逮。守鍵奉文書，痛責一老人，坐提夢陽，老人負創淋漓，駡夢陽門，夢陽不得已，乃出。刑部尚書林俊力救之，得免逮，而守鍵尚出刑部爰書，張夢陽門以辱之，自後交遊斷絶。大梁賈客求文，賫金爲壽而已，夢陽得金，復集賓客，治供帳園林，爲富貴容，殊驕奢。年五十八，卒，卒而人稱夢陽死尚有餘於才。所著有空同集。弇州稱：「手闢草昧，爲一代詞人之冠。」

子枝，舉進士，官不達。有甥曹嘉，諫南巡被杖，嘉靖初，以御史論事，坐貶昌邑知縣。嘉亦有文詞，顧好聞無禮，即夢陽亦畏避之。

——録自明查繼佐罪惟録列傳卷十三上

李夢陽傳

（清）毛奇齡

李夢陽字獻吉，生時母夢日墮懷，以爲吉也，名字之。世爲開封扶溝人，其曾祖戍慶陽，死家焉。而父正爲周王府教授，仍還開封。夢陽束髮就河南試，不利，年十八，乃以故籍走試陝，陝塲且閉，夢陽大言曰：「塲無解元，何爲閉也？」主者奇其言，試而納之，遂中。弘治五年，鄉試第一。明年，舉進士，連中，授户部主事，遷郎中。嘗治關立通商法，痛格勢人求，勢人不便，構下獄，尋釋。十八年，應詔上書陳二病、三害、六漸不可長，凡五千言。其言神機、三千、五軍三營，兵數十萬，至正統己巳，纔數十年間，僅拔得一十二萬，爲十二團營。而今則料衆北伐不彀三萬，腰鞬弓矢不全，騎士牽露骨馬，官不恤其軍，豪勢侵蝕，食之增而用之寡，是兵害也。且夫騰驤四衛者，非今所謂内兵耶，外官既不稽其數，而征役不調，富豪而氣驕。夫以内官之貪狡，而率富豪而氣驕之人，其爲害可忍言哉？是必查往年李玉事例，仍置總兵官，參掌内兵，而禁團營把總號頭等，俱不得置私人，而後積弊可徐銷也。又言莊場之害。曩時，直隸抛荒田地，聽民開墾，未嘗起科，今輒指之爲官田，皇親家聽無賴投獻，而朝廷復允其請，占其田土，犁其墳墓，撕伐其樹木，民則何堪。且薊州牧馬草場，與百姓争阡競畝，尺分而寸剖之，百姓連年坐勾攝，轉相牽聯，廢本業，以尺寸之地失黔首心，乞敕户部查。景泰六年，勘官馮謹奏内事，理以前項田土仍給民徵租，但以空閑草地牧馬便。末又言貴戚驕恣之漸。夫皇親，至戚也，然必以禮防之者，則保全而使之安也。今陛下至親莫如壽寧侯，所宜保全而使之安者，亦莫如壽寧侯。壽寧侯招納無賴，罔利而賊民，白奪人田土，擅拆人房屋，强擄人子女，開張店房，要截商貨，而又占種鹽課，横行江河，張打黄旗，勢如翼虎。夫川潰則傷衆，萬一法行，陛下雖欲保全而使之安，焉得乎？此非所以厚張氏也。

書上，侯奏辯，謂夢陽罪斬十，其最著者，斥皇后爲氏。時張皇后寵有權，皇后母金夫人日夜泣帝前，帝初令回話，不得已乃下詔獄。掌詔獄者牟斌，爲夢陽具牘議罰俸，左右請杖之，不許。金夫人復請帝，帝不懌，曰：「張氏謂張家也，張家皆后耶？」推案起。帝初與劉健、謝遷論夢陽，謝遷曰：「夢陽心無他，所謂欲效忠於陛下者也。」至是，帝語劉大夏曰：「或謂我杖夢陽，推其心，欲殺之耳，吾能殺直臣快左右心乎！」當是時，天下賢孝宗而慕夢陽之爲人。故事，館閣習文翰。夢陽以諸郎倡起，號召爲詩古文詞，館閣笑之，顧夢陽所爲文，鳳矯而龍變，旁若無人。同時，何景明、邊貢、徐禎卿、朱應登、顧璘、陳沂、鄭善夫、康海、王九思號「十才子」，而夢陽則更以氣節超諸郎間。嘗遇壽寧侯大市街，乘醉數侯過，雜駡舉鞭梢揮擊之，落二齒，侯隱忍去。正德改元，堂上官韓文每退朝，輒與曹屬語閹等而泣，夢陽進曰：「公大臣，不除君側奸，徒泣何也？」文曰：「吾亦思除之耳。」夢陽曰：「除之，則何必泣？夫閹中皆顧命臣，公所知也，今言官劾瑾等，閣臣持其章甚力，將必除之，特其機未釋耳。公誠能手疏帥百官伏闕下，争則勢成，勢成則機釋，機釋則一發而殪，是合諸公卿内外比掌而拊一虻也，過此勿再也。」文曰：「善！君爲我草疏，然疏勿文，文則勿省，勿長，長則勿竟。」草具，文懷之入。會語泄中變，健、遷並辭去，文坐落職，而以疏草爲夢陽所爲，謫夢陽布政司經歷，勒致仕。既而羅織夢陽事，械繫之，論死，賴康海救，得免。語具海傳。當是時，天下人人稱夢陽，顧夢陽益喜，自負。瑾敗，起江西提學副使。甫到官，與總制陳金約曰：「公治軍，夢陽治諸生，無相尼也。」舊例，監司五日一會揖御史所，夢陽不往，日教諸生砥氣節，毋許諸生就上官謁，諸生謁上官，雖都御史毋跪伹長揖，上官毋許加諸生者。時御史江萬實與諸生迕，夢陽拽黑縲帥諸生親往鎖萬實，會淮王府校争諸生於途，夢陽途笞之，淮王奏聞，適以所奏下萬實。按狀，夢陽乃訐萬實，雜奏下陳金，金檄布政司鄭岳勘之。夢陽疑岳袒萬實，因復訐岳。時逆濠重夢陽甚，而岳以迕濠，濠爲夢陽執岳，吏令報岳子沄與群吏通贓，奏聞，繫沄掠治。而參政吴廷舉謂夢陽侵官，亦上疏論夢陽挂冠。而吉安知府劉喬嘗殺一諸生，爲夢陽所持，亦互訐劾，喬乃手僞疏一通，示萬實曰：此非公劾陳金疏耶？夢陽僞爲之，將以惡公於陳，公而復示金疏，以激怒金。金乃還所下，不復勘驗，更遣大理卿燕忠出治。諸生數萬環廣信獄，忠至，召夢陽入，團手據案罵，罵已，且誚且讓，謂夢陽未講老氏，無學問，不知雄而守雌，遂還奏夢陽欺凌僚屬，挾制撫按，敕冠帶閑住還里。而岳、喬以贓私削籍，充岳子沄戍，廷舉擅去官罰俸。夢陽嘗作書上座主楊一清曰：陳士賢曲庇諸生，諸生有爲盜者，舍勿問也。敖静之拳毆唐御史，唐御史憤死，楊繼宗罵贓官不去口，雍世隆爲按察使，途辱知府，爲都御史時，鞭參將，當時數公，人莫加惡名焉。夫激濁揚清之中，當寓扶陽抑陰之意，使知朝廷有不可罔之法，天下有不可詘之節，古今有敢爲之男子，無能逃之法吏。夫然後懾伏勢雄，繫涣散而泯亂階也。

夢陽既家居，賓朋日盛，嘗從汳、洛少年射獵晉邱、繁臺間，自號空同子。海内慕空同子名，多造廬請顧，時時以侮嫚謝去。五年，御史周宣論夢陽親濠，逮詔獄，大學士楊廷和、刑部尚書林俊解之，得免，乃以爲濠作陽春書院記削籍。先是，夢陽有甥曹嘉，能文章，以御史諫武宗南巡廷杖，其負氣陵轢，人嘗謂其似夢陽，至是以抗諫謫四川茂州判，過夢陽，相對慟哭，同爲謁逢干廟詩以見志。子枝，進士。

論曰：聞之燕忠責夢陽曰：「方君彈壽寧侯時，斷鰲扼猛，動至尊之心。及其爲韓尚書草奏，忼愾抽筆，氣陵朝寧，庶幾李元禮、范孟博之流，而惜乎不講于道也。」旨哉言乎？語云：鉱以礪缺。夢陽砥名節，矯厲太過，遂流爲悖慢而不之覺，坎坷終其身。悲夫！明初金華諸子開藝文之門，蓽路藍縷，而夢陽、景明繼之，大起古學，彎然爲文章。當時已遂有蓋代之目，乃自是以後，振猋揚波，非不甚盛，然終明之世，究無出其右者。舊傳弘德集、空同子諸書，後彙爲空同集六十六卷，所當與李、杜、柳、韓争雄長矣。

——録自毛奇齡西河集卷八十一列朝備傳

李夢陽傳

（清）萬斯同

李夢陽字獻吉，慶陽人，父爲周府教授，因家開封。弘治五年，赴陝西應舉，則諸生已入場矣，大言曰：「場中無解元。」主者試之，賦立就，果發解第一。明年，成進士，授户部主事，年二十有二矣。才敏氣豪，簿書外，集名人角藝論文，聲籍甚。十一年，出監三關鹽課，用法嚴，勢豪失利，被構下獄。獲釋，已抗疏，言出令失平，宫府殊法，事涉宦戚，中尼不行，不報。

十八年三月，應詔上言：人君不患無直言之臣，嘗患己之不能用人臣；不患言不上聞，常患人君聞之而不樂也。今陛下布誠心，廣言路，諭之以悉心，誘之以樂聞，唯恐知之者不肯言，言之者不肯盡，豈不出於尋常萬萬乎？臣竊觀今之事勢，爲病者二而不之去也，爲害者三而不之祛也，爲漸者六而不可長也，請悉爲陛下言之。

二病：一曰元氣之病，士氣是也。孔子曰：「邦有道，危言危行。」今人不喜人言，見人張拱深揖，口呐呐而不吐，則以爲老成。又不喜人直，遇事圓巧委曲，則以爲善處，轉相則傚，翕然成風。而大臣實倡之，一遇彈劾，率廷辨求勝，語人曰：「我非愛官，但欲曲直明耳。」及明矣，又恬然不去，此合理也！往大臣服除，非奉詔不起；今大臣服除，自起矣，尚謂之有禮義廉恥乎？此所謂元氣之病也。

一曰心腹之病，宦官是也。宦官陰性而狼貪，其地逼近，又朋比難剪。今倉庫錢糧之地皆宦官主之，陛下以此輩爲忠實耶，抑例不可廢耶？倘例不可廢，每處用一二人足矣，今少者五六輩，多者二三十輩，何也？夫一虎十羊，勢無全羊，況一羊十虎哉！今幸有司摘發其奸人，僉曰是必不宥且竄斥。今數月矣，猶閣而不行。夫奸未摘發，尚有懼心；已摘發矣，而竟不問。彼更何懼哉？且皇城之内通名籍者幾萬人，亦多矣。又選年十五以下者五百人，將安之用？聚陰性狼貪之徒，妄行於中而國不危者鮮矣。此所謂心腹之病也。

三害：一曰兵害。今在京之兵，以衛計之，七十有餘，分爲三大營，帶甲者數十萬，固欲以强本也。然至正統已巳，僅數十年，拔之，止十二萬馬，於是有十二團營之名。團營至今又僅數十年耳，日者遣將北伐，拔之不滿萬焉。其弓刀不全也，騎士則牽露骨馬，又施置鞍轡等。夫兵數不減於昔，食糧有增於今，一旦而狼狽，若此何也？官不恤其軍，豪勢多占，使遠者逃，近者潛，當職者不以報，糧籍不開除。又壯丁各營其家，老弱出而應點，宜其食之者增，而用之者絀也。夫騰驤四衛者，非今所謂内兵耶？外官既不與稽，征役又不選用，故其人率富豪而氣驕，以富豪氣驕之人，而率以陰狡狼貪之内官，兹其害可勝言乎？且夫錦衣衛，爪牙之司也，而令宦官之家人子弟官之；團營，禁衛之軍也，而令内官掌之，其把總、號頭等孰非詭託冒官者，可遂置而弗察乎？此所謂兵之害也。

二曰民害。其故在斂重而民貧，貧墨在位，澤不下流也。斂之既重，貧者必至稱貸；稱貸不足，必至粥子；粥子不足，必至逃亡。逃者不還，居者又受累矣。夫内府供用，有常數則必有常簿。今油蠟、皮張諸料，較之弘治初年費且十倍，則户、工二部科派必又倍矣；下之州縣，必又倍矣；小民輸納，加以秤頭，必又倍矣；内官監牧索其賄賂，必又倍矣。嗟乎！民既苦矣，當事不肯盡言，有司乘機而肥其家，奈之何不死且盜也。此所謂民之害也。

三曰莊場之害。昔高皇帝詔曰：「直隸拋荒田地，聽民開墾，永不起科。」夫民既開懇爲業矣，今戚畹聽奸民投獻，謂非其田也。聽之朝廷，朝廷亦謂非其田也，賜之戚畹，戚畹奉天子命，遂奪其田土，夷其墳墓，毀其房室，伐其樹木。於是百年土著之民，蕩産失業，千里之内，騷然不寧矣。薊州牧馬草場數千頃地耳，今三遣官勘問矣，小民連年坐勾攝，男不秉耜，女不上機，賣妻粥子，轉死溝壑者過半矣。度今事勢，萬無百姓侵官之理，謂宜置而不問，若百年土著之民，一旦逐之使去，陛下忍爲之乎？此所謂莊場之害也。

六漸：一曰匱之漸。今諸邊用兵，糜財曠日，錢穀吏俯首供給，莫敢如何，稍不繼，則軍將委以自解，於是始行和買；和買不足，又行窖運；窖運不足，復乞内帑。臣始官户部，太倉銀庫尚有七十餘萬，今耗已過半，而乞猶未止，欲不匱，得乎？今京城内外，千觀萬寺，亦盛矣，顧猶不已。左右近侍，孰非造寺者，動作孰非以鉅萬計者，彼其出以鉅萬，則其入不止鉅萬明矣。財既聚于私室，陛下又發帑給費修葺之，國安得不匱？此漸之當防者一也。

二曰盜之漸。今天下雖安，然而嘯衆殺人、焚劫邑聚、剽掠婦女者日相聞也。設不幸有方二三千里之災，武庫乏兵，太倉絀粟，此亦可爲寒心矣！宜及此時急選良有司，悉心撫字，且密令整飭城池軍馬，庶幾有備無患乎。此漸之當防者二也。

三曰壞名器之漸。王者奉天理民，祇此名器而已。今乞官者官，乞蔭者蔭，黜其父者陟其子，黜其祖者陟其孫，不知此何典也？如大學士萬安，醜穢彰露，陛下既斥逐之矣，今復蔭其子爲丞，則有功者何勸焉？此漸之當防者三也。

四曰弛法令之漸。曩者犯人王禮，擅奪番僧貨物，損辱國禮，傳笑外蕃，罪狀已具，法所不原也。陛下何從而赦之，以爲無罪，則固追償其貨直矣，以爲有罪，未聞有罪而赦之者也。夫縱罪則長奸，長奸則政亂，此漸之當防者四也。

五曰方術眩惑之漸。古帝王享國久長者，畏天而憂民也，非以奉佛法也；康强少疾者，清心而寡欲也，非以事仙道也。陛下獨不見梁武帝、唐憲宗乎？乃今創寺創觀者，陛下弗止也。又詔葺其廢圮，不知何所取於此也？夫真人，太虚無爲之名也。今酒肉粗俗道士，陛下敬重若神，尊爲真人；又法王、佛子並肩輿出入，食珍衣錦。不與陛下登極之詔異乎？此漸之當防者五也。

六曰外戚驕恣之漸。昔高皇帝制皇親令曰：「皇親之家不與政。」及頒禄列爵，則又使大貴而極富，已考其田宅、童奴之制，則又不使逾也。夫皇親與國，至戚也，不宜有間，乃故制禮以防之者，此所以保全而使之安也。今陛下至親莫如壽寧侯，所宜保全而使之安者，亦如侯，乃不嚴禮以爲之防，恐其潰且有日矣。今侯招納無賴，罔利賊民，白奪人田土，擅拆人室廬，强掠人子女，開設廛肆，邀截商貨，占據鹽利，横行江湖，主威不既替乎？替則陵，陵則逼，大逼則法行。陛下此時雖欲保全而使之安，得乎？切以爲及今慎其禮防，則所以厚張氏者，至矣。此漸之不可不防者六也。

疏出，中外傳誦。而侯張鶴齡及其母金氏交訴帝前，訐夢陽十罪，且指疏末「張氏」語爲詆斥母后。帝乃下之詔獄，編修羅玘及言官交章論救，帝以咨閣臣，劉健曰：「此狂直，不足深罪。」謝遷曰：「言雖狂，其心無非忠愛。」帝頷之。及鎮撫以獄詞上，帝即命復官，停俸三月。金夫人猶於帝前乞重治，帝怒，推案起。他日，帝置酒南宫，鶴齡兄弟入侍，帝獨召鶴齡膝語，左右莫問，第遥見鶴齡免冠觸地，蓋以夢陽言戒飭之也。已而，劉大夏宴見，帝問近日外議若何，對曰：「近釋李夢陽，中外歌誦聖德如天地。」帝曰：「彼疏中張氏，左右皆言指斥中宫，故不得已下之獄。後鎮撫疏上，朕問當若何，一人曰：『此人狂妄，宜仗而釋之。』朕揣知此輩欲媚中宫，必重責夢陽致死，朕所以即令復官，更不令法司擬罪也。」大夏頓首稱頌而退。夢陽自是名聞天下。一日，道遇鶴齡，乘醉大罵，揮鞭擊之，落其二齒，鶴齡隱忍不敢言。

正德初，進員外郎。其冬，勸尚書韓文伏闕去劉瑾等八黨，且代爲草疏，瑾深憾之。明年正月，矯旨謫山西布政司經歷，致仕。瑾憾猶未已，又明年正月，摭他事逮繫詔獄，欲致之死，賴修撰康海救解。瑾顧欲用之，夢陽以痼疾力辭，海亦爲之言，乃已。瑾誅，起故官。

六年二月，出爲江西提學副使。夢陽固高才負氣，又以屢抗權貴有盛名，至是益皎皎自樹。而楊一清爲吏部，重其人，往往爲諸大吏言：「李視功名若敝屣，吾惜其才，强起之，毋沮撓，必使行其志。」於是夢陽益發舒。始至，持憲綱，與巡按御史争坐，謁總制都御史陳金，與約曰：「公奉敕治軍，夢陽奉敕治諸生，無涉也。」禁諸生迎謁上官，即謁，令弗跪，乃振士風。務敦實學，厲名檢，表揚節孝，文教大興。廉州縣，貪墨吏立逐之去，視鎮守大奄蔑如也。故事：諸司五日聚揖巡按御史所，夢陽乃廢之。又數與御史江萬實忤，萬實有後言，夢陽怒，手鋃鐺率諸生往鎖之，萬實謹避而已。淮府小校有與諸生争者，夢陽笞之，爲淮王所奏，下萬實。按狀，夢陽欲脅萬實，遂互相訐，奏俱下陳金。金以屬布政司鄭岳，夢陽慮金直萬實，僞撰萬實劾金奏草，以激怒金。又欲脅岳，執親其信吏，令報岳子沄與諸吏交通納賄狀。時寧王宸濠蓄異志，威制撫按監司諸大吏，獨浮慕夢陽，執禮恭甚。夢陽既與諸大吏忤，亦倚以自强，且爲撰陽春書院記。宸濠乃助夢陽共齮齕岳，即奏岳通賄而囚沄，掠治不已。夢陽又私諸生，欲於例外多復其家，與民訟者，不問曲直，輒右之，以是與參政吴廷舉有隙。而吉安知府劉喬亦爲所拴，辱不能堪，乃求夢陽短白萬實，並僞爲奏草事俱奏之，萬實既掣肘，即謝病去，廷舉亦奏夢陽侵官，不俟命徑去。夢陽益切齒，喬屢疏劾其贓賄。時諸司皆畏夢陽恣睢，金亦以軍前多事不暇，請盡以諸奏詞付之巡撫任漢及紀功給事中黎奭，漢等顧慮遷延不決。於是給事中王爌言江西群盗縱横，而各官競逞私憤，無憂國心，請特遣使究治，乃命大理卿燕忠往，會奭按之。忠至，繫夢陽廣信獄，諸生群入訴冤，忠不聽，召夢陽責，數之，竟坐欺凌僚屬，挾制撫按，冠帶間住，而岳、喬、廷舉俱議罪有差。時正德九年五月也。

嘉靖元年，御史周宣追論其交通宸濠，得旨逮治，牒下開封，其守重笞一隸，令坐提，隸臀血淋漓，坐駡夢陽門。夢陽乃囚服謁府，送至京師下吏，驗治無狀。會尚書林俊力救，竟坐陽春書院記，削籍歸。其守猶録刑部爰書張夢陽門以辱之，夢陽自是不振。以八年九月卒於家，年五十有八。其自號空同，學者稱空同先生。

初，弘治時，李東陽以宰臣主文柄，天下翕然宗之，夢陽獨譏其萎弱，倡復古學，文必秦漢，詩必盛唐，非是者弗道。其黨王九思、康海、何景明、徐禎卿、邊貢、王廷相和之，於是有「七才子」之目，而鄭善夫、顧璘、薛蕙、朱應登輩亦皆隨聲響附其後，吳郡黃省曾、會稽周祚至千里致書，願爲弟子，由是其道大昌。迨嘉靖朝，李攀龍、王世貞出，復祖述之，天下奉李、何、王、李爲四大家，無不争倣其體，而詩文正派實自夢陽而亡。迄於崇禎，其風始息，而國運亦終矣。

夢陽爲人性剛難近，自恃其才，好上人，故人多畏而惡之。始與何景明、康海、邊貢友善，其後皆有違言，而於景明尤不合，屢書相駁，王九思、薛蕙亦皆離而去之，以是晚節益落寞，賓客罕至。

子枝進士，海州判官。婦弟左國璣，字舜齊，舉於鄉，嗜酒落拓，竟以酒死。姊子曹嘉，字仲禮，舉進士，至山西布政使。兩人並能詩，而性行狼戾，夢陽數爲所窘云。

——録自萬斯同明史卷三百八十八文苑三

李夢陽傳

（清）張廷玉

李夢陽，字獻吉，慶陽人。父正，官周王府教授，徙居開封。母夢日墮懷而生，故名夢陽。弘治六年舉陝西鄉試第一，明年成進士，授户部主事。遷郎中，榷關，格勢要，構下獄，得釋。

十八年應詔上書，陳二病、三害、六漸，凡五千餘言，極論得失。末言：「壽寧侯張鶴齡招納無賴，罔利賊民，勢如翼虎。」鶴齡奏辨，摘疏中「陛下厚張氏」語，誣夢陽訕母后爲張氏，罪當斬。時皇后有寵，后母金夫人泣愬帝，帝不得已繫夢陽錦衣獄。尋宥出，奪俸。金夫人愬不已，帝弗聽，召鶴齡閒處，切責之，鶴齡免冠叩頭乃已。左右知帝護夢陽，請毋重罪，而予杖以洩金夫人憤。帝又弗許，謂尚書劉大夏曰：「若輩欲以杖斃夢陽耳，吾寧殺直臣快左右心乎！」他日，夢陽途遇壽寧侯，詈之，擊以馬箠，墮二齒，壽寧侯不敢校也。

孝宗崩，武宗立，劉瑾等八虎用事，尚書韓文與其僚語及而泣。夢陽進曰：「公大臣，何泣也？」文曰：「奈何？」曰：「比言官劾群奄，閣臣持其章甚力，公誠率諸大臣伏闕争，閣臣必應之，去若輩易耳。」文曰「善」，屬夢陽屬草。會語洩，文等皆逐去。瑾深憾之，矯旨謫山西布政司經歷，勒致仕。既而瑾復摭他事下夢陽獄，將殺之，康海爲説瑾，乃免。

瑾誅，起故官，遷江西提學副使。令甲，副使屬總督，夢陽與相抗，總督陳金惡之。監司五日會揖巡按御史，夢陽又不往揖，且敕諸生毋謁上官，即謁，長揖毋跪。御史江萬實亦惡夢陽。淮王府校與諸生争，夢陽笞校。王怒，奏之，下御史按治。夢陽恐萬實右王，訐萬實。詔下總督金行勘，金檄布政使鄭岳勘之。夢陽僞撰萬實劾金疏以激怒金，並構岳子沄通賄事。寧王宸濠者浮慕夢陽，嘗請撰陽春書院記，又惡岳，乃助夢陽劾岳。萬寶復奏夢陽短，及僞爲奏章事。參政吴廷舉亦與夢陽有隙，上疏論其侵官，不俟命徑去。詔遣大理卿燕忠往鞫，召夢陽，羈廣信獄。諸生萬餘爲訟冤，不聽。劾夢陽陵轢同列，挾制上官，遂以冠帶閒住去。亦褫岳職，謫戍沄，奪廷舉俸。

夢陽既家居，益跅弛負氣，治園池，招賓客，日縱俠少射獵繁臺、晉丘間，自號空同子，名震海内。宸濠反誅，御史周宣劾夢陽黨逆，被逮。大學士楊廷和、尚書林俊力救之，坐前作書院記，削籍。頃之，卒。子枝，進士。

夢陽才思雄鷙，卓然以復古自命。弘治時，宰相李東陽主文柄，天下翕然宗之，夢陽獨譏其萎弱。倡言文必秦漢，詩必盛唐，非是者弗道。與何景明、徐禎卿、邊貢、朱應登、顧璘、陳沂、鄭善夫、康海、王九思等號「十才子」，又與景明、禎卿、貢、海、九思、王廷相號「七才子」，皆卑視一世，而夢陽尤甚。吴人黄省曾、越人周祚，千里致書，願爲弟子。迨嘉靖朝，李攀龍、王世貞出，復奉以爲宗。天下推李、何、王、李爲四大家，無不争效其體。華州王維楨以爲七言律自杜甫以後，善用頓挫倒插之法，惟夢陽一人。而後有譏夢陽詩文者，則謂其模擬剽竊，得史遷、少陵之似，而失其真云。

——録自張廷玉明史卷二百八十六文苑傳二

附録二　序跋

空同集序

（明）王廷相

弘治中，敬皇帝右文上儒，彬彬興治。于時，君臣恭和，海内熙洽，四夷即叙，兆畝允殖，輶軒無靡及之歎，省寺蔑鞅掌之悲。由是，學士大夫職思靡艱，惟文是娱，不榮躍馬之勳，各竟操觚之藝。謂太平有象，千載一時矣。時則有若空同李子獻吉，以恢閎統辯之才，成沉博偉麗之文，厥思超玄，厥調寡和，遊精於秦漢，割正於六朝，執符於雅謨，參變於諸子。以柔澹爲上乘，以沉著爲三昧，以雄渾爲堂奥，以藴藉爲神樞。會詮往古之典，用成一家之言。巨者日融，小者星列，長者江流，闊者海受，洋洋巘巘，冥冥爗爗，無所不極，後有知言之選，歎賞不暇，尚安能爲之昂抑哉？遂能掩蔽前賢，命令當世，秦漢以來，寡見其儔矣。唐杜子美，詞人之雄也，元稹稱其「薄風雅，吞曹、劉，奄顔、謝，兼昔人之所獨專」。今其集具在，雖稱大家，要自成己格爾。乃如風雅、曹、劉、顔、謝之調有無哉！固知元氏子謚言矣。其視空同規治古調，無所不極，當何以云？

或有言之，古人順意靡刻，空同則志餙，古辭疏朗達意，空同則援精。浚川子曰：非然哉！厥睹誤矣。大觀逖炤，雖經墳子史，判不相能，以各發舒其華也。揆道述政，雖堯、舜、三王靡所總攝，以各際會其變也，況兹以文命乎？率由嗜好成于性資，安能古今擬議，同一區畛？即云空同子調，亦無不可矣。

空同子往與余論文云：學無似不至矣，所謂法上而僅中也，過則至且超矣，子獨不聞喬白巖登華山乎？至華坪，道士曰：「諸登者，此止矣。」喬瞪目而起，窮探險涉，不但已已，遂得摩蓮峰，捫華掌，下視方夏爲眶中物。昌黎子挽索岋岋即悲號恐矣，彼安得知華？嗟乎！空同子之爲文，豈易易言乎哉！

鳳陽守曹君仲禮，空同甥也，以余於舅氏爲知友，刻其集而請序。浚川子曰：空同爲人，氣高節挺，孤立峻視，不能少縮下阿依貴人，又如鳳矯龍變，人罔不知其爲祥，亦罔不駭其異，故再罹顛蹶，卒不能起而大受。匪無容之，無深知之；匪曰忌之，實惟懼之云爾。雖然，於空同所得奚損哉？嘉靖十年歲次辛卯季秋之望浚川子王廷相撰。

——録自萬曆三十年鄧雲霄、潘之恒校刻空同子集卷首

空同李子集後序

（明）吕 柟

空同李子者，陜之慶陽人，李二獻吉也。既殁矣，遺文詩殆千百篇，其甥曹君仲禮守鳳陽，將梓行，問序焉。他日，王子公濟過，會予於燕子磯，予告之。王子曰：「信哉！李子之集，不可以莫之行也。一爲歌行近體，即如李、杜；一爲古選樂府，即如曹、劉、阮、謝；一爲賦記書序，即如屈、宋、賈、馬。擬之而必至，創之而先合，海内士爲文若詩者多宗法之，真天下之奇材也。」予歎曰：「果若人言。向使李子一爲定性訂頑，即如程、張；一爲大學、中庸，即如曾、思，惜其力不加之乎此耳！」王子曰：「人有定品，材有定格，必居一以限之。吾懼子之難乎其論世也。」曰：「子雖知李子矣，猶未如予知之深也。昔在弘治中，天下方苦於二病、三害、六漸，如人元氣受傷，棘須療理，然自卿相以下莫能計也。李子時爲户曹主事，詳列其故，犯貴戚，觸近倖，不顧刑戮，惟冀民生之遂焉。及正德之初，幸閹八人日導武皇造爲淫巧，支蕩其心，狗馬鷹兔、擊毬角抵，隨欲而中，時號『八黨』，然自輔弼以下莫能正也。李子時爲户曹郎中，乃奏記部尚書洪洞韓公，韓公深取之，即令屬草，日率群臣伏闕，請除八閹，惟冀君德之成焉。嗚呼！使弘治之疏行，即病害皆去，而下可爲民，使正德之疏濟，即朁御皆正，而上可爲德。當其爲志，雖商傅説、周召虎，皆思可企而及也，又何難於曾、思、程、張乎？今顧其爲集，乃工于曹劉、李杜之間，精於屈宋、賈馬之埸。夫世有干霄之材，斷而爲侏儒之柱者，則必悔人；藏照乘之珠，分而嵌糟醨之槃者，則必怨此：非其力之不贍，乃其藝之未審耳。故予每讀二疏，深爲李子驚，及觀他文詩，則又悵然惜矣。」曰：「李子存，吾子不以是告；李子亡，吾子乃以是言。雖爲吾子知李子，將無陷於病李子乎？」曰：「非然也。吾與李子生既不能數會，死若又不能以盡言，則爲負此知己，使天下後世知吾李子止可爲曹、阮、李、杜輩，而不知究其極有如此之美也。且今天下之材，如李子者幾人哉？如李子之材而未究其極，予而塗人也則可，予而苟一交遊也，寧能忘於懷乎？夫如李子之材，未究其極也且如此，天下無李子之材者，乃或又遺其大而惟他乎？徇焉則又豈但爲予之所惜乎？雖然，觀李子之集者，能先請事乎狀疏一卷？徐以讀他文若詩，亦可以思過半矣。」嘉靖十一年歲次壬辰冬十一月，高陵吕柟序。

——録自嘉靖十一年曹嘉刻空同集卷末

題識：

初右使曹君刻其舅氏空同李公集凡六十三卷，藏於家塾。及右使殁，鏤板散失，辛亥

□□，與槐謝公出參汴垣，謂余曰：「李集乃中州之文獻也，盍亟收之。」余求其家，無有，及訪之它所，僅得十之三四。余乃取吴本補其闕者，正其訛者，增其所未刻者，視舊頗完整。因又取余曩撰公傳，置之卷首，庶覽者有所稽焉。嘉靖壬子夏日睦㮮識。

——録自嘉靖十一年曹嘉刻、嘉靖三十一年朱睦㮮增修本卷首

跋空同子詩卷

（明）吕柟

觀空同子與玉溪子諸詩，有蘇軾、李陵之志，有建安七子之質，有二陸、三謝之藻，今之作者鮮見其比，雖使子美、太白若在，與之並馳齊驅，未知誰其後先也。然予獨惜夫民病而俗頽，憂世而樂學者寡，竊或聞一二焉，而質愚力薄，不克有往，則又未嘗不興心於斯人也。向接空同子之貌如玉，其言如春，當其俊邁，雖顏、孟可往而肩也。乃其爲詩，至與七子、二陸、三謝亞無異，何邪！

——録自吕柟涇野先生文集卷三十

空同子小序

（明）聶　豹

予讀空同子八篇，而歎其爲文之至也。或曰：「空同子文跨一代，隻字流落輒爲所傳頌，而子獨以八篇，何哉？」予曰：「文以見道，道以經世，斯其至矣。夫見道者詣精，經世者識達。唯精也，故能通天下之志；唯達也，故能成天下之務。若空同子者，天假之年，起而究厥施焉，則其所以名世者，文不足道矣。」或曰：「空同子嘗仕也，乃落落爲世所擯，何耶？」予曰：「前乎此者，疑於道猶未也。蓋其英氣太露，常有凌軼古今之意，其不爲世所容有以也。五十以後，則盡悔平生而並其所爲詞章者，若將爲而不屑矣。是故懲艾深而真見定，八篇之作而豈徒哉！」予故讀而歎之曰：「此空同子文之至也。」乃刻之郡齋，俾後世之知空同子者，不獨以其文而已矣。嘉靖辛卯歲春王正月，門人永豐聶豹序。

——録自空同子卷首

空同先生文集序

（明）黄省曾

夫文者，所以發闡性靈，叙詔倫則，形寫人紀，彰泄天化。物感而言生，聲諧而節會，乃玄黄之英華，而神理之自然也。譬彼霞輝星彩，匪繪而焕，龍章鳳色，不繡而奇，豈出造爲精機妙吐而已。況夫深居几榻，可達志於八方，暫控形骸，得寓心於萬代，一言耀帙，黄壤如生，片撰升堂，藻園不廢，所以達賢古聖，莫不尚之。解繩以來，六籍底績，體各殊科，道由一致，故裁訓者必依其本，贊事者必準其實，此命觚之骨髓，而執簡之要規也。經熄時遷，兹教燼喪，飾虚者繁，真核者寡。炎漢御宇，載煽王風。西京之文，號爲爾雅，但渾質既淪，儒流瀾縱，得之者虎蔚於藝林，失之者螢息於晨草，校披千載，入室幾何。蓋詞非僞借之可傳，語必肺本而攸永，來世方遠，焉可眩欺？鬼燦神昭，若握柄宰，如執簧之韻，耕田之唱，短調無芊眠之富，直音無潤色之美，亦且緝陟孔經，采居匱史者，良由出之惻怛嗟歎之真，自當流誦於無極也。

粵我空同先生，嶽降於熙雍之運，鵬騫於平章之朝，夙稱八斗之才，遂擅九州之秀。非姬公、宣父之書不涉於目，非左、馬、班、楊之策不發於笥，非騷、選、李、杜之篇不歷於思。由是代方享弊，樹獨幟於旌墟，士舉安凡，振孤韇於廣陌，雖和之者自萃珪璋之儔，而訕之者頗繁參商之輩，物忌勢危，終於擯落。然先生風節凝持，卓立不懼，卒能浣學囿之汙沿，新彤管之瑣習，起末家之頹散，復周漢之雅麗，彬彬乎天下學士大夫，莫不趨風而宗之。自是埏宇之内，倡和鎔鈞，文章經緯，與三代同驅矣。載論先生之撰，蔚雄閎衍，無體格之弗統；酌稟圓融，何高深之弗臻；矩之音氣，何密弗研，獲其神精，何奥弗範；如玄造該包乎物器，海渤匯納夫波流，五色錯以彪章，八音和而協奏。鬱憂愉喜，婉附委陳，性靈著矣；五道四德，諄敷重締，倫則表矣；將迎酬酢，稡擷鋪綴，人紀備矣；兩間萬貌，綿絡籠挫，天化宣矣。由是品擬先民，則銓情播義，醲浸於洙典；星離緡貫，幅尺於丘明；約暢淵綺，槖籥於宋、荀；騁頓激昂，陶鑪於遷、固；緣方形似，合步於相如；體新揮述，齊能於杜甫；祖轍求源，法同於康樂；抉衰續古，功並於拾遺。誠遊藝之鉅工，而摛翰之鴻匠也。

客有惜先生懸車之早，以爲未究厥施者，予曰不然。天生英哲，或用之顯績，或用之述經。先生興起學士，挽回古文，爲天下作者之首冠，則天之用先生者不小矣。仲尼旅人，鄒軻弗寧，亦將以爲未究厥施耶！

省曾樂志衡門，修辭海曲，山川間之，音通道契。故先生於戊子之冬，以手編全集寄我姑蘇，殷勤札書，屢貽疊受。既而先生問醫南下，邀予京口，千里不遐，命僕爲序，辭謝再三，屬委逾至。乃得論襟於緑雲之亭，品文於大峴之山。並館逾旬，雪涕成别，長江悠悠，雲帆遂遠。歲之除夕，先生告殂。嗚呼！緬惟邂逅，已然季子之許；自顧淺膚，莫稱陽冰之託。勉撰斯文，恐孤泉下，附於驥後，且幸因之與日月而並遠也。嘉靖九年春三月十六日。

空同集序

（明）李思孝

國朝文章亡慮數十家稱於世，而獨李獻吉先生稱最。余自垂髫時即耽悦之，購得全編相與朝夕，省方憑軾，稍露隙日，每披閲不忍釋。

獻吉，北地人也，少從其尊人宦於汴，因家焉，然實生北地，故今學士大夫率稱北地李獻吉，即獻吉亦自稱空同子，遂以名其集，「空同」蓋北地山云。

余雅慕空同先生之文，而今按部於其鄉，謂兹鄉逞之私，更竊竊然動也。比巡歷北地，登黄帝訪廣成子處，巋然壁上下，窺龍蛇所居，精氣出入，余低回留之不能去，以爲是宜有獻吉矣。及索其集於郡邑，無之；已而索於京兆諸郡邑，又無之。余甚慨焉。余惟獻吉網羅百代著述，成一家言，爲昭代詞人之冠，評者謂自唐以來有草昧功，不啻家傳而户誦之矣。故海内刻獻吉集者甚夥，以余所見，蓋有姑蘇、汴梁、晉陽數種。關西實獻吉故里，何獨兹集無刻也？夫地重人，人亦能重地，空同之山，自黄帝訪廣成子後，越數千

——録自嘉靖九年黄省曾刻空同先生文集卷首

年而生獻吉，地靈人傑，後先輝映。乃兹集未備，文獻無徵，薦紳先生遑遑求之他省，而閭巷寒儒視古修詞者，每以力不能購全集爲恨，山靈有知，亦當媚笑，安在其爲北地重也？昔揚子雲願不受三歲秩粟，得觀書於石渠，乃知博綜之士，非不欲洽覽群籍，而傳佈不廣，從古難之矣。獻吉集安可無刻也？

余於觀風暇日，出笥中藏本，付督學臧君訂其豕亥，捐贖鋟刻於京兆。是刻成，將北地之山嶽、人文並照耀千古不朽，關西學士大夫與夫窮巷白屋操觚而修復古之業者，景行尚友，庶幾無王充氏之歎，即不佞嚮往夙願，亦藉是少酬於萬一哉！

萬曆二十九年歲次辛丑春三月上巳，賜進士出身巡按陝西監察御史東明李思孝序。

——録自萬曆二十九年李思孝刻空同集卷首

空同集後序

（明）臧爾勸

侍御東明李公代天子狩於三秦，百度惟貞，遐邇禔福，尤加意釐文造士。按部所至，從吏事旁午中，臨校品題，直抉六經之淵源，而揭文章之宗旨。士無不灑然嚮風，烝烝興起者。暇復手空同一編，語余曰：「弘文者先其大，作人者示之的。夫文運莫厄于金、元，皇祖驅逐胡虜，蕩滌腥羶，重新日月乾坤，還諸三代文明之盛，獨文之餘風未殄，有待熙洽。慶陽李獻吉氏，崛起弘治郅隆間，一掃金、元靡陋之習，力追先秦、西京，以接於風雅，彬彬乎爾雅深厚，稱盛世之文，於我聖祖耿光大烈，庶幾潤色而黼藻之。自是作者繼出，人思隨踵左、馬，家欲比肩漢魏、盛唐，獻吉先之也，文家推爲社稷勳，信哉！乃其集梓於海内，而顧缺然於其鄉，徒使二華、終南百二天險下瞰山東者，雄傑如昔，而其人之吐吞河、渭，沉鬱豐、鎬，憑陵子長、孟堅輩者，不得與山河鼎列其域中，並重今昔，令其鄉之後進好古思企者，外索而手抄；仕宦而遊茲土者，無所購奇書。若適瑶圃瓊林，空篋而返，寧獨掩厥懿美，且非所以華國乎？君方秉斯文之印，其訂訛而付梓人氏，爲秦文獻及其子弟計。」余拜受而敬喏，曰「盛舉哉！昔唐宋有韓、歐氏，説者謂其以文扶世運，獻吉功齊二氏而力殆倍之。顧由歐陽子後數百年而始有獻吉，由獻吉後百餘年而其鄉始有今梓。獻吉其有奇遭邪！乃公則不獨雄其文已也。獻吉挺挺特立，視高步遠，不能儕俗取容，勁氣赤心，憂國家而擔世道，二病、三害、六漸，八黨人兩疏，頡頏賈、董，關弘、正兩朝重輕，批九陛之逆鱗，犯貴戚權璫之虎口，歷百折而慷慨雍容，無少屈撓。此其品格、事業胡可量！獻吉獨文人已哉！又孰非其所以爲文者哉！秦士從此家傳户誦，論世而尚友，彬彬質有其文，則公之鼓鑄弘矣！獻吉復古之偉功，文章之定價，其自爲論辯與諸家所評騭具在，不復論，論公梓文之指」云。萬曆辛丑春月吉，賜進士出身、中憲大夫、陝西提刑按察司副使、奉敕提督學校、前禮部儀制司郎中琅邪臧爾勸書。

——録自萬曆二十九年李思孝刻空同集卷末

刻李空同先生集序

（明）陳文燭

空同先生者，大梁李獻吉也。家世徙自關中，舉進士，爲户部郎，論壽寧侯下獄，賴敬皇帝寬焉。一夕醉遇侯于長安街，駡其生事害人，以鞭稍擊墮其齒。侯恚，欲陳其事，以前疏未久，隱忍而止。毅皇帝朝，代草韓尚書，論逆瑾，幾爲所中，賴李文正、康德涵解焉，直聲動天下，投劾去。已而起江西學使，士習丕變。偶與御史不合，率諸生辱御史，聞于朝，竟罷歸。文名日起，而忌者日衆。會寧藩之獄，幾至連坐，賴林尚書救免焉，先生竟老大河濱矣。其集海内争誦，嗣孫四維守沔陽，重梓之，介博士乞余言。憶昔過夷門，訪河上草堂，已没于寒煙斷莽間。每與何啟圖學士謀選李、何集，而未能也，今安能已于言哉？仲尼之繫易曰：「其旨遠，其辭文，其言曲而中。」是文之法也。三代典謨訓誥，國風雅頌之釋，不見于後世。孔門稱身通六藝，可與言詩者，僅僅耳。後以其徒授列國，遂逸不傳。而秦人燔棄特甚，漢建元、元封間，抽金櫃石室之藏，而良于史者，太史遷一人而已。漢之文稱世，而六藝缺焉。建安、黄初騷騷大雅，開元、天寶各以聲律名，至號大家，驚人而泣鬼神，工部甫一人而已。唐之詩稱盛，而漢魏之旨寖微，是詩與文，代不能兼，氣運使然也。壯哉！獻吉起百世之後，奄有太史、工部乎！

高皇帝驅左衽而反之正，乾坤再闢，文士興起，劉宋諸公，稍開其原。弘德之際，尚沿宋元故習，獻吉與何仲默超乘而上，柄臣惡之，且曰：是賣太平冠者。故官不列近，幸獻吉職掌錢穀，雅意振古，嘗言：有物有則，文之法如規矩于方圓也。阿房之巨，靈光之巋，臨春、結綺之侈麗，楊亭、葛盧之幽寂，未皆倕與班爲之，而方圓至者，有所同也。故不泥法而法中，不求異而言殊。易曰：「殊途而同歸，百慮而一致。」易所謂文而遠者，即仲默不能難也。故上孝廟書類賈長沙，而譜傳、于肅愍、康長公諸碑與伯夷列傳、自序者埒矣；賦騷摹屈三閭，而歌行狀麗，近體雄深，與哀江頭、哀王孫、秋興諸篇埒矣。其古遠宗曹、劉、鮑、謝，絶句、排律多杜法；雜文出入左傳、國策，而詞意鼓鑄司馬，崔、蔡不足多也。蓋獻吉天才高邁，究極壼奥，非秦漢以上書不讀，充實而有之，大而化之，如太華靈秀，削成五千仞；如黄河走崑崙，播九河而注于海也。東西京而有詩，大曆而有文，天下益尊子長、子美而還之古，明興以來一人而已。昔人言詩書隱約，欲遂其志之思也。龍門令幽縲紲而史成，少陵遭坎壈而詩聖。獻吉高文典册，宜待詔金馬門，而廢棄終身，斯亦意有所鬱結，不得通其道者乎？「惟其有之，是以似之」，剛正忠直歷千載，而三與沔守，克承家學。啟圖亦仲默孫，有詞名，文人之後興焉，是天之未喪斯文也。假令李、何在孔門，庶幾游、夏之儔矣。文不在兹乎，竊願後死者之與于斯文也。

萬曆丁亥春日，沔陽後學陳文燭玉叔撰。

——録自明萬曆十五年李四維刻本卷首

書李空同集後

（明）王世貞

空同先生兩疏于弘治間，擔荷世道不淺，雖再下詔獄，見以爲煆煉，而實益其剛果之氣。若廣信之訟，血氣與義氣各强半耳。材高而病脱，疏則易入；名高而尚激，厲則易染。同舟遇風，胡越相救，而不知其伏機之至此也。一遇康德涵，再遇林待用，而後得免虎口。噫嘻！亦危矣！當嘉靖之丁亥、己丑間，楊應寧當國，名爲最知先生，而竟不一推轂，事殊不可曉。吾嘗謂：憐才者若春風，拂面便消；忌才者若冰雪，寒必透骨。俯仰千古，至今尚新，可歎哉！

——録自王世貞讀書後卷四

跋空同先生集後

（明）朱曰藩

君子之學，無所倚之謂聖，是故中正和平，言出爲經，尼父不可尚已，孟氏而下，吾未見其無所倚也。倚者何？德未及化，必藉於氣，以揮霍其言，大其事功耳。軻之言曰：「我善養吾浩然之氣。」七篇之中大抵皆是氣之揮霍也，其視中正和平者，有間矣。先友空同李公，以奇才卓識，在弘治、正德間倡爲古文，力追秦、漢，一掃近代沿襲委靡之弊。有集若干卷，傳布宇内，讀者謂若有物馮藉，其間景駭響振，使人不敢以褻玩，何也？蓋由公平日毅然以節義自任，特立抗疏，詆外家，迕巨鐺，三入狴犴，瀕死，卒不死，以其孤憤洩爲文章，結體包宇宙，捶字入秋毫，遒麗爾雅，動高前式。當其自信時，雖宋蘇軾、唐韓愈薄不爲也。公之文謂有所倚，非耶？公固一代間氣哉！公没，新學聿起，病公者曰：節義血氣耳。文自韓、歐、蘇氏以來，已有定式，何必摹擬秦漢。惜哉李氏！子不聞吾聖人之道而死，噫，嗟嗟！無所倚之謂聖，空同之文，有所倚者也。子所謂不聞道者也，即摹擬，宜也。子聖人也，亦規規於韓、歐、蘇氏，操其關鍵，尋其節奏，獵其精采，每一篇出，曰此韓文，此歐陽文，此東坡海外文，無乃亦有所倚哉！推是心，與摹擬秦、漢者何以異？石亭陳公曰：「當此末法之日，出世者便要據獅子呵阿難、罵迦葉，做一程佛子，奈之何？」予曰：「佛固好做，但恐只是魔，得其便，飛精附人，假汝説法，汝終不是到地釋迦耳。」相與一笑，或曰：「到地釋迦如何？」曰：「無所倚之謂聖。」

——録自黄宗羲明文海卷二百四十四

刻李空同集序

（明）高文薦

余自爲諸生，則雅慕空同先生之文若詩，好之而苦無善本。比入仕，購得數種，獨鳳陽曹守仲嘉所粹爲佳。後奉命恤録吴門，則又見蘇本尤佳，因攜帙藏之笥中，意有待也。今□吴十有三稔，爲戊寅，寔爲余撫晉之明年，内外敉寧，政用稍遐，乃出舊所藏本，檄藩司校梓以傳，酬夙願焉。梓成，藩大夫來請序，序曰：

文章觀乎氣運，不信然哉！粤自典、謨、訓、誥之文，國風、雅、頌之詩，遐哉邈乎，蔑以尚矣！三代以還，文盛于秦漢，至西京而極；詩盛于漢魏，至唐而極。而論者猶謂經後無文，删後無詩，又況其下焉者乎！吁！亦難乎其言之也。皇朝自高皇帝汎掃腥膻，再造亟夏，猶之乎天地開闢之初。列聖繼承，重熙累恰，治教所融，士奮修文之業，蓋自弘、正以迄於今，盛也極矣。異時空同李先生起北地，遊神太始，詮宗遺經，探采珠淵，漱芳執圃，剗群言之草昧，主大匠之宗盟，其所著作，賦、記、書、序，即屈、宋、賈、馬；古選樂府，即曹、劉、阮、謝；歌行近體，即沈、宋、李、杜。故文而舉東京下，詩而舉天寶下，先生弗道也。猗歟偉哉！兹所謂鳴國家之盛，振漢唐之響者，非耶？時又有汝南何大復先生繼起，各以長相當，世稱李何。學士大夫即負奇，高自標致，於他無少孫，至兩先生必屈己下之已甚，而尤下李。謂抉草莽，倡微言，其所得視何爲難云。而或又惜先生懸騷不究大用，以發抒經綸之業，疑天無意於斯文，是大不然。夫文章，關乎氣運者也。先生之文章，超漢唐而上之，幾希乎典、謨、風、雅之緒矣。當代人文，由是以追隆古之盛，先生之力居多，使先生爲名公卿，盡攄所藴，其扶昌運，翊中興，視此物何如哉？天之未喪斯文也正如此。

藩大夫是余言，爰書之，爲空同集序。若先生之氏里事行，自有記之者，不具論焉。

萬曆陸年冬月之吉，賜進士第奉敕提督雁門等關、巡撫山西都察院僉都御史成都高文薦譔。

——録自萬曆六年高文薦刻空同全集六十三卷本卷首

空同先生集序

（明）馮時可

空同集乃先生手自編彙，以貽我郡黄勉之，勉之爲校訂序焉，梓於吴。未幾，先生甥曹仲禮守濠，爲重梓，而王子衡復序之。逾七十年，板漸蝕，莫能得善本。會東莞鄧侯令長洲，政成之暇，爰飭風雅，每喟然曰：「吴於海内文獻稱甲哉！而奇多柔曼，孰其振之！」已讀先生集而亟賞曰：「兹其矯矯者與！舍是而誰爲吴士的矢也！」爰出月俸資剞劂，俾潘君景升事校讎。景升淹雅苦心數月，於集中魯魚亥豕咸正罔遺，又采集中所選若干篇，重定其目，而益以空同子八篇，於是先生集始爲完書。工既竣，則以序屬不佞。

不佞嘗謂文章關乎世運，世隆則從而隆，世污則從而污。國之興也，如日始出，霞采熹明，其盛也，如日方中，晴霄晶朗。漢盛孝文，唐盛文皇，宋盛慶曆，於時洛陽、射洪、廬陵輩，挺生拔起，闢榛塗而導芳軌，蒸蒸焉與治化相昭柄，此皆扶輿所鍾，光嶽所降，非偶然矣。我太祖再造中國，至敬皇帝而海内熙洽，盛於漢、唐、宋。於時先生領群彦而起，高標獨幟，縱横千古，遠出諸君子之上，其關係抑豈渺小。世以追古重先生而不能不以擬古病先生，未觀其深者也。夫文之爲物也，其法與兩儀相不易，而其用與萬彙相變化。法有不易，故不能舍古以立硎範；用有變化，故不當泥古以薄風神。輓近世作者，非安凡而固陋，則務高而牽合，是以於古不能窺而於變不能盡。先生所稟注於天者厚，所醖釀於習者深，故能以古範我而不與世波，又能以我馭古而不爲古役，試舉其諸撰論之。騷賦之爲屈、宋也，選體之爲蘇、李也，建安也，下而顔、謝也。五言之爲初、盛唐也，碑志之爲左、史也。序記之爲四家也，有趨而弗詣者乎？有詣而弗超者乎？有設情以爲情，擇言以爲言，隱肝肺而僞聲欬者乎？至於歌行，縱横開闔，神於青蓮；七律雄渾豪麗，深於杜陵。此則金中之金、錦中之錦，又爲宇宙間異色絶倓，吾無間然矣。議者或右詩左文，以爲叙事優，持論短，如犧尊龍衮，天下瑰寶，不無追絲蝕理之病，是豈通論？文章猶造化，天包地孕，何所不蓄！星斗燿空，不廢嵐霧，魚龍變海，不却濁污。即先生觸憤而舒，縱機而吐，間有疵瑕，庸傷其大乎？先生没而七子興，廣賁猛起，互爲壇坫，然已開源靡麗而濫觴浮薄，於是益服先生深厚醖藉，廓前矩後，真所謂風雅嫡系、秦漢正統。實與國家方中之運相宣朗，而非偏師魁盜張形飾勢者所能争雄兢勝也。先生一昌言以排貴戚而容，再昌言以擊奄人而廢，故其詩曰：「十年放逐同梁苑，中夜悲歌泣孝宗。」余讀此，每爲嗚咽。嗟乎！精變天地，不能見容於魑魅；光昭日月，不能不掩於雲霧。其遭然也。然使在今日，北風、萇楚之嗟，又當何如？我侯梓此，豈無意耶？侯秉介抱奇，嵓崒豨韋波中，其詩文秀拔逸群，於先生風聲桴鼓，其有契於斯也，夫豈貌賞！萬曆壬寅仲冬望日，後學馮時可序，長洲沈咸書。

——録自萬曆三十年鄧雲霄、潘之恒校刻空同子集卷首

重刻空同先生集序

（明）馮夢禎

空同先生集有晉陵鄒氏板，毁于火業數十年。東莞鄧玄度令長洲，政事之暇，留神翰墨，有契斯文，斥俸梓之，委校讐于潘子景升。會馮子至吴，玄度因景升請：「願借先生一言竟殺青可乎？」余唯唯。夫詩道至今日卑甚矣。閭巷小人，艷一青衿不得，即摇筆學爲詩，遊大人以媒食。士大夫或不得意于名場，而後染指焉，以其灰冷無用之精神，問津萬里之途，安能遠到？詩道安得不卑？其間非無有志縉紳與獨行布衣，鋭志以詩爲事者，而患無命世作者如空同先生其人以鼓倡之。業衰于寡助，精靡于衆咻，此又不可幾之數也。蓋余于今日而思先生深已。或曰：「然則先生之于詩，其至矣乎？」馮子曰：「未也，先生嘗言之矣。」其述王叔武之言曰：「夫詩者，天地自然之音。今途咢而巷謳，勞呻而康吟，一唱而群和者，其真也？真詩在民間，而文人學士往往爲韻言，謂之詩。其情寡，其

詞多，詩於何有？」則先生且不免焉。然就先生之詩而評之，則五七言律與七言歌行最稱擅場，蓋先生所深嗜而冥契者杜陵，故得其神理而面目隨之，實非有意模擬，如宋人生吞活剝之説也。至其序記碑銘諸作，則謹嚴莊雅，質有其文，鎔精兩漢而雜出之，藻不傷琢，真不涉俚，蓋庶幾稱盛世之文哉！然先生所以爲詩若文者，又有本焉。先生生熙洽盛時，稟精既厚，而其立朝，骨鯁抗疏折時貴，幾陷九死不顧。官僅至藩臬，卒以忤時退。其英風勁節，皎皎在人耳目。以秋實發春華，文而行遠宜已。嗚呼，先生不可作矣！得先生之集而讀之，如見先生詠歌玩味，期于深造自得，以窺初盛唐六朝漢魏三百篇之詩、西京先秦六籍之文，何難登峰哉！則玄度斯舉其大有功于雅道矣。玄度令長洲三年，以文學飭吏治。爲詩清新，翩翩有拔俗之韻。詩道中興，吾有望焉。因叙斯集而及之。

——録自四庫全書存目叢書快雪堂集卷一

刻空同集序

（明）費尚伊

郡大夫李公四維既梓其先王父空同先生集成，偕博士馬君輩丐余言爲序。余惟自有文章以來，至元而靡曼極矣；高皇帝汛掃六合，誕敷文教，於時劉、宋諸公並衍厥緒，永、成而後，代不乏人，斯不稱一時之盛哉！然皆沿襲故常，雷同附和，卒未聞有獨造兼詣以追先民之則者，則無乃斯文之運既衰復振，譬則禮樂，必待百年而後興者耶？先生以命世才崛起弘、正間，高覽遐矚，謂文不秉於左、國、東西京不足爲文，詩不程於晉、魏諸名家以迄杜少陵不足爲詩，即所撰構，一裁諸古。蓋是時學士大夫始知文有左、國、東西京，詩有晉、魏諸名家以迄少陵，莫不改易弦轍以應先生。徐昌穀、邊廷實、康德涵輩，號稱名流，皆趨望下風，自遜以爲弗及，獨何仲默以名高爲敵，持堅白不下，已卒逡巡不敢取前茅以進。蓋天下仰先生，不啻泰山、喬嶽，珍先生之製作，不啻明珠珙璧，遂使中興文運，煒然一新，斯非明興一人哉！今憐先生者，爲先生秉靈毓秀，爲時赤幟，上不躋鐘鼎、竹帛之業，黻藻一代，下不從金馬、石渠之彦，筆削千古，徒託空文以自見，爲先生惜；而病先生者，又爲先生負才太高，持已太峻，曾不少貶以徇時好，卒坎坷偃蹇，白首夷門，爲先生咎。不知先生既以文章名世，業垂不朽，即假令稍自貶損以就功名，浮雲朝露，何如身後名哉？是目論皮相，未窺先生之大者也。故余嘗竊論：先生伉厲自喜，慷慨論事，雖在疏逖，雅意本朝。於洛似賈生，遇公正發憤，卒以直道賈禍，退而著書大梁之墟；於隴似司馬子長，流落放逐，身被竄黜之名以老；而激昂悲壯愛君憂國之私，時一寓之篇什，則似少陵，乃其才與文若詩文又似。千載而下，倘有韙吾言者乎？即謂先生明興一人可也。大夫吏治經術無忝家世，三年政成，爰梓斯集。昔馬遷書成，而藏之名山大壑，以俟知己。少陵之裔，其後無振者，若先生所得又較奢矣。

萬曆戊子春日沔陽後學費尚伊國聘甫撰。

重刻空同集序

（明）蘇　雨

吾自髫年知操觚，雅聞海内有所爲李獻吉先生者盈耳廓，不知其爲何許人，亦未知其所爲文。殆弱冠，乃從先姑丈羅太常書笥中見公文集數十篇，然多逸脱，已心醉其間，不忍什。及叨甲戌第，得與諸寓内縉紳遊，乃復從海南歐楨伯所乞得公全集，甫披卷，而以使秦輟業。萬曆丙子，復從吾使局得睹空同子二全帙，輯雖徑寸，而公之淵蓄鴻藻已撮其大矣。無何，受命以兵備駐沔陽，先生冢孫四維來守是邦，予索得全集若干卷，盡月日誦讀，見其主持六籍，奴隸漢、魏，卑卑唐、宋，直牧豎已耳。嗟乎！國家中興之文在兹哉！盍重梓以廣其傳。惟某某知先生之文矣，而未知先生之品；其知先生之品矣，而不知其所以爲品也。世謂昌黎子文起八代之衰，似矣，而不知其挽既頽之世教；人知空同子文振永、成之弱，似矣，而不知其維將頽之士風。貞元而下，崇尚佛、老，招提德士，遍滿中夏，世教何如也？而佛骨一表與日月争光，使中國之不夷狄，愈之功也；張戚驕恣，瑾閹僭逆，士夫縮足屏息，風會幾蝕矣，而獻吉二疏震撼殿廷，提撕士氣，功不在韓下矣。故以文士目先生者，小先生者也；以文學惜先生者，淺乎知先生者也。空同子可以文盡乎哉？沔陽守能世其家，有自矣。若重梓先生集，此言請畀諸首，可乎？李守曰「唯唯」。因次第其語以授之。

萬曆丁亥歲菊月，湖廣荆西兵備川東後學蘇雨頓首序。

——以上録自萬曆十五年李四維刻空同集卷首

空同子跋

（明）高尚忠

蓋不佞始得空同先生集，締視之，眩然驚，已穆然思，伏而讀之，不能釋也。晚乃睹所謂空同子八篇者，則又益歎先生之深於道焉。夫其上者參天，下者極淵，中者舉類。鉅之國經，細之物理，明者人，而幽者神，邇之眉睫之間，而遠則宇宙之外，隨所觸而寤焉，而書焉。芒芒乎其微眇也，深深乎其不可以涯涘測也，非深於道者能若是乎？我明固多作者，至先生而滌今追古，提衡藝林，功於是爲大。今修詞之士，方且循軌而趨，望標而止，即隻字片語，猶共珍之，況斯編也哉！或曰：先生之集則大觀備矣，必求之斯編也，何居？是不然，夫削方含毫，抒華奮藻，斯詞人之極則也。然不能無意焉，乃若觸而寤，寤而書，而冥然自合於道，蓋無意於文，而文未嘗不寓者也。今先生之文，朗若日月，固夫人而尊仰之矣，而斯編猶腌焉，可乎？會先生之孫四維爲德平令，將付剞劂，不佞於先生爲鄉人，景行之日久，而重以德平君之託，乃敬綴一言於末。嗚呼！斯編出，庶幾可以窺先生之微也哉！

萬曆十年二月吉旦後學高尚忠撰。

結腸集序

（明）葛　曦

空同先生集行於世久矣，結腸篇三在其中。復冥集以三篇外有圖賦、何崔諸名公作暨宜人誌誄，所以發結腸者，言殊而事備，義别而理該，又可自集也，故集。集無序，先生孫振亭公慮年遠而逸，屬葛子序而壽諸梓焉。或曰：吁！異哉！化碧爲石，傳聞匪據，纘組回文，杼軸之巧麗焉耳。若而結腸者，其目睹者也，而誰則爲之？夫雲漢爲章，人不爲詑，一旦盤結，虬龍浮駐白晝太空之間，則莫不奔闐群聚以相指顧，何者？駭其異也。夫結腸亦若此矣，宜振亭公之欲序而梓也。葛子曰：嘻！是豈徒以標異乎哉？昔崔文敏公原此爲厚倫之格。余謂斯集可以觀世德焉。夫倫有五，均重也，而夫婦、父子、君臣，易序卦獨有以闡之。豈非以閨閫肇化，而惟孝可移於君哉！故詩詠關雎、頌蓼莪，又曰：「永言孝思，孝思維則。」先生一失厥耦，輾轉悲歌，曲盡情愫，奚啻殊彼鼓盆者。而嗣君結腸一賦，怨慕辛楚，慘乎有蓼莪遺風。君子曰：胥厚也。長歌之哀，甚於痛哭，可以觀德矣。乃振亭公念承先志，惟恐手口澤或湮，必圖以永其傳，非孝思之永言者乎！於戲！是豈徒足標異乎哉！抑余少讀先生疏，談時事不避權貴。其拂宸濠於江右，先大夫嘗題之。意其爲人凝峻高潔，剛直方正，斷乎爲古之烈士藎臣，匪直以文章雄視百代。嵩嶽巘峨，寔僅仰止；兹觀其内，行式乎如。是宜其見於廷者，挺然著大節也。余生也晚，猶幸躬見振亭公，宅心則白日，操行則冰壺，持身貞教則春風化雨。政以渾厚精明並用，而四民各以分取足其願。欲境以内，蓋以恬以愉，登之春臺，而愛慕永結無已也。第跡此間，望已足光先世，稱濟美，已爲之後，以盛其傳，斯編其同，昭揭永永，無艾矣乎！聞者作曰：信哉！是可以徵舊德風，世維教矣。爰次其語。

萬曆壬午仲春吉古鬲後學葛曦拜手撰。

——以上録自明萬曆十五年李四維刻本卷末

重刻空同先生集序

（明）鄧雲霄

詩者，人籟也，而竅於天。天者，真也。王叔武之言曰：「真詩在民間。」而空同先生有味其言，至引之以自敘。夫空同先生跨轢千古，力敵元化，乃猶稱真詩在民間。而吾夫子亦曰：「斯民也，三代之所以直道而行也。」以吾夫子之聖，不能外於斯民之直。空同先生固聖於詩也，孰能外民間真音而徒爲韻語？古者，先王命太師陳詩以觀民風，吾夫子刪詩，先風而後雅，里謡途咢，至與清廟明堂之聲同鏗鏘焉。即清廟明堂登歌賡唱，亦當時失口發籟，直布胸臆，非如後世文人墨客，抽黄對白，剪綫隋園，學步邯鄲，徒以韻語相矜詡也。自唐以詩取士，而詩道寖衰，而至真而近古者，往往得於侘傺無聊不平之感。如真者，音之發，而情之原。從原而觸情，從情而發音，故赴響應節，悠悠然光景屢新，與天同其氣。徐而歌之，暢然愀然，足以感耳入心，移風易俗。美愛而傳，亦與天同其久。固知空同先生所以集大成而自帝此道者，蓋有本矣。

余之梓空同先生集也，豈自時汙不至阿其所好，夫亦顧同志者皈依正覺，毋踏野狐外道，抑嗤「白雲秋色」、「中原紫氣」等語之爲魔軍。余將倚劍空同而摧伏之矣。

是役也，潘君景升校讎半載，深窺作者心苦。景升雅善詩，名傾江左，其欲皈依正覺，則猶余志也夫。萬曆壬寅長至後九日，古粵後學鄧雲霄叙於玉壺冰。

——録自萬曆三十年鄧雲霄、潘之恒校刻空同子集卷首

空同先生文選序

（明）湯賓尹

蓋余諦都人士率雅意，提牛耳壇中，而布命赫虒，沾沾自喜。而觀者眡之曰：彼先入郢見真山者耳，不則優孟而叔敖，而甚且爲士梗，爲瓿覆。蓋文之難也，然獻吉崛起于北地，仲默頡頏于伊洛，其它華陰道上吴會客，亦翩翩比肩而至，主盟藝壇。無論寄妍媸于衆目，即世多炎慧法門，希不辟易數君，而推轂獻吉。乃即逐嚮之夫，遺其玄珠，求食于母，比櫛字句，幅尺之間，方且踴躍廁足先秦之家，方且詆建安而下無當一吷，而神理不傳，情采弗章，徒敖然是吾技，窮日之力爲之，不知忘其越雞，强以伏鵠卵，而俚俗並陳，風斯在下矣。而顧以吴鸒鳩笑吾鵬鶤，是安得？兄來，稍默者窺乎然，即欲不倪，益下獻吉諸君不可得矣。乃世之論獻吉者，或曰瘖，或曰古而樸，或曰是能退周、秦間，或曰劃蕪祓穢，則文品果無定矣。要以鎔意于所神，執規於周、漢，不節拊而毛修，不傍籬而拾唾，跬

步先哲，闢塗側矣。與夫□白黱黑，自筵楹也。浸假生熟，變化之機，臻超妙之理，僅賈、司馬造堂室哉？是爲序。宛陵湯賓尹撰。

——録自新鍥會元湯先生批評空同文選卷首

空同詩鈔序

（清）桑調元

詩本陶冶性靈，而性靈觸撥一時，或横溢莫可制，聖人欲授之範也，故曰「發情止義」。若千古偉人之生，心胸皎若雪，日根元忠孝，世俗嵬瑣之見，不入乎其中，一有感於倫理世故，纏綿菀結，若有物焉，蓬勃不可按抑。宣爲聲詩，滃然蒸浮，如山川出雲，瀰漫碧落，自然回薄萬狀。古今作者，淺深各有所得，而統宗籠蓋，萬舌同聲，首推少陵杜氏。蓋醞釀深厚，忠義形見，忽不自知傾注所至。其妙躋巔奥，何嘗不由才雄學贍，顧原本發皇自性情之正，爲之所由，與雕蟲篆刻羞壯夫之顔者異矣。

有明弘、正間，李空同先生立起詞壇，奮袂大呼，寰宇響應，同時以明秀逸健狎主齊盟者，究莫之敵，後稍稍異議，至錢牧齋昌排不已。夫崇擁之者，專詫其雄深絶特，而嫉其名聲，又以撏扯剥割爲誚讓，皆未究其根柢所自，未可爲知先生者也。孟子之誦古人詩也，主乎知人論世，先生發跡在孝宗時，早直言敢諫，戚宦切齒，出力欲擠之死，幸不玉碎，主明臣直，青史至今以爲美談。洎至武宗，顛覆典刑，權璫肆毒，明社岌岌。先生憂時愛主，厲志士仁人之大節，忠憤激發，奮筆代韓文草疏，身家頂踵，毫不之顧，憾者之凶焰百倍壽寧，及身之火頻撲頻燎，其憧而獲免，天也。而先生拳拳忠愛，獄中竄所荒閑，困躓之區，攄懷詠物，贈答往還，罔不係心廟堂，悲吟時局，變風變雅，繚繞其憂傷哀憫之思。嗚呼！何其摯也！林貞恒詆鄭少谷仿杜，謂時非天寶，地遠拾遺，比之無病呻吟，牧齋呵之，可謂能知人論世矣，而卒不知先生。先生之于杜，身世魄力，悉與吻合，徒摘其一句一字之沿襲，誚爲北地雲霧，豈通論乎？彼無其性情，而才與學又遠不逮，漫爲優孟，予亦病之矣。

先生之八世孫辛燿從予遊，道其父欲刻先集之詩，以廣厥傳，因檢行笈鈔本授之，釐爲一十六卷。夫豈謂持擇之精善，庶不没先生之真。俾學者知世有少陵，自有少陵之詩，先生其許我乎？乾隆庚午重三日錢唐後學桑調元序。

——録自乾隆十五年誦芬堂藏板空同詩鈔卷首

書李空同詩鈔後　癸巳

（清）盧文弨

乾隆十五年，嵗甫先生主大梁書院，因空同後人請，選其祖之詩，爲檢定十六卷付之。裁畢梓，即以本寄文弨京師，使讀之。空同詩當以五言律、絶句及七言古詩爲最，去其摹仿太似者而真氣骨乃見，固未易以呰謷也。他選本間有篇删其句者，曩以質之先生，先生曰：「删則吾不敢，無寧仍之而附注以己意耳。」文弨於此本訛字，一一校勘以覆於先生，今略著二條於此。如河之水歌云：「河水淲淲，舟子摇櫓。」檢字書，「淲」與「滮」同，則與「櫓」韻不協，意謂作「瀌」，差近之。先生曰：「淲當是韻。」文弨今思之，或當讀如「滸滸」然，未知空同本何書也。又有句云：「毖毖圓波踊。」殆即用「毖彼泉水」而疊其字，他人集中亦未見。又左祖行云：「産不信，禄不入，軍右袓，計安出？」文弨謂别本作「寄不信」者是，易有「言不信」，謂不見信也。寄之言不見信於禄，禄不入寄之言，似當如此解。先生曰：「誠然，唯『軍右袓』不可依明詩綜作『軍左袓』耳。」其末又附本朝人劉湛詩，有「列莊鳴臺使」之句，文弨謂當是「列狀」之訛，先生曰：「吾思之不得，汝乃得之，才相去果三十里耶！」噫！此雖先生戲言，而獎誘殷惓不遺纖芥乃如此。今整理舊書，復見此編，追憶往復之言，殆將二紀，去先生曳杖之辰，亦已再期矣。把卷憮然，因具識之，今日即欲就正，何可得也？乾隆三十八年三月七日書。

——録自抱經堂文集卷十四

空同集提要

（清）紀　昀

空同集六十六卷，明李夢陽撰。夢陽字獻吉，慶陽人。弘治癸丑進士，官至江西提學副使，事跡具明史文苑傳。夢陽爲户部郎中時，挫壽寧侯張鶴齡，又助韓文草疏劾劉瑾，遘禍幾危，氣節本震動一世。又倡言復古，使天下毋讀唐以後書，持論甚高，足以竦當代之耳目。故學者翕然從之，文體一變。厥後摹擬剽賊，日就窠臼，論者追原本始，歸獄夢陽，其受詬厲亦最深。考明自洪武以來，運當開國，多昌明博大之音。成化以後，安享太平，多臺閣雍容之作。愈久愈弊，陳陳相因，遂至嘽緩冗沓，千篇一律。夢陽振起痿痹，使天下復知有古書，不可謂之無功。而盛氣矜心，矯枉過正。周亮工書影載其「黄河水繞漢宫牆」一詩，以落句有郭汾陽字，涉用唐事，恐貽口實，遂删其稿，不入集中。其堅立門户，至於如是。同時若何景明、薛蕙皆夢陽唱和之人。景明論詩諸書，既斷斷往復，蕙亦有

「俊逸終憐何大復，粗豪不解李空同」句，則氣類之中已有異議，不待後來之排擊矣。平心而論，其詩材力富健，實足以籠罩一時，而古體必漢魏，近體必盛唐，句擬字摹，食古不化，亦往往有之，所謂武庫之兵利鈍雜陳者也。其文則故作聱牙，以艱深文其淺易，明人與其詩並重，未免怵於盛名。今並録而存之，俾瑕瑜不掩，且以著風會轉變之由，與門户紛競之始焉。

——録自影文淵閣四庫全書本空同集卷首

附録三 書信

與李空同

（明）周 祚

夫有傾蓋如舊，白首如新。又云曠世相感，對面不相知。嗚呼！嗟夫！是亦足悲矣。祚，於越之人也。越俗多士，古稱五千，勾踐①之遺風焉。今而求古之士，有不可得也。古務知略，足以興仆起舍，而今多詩書之習，柔順和緩。拉功名而取卿相，拾青紫而享肉酪，反執其所攻而讀之，其辭漫漫，其音嗚嗚，未見其如古人也。嗟夫，予獨何心，能不悲夫？彼生於世而不能自立，非勇也；安乎俗而不能有返，非智也。非勇、非智，不可爲士。我思今人，其誰歸乎？往寓幽、燕，有攜空同集過予者，予抱而讀之，再三而歎之。嗟夫！世有是人，予不得而見之，予豈人也哉！方時舉進士，不獲自逸，後二年出宰東

① 「勾」上，四庫本有「猶有」二字。

阿，又不獲自逸。每抱其書不置，予未逮老，當有以遂予之心也。居東阿不六月，以父憂歸越。憂中益思見其人，而於禮有不可出矣，鄉里之人見祚如此，多購近時鳴世之文，相與議論，氣卑意下，衹令人悲悼耳，果追空同哉！嗟乎！予不見其人也，而止是書爾！追憶予年，駸駸乎四十有四矣。白日易下，逝水不返，隳弱苟且，以俟其老，將奈何也！求虞翻、趙煒、陸佃、放翁於鄉之遺書而讀之，吾意未覺其有當也。登會稽之山，想黄河之流，浮雲西馳，征翼東向，又不能不空同之思，慷慨幾於泣下，而左右之人豈復知予者哉？誠以惜時不如立名，慕德不如勵行，追古不如就今，執文不如親炙，此王粲有依劉之誠，張敏有夢惠之歎，古今之所共欽，烈士之尤甘心也。轉展思惟，莫能爲心。昔惠施死，莊子至寢言；子期終，伯牙至不彈。天下之士，豈弟子恨不得師，師亦未嘗不恨①得弟子耳。楚國之寶，惟卞士之愛；燕市之石，多衆人之羞。其誠有合不合、知不知，論衡致推於蔡子，玄經式重於侯巴，詎無其故哉？祚自恃世人，少有知識，霄壤百年，忍同蝼蟻。男子生不成名，丈夫没無所稱，得不悲矣！足下視予，其真何如？抱茲憤懣，莫與告訴，出門，天地如此之大，往來之人，若是之多，今人爲文，有復逾空同邪？然以衰絰嬰己，未易

①「恨」下，四庫本有「不」字。

奔趨，托便鴻而附音，因北風而遡告。復望恕子皮之狂，哀寧戚之志，不吝賜教，感惠無窮矣！

與李空同

（明）黄省曾

省曾伏跡南海，企懷高風久矣。念自總髮以來，好窺覽古墳，竊希心於述作之途。緣此道喪絶遐闊，學士大夫皆安習庸近，迷沿謷襲，上者深飣詭結，下者縱發放吐，此騄驥所以空群，而和玉所以希貴也。悲夫，悲夫！不復古文，安復古道哉！聖代鴻澤流沛，人文大彰，故河精嶽秀，鳳彩星華，乃鍾萃於先生。由是巴曲塞宇而白雪孤揚，鄙語彌國而黄鐘特奏：，至勇不摇，大智不惑，靈珠蚤握，天池獨運，主張風雅，深詣堂室。凡正德以後，天下操觚之士，咸聞風翕然而新變，實乃先生倡興之力，迴瀾障傾，何其雄也！即如吴下徐昌穀，少綜鉛槧作賦海濱，既而釋褐紫庭，與先生締金馬之交。每聞品論，輒終夜不寢，以思改舊矩，可謂奮厲焦苦矣。方得彬彬然高翔藝林，惜乎命壽不將，未見其止。先生鑄陶感鼓，而揭興之力，昭昭乎布諸耳目者不可紀矣。

省曾，河南汝寧人也，國初以武弁家於吴，故今爲吴人。少從諸生，困躓奇薄，無風雲之便，阻遏攀造，然藴心積慮，非一朝矣。曩時常謂：「丈夫生世，進不得振耀王庭，揚榷治體，恢展經濟，發揮聖謨，即當裹糧躡蹻，周遊五嶽，窮覽六合，舒豁襟抱，選長林、廬大壑，撰造一家之言，以垂託不朽。」告之交識，或笑或賞。白巖先生遂呼爲五嶽山人，賦詩寵行，將追向平之高蹤矣。計惟發軔時，即遡黄河，薄戾宋都，登龍門，伏下塵，以咨叩大君子洪藴，究討文章指歸，庶幾不虚皓首。但上戀老親，下顧弱子，蹉跎停撓，年逐東流，夙懷不遂，心悰鬱惱，惟仰天唏嘘而已。兹復不言，齡算曷常，恐一旦燼滅，則二十年景懷之私，徒抱恨玄臺爾矣。公烏知哉！公烏知哉！

敬因程自邑僭布區區，且有請質焉。陋昧愚瑣，嘗妄謂：詩歌之道，天動神解，本於情流，弗由人造，故虞書顯爲言志，泗夏標之嗟歎。古人構唱，直寫厥衷，如春蕙秋蓉，生色堪把，意態各暢，無事雕模。末世風頹，矜蟲鬭鶴，遞相述師，如圖繪剪錦，飾畫雖妍，割强先露，故實雖富，根荄愈衰，千葩萬蕊，不如一榮之真也。是以小夫或誇，達士弗尚，匪難作者，亦鮮賞音。豈識雁唳哀哀而會節，鸝鳴嚶嚶以成章。凡厥有聲，無非律吕之數也。但世人莫察自然，咸遵剽假。古途雖踐，而此理未逮；藝英雖遍，而正軌未開；秀句雖多，而真機罕悟。獨見我公，天授靈哲，大詠小作，擬情賦事，一切合轍。江西以後，逾妙而化，如玄造範物，鴻鈞播氣，種種殊別，新新無已。而脈理骨力，無不底極，豈世之徒尚風容色澤、流連光景之作者，可得而測公之藩垣哉？布賤索處，無由多得珍撰，每於士紳家借録諷詠。洋洋乎！古賦、騷、選、樂府、古詩漢魏，而覽眺諸篇，逼類康樂；近體歌行，少陵、太白；古文奇氣俊度，跌蕩激昂，不異司馬子長，又間似秦漢名流。嗚呼，盛矣！盛矣！昔李、杜詩聖而文格未光，韓、柳文藪而詩道不粹，豈惟聰識之難兼哉？日月幾何，力固有不遑矣。何我公凝稟之全而述作之備也！往匠可凌，後哲難繼，明興以來，一人而已。公之華名，飛照四裔，豈待江湖耕釣者之稱頌哉！亦以見雲山煙澤，有此好慕鄙生耳。管測蛙仰，不知公果以爲然乎？何大復號稱名流，而乃爲詩論曰：「文靡于隋，其法亡於退之；詩溺於陶，其法亡於靈運。」嗟夫，嗟夫！是何言哉！隋不足論，至於退之、陶、謝，亦可少寬宥矣。獨謝集稍不易評，愚則以爲登涉之言，締構密緻妙絶，窮情極態，如川月嶺雲，玩之有餘，即之不得。雖骨氣稍劣建安，而寓目輒書，萬象羅會，使後代擅場之士，内無乏思，外無遺物，皆斯人爲之啓導也。前薪見凌，勢固宜然；文彦無窮，不可欺也。徒以體、語俱俳病之，則三百之中往往而是。所係於詩者，當辯其真不真耳，俳不俳又烏足較哉！執是而言，是貴形膚而略神髓者也，豈不有遺論乎？省曾亦焉知是非，但於心有所不安，憫惻高賢受誣，恐紛亂來者視聽，聊一請質耳。望我公其詳教之。南鴻之便，勿吝報音。鄙言數首，僭求削示，幸甚幸甚！倘不即土，命駕有日，北望雲空，無任惘然。

——以上録自萬曆三十年鄧雲霄、潘之恒刻空同子集卷六十二

與李獻吉

（明）楊一清

老境長途，忽此良晤，二十年戀慕之懷，少得慰涣，殆天假之也。顧止得兩接言論，匆匆而别，又增一倍悵惘矣。拙稿爲好事者所刻，蕪雜不足觀，亦無倫次，誠木災，且播醜惡於人。既止之不得，亦欲借是以備遺忘。俟教於名家鉅公，自西涯之後，非吾獻吉莫可托此。昨承面諾，希乘暇披閲，存其可者而去其不可者。有當君意處，批教數語。邊城得此，如濯清風於溽暑中，爲快何如？删去一半，待别録成帙，乃求大作序諸首，得因是以傳姓名，此生大幸，幸不見吝！

與李獻吉憲副

（明）楊一清

是月六日，道硤石，舍人趙勝持來翰，並得所評箋制府小稿，歎服高見。平生詩文中

事，原無苦工，信口肆筆，好惡不自知。然同聲之應，竊敢謂西涯後莫可當是任者，閲之，益信。相見不遠，幸先期爲我卒事。近作督府稿，益疏鹵不足觀，然道故實，備詩史，他日或有取焉。亦煩細校而去留之，以慰至望。

欲取道汴河以達徐州，爲飄然之計。到中牟，稍俟有定舟，徑登發，免汴城人事勞攘。請過中牟，以罄所懷，諒不外也。

大抵去年之出，勢不得已也。出矣，竭吾力以靖三邊，用酬知遇，子之志也。召命當下，則非區區之所及矣。議者乃妄意吾之出，不爲三邊，爲内閣。噫！是何言哉！是何言哉！予雖有口如箕，安能塞滔天之浮議，惟拂衣而去，與世相忘，庶稍可自明耳！

再與李獻吉憲副

（明）楊一清

鄭州小恙，神思輒昏昏，接吾崆峒，恍如夢寐中，語間有述答，懵不自覺。舟行一日，稍醒，家史出焉，不覺大笑，併故步，殆失之矣。老態如此，尚可語及天下事哉！

發舟後，阻風阻淺各一日，竟棄座船，由長船至溜溝，登淮安座船。二十三日，至徐州。此去當税駕乎山之阿、水之澨，睡煙歌月，以畢餘生，大江之北無我足跡矣。

舟中取崆峒集閱之，真若捕龍蛇，搏虎豹，急與之角而不敢暇焉者，不圖先秦古文復見今日，乃知近之學古文者之無所得也。文而若此，何病於學古哉！樂府歌辭，直超兩漢，上得風人之意，六朝而下，弗論也。鄙作本無足觀，特欲取正知言，亦因以自考，非取必於傳。前稿想已校畢，張生領回矣。寄去自訟稿、東游集二册，中或有取焉。幸明以教我。

與李獻吉憲副

（明）楊一清

舍人康蘭來，承附還拙稿四册，評跋甚當，凡所指斥，皆所嘗致疑者。獻吉，須溪筆也，當箋杜詩乃稱，鄙作何足以煩郢斤。然西涯不可作，非獻吉似無可托者。得教，大喜過望，敬服，敬服。顧其中見恕尚多，心知德愛，亦正不須避忌。閱來翰，猶若有不相亮者。涯翁不待言，見素每見拙作，詩與文輒加點竄，甚至有塗摸數行者，必如是乃見吾人情致，自異塵俗。獻吉愛我處我，豈當在素翁下邪！餘稿數册，煩不吝一二日之勞，概加評跋，附舍人趙勝齎來，以慰拳拳。

——以上録自唐景紳、謝玉傑點校楊一清集督府稿

與李空同二首

（明）劉　麟

一

去歲過汴城，屢屈文車，甚懷高誼，仰見尊體豐厚益美好，遠勝於昔，何止安健。凡人閑居，則索然有悴色，公則不然，有道在焉耳。又有清和端嚴之氣，使人親愛生敬，不敢墜落，真有往時三君、八顧之義，惜吾土遼遠，不得以時瞻奉，取規益也。將别時，曾談及今冬入京事，執事有教，僕記憶甚明，敢不敬承。今年春二月，忽卧病兩月，一足痛甚，再一月，病愈，足終不愈，遂上疏言去。六月再上，必得去，是天玉成我也。即今足尚不能移動，貴陽有兵變，以此俟命，秋晚氣清，足健當拂衣東下矣。即今杜門謝客，公私有名之餽一切卻去，人亦不以相及，屏居一室，如與空同君參對者，但懶惰不讀書，藥物之餘，習嘘吸之節，掃地、焚香而已。此後幸以林下之宜裁示，願與同之。賢郎秋闈必大得收録，見名第，更當修賀。此高明不以爲有無者，蓋勳業既有所屬，則此身用否，亦甚輕矣，故瑣瑣致意。而我各與風波漸遠，所望於門下者，惟有强食静存，以謹末路耳。身遠心邇，幸因言亮察。

二

居官若辦，省己實荒，力微才澀，困而已矣。至於嗜欲之私頗少，志不勝氣，其大凡也。愛想空同君子，可以比於好色、好貨，據此可親可達之衢，而問聞常闊，以困而廢者多矣。靈壽老生，一去不復相見，以後日馳通路，僕僕於今。大局一更，士醜不出，僕以不能固執舊隱爲恨。今頗羝藩之狀，欲裂繮絶靷而去，又逡巡未忍，若飲於廣筵，想望欣欣成度，百拜乃退，是曰有終。然未卜事理畢竟何如，母弟妻子並不入官，蓋以彼自爲己質，志與事俱真也。君子亮察畿内，二年以來，諸郡豐凶相半，民亦小安，前此爲盜，非民本意，今諸道人皆夜行，僥倖一時，曾立有社長正副以教其人，從者頗多，小盜遂息，且能時時舉治不率之民，有司皆藉以行事。又知北土之民，直質易導，古意猶有存者，知執事留意，區區敬布一二。春來，遘一疾，幾至不起，雖去疏亦不能執筆，身世付之悠悠。今獲更生，將自爲之所，此言公當與滇行過汴之語同看，不能行者，不敢告也。真切，真切！比來起居何如？海内交遊雕零，略盡善養如公者無多，誠可愛惜。空同子既有此名世不朽之文，更無他事，惟留意善養，餘皆瑣屑，不足輕重也。炯然翛然，聰明耄耋，君不可奪，仇不得侵，吾固取之，天固與之，勿少讓也。節餐減好，百福由此而進，千萬千萬，果遂所圖，更當馳書奉報，茲不一。

——録自劉麟清惠集卷九書簡

與李空同論詩書

（明）何景明

敬奉華牘，省誦連日，初憮然若遺，既涣涣然若有釋也。發迷徹蔽，愛助激成，空同子功德我者厚矣。僕自念離析以來，單處寡類，格人遯德，程缺元龜，去道符爽，是故述作靡式，而進退失步也。空同子曰：「子必有謬謬之評。」夫空同子何有於僕謬謬也，然僕所自志者，何可弗一質之？追昔爲詩，空同子刻意古範，鑄形宿鏌，而獨守尺寸，僕則欲富于材積，領會神情，臨景構結，不倣形跡。詩曰：「惟其有之，是以似之。」以有求似，僕之愚也。近詩以盛唐爲尚，宋人似蒼老而實疏鹵，元人似秀峻而實淺俗，今僕詩不免元習，而空同近作間入于宋。僕固蹇拙薄劣，何敢自列于古人？空同方雄視數代，立振古之作，乃亦至此，何也？凡物有則弗及者，及而退者，與過焉者，均謂之不至。譬之爲詩，僕則可謂弗及者，若空同，求之則過矣。夫意象應曰合，意象乖曰離，是故乾坤之卦，體天地之撰，意象盡矣。空同丙寅間詩爲合，江西以後詩爲離，譬之樂，衆響赴會，條理乃貫，一音獨奏，成章則難。故絲竹之音要眇，木革之音殺直。若獨取殺直，而並棄要眇之聲，何以窮極至妙，感情飾聽也？試取丙寅間作，叩其音，尚中金石；而江西以後之作，辭艱者意反近，意苦者辭反常，色澹黯而中理披慢，讀之，若摇鞞鐸耳。空同貶清俊響亮，而明柔澹、沉著、含蓄、典厚之義，此詩家要旨大體也。然究之作者，命意敷辭，兼于諸義，不設自具，若閑緩寂寞以爲柔澹，重濁剜切以爲沉著，艱詰晦塞以爲含蓄，野俚輳積以爲典厚，豈惟繆于諸義，亦併其俊語亮節，悉失之矣。鴻荒邈矣，書契以來，人文漸朗，孔子斯爲折中之聖，自餘諸子，悉成一家之言。體物雜撰，言辭各殊，君子不例而同之也，取其善焉已爾。故曹、劉、阮、陸，下及李、杜，異曲同工，各擅其時，並稱能言，何也？詞有高下，皆能擬議以成其變化也。若必例其同曲，夫然後取，則既主曹、劉、阮、陸矣，李、杜即不得更登詩壇，何以謂千載獨步也？僕嘗謂詩文有不可易之法者，辭斷而意屬，聯類而比物也。上考古聖立言，中徵秦漢緒論，下采魏晉聲詩，莫之有易也。夫文靡于隋，韓力振之，然古文之法亡于韓；詩弱于陶，謝力振之，然古詩之法亦亡于謝。比空同嘗稱陸、謝，僕參詳其作：陸詩語俳體不俳也，謝則體語俱俳矣，未可以其語似，遂得並例也。故法同則語不必同矣。僕觀堯、舜、周、孔、子思、孟氏之書，皆不相沿襲而相發明，是故德日新而道廣，此實聖聖傳授之心也。後世俗儒，專守訓詁，執其一説，終身弗解，相傳之意背矣。今爲詩，不推類極變，開其未發，泯其擬議之跡，以成神聖之功，徒叙其已陳，修飾成文，稍離舊本，便自杌棿，如小兒倚物能行，獨趨顛仆。雖由此即曹、劉，即阮、陸，即李、杜，且何以益於道化也？佛有筏喻，言舍筏則達岸矣，達岸則舍筏矣。今空同之才，足以命世，其志金石可斷，又有超代軼俗之見。自僕遊從，獲睹作述，今且十餘年來矣，其高者不能外前人也，下焉者已踐近代矣。自創一堂室，開一户牖，成一家之言，以傳不朽者，非空同撰焉誰也？易大傳曰：「神而明之，存乎德行。」「成性存存，道義之門。」是故可以通古今，可以攝衆妙，可以出萬有，是故殊途百慮而一致同歸。夫聲以竅生，色以質麗，虛其竅，不假聲矣，實其質，不假色矣。苟實其竅，虛其質，而求之聲色之末，則終於無有矣。北風便，冀反復鄙説，幸甚！

——録自何景明大復集卷三十二

與李獻吉

（明）陸　深

去冬自仲默處奉手教，子鍾、子容處睹佳篇，於賤子極荷存念。顧不自量力，扶病來此，病日益深，而毫髮無可效，慚負知己，何如！入春以來，緬惟起居佳勝，學植邃深，敬服敬慰。比承乏禮闈，舒生芬者，偶出本房；亦有夏生言者，詞翰甚有法度，云嘗受先生指教，江西之政浸溉，鼓舞者多矣。外此有陳生沂、梅生鶚者，皆名士，大率此科人材亦自不少，恐要知之，輒以爲瀆外。小詩扇附子鍾侍讀先生轉呈結腸之作，少俟病甦請教，非敢忘也。餘惟情照。

——録自陸深《儼山集》卷九十一

與李獻吉論文書

（明）徐禎卿

足下奉書，幸甚！尋已口復，卒卒猶不既愚臆也。僕少喜聲詩，麤通於六藝之學，觀時人近世之辭，悉詭於是。唯漢氏不遠逾古，遺風流韻猶未艾，而郊廟閭巷之歌多可誦者。僕以爲如是猶可不叛於古，乃攄其性情之愚，竊比於作者之義。今時人喜趨下，率不信古，與之言，不盡解，故久不輸其説，恐爲伯牙所笑。乃一日遇足下而獨有取焉，何也？足下又謂僕閑於賦頌之文。夫賦頌者，誠文章之瑰偉，余心之所希艷也。始吾誦屈平之文，以爲時之變也，然麗而不淫，哀而不怨，蓋無惡焉。及誦司馬長卿之言，靡麗浩蕩，不可窮矣。雖絶特之觀，非盛世之所見也。雄於長卿，何所樂羨，乃蹈襲名其文，而原何戾忒，又作賦以反之。此余所未喻者，故反之以附於原之意。此足下之所見也。藝家之風，好相誇嫉。後世之文，不逮馬、揚，而好嗤之，自護其醜，若趙人之持其璧而不肯下也，豈不重可笑哉！

今足下責僕以相麗益，此古之道也。今何復見之？僕愚戇，何敢自愛，恐不足以承教，傷知人之明，爲足下羞也。若反覆相示，更互詳定，或大有疵謬，輒抵毁去，不猶愈於後人之詆笑乎？且文辭之貴賤，存乎其人，雒邑之鼎，諸侯争之，非鼎之貴，周貴其鼎也。若徒務琱切之華，而不責其實，則恐爲揚雄之玄，徒取病於後世耳。楩楠豫章之材，所用於世者，貴其實也。僕雖駑德，竊嘗志於是，其必本道德之衷，遵作者之度，以纚繭縌衣生物而已，豈蟬口之所鼓譟乎？居之而不疑，想足下與吾共之也。曩申贈章，祇俟來答，詩曰：「無言不酬。」此之謂也。

答獻吉書

（明）徐禎卿

禎卿再拜獻吉足下。省報無恙，及所示詩，備綢繆之旨，發忞忞之懷，轉詠微音，若扣哀玉。即日與羊何宣之，莫不欷歔，相對辛楚。惟昔與子聯蟬裾玉，周旋朝寺，良時出遊，則並櫛而趨，清宵燕寢則共衾而寐，謂歡會其可常，凋瘁抑何由至。何圖人事不齊，物情難豫，三年之内，親友零落，各寄一方，臨北風而依依，望大梁而歎息。室邇人遐，我懷如何？又暌絶之後，僅收所答濟上禮，自輈張相背，中間書問曠絶，又復不審洛中人士，可悉動静。静言思之，益用增勞，忽奉情曲，曠然開慰，蓋逃虚傾耳於足音，季長快心於手跡，昔人之情，豈戾於今也哉！嗟乎獻吉！子之云違，我復何恨？君子居易，窮且樂天；小人僥倖，以身殉禍。聞子西歸，藜藿不惡其口，家人不見其色，既退處原野，抱杖行歌，沐耳清渠之濱，晞髪茂陰之下，而枕以六經，漱以群籍，撫景則悠然賦詩，臨流則引觴獨酌，斯亦達士之所希，生人之極歡也。揆之此懷，何必上同三間，下減殷中軍耶？河清難俟，人壽幾何，願子勖之而已。來命又要以佳期，申以古誼。夫具茨之野，黄帝之所遊焉；南山伊闕，大禹之所鑿焉。固樂道者之所棲，壯士之所慕也。而翼不我假，天路無緣，既違命駕之歡，徒興失路之歎，長佩金玉，以結我心。若神感有徵，則延平之劍必合；良辰弗遘，則少原之簪永遺矣。書不盡言，不勝於邑，時因風翮，努力相聞。禎卿再拜。

重與獻吉書

（明）徐禎卿

僕以攝提格之歲仲春，南徂出齊魯之郊，經淮沛之墟，直視平原，蕭條千里。於時雉雊於野，麥秀油油，瞻日月之勤，感東山之歎，雖窅眇傷神，未足以振心而惕慮也。既而道指東吴，徬徨故都，棲棲焉若仲尼之去魯也。乃遵錢唐，薄眺會稽，控湖山以爲郭，環江海以爲池。昔日神宫嶢闕，椒房綺榭之餘，或鼒然於魯甸，徒髣髴於丘夷，顧瞻周道，不能不爲之興哀也。傍引桐江之溪，遡洄富春之渚，豈惟望風而思其人，抑可以樂焉而終其身矣。又西南行，渡穀水，陟常山，越餘干，沿弋陽，山溪澗沚之濱，玉水澄澈，則有參差之毛，丹碧之石，游儵翔泳，白鳥棲止，可以瑩神而悦心也。横涉彭蠡，仰瞻廬嶽，其波濤則騰涌奔伏，噴薄日月；其峰崿則盤迴峭絶，亘接霄漢。香爐、五老之形，瀑布青峽之觀，特爲卓詭。靈芝異草，彌山布谷；金符玉册，窮幽極玄，信赤霄之神都，老氏之玄宫也。又西遡九江，南望全楚，夫其扼巴蜀之喉舌，據吴會之上流，通五嶺之門户，接雍梁之要樞，此其大勢也。若乃鎮以衡陽之阜，表以武當之山，五峰森拔，三門凌啓，雲霞絢繪，紫氣燭耀，其中四候蚤暮，七曜運行，往往與人間殊别。爰有黄金之堂，白玉之所，琉璃爲鋪，檀桂爲柱，制侔天居，勢轢海嶽，目所希見，窈窕難説。又有江漢之波，沅湘之流，洞庭之湖，雲夢之澤，千條萬派，混原同塗，縱貫脈理，經帶其間。極望浩漫，際天薄海，陽春獻而百草芳，涼風至而蒹葭落。猿子嗷嘯，鴻雁成群，魚龍倏忽，晹晦互分。可以觀天地之變化，驗時序之榮悴也。故徵水族之饒，萃材木之珍，論舟檝之利，及畋漁之樂，九州之内，未有逾於此者也。然其民俗苦瘠，尚利薄義，户無囷廩之食，人無相固之心，雜以山夷，輕躁易動，非久安長治之國也。又其山川，包絡四要，固用武之場，聚争之地。故東望樊口，則慕周瑜之雄；西顧峴山，則感叔子之惠。載觀荆門，則悲昭烈之績；極眺中原，則痛武穆之忠。山河昔是，人物已非，心傷歎矣，悽其漣如。嗟乎！死生命也，理亂時也。命有涘而志無涯，時可遘而身不逮。此屈原所以流亡於江夏，賈誼所以憂傷於長沙者也。所賴豪賢發憤，映帶礪以垂名，章逢樂道，假竹帛以昭志，生人之業，庶爲不朽耳。

僕自惟無卓犖之材，寡礪鍔之用，進不能揚眉於天下，退不能甘心於丘壑，徒放情於江海之間，抗志於宇宙之表，將以搜奇獵秘，咀華納靈，則水土而函藴，法景曜以摛文，聊希子長之風，庶幾虞卿之志。乃知于役之云豫，兹遊之豈徒哉！惟是足下與吾同懷，遭時齟齬，良圖弗遂，抱膝空林之中，棲神窮跡之境，雖搶榆之爲樂，固知大鵬之逍遥也。故聊述其略，以當抵掌，方有簿牒，不盡所言。

——以上録自徐禎卿迪功集卷六

與李空同論文書

(明)吾 謹

童子歸,能道執事峻行清德,聽之毛骨颯然增涼,兼睹大作,雄峻簡勁,淳潔澹泊,教迪者甚多。論文訛見,猥辱疵摘,尤竊喜焉。古之師友,互相辨質,弗明弗措,今則惟譽言是好,法言是忌,欲業成如古人也難矣。而謹獨於執事有聞,是謹之得也。顧其志鬱而未明,兹敢復以書問。

謹之始論,特以今之爲文者,固著書遺意。夫著書者,蓄而有得,而後洩而爲言,故必自創而成一家之説。苟師蹈沿襲他人,烏在其爲立言哉! 而執事以書法喻之,類例甚明。顧謹之所謂弗同者,正謂其象耳。肥、瘦、長、扁、流、整、疏、密、勁、温十者,書之象也。古之善書者,精無不同,而十者之象則異。惟精無不同也,故同謂之善書;惟象無不異也,故各謂之名家。精苟同矣,而象亦無不同,是亦臣僕於人而已矣,奚其善? 夫文亦何異於是? 理道旨趣,猶書之精也;辭致體格,猶書之象也。古之善文者,理道旨趣無不同,而辭致體格則異。惟理道旨趣無不同也,故同謂之善文;惟辭致體格無不異也,故亦各謂之名家。理道旨趣苟同矣,而辭致體格亦無不同,是亦臣僕於人而已矣,奚其善?

今概論其本之同而不察其末之異，是猶論天地萬物之理同，而不論其形氣之異也，無乃或幾於惠施、公孫龍之説乎？譬之人焉，精神運諸中者同矣，耳目形諸外者同矣，而貌各弗同。夫精神耳目之不同，固不足謂之人，而貌皆一人焉，又可謂造物之深功巧妙哉？史遷弗同於左氏，左氏弗同於古經，殆亦人貌之不同乎？而學之過者，直欲貌之同，而中之弗同弗計也。夫中與貌兼同且未爲善化，矧得其貌而遺其中，或並其貌而失之者哉？故篇中曰：「舍其意而師其詞，棄其詞而摹其句。是繪真者，不得其人之神俊而徒貌其體膚，又不得其體膚之完而徒貌其肢節，其於肖也終不得矣。」謹意言師其意固無不可，而徒模習其詞句，是亦止得肢節之細而遺其全體之真，非善肖人者也。豈其文之晦而弗足以達厥意歟？將執事偶一觀而未嘗深考其意歟？執事別有斷見而非謹之所能測識歟？願更誨焉。

多言曲辯者，非敢抗耆哲之議，逞技爭高也。謂執事行古人之道者，而謹且獲師友於其間，故亦不敢以脂韋詭誇者自居，而直以正辭質焉。惟執事竟其緒言而卒相之，幸甚！

——録自黄宗羲明文海卷一百五十七

答李空同書

（明）夏良勝

方今以文行名世、足爲海内人物低昂者，秉鈞則若邃翁，在告則若泉齋，退休則圭峰其人也。圭峰，鄉丈人也，良勝少侍焉，因語次及往年抗疏申救甚切，知有空同，慕之已已。既而罷去，旋而復董江右學政，爲鄉人私慶曰：「有師嘗以慰圭峰也。」筮仕刑曹，吾師泉齋召入爲司徒，親教如初。出品士亭玩竹之什，命同遊士和之，良勝序之，又自慶曰：「得附于空同後。」時聞若虛之構，泉齋矍然失席，曰：「何以有是於吾空同也？」繼以汝華、以獻臣，紛釁連禍。邃翁以良勝在屬，或進與言曰：「若官臣也，若苦節人也，若天下士也，何以有是也？」卒之議者如蝟，聞輒異，附和之未厭也。良勝益懼海内之士疑吾空同於三老也，與天秀輩論及則太息，不能人置一喙以辨之，可若何？幾欲作書訊爾所以，因憶邢、潞不通書問，謂往來不熟，不可先意結納，是亦先賢守己一段法度，乃已。日者，自仕鳴惠及洞志，並得讀答友朋書札，意空同亦或以良勝可與聞是，退而圖以復，於事理之顛末曲直較然明甚，可無及也。然性不習佞，敢以聞於師友者，瀆吾空同，亦不自知其可，空同謂之何哉？

夫天下士之所以自立曰德。懲忿窒欲，德之修也。忿者，恨也，必不平也。若欲，豈必是貪欲？有不平則忿忿心熾，則欲上人忿，欲行而德，罔滋美哉！空同一念猶未忘乎？忿之甚則怒，怒如以類焉已亂也。故曰：「君子如怒，亂庶遄沮。」空同怒也，或避或囚，或棄欲遁去，皆廢其官常，而角知巧亂，其少豸乎？曰敢於任怨，曰能與御史鬭，自夫人言，皆難事也；自空同言，似有英氣在。先儒謂英氣害事，固不願空同以是右人也。若曰憸邪，曰假手，此政不須辨，亦不待辨也。假之云者，議自正詩，始以汝華發之，牢未可破，久則定，憸邪柔媚之尤，剛毅如空同，誰謂似之？傳曰：「高者有崩道也。」是宜空同有是也，汝華未有故也，得之。泉齋謂其下獄時，贊畫周司徒有救狀，於廣於江右，持憲得允名，獻臣剛廉犯强御，屢折不回，圭峰友之，邃翁論薦之，必可人也。以若虛故，自空同敗名，是或以重空同議也。獻臣疏至不辨而請去，是則所以爲空同也，不知汝華、空同宜何以處之也？吾江右守臣，重足久矣，至是横潰，不爲之所，則人不曰空同直也、汝華麗於法也，彼有爲爲之也。今而後百易守臣難乎？其爲立也，雖曰汝華積怨，觀舋而動者非朝夕故也，不意舋乃自空同作。今之議謂空同假之，祇恐後之議謂有假於空同也。是故有望於空同者不淺也，道夫、勤甫出京時舉相爲謀者，所見略相似，必先得於空同矣，信也，則何辨也已？昔程子在，當時不曰惡其奸邪，不假詞色乎？不曰遍謁貴臣，騰口倡亂，以償恩讐，目爲五鬼之魁乎？載籍中不知有辨詞否？恐寡陋未及見也。關中之學本程氏，空同之故步也。近與德温極論，謂空同毋求是，毋求勝，惟引咎而已。略小嫌，存大節，足以崇國體而忤邪心，爲正士之所歸也。德温曰：「文璧敢謂勇於受言，無若空同者，雖在文璧不遺也，願以告子實來。」又曰：「空同有曰崛强如桂華，終身敬之。」良勝冀桂生之見容，故效饒生以有言也。斯言也，固非與空同異也，質之邃翁，曰：「可俟别録於圭峰、泉齋。」左右未必以良勝爲異於空同也，空同以爲異也乎？

——録自夏良勝東洲初稿卷四

附録四　贈答酬唱詩

讀李進士夢陽詩文喜而有作

（明）楊一清

細讀詩文三百首，寂寥清廟有遺音。斯文衣鉢終歸子，前輩風流直到今。劍氣横秋霜月冷，珠光浮海夜濤深。聰明我已非前日，此志因君未陸沉。

——録自楊一清《石淙詩稿》卷四

次李獻吉贈張宗義韻

（明）楊一清

小坐籬邊日幾迴，江頭不作杜陵哀。眼驚世事如花過，耳聽秋聲帶雨來。野菊經霜甘隱逸，沙鷗忘我故遲徊。時行時止吾人意，漫説雲臺與釣臺。

——録自楊一清《石淙詩稿》卷八

中牟公館與獻吉提學話舊用前所寄詩韻二首　（明）楊一清

遠從西嶠趣南裝，忽得君詩抵夜光。門外尚懸貔虎節，夢中先著芰荷裳。宦情久與禪機寂，世味惟應蔗境長。三十年前曾讓子，知言竊比宋歐陽。

斯文衣鉢自吾人，出處平生各任真。聖主有恩客病叟，太平無地不閑身。百年風雨清明節，滿目鶯花爛漫辰。便合同舟過江左，煙霞深處醉餘春。

——録自楊一清石淙詩稿卷十七

小詩一首問訊李獻吉員外疾　（明）儲　巏

寂寞書齋獨爾思，殿門相語暫移時。年饑頻覺詩人瘦，世隘誰能國士知。長夏病軀須藥石，冗曹心計極銖錙。千金善保西州器，眼底紛紛未有期。

獻吉答詩有懶病夢思青山之句作詩解之　（明）儲　巏

拂拂京塵點客衣，眼中相接似君稀。耽書癖在非關病，憂國心多敢乞歸。飯顆有詩憐甫瘦，空同無麥憶秦饑。秦川如掌山如畫，肯許他年白版扉。

獻吉見訪同過檜亭夜飲作詩併謝之　（明）儲　巏

濕雲流潦正縱横，策馬誰過太瘦生。河朔舊傳逃暑飲，崆峒新有卜鄰盟。頻來老樹渾相識，細看群飛亦自營。擬别主人須月出，灑窗疏雨更多情。

元旦之三日過海子橋懷李獻吉用韻　（明）儲　巏

城南城北動經春，雪霽山門水色新。感舊偶懷東道主，逢時空忝北都賓。新詩近日緣誰瘦，敝帚長年枉自珍。咫尺清塵違問訊，空同何處訪秦人。

答獻吉酬見懷之詩　（明）儲　巏

秦川渭水故鄉春，關塞相望旅夢新。彈鋏肯從齊下士，上書曾是漢庭賓。詩多仙語因殆玉，病有神方却袖珍。磊磈胸中多少在，莫將名姓作山人。

再次韻别伯安獻吉　（明）儲　巏

風華漠漠浹旬春，世事悠悠百感新。去國更憐王逸少，閉關誰問李元賓。千金浪買人間骨，七聘曾求席上珍。隴水粤雲千萬里，騎曹羈絆是何人。

題李空同扇頭　（明）儲　巏

碧樹不知暑，流泉欲濺衣。窅然塵外語，宴坐澹忘歸。

——以上録自儲巏柴墟文集卷四

宿無垢寺借崆峒子豐安寓宿韻　（明）吴廷舉

三株何許樹，病鶴也來棲。斗轉天逾北，雲深日未西。楚江愁處闊，燕路望中迷。今夕眠真穩，邊聲絶鼓鼙。

寓玉虚觀次崆峒韻

（明）吴廷舉

觀抱龍沙勝，名參玉局幽。今吾充昔吏，是處閣方舟。世故閑來往，情深忍去留。崆峒青萬丈，風月此真遊。

仙人好樓居草酬贈獻吉

（明）吴廷舉

仙人好樓居，宛在天中央。卿雲結碧甍，雙虹架爲梁。晨朝飲沆瀣，夕戲玉女旁。駕飆驂王良，歷覽窮九荒。顧瞻蒼梧野，眷然念舊鄉。倏逢羨門生，示我不死方。金龍澤不流，玉虎威豈揚。抱一守以和，定宇發天光。矢與天爲徒，寤寐莫相忘。

壯志一首寄別空同子

（明）吴廷舉

壯志四方志，慷慨于古今。遼哉空同子，名義素所欽。古人事豪俠，結客傾千金。千金有時聚，良朋亦難尋。亦既遘顔面，豈不愜素心？如何異同論，三兩相參差。群誠子淵儔，賤子豈孔任？斯文眼下白，千里仍合簪。葛溪路迢迢，龍沙堆垠垠。明月入我懷，涼風飄我襟。想從既于邁，相送復于南。歌罷遊仙辭，獨抱無弦琴。鹿門山水佳，隔世求知音。嘉遁願苟乖，伏龍尚作霖。明年予南征，寄言雲中君。

空同李子有至德觀詩予來嗣作　（明）吴廷舉

觀記初來路，詩吾再到留。江湖雙短鬢，天地一浮舟。咒罷蛟龍去，門開鶴鷺游。美人隔煙水，吹簫下仙樓。

奉陪崆峒遊龍沙　（明）吴廷舉

四月清河景，三人汗漫遊。沙形隨地擁，江勢拍天流。徙倚尋詩料，全生付酒甌。明朝有真賞，紅日愛當頭。

其二

龍沙無馬足，塵世此仙鄉。登眺攀雲駕，聲歌閑致堂。江空目斷送，天遠意泱茫。醉舞君休訝，吾家本楚狂。

——以上録自吴廷舉東湖集卷一

次李提學安仁舟中病感

(明)吴廷舉

盜賊傷時久，滄浪引興多。長風仙李艦，高雲凡人歌。涉濟吾無策，潛藏道奈何。感深同示病，誰更久於河？

次李提學晚泊安仁

(明)吴廷舉

俎豆儒宗末，年華劍戟中。跡交浮海梗，心帶著霜楓。氣概關豐度，精神妙感通。何當端笏看，吏拙將無功。

何處難忘酒五首約汝華獻吉與予同賦

（明）吴廷舉

何處難忘酒，浮雲蔽太空。刺天蜚鬼魅，晝地困英雄。歲月堂堂去，功名笑笑中。此時無一盞，嘘氣不成虹。

其二

何處難忘酒，群心有異同。春秋都錯運，雨露不言功。束縛屠龍手，吁嗟失馬翁。此時無一盞，應去惱天公。

其三

何處難忘酒，三人聚此窩。有情他自外，無累便相過。動可田龍畫，狂仍楚鳳歌。此時無一盞，奚以發天和？

其四

何處難忘酒，今吾不自由。晴明春對吏，風雪夜迷舟。老至浮於海，豪來殤不周。此時無一盞，淚雨溢不流。

其五

何處難忘酒，孤家水上萍。鳥歌山峭峭，花笑雨冥冥。鴻鵠翻空墮，魚龍駭浪腥。此時無一盞，德不配劉伶。

愛晴寄意同事鄭李兩公

（明）吴廷舉

尋常春日愛熙熙，幸見園扉住雨時。三徑無媒吾獨往，四方有事此何之。木蘭煙水清流上，盤古風花老樹知。翻羨鷦鷯棲亦穩，蒼梧應許借卑枝。

——以上録自吴廷舉東湖集卷二

寄李提學獻吉

（明）邵　寶

鐵柱宫前春水深，幾迴清夢憶登臨。新亭有客還題壁，舊曲何年爲入琴。高士榻虚人似玉，此君堂小地如金。近來又讀宗儒記，回首匡廬萬古心。

——録自邵寶容春堂前集卷七

送李獻吉致仕歸陝三首 （明）杭　淮

秦谷有佳人，皎皎絶代姿。二十事夫君，生死以爲期。一朝失舊歡，憔悴谷之隈叶。心熱忍終棄，行道每遲遲。谷口多芳蘭，采掇修其儀。百年恩情在，豈無合歡時。

美人别我去，各在天一方。相見不可期，秦川浩湯湯。昔别長不惡，今别一何長。采采芙蓉花，照見君衣裳。從之不可得，攬轡徒徬徨。

美人遺我别，手圖雙竹枝。謂我覯無期，遺以長相思。所思亦何有，不忘者操持。竹枝干雲霄，濯濯君子姿。願言長披拂，清風起軒墀。

挽李獻吉四首用曹太守韻 （明）杭　淮

憶昔與君别，執手河之陽。豈意死生隔，千里愁雲長。河流向東注，高林歇春芳。相思贈行篇，觸目唯琳琅。

李杜得詩聖，迥出諸家前。寂寞千載後，身死名流傳。悲風動萬里，長虹燭遥天。楚魂不可招，空有弔湘篇。

回首梁王臺，愁見飛雲高。李白富才華，文雅藹風騷。郊藪泣麒麟，赤霄悲鳳毛。名追千載上，並駕應劉曹。

花開復花落，白髮悲青春。鳳去遺修竹，琴張棲暗塵。精魂如不死，上爲列星辰。思君不可見，淚落滄江津。

——以上録自杭淮雙溪集卷一

陪祀畢西湖途中雜興同獻吉賦五首

（明）杭　淮

微茫沙際閣，兀嵂水窮山。望望郊原豁，煙青白鳥還。

雨氣村村麥，溪流岸岸山。況逢同志友，春日詠歌還。

沙際花紅白，紆迴皂莢村。田翁引稚子，秉耒出郊門。

擊馬榆河驛，高林春已豐。司農經略舊，才足濟川功。

遠尋山外寺，數計水邊程。未上平坡閣寺名，白雲先眼明。

——録自杭淮雙溪集卷二

李獻吉餉軍寧夏以東坡乍合水上萍忽散風中雲爲韻十絶

（明）杭　淮

清晨送君隗臺下，我馬秣分車載駕。漢水西頭關塞深，征衣蕭颯秋風乍。

遠道青驄何蹴踏，高柳玄蟬苦嘈咂。送君先憶見君時，薊門春日啼鶯合。

觸人秋暑何瀰瀰，遊子驅車涉千里。悠悠旌拂華山雲，蕭蕭馬度涇川水。

西塞山前列亭障，劍氣凌雲意何壯。漢家諸將收匈奴，功名早致麒麟上。

晚披風露晨戴星，飄飖旌旄臨朔庭。秋空凌厲見孤鶻，滄海飄轉無雙萍。

萬里邊陲輓輸卒，青草原頭多白骨。蕭何在漢速指揮，肯將蟻命輕毫忽。

白馬郎官下霄漢，三邊武臣色精悍。要識吾皇敵愾心，不徒只作黄金散。

征車兀兀馬充充，西度秦城吐谷東。萬里白沙寒照月，群山陰壑夜吹風。

塘南淺淡野蓮白，塘北高低秋蓼紅。思君只在别君處，跨馬時來明月中。

雙旌蒼茫雨忽動，燈火高城猶對君。只恐晴時終難任，恨不十日不開雲。

春日滁陽懷獻吉復用乍合水上萍忽散風中雲爲韻十絶 （明）杭　淮

去年别君大河上，北風吹寒天雪乍。自從挂席向江東，常使高情憶陶謝。

社燕南來雁北飛，人生多離苦難合。春風吹滿梁王臺，何由共載花間榼。

昔同寒月遊梁園，春月今看照江水。南北月明何異同，自是人情有悲喜。獻吉送别時有「江上校月同否」之句，故云。

我久無書到中州，君亦無使來江上。南北浮雲日日行，與君千里常相望。

别君兩見楊花落，楊花落水作青萍。萍生無根風不定，飄泊海中如散星。

海日東升月西沉，過眼流光苦飄忽。相思千里不相見，日日鏡中生白髮。

李白昔醉梁王臺，玉笙吹歇歌聲散。君今對君若不飲，空使春花大堤爛。獻吉戒酒，故云。

兩兩海棠君屋東，朱簾高褰動春風。不知月上花開裏，寶瑟清樽誰與同。

平泉莊前美修竹，翛然緑葉出雲中。遥想吹簫月明夜，威遲白鳳下崆峒。

窗間□□高山石，日日卧看生白雲。十年不出輕軒冕，海内争高太白文。

——以上録自杭淮雙溪集卷五

中秋雨鳳山席上和獻吉韻

（明）杭　淮

十三看月城之西，已有清光夜中發。今宵騎馬向城南，雲凝雨結愁無月。陰晴變旦夕，世事安可料。徘徊一樽酒，臨軒發清嘯。烏鵲枝頭夢豈安，仙人何處遊三山。三山渺兮不可及，竹葉林深煙火濕。

李獻吉瓊林圖歌

（明）杭　淮

龍飛癸丑六載春，起攀龍鱗三百人。朝陽鳳凰集翽翽，高岡梧桐雲葉新。宮花勝簇紅綾餅，敕賜傳宣宴蘭省。罷酒樓前各上馬，紫絲鞭拂曲江杏。中有少年白面郎，藍袍玉勒城闕東。道傍觀者如按堵，云是關西李崆峒。崆峒山，何雄峙，東跨平涼西涇水。河嶽降神亦不數，五百年來有一李。李君之望兀嵂如雲中巔，李君之才涌躍如山下泉。只今羅致明光前，天子推轂方右賢。便當爲霖雨九天，傳巖聲光相後先，區區高牙大纛之榮安可憐！

——以上録自杭淮雙溪集卷六

奉懷李獻吉移居郭外

（明）杭　淮

思君臘盡又春來，河上春濤萬里迴。不覺柳條已弄色，須知棣萼久相開。城中車馬應無數，野外鷗群不見猜。生理今開五車卷，風塵虚抱出群材。

獻吉卧病久不相見見時輒飲我酒且出示病中之作奉和一首

（明）杭　淮

眷戀馬卿消渴久，蒼茫春事入江新。藥鑪白竹自爲伴，草閣青朝虚待賓。吹面春風不覺醉，墮懷明月更堪珍。秦山渭水知多興，爛漫苑花休照人。

復送獻吉次韻

（明）杭　淮

美人欲發車渺渺，明星在門雙軔長。已知出此風塵表，安得從之河水央。梁苑新春行見月，潼關今日始還鄉。百年邂逅何由擬，相對清樽各渺茫。

秋日渡河喜會李崆峒　（明）杭　淮

思君今得渡河來，河上秋濤霽色迴。廿載離居洛陽市，春風憶别黄金臺。季鷹江上鱸空羡，陶令籬邊菊正開。明月樽中照白髮，故人相對莫相猜。

陶副使分司見桃花和獻吉韻　（明）杭　淮

分司偶得見桃花，倚檻含風自可誇。恠底已飄千點亂，開遲猶及一枝斜。漫將春色供文案，豈有新詩領物華。徙倚高城日欲晚，海風吹落九天霞。

——以上録自杭淮雙溪集卷八

餞别李空同席間和韻　（明）熊　卓

與君各盡盃中酒，暫語春風别意長。抗疏曾隨門北面，承恩亦忝殿中央。宫花苑柳虚憐客，渭水秦山非勝鄉。世事浮雲那足問，人間岐路漫茫茫。

——録自盛明百家詩之熊侍御集

中秋同獻吉諸公登鏡光閣是夜無月

（明）熊　卓①

群騶駕言返，暮霏擁林塘。出寺復入寺，嬉遊殊未央。支公素躭客，展席臨中堂。銀膏照四壁，團月出未光。遲遲動深酌，語静聞啼螿。爰以結歡好，婉孌金玉章。願爲雲中鶴，比翼同翱翔。

送獻吉歸里

（明）熊　卓

相送轉惆悵，天寒聞暮鐘。高鳥去不息，浮雲來幾重。河關經舊壘，墟里對孤松。結束平原騎，翩翩塞北逢。

① 熊卓，原作「熊一卓」，據詩題及寄熊御史塞上（卷二十六）改。

和復李獻吉懷韻　（明）熊卓

暫出邊關道，親交念别群。新蕪炎雨長，遠樹夕陽分。路險平連塞，屯閒亂點雲。無眠山館夜，惆悵正思君。

上元和廷實韻兼懷獻吉　（明）熊卓

今夕復何夕，千門候月明。浮雲生漢苑，積雪霽秦京。漏下車塵暗，宮中火樹晴。美人一水隔，竚望淚盈盈。

和獻吉晚出禁闥　（明）熊卓

遥望朱門啓，宮花映繡盤。年年春二月，燕子入長安。

——以上録自曹學佺編石倉歷代詩選卷四百七十一

人日次韻李崆峒

（明）張　羽

幾日關人事，陰風黯鼓鼙。諜回聞野戰，齋卧匝鄰啼。積雪冥鴻遠，輕陽太白低。元戎頻送捷，有待頌淮西。

——録自張羽東田遺稿卷上

十四夜月與李二獻吉飲

（明）王九思

萬户秋風砧杵哀，殊鄉今夕故人來。竹間涼露瀟瀟下，樓上浮煙細細迴。地僻柴門無過客，家貧樽酒有餘杯。疏簾碧簟須同醉，明月青天爲爾開。

——録自王九思渼陂集卷五

同寅李獻吉西齋落成次韻

（明）葉元玉

清論西軒裏，相忘白晝長。鳥聲隨樹轉，燕口帶泥香。酒盡詩留壁，窗虚月滿牀。君家好兄弟，何地不傳芳。

通州會汴梁和舉子人于李獻吉官舍次鳩字韻　（明）葉元玉

天涯何幸識荆州，高興真同汗漫遊。滿甕松花春釀酒，一簾燈火夜登樓。吟肩矻矻詩攻瘦，花影沈沈月上稠。回首古今俱是夢，笑他機巧不如鳩。

獻吉席上分韻得銀字　（明）葉元玉

民曹水部兩同心，總是斯文異姓親。百歲幾遭文字飲，一官深厭簿書塵。風翻槐影簾紋碎，雨洗苔斑石縫新。笑殺坐中誰更老，古厓雙鬢半如銀。

獻吉官舍夜餞左國璣聯句送之　（明）葉元玉

高館深杯賦別詩，小窗微雨夜燈時。對牀骨肉應憐老，喬木家聲更屬誰。緑柳曉分燕趙路，碧梧秋待鳳皇枝。鄉書有雁還須寄，記取樽前兩故知。

偕獻吉自京回通馬上聯句　（明）葉元玉

靄靄林光雨霽初，乾坤着眼一塵無。歸雲渡水春涵影，醉面便風曉出都。乳燕教雛嬌欲墮，遠山當馬翠如扶。十年來去通州路，慚愧山間破衲徒。

舟中寄李獻吉　（明）葉元玉

美人愛我戇且直，我愛美人才出群。團亭把手議政事，西齋剪燭論詩文。割雞呼酒對山月，撾鼓放舟看水雲。百年知己那復得，海角天涯遥憶君。

古厓先生葉元玉，成化辛丑進士，爲户部郎時與李獻吉、鄭繼之以文字交，出領潮州守，强毅舉職，中讒而歸，潮人以前太守韋庵王公、後古厓葉公爲兩賢云。公集，李貞夫、鄭繼之俱有序。

——以上録自曹學佺編石倉歷代詩選卷四百二十一

賦得賀蘭山送李獻吉

（明）張鳳翔

往年榆林告亟，發公帑十五萬餉之，大司徒檄以君往，今年寧夏缺餉乃七萬金，以君往，君於邊儲遠情可謂勞且周矣。諸交遊輩，擇朔方形勝可詩者，分詠贈焉，而賀蘭之山未有作者，君以行之，先一日命鳳翔賦之，遂從而爲之詞。

君本關西人，乃作關西行，往年使榆林，今年使朔方。西度黄河四千里，眼中見此誠莽蒼。賀蘭山高五千仞，翠壁蒼峰削孤峻。清泉百道草樹濃，雄哉蟠據河南鎮。山西胡虜東中國，何必長城分南北。君不聞胡云奪我燕支山，使我婦女無顔色。賀蘭固是中國望，可容胡虜爲巢穴。我聞朔方兵，不若榆林强。不有賀蘭山，朔方誰其當。王公設險計，守國地險如此功可量。君賫公帑十七萬，作氣鼓力功可斷。死魚芳餌有明言，要在得人富籌算。古有班定遠，克收西域生封侯；亦有傅介子，借劍立斬樓蘭頭。甲兵百萬范老子，西賊膽破誠壯猷。君抱濟時具，未償投筆懷。此行亦是棄繻意，賀蘭入眼何壯哉！左顧黄河流，石摩賀蘭頂。賀蘭日高河日深，會當勒功摩石廪。黄河洗甲山挂弓，西望龍沙滅胡影。

和李獻吉遊西山韻

（明）張鳳翔

君有踏春興，招呼我亦從。登高攀石磴，眺遠聽山鐘。風起偏依樹，雲來欲暗峰。過橋逢野寺，一徑入深松。

二

傍山春更好，散步一相從。密樹封荒殿，圓苔上古鐘。門通橋北路，雲鎖塔前峰。斜日西山下，歸鴉認故松。

——以上録自曹學佺編石倉歷代詩選卷四百七十一

李獻吉過余新居席上限韻作

（明）何孟春

旅食又京華，不知春已暮。上林非一枝，棲我當何樹。借宅長安街，圖書且安寓。出門見宫牆，尺五朝天路。輪蹄諗往來，風雨今幾度。郎曹十年中，人物半新故。君胡不少留，濁酒申平素。知己自昔稀，于今可常聚。君才日老成，欲作廟廊具。何以語故人，黽勉當世務。井中無沉轄，户外有停屨。情深各惆悵，爲我成長句。

——録自何孟春何燕泉詩集卷一

贈李獻吉

（明）何孟春

詩囊新看别知篇，翦紙臨書復惘然。春及芳遊須幾日，夜留清酌有同年。落梅笛在聲初斷，回雁峰高信少傳。南北相望渺雲樹，莫忘燈火此離筵。

乙亥元日次李獻吉見懷之作兼柬邊庭實

（明）何孟春

繁臺在汴城外，李屢約遊，不果，而來詩有「興發春山能約往，來開仙楫疑乘流」之句，故以此答之。

病餘無力賦登樓，信美誰教滯此州。舊日李邊欣再合，一時陶謝入同遊。風花已約先春賞，筆札難忘隔歲酬。咫尺繁臺未能去，欲於何處更乘流。

——以上録自何孟春何燕泉詩集卷二

四友歎二 時四子皆謝事家居。

（明）王廷相

李員外夢陽

獻吉跡轉晦，幽求日深造。禮樂百年餘，詞苑見古調。補衮煒藻火，敦彝薦郊廟。如何夷門下，弄月自長嘯。

——録自王廷相王氏家藏集卷八

酬李獻吉用來韻

（明）王廷相

放逐豈無象，悠悠荒海頭。空然望北闕，那復夢西周！吾道浮煙爾，君心静者流。相將好顔色，投老汴山秋。

——録自王廷相王氏家藏集卷十四

憶獻吉

（明）王廷相

空同山人瀛島仙，騎鶴下天還上天。已將日月付芻狗，漫道精靈留草玄。元亮自能齊傲吏，左思不覺邁前賢。世間形影今相失，寡調誰傳白雪篇。

——録自王廷相王氏家藏集卷十七

有懷獻吉　　（明）王廷相

帝陌朝回常並騎，梁園羈旅重相思。春來好句能傳我，河上清尊可對誰？龍卧豈妨潛德久，鳳靈那計覽輝遲！王侯華衮須臾事，學士文章莫浪悲。

——録自王廷相王氏家藏集卷十八

上興別墅答李空同學憲四首　　（明）劉　麟

當年事事欲探奇，老大無成只舊時。卧隱空山朝倦起，却囊棋子謝人詩。

其二

坐深楊柳水邊枝，似懶都忘是昔時。寄得詩來如對語，不知雷電滿龍池。

其三

孤坐巖扉意若何，澄清萬象合天多。神明不逐諸魔散，玉露光風轉至和。

其四

玉露光風有至和，道人何物竟蹉跎。如顔尚恨違三月，似孟還須集義多。

——録自劉麟清惠集卷二

李崆峒宅海棠席上賦

（明）陶　諧

雨餘春色滿崆峒，萬顆胭脂照席紅。露坼檀心當曉日，鳥隨風片舞晴空。斂馨未許蠅蜂覓，散彩何妨桃杏同。嘉樹憑誰封殖在，賸留詩興與詩翁。

其二

名花高出危牆吐，艷色低連病臉紅。起折懶從烏帽插，把吟狂引緑卮空。翻思廿載聯羅黜，敢料今朝一笑同。歲月升沉俱夢境，風塵飄轉各衰翁。

次日又贈崆峒前韻　（明）陶　諧

封事郎曹憶見公，年青鬢黑臉脂紅。靈均去後形容別，元禮歸來眼界空。樓擁江花憂未滅，座逢詩侶興偏同。習池酩酊方迴騎，老我追慚亦醉翁。

治河分司桃花次李崆峒韻　（明）陶　諧

冰雪臺端着此花，風情似別故應誇。不同林圃逢人媚，喜接松筠着意斜。滿地可憐春萬點，東風不管鬢雙華。乾坤開落年年似，且共清歌醉紫霞。

雨中赴崆峒園莊分韻二首　（明）陶　諧

青郊十里遠尋君，徑轉林幽鳥不聞。香染客衣花墮雨，氣蒸書屋樹留雲。茗甌折筍銀絲脆，詩句聯篇玉屑紛。別去便應塵滿面，不妨閑坐博清醺。

其二

林下年來獨見君，不關一事自多聞。種成梁棟冰霜幹，看遍往來蒼白雲。走馬到時香雨細，把杯深處落花紛。丘山野性慚相似，晚對從晨酒半醺。

題留雲亭

(明)陶　諧

峌峒園有一亭，予以詩句内「留雲」二字名之，因題二絶。

亭前草樹没柴扉，亭下閑雲住不飛。昨夜老龍期施雨，朝來猶對客依依。

其二

出岫從龍豈有心，爲憂商旱作甘霖。當空忽被狂飆捲，挂罥人間萬樹林。

用前韻呈峌峒籬

(明)陶　諧

飛盡陽春桃李英，簾前又見火榴榮。娟娟對客元無意，灼灼欺霞似有情。赤比吾心應爲國，艷移宫臉定傾城。夜來泥醉花枝下，欲訪青門待解酲。

又用李崆峒韻　（明）陶　諧

端陽節麗無時泰，蓮緑亭虛破曉遊。喜逐賢僚拚酩酊，不妨長日重淹留。山翁節鉞餘尊俎，謝傅膏肓本永丘。誰道習池風韻在，於今勝事屬中州。

和崆峒觀趙都閫射　（明）陶　諧

聞公匹馬隨飛將，尊酒雙韃落過鴻。將喜讀書非括比，公如橫槊與操同。英雄江漢空西日，胡虜邊關正朔風。見説裴公軍未賞，好教談笑取侯封。

李崆峒宅詠瓶柏限韻　（明）陶　諧

帶月分來抗雪青，金瓶插對錦雲屏。尚留老幹撑霄漢，更有盤根托地靈。葉葉細含蘭芷氣，枝枝生具虎虬形。落暉餘映空堂静，翠靄遥連黛巘冥。

雪中同李崆峒和雪臺會王定齋新道限體分韻得雪字　（明）陶諧

朔風吹寒雲，原野積飛雪。鶴鵲饑且鳴，篁竹委欲折。出門擁重裘，飄風面如割。六街多窮民，黧面膚欲裂。中有苦誅求，未止寒無褐。感之戚於中，俯首思往哲。疵寒與歡顔，回幹愧薄劣。我友王子猷，救時策應别。爰訪道所懷，杯盤正羅列。梁園二豪英，憂時亦中熱。謫仙先我至，廣文壺並挈。春酌動華堂，談笑飛玉屑。相詢閭閻情，商榷拯援訣。經綸得尊俎，破我中挂結。鳩鵲春絪縕，此懷曷由徹。

李崆峒席牡丹限韻　（明）陶諧

春風舊在平章宅，此日詩家席上看。富貴姿容生果别，子孫池館擅真難。染人荀令香聯座，傾國楊妃醉倚闌。慚愧天涯對星鬢，高歌回首思漫漫。

其二

莫道詩家渾寂寞，名花三月似長安。艷穿簾幕連霞赤，色動杯盤落荔丹。輕折數枝欣對酒，縱觀何處許憑闌。坐深蘭麝渾忘處，滿屋霏霏露氣寒。

其三

東風錦繡花開日，天縱文章與世看。人盡畫工描豈易，物私造化吐無難。靈根定出三山種，絶艷真宜百寶闌。忽憶上林春爛熳，周南吟望路茫漫。

其四

滿籬黄菊酣陶亮，一洞薔薇卧謝安。試看留連三尺紫，何如把玩數枝丹。平鋪小几清留客，斜倚危屏巧當闌。是日崆峒以圍屏護花。索句謾勞金谷令，撚髭空對玉杯寒。

攜壺訪崆峒東莊限韻

（明）陶　諧

曉涼聯轡踏芳原，攜得相尋酒一尊。塵思見君欣自遣，新詩對榻要重論。雨餘竹色雲團塢，風定楊花雪擁門。落日棲鴉促歸騎，瓜時還訪邵平園。

立春日崆峒宅上限韻

（明）陶　諧

天地陽回海宇春，太平身世慶吾人。江山頓覺風煙别，草木如知意態新。百代光陰嗟過客，半生湖海笑羈臣。松筠深鎖揚雄宅，獨許相過問字頻。

寄崆峒邇在藺陽見桃柳分舒因憶東園春色主人遊賞之樂漫作一絶是夜遂夢共酌東樓樓下二海棠盛開彼此出賞句殊不類常作及覺遺之矣惜也復又成二絶統呈一笑　（明）陶　諧

桃李羅平野，春風錦繡香。何人謝行樂，簿牒坐中堂。

其二

遲日一樓尊酒共，丹砂萬點海棠雙。夢回孤館人千里，竹影蕭蕭月滿窗。

其三

梨雪桃霞楊柳煙，文章天地亦年年。流雲亭上詩千首，惆悵南川隔輞川。

新正崆峒見訪謝石崖作席限韻　（明）陶　諧

閽人忽報大夫車，暖日和風慶歲初。河上文星輝柏府，隆中雛鳳出茅廬。謝安好客風情別，阮籍逃命禮法疏。我欲明揚天下士，時清未許獨焚魚。

移菊偶高封君和國博見過留飲因思李崆峒　　（明）陶　諧

瑶空飛雲宵雨霜，庭皋颼颼木葉黄。園丁遺我東籬芳，燦爛金紫飄幽香。忽傳珠履登吾堂，瑞時麟鳳文琳瑯。有花得客喜莫當，起謀諸婦得酒漿。問何所自來故鄉，殷勤致者王省郎。園蔬雜盤盂，粗糲聊相將。索卷看龍蛇，開口飛瓊璜。灑然洗濯塵土纓，一豁歲月糾結之愁腸。忽思我友人，白也今淪亡。花時每相邀，座上聲鏗鏘。河洛産斯人，山川亦輝光，對時撫事增感傷。信哉！文章憎命達，造物忌名揚。君不見渭濱叟、夜郎仙，總何有？勸君且盡杯中酒。

——以上録自陶諧南川漫遊稿卷四

崆峒東莊次夏中丞韻贈別二首　　（明）陶　諧

話別芳園曉出城，五更風掃陌塵清。荆襄應喜山翁至，河洛争嗟寇老行。不分柳條催去旆，可憐竹葉滿離罍。看花須共玆辰醉，對月空懸後夜情。

其二

竹上離歌句句佳，竹根寒卉欲舒花。詞華哲匠元無敵，勳業亨衢詎有涯。斧鉞光摇衡嶽動，樓船風入洞庭賒。丈夫意氣人争羡，恩與春深正過家。

次李崆峒韻贈張都閫　（明）陶　諧

將軍貌古膽力雄，腰劍慘淡鬍腥紅。從龍舊直赤墀月，射虎曾逐陰山風。城頭大旗星斗静，洛下草野豺狐空。猶憐戰馬夜嘶櫪，翩翩時出懸雙弓。

——以上録自陶諧南川稿卷六

懷李獻吉二首　（明）康　海

獨坐看山色，長歌上夕臺。秋空鴻雁過，露冷菊花開。汴水情人去，茅山道士來。明年遊五嶽，期爾共銜杯。

其二

不作雲車吏，其從漳滸遊。看花開曲檻，近水狎浮鷗。南國嚴夫子，青門召隱侯。棲身先有計，長醉復何求。

——録自康海康對山先生集卷十二

懷李二獻吉

（明）康　海

李生當代傑，文賦似班揚。有志摧奸宄，無能立廟廊。飄零依汴水，落魄問衡陽。空抱靈均意，誰人草薦章。

——録自康海康對山先生集卷十三

送空同子還山

（明）康　海

相逢復去豈不惜，奈爾翩翩羽翰長。青春辭闕意無限，皓首著書情未央。柳色全歸燕子日，菊花偏發野人鄉。紅塵亦有思歸者，莫道雲山路渺茫。

——録自康海康對山先生集卷十六

赠李献吉往灵夏餉軍十首

（明）康　海

關中賢聖區，芳塵今已謝。李杜有遺音，惟君可方駕。

君詩清且新，予詩蕪而雜。愧予偃蹇人，望望不相合。

相合纔幾時，君去速於駛。中夜相思君，不斷如流水。

流水無迴波，君子恥微諒。若到賀蘭山，早擬封章上。

昨夜玉衡下，伏留見欃槍。方内如有事，贈子以清萍。

青萍古神物，可斷蛟龍骨。把向君手中，滌蕩但倏忽。

君家報主心，期與自弱冠。嗟彼丈夫心，肯緣世情散。

邊計已久廢，斯民方困窮。倘能畀温飽，急難或可同。

虜騎一南下，塞垣千計空。倘遇趙充國，子與折其中。

君去孟秋節，君來擬春分。得時報明主，離別如浮雲。

——録自康海康對山先生集卷十七

寄獻吉

（明）康　海

炎威赫赫汗如泉，秦女彈箏乘曙天。願逐南風作雲雨，却令涼思到君前。

——録自康海康對山先生集卷十八

送夏大行用李崆同韻

（明）劉　節

滇池直在斗南極，詔使遥從天上臨。窮覽初回遠遊夢，清篇聊慰遄歸心。高軒駟馬賁遐服，溪鳥巖花愁苦吟。回首長安一萬里，彤庭早振琳琅音。

——録自劉節梅國前集卷七

崆峒園亭

（明）劉　節

卧雲亭子出名園，避俗尋幽獨叩門。曲徑平臺白日静，古槐高柳緑陰繁。鄰東惱客鵝鴨亂，花外趁人蜂蝶喧。毒熱簿書任旁午，魚蔬莫厭共盤飧。

毒熱望雨次崆峒　（明）劉　節

火雲烈日氣鬱蒸，望雨不雨天可憎。束書石眠苦鞅掌，結冠露坐羞髯鬙。勞勞藥畦自抱甕，耿耿夕窗虚照燈。令人却憶杜子美，青松短壑踏層冰。

次空同都垣會宴　（明）劉　節

老桂高梧動晚秋，文儒上客試清游。風煙萬里開軍府，鼓角三邊静戍樓。鴻雁北來風欲落，星河西暗月初流。十年孤劍仍飄泊，潦倒停杯愧汴州。

空同東莊燕集用前韻　（明）劉　節

群公棨戟清秋讌，十里風煙東郭遊。松菊初開蔣詡徑，雲山如上仲宣樓。霜前紅葉瀟瀟下，門外黄河滚滚流。城闕生陰天浩蕩，雄都曾此帝王州。

柬答空同次韻　（明）劉　節

城東車馬叩門初，白髮相看感慨餘。晴日午風高鳥疾，曲蘭幽徑落花疏。夷門山下循荒隴，武穆祠前弔古墟。鹿洞蠡湖俱不惡，離騷九曲思何如。

再答空同　（明）劉　節

軺車遥下汴州初，弔古懷賢興有餘。漠漠風煙連野曠，離離草樹入雲疏。濟渠水滿隋堤廢，艮嶽山高宋殿墟。回首碧雞金馬在，却慚多病後相如。

上方泛陂次空同　（明）劉　節

古寺瀟瀟煙市中，盈盈一水照秋空。閑鳧幽鷺樓船近，緩馬輕車花徑通。晴色動杯波上下，晚風移席殿西東。浮屠更盡登高興，楓葉斜陽相映紅。

空同枉敘謝之

（明）劉　節

輕輿飛蓋度疏林，采采黄花露滿簪。雲盡煙空秋近晚，竹寒沙碧晝生陰。平蕪莽莽雁雙落，古洞幽幽龍一吟。石鼎焚香下塵榻，卧高江月草堂深。

和答空同限韻

（明）劉　節

夷門忽傳卧龍起，驅馬獨來旌旆雙。疏竹雨移出霜圃，繁花秋發當晴窗。高臺話久月沉閣，寒艇夢回雲滿江。向夕小筵罷復設，燒燈翦韭開春缸。

東莊宴集杜韻

（明）劉　節

籬下黄花捧露盤，西風紫陌拂雕鞍。吏情老去聊同賞，旅思秋深漫自寬。曲徑短牆成晚趣，青楓緑竹試新寒。亭亭落日孤雲細，野老鄰翁更盡歡。

除夕用空同韻　（明）劉　節

越臺吴苑幾除夕，北海東山初至時。藥裹扶吾多病却，酒杯對眼並春隨。殊方總息貔虎亂，中澤應忘鴻雁悲。慚愧玉珂彤闕近，年過半百鬢如絲。

——以上録自劉節梅國前集卷八

過汴呈獻吉　（明）邊　貢

兩年京郭居，空望故人書。五月梁園道，來乘長史車。川流赴海急，隰日漾沙虚。欲訪漁樵徑，蓬蒿不可除。

——録自邊貢華泉集卷三

春日有懷空同李子　（明）邊　貢

南中數枉故人書，北上蹉跎信轉疏。四海酒杯形影外，十年詩草夢魂餘。藏身笑我同方朔，作賦憐君過子虛。春入吹臺芳草徧，塔雲樓月近何如。

獻吉留别　（明）邊　貢

初春郊甸積雪滿，客子出門歧路長。征車杳杳去不息，關柳青青愁未央。却望泰山懷故道，即歸梁苑亦他鄉。十年京洛交遊地，日夕風煙思渺茫。

除夕卧病柬空同李子　（明）邊　貢

天涯卧病驚除夕，河上逢人感昔遊。歲月浮生雙鳥翼，風塵遠道一狐裘。君還豈爲鱸魚膾，我出真同雪夜舟。梅蕊柳條俱動色，幾時攜杖並登樓。

——以上録自邊貢華泉集卷五

毛東塘李空同韻贈别張惟信内翰兼呈老懷二首　（明）邊　貢

還里偶逢驅駟日，通家難比識荆初。青年羡子風雲遂，白首慚予筆硯疏。玉壘錦江秋獨往，漢關秦塞意何如。黄扉本是絲綸地，莫向亭溪學釣魚。青楓闕下承恩後，江葉霜前把袂初。兩地别離鄉國異，幾年音問故交疏。仙臺望遠君相得，學海飛聲我不如。華髮盈簪欲歸去，久思蓴菜與鱸魚。

哭同年范副使淵兼悼亡友徐博士禎卿同空同李子作　（明）邊　貢

五年奔走别朝班，涕淚長因舊侶潸。在楚早傷徐孺子，遊梁今哭范君山。孤魂夜繞青楓闕徐卒于京，旅殯春移玉壘關范卒于蜀。兩地荒墳弔何日，夢迷歧路只空還。

——以上録自邊貢華泉集卷六

枕上簡獻吉二首　（明）邊　貢

自入秋來日日晴，看花看月每同行。一夜六街風雨惡，莫言天不解離情。

早涼衝曉入紗帷，聽雨聽風睡起遲。街西咫尺不相見，却似河梁别後時。

——録自邊貢華泉集卷七

章江留别李憲副獻吉屠少參文魁

（明）顧　璘

惻惻傷遠别，睠此清江流。悲風激長薄，浮雲隱重洲。去家邈千里，惘然增百憂。弭棹適洪都，果諧心所求。良友始邂逅，道言互賡酬。感歎風波事，委曲舟車謀。傾觴遠餞送，畢景情未休。嘉晤殊慰悦，旅泊何淹留。

——録自顧璘浮湘稿卷一

贈别望之兼寄諸相知十首　其六

（明）顧　璘

昔别空同子，封書發豫章。君今還汝水，渠已客襄陽。苦别交親老，時名歲月長。斯人常坎坷，天意竟茫茫。

——録自顧璘浮湘稿卷三

贈李副使獻吉江西視學　（明）顧　璘

輶軒分羽節，高義豈爲榮。南省文儒化，中朝國士名。嵩雲兼雨動，楚月出江明。莫道風塵暗，君行自有情。

——録自顧璘息園存稿詩卷八

詠芍藥寄李崆峒郎中　（明）顧　璘

春芳已摇落，一枝開庭陰。遲暮不自惜，東風詎知心。

寄李獻吉二首　（明）顧　璘

一醉洪都金屈巵，再吟臺海赤霞辭。梁王臺上青春月，共折桃花未有期。

其二

太史論文戰國同，杜陵詩體次王風。即看今代詞林伯，未覺前賢采筆雄。

——以上録自顧璘息園存稿詩卷十四

詔獄聽李獻吉言夢

(明)潘希曾

聽子清秋夢，醒予久病懷。逍遥何日是？恍忽有天開。背壁燈明滅，巡檐柝往來。浮生元可笑，此際不須猜。

詔獄次韻李獻吉睹雲生寫懷

(明)潘希曾

澹澹長空雲晝生，白衣蒼狗忽縱横。當窗伏枕不成睡，仰古俯今何限情。嚴瀨幾時吾浪跡，華山有地子逃名。潞河秋水藍於畫，會約仙舟早晚行。

詔獄和李獻吉題扇

（明）潘希曾

山青不改色，水流不改聲。吁嗟寂寞鄉，有此悠遠情。蚊蚋萬起滅，今古同薨薨。何如林居子，超然了平生。

——以上録自潘希曾竹澗集卷一

章氏園留别李户部夢陽劉户部麟邊太常

（明）朱應登

繁陰散朝雨，柔禄敷廣堂。鴛鸞織窗箔，藻繢錯文梁。循除夾衡皋，嘉木蔭千章。初旭浮其顛，鬱鬱何蒼蒼。良朋時宴集，端坐自生光。堆山行玉羞，飲海罄璚觴。除暑辱素絲，流聲濕不揚。詩人詠良士，傳戒逸樂康。投贈各有言，賤子愧莫當。適意易爲别，懷哉不能忘！

——録自朱應登凌谿集卷五

寄李獻吉　（明）陸　深

客到梁園者，仍煩致起居。夜來新有夢，春去久無書。緑野深花徑，黄河抱草廬。迢迢千里道，目短鬢蕭疏。

酌别何舍人兼問訊空同子　（明）陸　深

年少誰如子，他鄉怯病身。春風滿歸路，幾日罷征輪。塵合青山遠，河開碧樹新。故園如見月，應念未歸人。

——以上録自陸深儼山集卷七

雜言贈别李獻吉　（明）陸　深

爾丈夫，志四海。出門驅車，半路莫改。長歌雖激烈，短歌亦徘徊。登高南望舊鄉，山川一何纍纍。别日苦短會日長，兩心對面不能當。古來結交惟管鮑，去之千載尚覺流芳香，我有瓊樹枝，能令饑渴忘。

——録自陸深儼山集卷十九

連日遲李獻吉不至有作

（明）陸　深

幾日都門長者車，風塵不見正愁予。只今對面還千里，何處相思有尺書。秋色天涯催客暮，山光樓外爲誰舒。空歌杕杜回長嘯，終愧緇衣歎索居。

九日山居客至以大風不遂登高因次李空同集韻

（明）陸　深

澤國風濤鬱未開，長緣病骨懶登臺。無期遠客還能至，有幾重陽得再來。黄菊自應籬下看，清霜如爲鏡中催。當年空負凌雲氣，獨把茱萸首重回。

——以上録自陸深儼山續集卷五

送李獻吉歸汴

（明）穆孔暉

西風送歸客，倚馬共徘徊。岐路楊朱淚，江湖李白杯。秋高鴻欲盡，霜重菊初開。獨有梁園月，能供作賦材。

——録自曹學佺編石倉歷代詩選卷四百八十四

答獻吉

（明）徐禎卿

花發平章宅，鶯啼省樹春。殷勤花鳥意，愁殺獨遊人。

——録自徐禎卿迪功集卷二

晚過獻吉齋所

（明）徐禎卿

端居聞子肅清修，吏散鴉啼省署幽。芳草不知人獨往，空山何意鳥相求。開軒歷歷明星夕，隱几蕭蕭古木秋。自惜風塵堪吏隱，浮生莫遣有離憂。

贈別獻吉　（明）徐禎卿

爾放金雞別帝鄉，何如李白在潯陽。日暮經過燕趙客，解裘同醉酒壚傍。徘徊桂樹涼飆發，仰視明河秋夜長。此去梁園逢雨雪，知予遥度赤城梁。

九日期登大慈恩寺閣不果寄獻吉　（明）徐禎卿

悵憶青蓮宇，今朝黄菊開。遥知遠公笑，不見白衣來。窈窕人天閣，峥嶸日月迴。山川紛楚望，城闕動秋哀。峴首羊公石，淮陰戲馬臺。風煙那可即，逸興杳難裁。强負登樓作，虚傳落帽才。此時遥獨酌，念爾重悠哉！

於武昌懷獻吉五十韻　（明）徐禎卿

豈是乘桴客，棲棲鄂水陽。故人多放斥，吾道轉淒涼。寵辱今如此，沈憂不可忘。隋珠元按劍，荆璞自離殃。似爾青雲器，誰言世網傷。王風紛墜地，冥契獨升堂。逸擬曹劉駕，清聯沈謝行。列星分漢署，白雪映仙郎。能使尚書重，深揚國士光。在公勤夙夜，於古準羔羊。側席遭仁聖，求言渴禹湯。靡躬懷骨鯁，有疏削豺狼。那信黄金鑠，萋然貝錦張。孤誠迴日月，萬死出風霜。直道焉辭辱，庸夫或笑狂。始知天德廣，曲納海流長。賈誼猶投楚，鄒生故泣梁。如何捐虎口，忽已訝雲翔。我識從偕計，觀風美大唐。謬通仙籍末，賜對玉墀傍。食粟真爲竊，河清詎有常。寧論供黼黻，祇爾奉趨蹌。乃遘同心彦，陪遊古藝場。夜間堪秉燭，日旰尚含香。莫逆談恒劇，從容寢不遑。允求諧比興，端可發宫商。疏越宜宗廟，華蟲傍衮裳。淵衷深禮樂，文化蔚巖廊。豈謂奄徂落，還應厭治康。雙傾泰陵淚，俱斷杞人腸。赤子居猶喘，蒼天意叵量。河山開紫氣，符瑞轉宏綱。漸歷輿圖遠，欣瞻帝座昌。聲靈掃烏合，英德邁龍驤。姬旦匡周室，相如侍武皇。俄看霾霧鬱，半覺老成亡。鱗逆攖須斃，乾行斷自剛。内林鵰啄吻，丹闕彗浮芒。逐客無寧跡，窮途不裹糧。厲堦生枳棘，芬餌挂鸞凰。西去仍秦苑，南歸定汴鄉。驚飛憐帶繳，欲往歎迷方。憶向青門别，重凋季月芳。幾時申契闊，繇此卜行藏。太潔爲身累，虚名與世妨。悲歌空骯髒，中路惜彷徨。潛伺亨陽復，終焉履善祥。達人聊麴蘖，隱士且庚桑。鴻雁紆關塞，江流極楚湘。遥知懷逐侣，一爲奠椒漿。

寄獻吉

（明）徐禎卿

昔聞已卜扶溝廬，爲復還從河上居。嵩雲洛日迴在眼，鼉沫蛟渦愁故墟。一掬那傳少陵淚，經年不見茂先書。荒村豺虎眠難穩，好共滄江學釣魚。

過喬侍郎省中因懷獻吉

（明）徐禎卿

東掖當年署，長廊故柳斜。久辭陳子榻，重謁謝公衙。廳事垂蛛網，高檐噪晚鴉。風煙那可憶，飄泊惜瑶華。

感興懷獻吉

（明）徐禎卿

客舍秋風動客哀，殘花秋日伴殘杯。虚名久愧爲身累，白眼那能免物猜。落魄京華空老大，旅魂江漢好歸來。山川矯首浮雲迴，倚杖遥登何處臺。

——以上録自徐禎卿迪功集卷三

酬李員外贈古鏡歌

（明）徐禎卿

關西故人惜我别，贈我古鏡光如雪。感君意氣特相許，爰披肝膽照清徹。蕩日摩空怳虚映，奥室青瞳閃宵晢。妙質精凝水土深，丹煙碧霧生華纈。圜銘髣髴不可讀，蚓屈蟲蠕細糾結。腰間錦囊故所佩，請脱繩絲置扃鐍。當令明月入我懷，精光夜夜隨虹霓。故人卓犖信才傑，蒼鋩烱烱豈相劣。嗟予蓬穢何所似，對此不覺心内熱。湘江溟洞入無滓，衡嶽凌空鬱岑巀。山行應使魈魅逃，水宿能令蛟怪滅。古物由來孕神秀，靈光不讓三尺鐵。憐君至寶不自惜，何以報之嗟菲蔑。護藏但使鏡莫缺，與君交情世不絶。

——録自徐禎卿迪功集卷四

送李空同歸汴

（明）吕　柟

行露九秋白，常山萬木黄。離人辭魏闕，歸路抵夷梁。彤管羈金馬，青山憶渭陽。深慚無健翼，接影共翱翔。

——録自吕柟涇野先生文集卷十一

終南行贈陳汝忠僉兼懷王敬夫段德光康德涵吕仲木内翰馬伯循冢宰李獻吉憲使

（明）胡纘宗

北斗城南終南山，下有涇渭滻灞同潺湲，太華東來接紫氣，太白西出高難攀。豸冠繡衣雲端客，驄馬嘶向山水間。公餘踏馬繫何處？山青水白堪留扳。知君頗重文字交，吁嗟乎山水之間，有客有客貞且閒。渼陂摛騷席欲暖，谿田注書門常關，涇野高風重山斗，對山浩氣充區環。河濱豪今樽不竭，崆峒壯遊轍將環。有此美人天一方，使我萬里空愁顔。爲我致謝諸君莫長嘯，至今四海多痍瘝。

——録自胡纘宗鳥鼠山人小集卷一

送樊少南歸信陽兼呈李獻吉何仲默二憲使

（明）胡纘宗

千首杜詩聞大復，百篇楚賦見崆峒。憐君同入郢中調，念我遥攀洛下風。一榻山高江影細，片帆天遠海潮通。離亭酒盡猶堪醉，坐對寒花月滿叢。

有懷太白山人孫一元兼呈崆峒子李獻吉　（明）胡纘宗

太白山高高入空，片雲咫尺對崆峒。斗邊城闕還秦漢，岐下冠裳自鎬豐。花鳥春來愁杜甫，琴書老去傍嚴公。飛飛千仞山中客，却在扁舟震澤東。

——以上録自鳥鼠山人小集卷四

哭崆峒先生李獻吉　（明）胡纘宗

海内忽傳崆峒頹，故人涕泗斯文哀。賈疏激昂底柱立，杜詩爾雅狂瀾迴。不堪白日騎鯨去，無復扁舟化鶴來。忍向春江瀉春酒，離騷縷縷爲誰裁？

——録自鳥鼠山人小集卷六

夏日遊吹臺追憶與空同大復二子同遊感而作此　（明）田汝耕

荒臺落落澹孤烟，載酒重登想二賢。落日平蕪誰共眺，空林幽鳥獨堪憐。壁留麗句人皆羨，碑斷雄文世所傳。回首江關勳業在，丹梯千古恨依然。

——録自盛明百家詩之田莘野集

答李空同三首　（明）周　祚

憂居抱文翰，日夕望大梁。大梁越千里，安得在我鄉。遠行多修坂，遥睇登高崗。白日明中原，浮雲鬱蒼蒼。曷以造其止，私心空内傷。内傷莫我知，安得逢素歡。黄河下穿地，嵩岳上通天。賢哲多伊阻，高明諒終安。文章日燦爛，誰復得摧殘。馳驅道路士，令名誠獨難。獨難亦何爲，大才世所希。譬之萬仞止，望者自險巇。我獨抱良遇，千里復其辭。晝日回光采，浩思與雲馳。不能爲君報，賤軀徒渴思。

贈王雲谷遊金陵河内兼弔李崆峒　（明）周　祚

王郎仗劍行且歌，南涉江水北涉河。春風吹花滿江面，翻天波浪愁黿鼉。人生快意苦不多，古來豪士亦奔波。眼前飢餓空白首，安用典籍青山阿。白下文華古昔美，洛陽大材天下異。九曲黄河繞梁苑，美人娟娟隔千里。美人一去日月暝，梟鸞翔飛鳳凰死。君忽過之神慘傷，我亦言之淚如雨。

——以上録自盛明百家詩之二周詩集

冬日問李崆峒疾二首 有序

（明）劉儲秀

公本秦人，占籍宜溝①。予頃參汴藩，始及見之，惜乎病已將危，道鄉情而已。然屢瞻二子，意托孤，六噫鳥將逝而思故林，兔既死而願首丘，予于公重有感焉。

去國名元重，還家氣益增。一朝憐邂逅，萬里惜飛騰。文已追前漢，詩尤敵少陵。惟須了此事，何物更填膺。

相逢即永訣，且復立斯須。回首猶懷土，傷心但恤孤。詩書紛歷亂，松菊儼荒蕪。却喜高名在，一時更有無。

——録自嘉靖刻本劉西陂集卷二

① 宜溝，疑作「扶溝」。

邗江逢李空同督學

（明）朱廷立

河上仙翁採藥旋，江頭楚客得留連。談詩海内無天寶，述古中原有史遷。當日諫書高厚鑒，先朝盛事夏夷傳。多才自古還多忌，誰惜賢豪隱石泉。

——録自重鐫兩崖詩集卷三

酬空同先生

（明）程　誥

積陰散原野，霽景湛天宇。驅車大梁郊，快此披霧睹。河流瀉九曲，嶽秀亭一柱。緬懷義利言，頹風激千古。

——録自程誥霞城集卷三

夷門行呈空同公

（明）程　誥

飛塵曉暗夷門路，車馬喧闐競來去。征西不説重諸侯，虚左盡知叨禮數。從來慕義非徇名，意氣誰論金重輕。江南倦客停驂久，蔡河東畔高回首。

——録自程誥霞城集卷十

旅次華陰懷空同先生

（明）程　誥

落木來關内，春花憶宋中。平臺幾回首，長路獨飄蓬。霜磴蒼龍北，雲峰落雁東。此時簇鞍馬，望嶽遠懷公。

——録自程誥霞城集卷十六

答空同子觀射見贈之作

（明）鄭　作

我騎白鼻騧，君載青油車。行行城南道，聯翩走風沙。停車下馬對相揖，彎弓抽矢向西立。一箭應手墮雙翼，鏑中颯颯悲風入。天寒日暮侵征衣，側身上馬先爾歸。揚鞭徑去不回首，黄雲白雪昏霏霏。

元旦次空同子韻　（明）鄭　作

今日何日春始臨，歸心無奈只幽吟。喚愁草色爲誰動，含凍雪花翻自深。塞雁度江終北思，楚人拘晉亦南音。灌園白首真吾事，抱甕行看入漢陰。

寒坐憶李獻吉　（明）鄭　作

雪花片片風吹過，書生破屋甘饑餓。去年甕頭新酒香，一尊兩尊遥餉我。今年新酒巾未漉，甕底堅冰椎不破。此時知子更愁思，擁被呻吟但僵卧。

——以上録自列朝詩集丙集第十一

奉酬空同先生垂訪見詒　（明）嚴　嵩

病來渾與故人疏，珍重能勞長者車。地僻柴門堪繫馬，家貧蕉葉可供書。鶯花對酒三春暮，風雅聞音百代餘。長願飲河心自足，却慚和郢曲難如。

——録自嚴嵩鈐山堂集卷三

贈田左二生和李空同

(明)毛伯温

天空雲爛五色黄，威鳳雲中高飛揚。九苞千仞不可見，繽紛百鳥徒蹌踉。須臾忽下丹山翼，朝陽映射卷阿側。君不見汴梁才子名實俱，宫花回首長安衢。

贈田水南和空同

(明)毛伯温

塞雲淒淒衆口嗷，妻冬啼寒兒饑號。誅求豈但州縣勞，黑風吹海翻波濤。水南田子天下豪，白日清秋擁節旄，行看晉陽賣劍刀。君不見長安道上盛冠蓋，赫奕勳名須當代。

——以上録自毛伯温東塘集卷二

立春日雪和答李空同

(明)毛伯温

長風不作雪，爲復作春寒。未能隱几卧，時復捲簾看。彷徨起攬袂，踟躕獨倚闌。原野無樂歲，肉食非所安。

雪春夜坐和答空同　（明）毛伯温

柏府明鐙夜，春風釀雪時。飄揚初入户，窕裊忽盈池。暗漏催更早，耽書就寢遲。喜來思覓句，不覺席頻移。

餘雪和空同韻　（明）毛伯温

積雪滿天地，長空漫爾紛。黄河漲新水，嵩嶽捲殘雲。野色疏梅得，寒光斷岸分。閭閻多笑語，我輩亦欣欣。

約會空同于釣不果和答　（明）毛伯温

愧負釣臺約，那堪長葛吟。王猷雪夜興，杜甫屋梁心。短麥紛青隴，輕雲破碧岑。百年幾開口，交道重於今。

贈張亭溪侍母還蜀和空同三首　（明）毛伯温

之一

上國昔違久，中州今别難。風塵南郭静，尊酒故人歡。日落蜀山暮，雲飛秦樹寒。比堂春酒熟，幾夢到朝端。

之二

繁臺過雨後，柏府集筵初。日午松陰直，秋空雁陣疏。野雲依别洞，籬菊綻芳除。蜀水不成凍，寒江足釣魚。

之三

静室延清語，如聞太古音。砌苺隨雨長，檻竹入雲深。適興惟尊酒，論交獨此心。莫言秋寂寞，寒菊正森森。

重九和空同韻　（明）毛伯温

獨酌重陽酒，霜臺誰與同？叢篁朝浥雨，古木晝牽風。饗菊籬邊客，忘機海上翁。宦途多局促，徒爾羨冥鴻。

——以上録自毛伯温東塘集卷三

品士亭玩竹和空同懷泉翁韻　（明）毛伯温

品士亭前竹數竿，亭空時得倚闌看。清虚不變四時節，培植翻思往日難。南浦月明低弄影，東湖雨霽碧生寒。垂垂滿眼俱成實，會見扶疏引鳳鸞。

歲暮五首和李空同　（明）毛伯温

之一

一冬城野無冰雪，竟日塵沙起朔風。觸目繁華殘歲裏，傷心蕭索敗垣中。兩河民瘼圖難盡，故國親交信未通。直北幽燕重回首，五雲深處是宸宫。

之二

臺府孤沉遠俗紛，日斜庭柏鳥聲聞。誰家爆竹年將盡，獨坐寒燈夜欲分。勝裏金花寒對酒，朝來物候起觀雲。陽春一曲人難和，李白元來思不群。

之三

堦下煙含碧草生，臺前風静小禽鳴。歲除漫憶閭閻苦，春至猶防鼓角驚。多病一身人共棄，故鄉千里月同明。山中攬結多奇勝，何日歸舷聽濯纓。

之四

塵埃奔走欲成癡，擬向滄江理釣絲。攬轡未酬平日志，埋輪曾使衆人疑。野梅冒雪花將放，院柏擎風枝不垂。世變江河何底極，豈勝長概憶標枝。

之五

三度歲除三易地，轉蓬跡跡歎羈棲。燕關曉並鴛鴦入，越嶠秋臨猿狖啼。此日中州還引節，何年故國漫扶藜。明光起草非真病，杜老心情在瀼西。

和空同除夕寫懷

（明）毛伯温

空同先生詩律嚴，除夕遣使掀我簾。獨坐那堪歲月晚，開緘不覺酒杯添。椒花媚春在明日，梅蕊索笑聊巡檐。豪來欲倚青驄馬，潦倒還將禿筆拈。

正月二日訪空同同梧山中丞夜集二首

（明）毛伯温

正月二日修常禮，晚集空同學士家。元老表儀朝野重，主人文采縉紳誇。喧春彩勝聊隨俗，破臘寒梅已放花。歸路迎燈亂星斗，光摇臺柏起棲鴉。

痤間更漏聞三鼓，海内斯文聚一家。投共金蘭元不忝，倚同葭玉實非誇。謫仙才豈輸工部，汴水居寧羨浣花。佳句每因高興發，驚看華墨漫翻鴉。

風折冬青樹和空同

（明）毛伯温

閑門嗒坐心無事，酷愛冬青映草堂。一夜風狂不可禁，兩枝朝折最堪傷。翻思手植三年久，頗喜根延百尺長。來歲春還生意足，須看新幹倚青蒼。

空同贈言和别

（明）毛伯温

洛陽草色唤催歸，執法星文切太微。海宇幾人持范轡，滄江千古羨嚴磯。孤城日落亭沙暝，遠道風清木葉稀。高論時聞心未厭，不堪别淚濕征衣。

——以上録自毛伯温東塘集卷七

別李獻吉

（明）孟　洋

悠悠歲奄暮，去去將何之。三年不見面，後晤安可期。盤桓杯酒間，勸君飲莫辭。强歌暫成歡，蟲鳴及秋時。嚶嚶黄鳥音，四顧求所依。豈無上林枝，予意多乖違。幸有同明月，慰我長相思。

——録自孟洋孟有涯集卷二

別李獻吉還大梁四首

（明）孟　洋

孤雁鳴秋塞，天涯别故人。躊躇相執手，慷慨一沾巾。東魯群凶起，中原萬井貧。蒼生瞻望極，何日展經綸。

之二

蓴美張翰思，途悲阮籍窮。西風大梁路，落日一歸鴻。雨散千峰碧，霜催萬木紅。常時開匣劍，紫電掣秋空。

之三

晚風吹曲水，雲樹拂幽居。五柳淵明宅，南陽諸葛廬。野花當徑發，碧草入簾虚。湖海孤燈夜，山窗正著書。

之四

九日又欲至，客身猶未回。故人一以别，誰復共登臺。黑髮從今變，黄花如舊開。梁園秋樹眇，悵望不勝哀。

——録自孟洋孟有涯集卷五

賢隱寺懷李獻吉嘗遊此留題

（明）孟　洋

風流懷李白，留滯大河堤。山寺攀遺跡，沙門誦舊題。遠遊滄海逼，高卧白雲低。悵望空天暮，青林獨鳥啼。

宴別李獻吉

（明）孟　洋

草野棲遲久，風塵復此行。偶逢谷口客，翻動北山情。竹墅貪留奕，花渠愛濯纓。謝安吾愧汝，不起奈蒼生。

獻吉席贈田六

（明）孟　洋

梁苑多才子，田郎有大名。乾坤吾畏友，詞賦汝難兄。駕爲嵇康過，杯逢李白傾。對君應盡夜，莫故使雞鳴。

——以上録自孟洋孟有涯集卷六

答顧全州華玉寄書

（明）孟　洋

全州書，謂余爲浮湘佳侣，至麓口，知予舟方過數日，追之不及，失良晤云。余出京，景内翰伯時有「湘南逢顧況」之句，今乃弗果已，因憶唐宋之問端州驛題壁作，甚類我二人，又全州過豫章，李獻吉附寄予詩簡，慨然詠此，以答全州。

並向明時作放臣，殊方本擬日相親。蘭舟空喜浮湘侶，桂嶺悲看對月人。太守書來知駐節，崆峒詩至益沾巾。湘南顧況今虚語，歧路南中事更真。

過大梁貽李獻吉

（明）孟　洋

兩年不見空同子，楊柳青青汴水濱。避世獨留瓜圃在，著書吾愛草堂貧。門前雪盡添春水。江上梅開傍野人。竹徑不曾延俗駕，思君何日得相親。

——以上録自孟洋孟有涯集卷九

六子詩　并序

六子者皆當世名士也，予以不類得承契納，輔志勵益者多矣。病歸值秋，寤歎中夜，有懷良友，作六子詩。

李户部夢陽　　（明）何景明

李子振大雅，超駕百世前。著書薄子雲，作賦追屈原。新章益偉麗，一一鸞鳳騫。華星錯秋空，燏火難爲然。摛文固無匹，投義罕比肩。抗志冀陳力，危言獲罪愆。握瑜不得售，寶棄誰爲憐。仲舒貶膠西，賈生亦南遷。古來有遺憤，非君獨哀歎。

——録自何景明大復集卷八

贈李獻吉三首　　（明）何景明

西方有佳士，於世寡所諧。横風整修翰，倏忽超九逵。天門限重關，屢扣閽者辭。濟濟列仙子，冠裳競追隨。青雲蔽閶闔，仰視何逶迤。皎日匿西陸，馳光難遽回。世無魯陽子，坐惜朱顔衰。

二

東風吹我衣，白日何杲杲。整駕出郭門，修塗浩横潦。登山采幽蘭，日暮不盈抱。采之欲何爲，遺我平生好。豈無艷陽花，言子好香草。丈夫有本性，安得不自保。寸心苟弗移，可以鑑穹昊。

三

烈女守閨室，憂日懷寸陰。橫琴寫妙曲，繁商激陽林。悠悠行路子，誰爲識其音。人生處世間，貴在相知心。所以采薇士，甘餓西山岑。

答獻吉二首　（明）何景明

鬱鬱雙鳳闕，翱翱飛雲間。我皇乘六龍，平明開九關。下有敢死士，批鱗犯其顏。白日運蒼昊，薄暮浮雲還。一朝啓光耀，忠誠良可宣。

二

吾君古堯舜，垂衮蓬萊宫。止輦受群善，小大必有容。緬懷燕鄒子，悲號訴蒼穹。彼蒼亦何神，五月飛霜風。至誠變金石，何懼不感通。

——以上録自何景明大復集卷九

寄李空同　（明）何景明

黄河臘月冰十丈，縱有鯉魚那得上。楚天鴻雁避霜雪，未得逢春難北向。康王城邊沙草曛，梁王臺上多暮雲。野人歲晚誰相對，桐柏山中空憶君。

——録自何景明大復集卷十一

和獻吉送公順

（明）何景明

君不見池中魚，君不見澤中蛇，一朝羽翼起煙霧，向時頭角盤泥沙。神物舒卷各有時，男子豈得常在家。君今年纔四十餘，雙旗駟馬高蓋車。手中持文符，腰下佩轆轤。登山采球琳，涉水采珊瑚。吁嗟至寶今豈無，莫使和氏空號呼。

——録自何景明大復集卷十二

立秋寄獻吉

（明）何景明

山城一葉下，水榭已迎秋。夜迥商風至，天空大火流。稍蘇司馬病，翻遣宋生愁。日暮關河外，思君重倚樓。

——録自何景明大復集卷十五

懷李獻吉二首 （明）何景明

聞君在羅網，古道正難行。無使傳消息，憑誰問死生。東方元太歲，李白是長庚。才大翻流落，安知造物情。

二

冠蓋京華地，斯人獨可哀。神龍在泥淖，朱鳳日摧頽。世路無知己，乾坤孰愛才。梁園別業在，何日見歸來。

——録自何景明大復集卷十六

過子容有懷獻吉 （明）何景明

故友何人在，常時獨爾遊。停杯思北海，躍馬爲南州。雨助鳴蛩夕，風驚過雁秋。有懷俱不減，攜手重遲留。

寄空同子卜居襄陽

（明）何景明

爾定襄陽宅，雲山好傍誰。草憐（一作鄰）王粲井，花醉習家池。留滯悲江漢，驅馳感歲時。扁舟空悵望，未有鹿門期。

——以上録自何景明大復集卷十九

得獻吉江西書

（明）何景明

近得潯陽江上書，遥思李白更愁予。天邊魑魅窺人過，日暮黿鼉傍客居。鼓枻襄江應未得，買田陽羡定何如。他年淮水能相訪，桐柏山中共結廬。

——録自何景明大復集卷二十六

寄李獻吉二首

（明）何景明

一

君作梁園客，予登楚水臺。春風河上柳，不寄一枝來。

二

渭水天邊樹，黄河日暮流。春來千里外，知爾故鄉愁。

——録自何景明大復集卷二十八

春日吴門和李獻吉見寄二首

（明）孫一元

春水動幽興，江行人跡稀。青楓隨浦斷，遠雁與雲歸。過雨花經眼，停舟山近衣。長吟愁落日，霞外看餘暉。

漫艤吴門棹，因成極勝遊。野吟峰影出，林卧草光流。帆面過江鳥，雲陰開晚洲。狂歌聊自得，隨地覓巖丘。

——録自孫一元太白山人漫稿卷四

河上贈空同子　己巳年作。

（明）李濂

行邁逾長堤，明發冒風霜。風霜欲安之，幽人在河陽。後有儵然臺，前有需于堂。朝弄緑綺琴，夕卧白雲崗。薜蘿麗沙浦，鷗鳥依濠梁。回風薄灌木，漁枻鳴滄浪。玄雲何泱鬱，高春閉精光。式微胡不歸，五岳空蒼茫。

——録自李濂嵩渚文集卷十

空同子陽羨襄陽之居不果仍還大梁乃賦詩二章寄之 時正德乙亥，余寓京師。

（明）李　濂

其一

不見空同久，飄零去國賒。未成陽羨業，復轉漢江槎。梁苑豪賢里，夷門處士家。菟裘歸老地，詩酒送年華。

其二

醉賦梁園雪，行歌汴水春。百年爲客地，萬里獨歸人。白髮還詩卷，黄河且釣綸。僑居心事苦，搔首望西秦。

——録自李濂嵩渚文集卷十八

臺館春陰酬空同子訪遊之作　　（明）李　濂

古臺讀書處，長者命車來。偶踐看花約，因扳聽雨杯。川原餘戰伐，文藻憶鄒枚。並眺平蕪迴，斜陽首重回。

答空同子夷門見寄二首　　（明）李　濂

書自河南至，緘於海上開。四愁情轉劇，三黜志堪哀。世路青雲倦，鄉關白髮催，晚秋吟思苦，弔古獨登臺。

其二

秋水至雙魚，能傳北郡書。洗鱗憐道遠，拂墨悵音疏。誰和閑居賦，予懷長者車。幾時歸載酒，日造草玄廬。

——以上録自李濂嵩渚文集卷十九

空同子南郭別業夏集

（明）李　濂

陶令城南宅，幽虚夏日涼。廬荒聊稼圃，客至謾壺觴。背郭雲沙濕，臨洲杜若香。醉歸憐勝會，餘興繞林塘。

夏日遊空同子水亭斫木爲浮橋渡飲

（明）李　濂

炎天尋水閣，斫木旋爲梁。客訝通人易，僮歡過酒忙。風香劇荷芰，午浴散鴛鴦。滿座皆詞客，賡酬送夕陽。

——以上録自李濂嵩渚文集卷二十一

雨中柬空同子田居

（明）李　濂

爲問幽人黄犢車，雨陰誰伴到園廬。籬前陂水漲幾寸，屋後豆田曾否鋤。行霑帽濕須依樹，坐阻城歸且釣魚。悵望郊煙吾欲訪，出門泥滑怕騎驢。

——録自李濂嵩渚文集卷二十五

送李獻吉之江西提學　（明）李　濂

璽書三月下青冥，五兩清風送去舲。會見西江沾化雨，定知南斗避文星。懷賢節駐廬山洞，弔古帆停孺子亭。把酒送君無限意，好收梁棟獻明庭。

空同子花園餞别許御史補之　（明）李　濂

驄馬銀鞍河上來，看花經過野人臺。年芳不爲霜威減，國艶何孤皂蓋迴。移席傍叢香轉逸，題詩倚樹蝶休猜。雲帆海柁明朝别，萬里能忘月下杯。

——以上録自李濂嵩渚文集卷二十六

空同子生日席上作　（明）李　濂

尊開北海凍雲垂，客到東山錦瑟隨。逼臘壽筵無俗駕，忘年鄉社有幽期。山川杜甫豪吟日，風雪袁安穩卧時。檐竹檻梅俱媚眼，不辭今夕醉君巵。

飲空同子宅適有送牡丹花至者同賦 (明)李濂

密蕊穠花着處稀，牡丹何事獨芳菲。中山孺子宜含笑，飛燕夫人更舞衣。帶雨沾雲空夢想，揚莖颭葉有光輝。偶來清話柴門夕，倚檻銜杯願不違。

——以上録自李濂嵩渚文集卷二十八

輓李獻吉 (明)李濂

李白騎鯨已上天，故留詩卷世人傳。飄然秀句三千牘，藉甚才名四十年。悵望秦州懷舊壟，羈棲梁苑賸新篇。獨憐登嘯臺池在，腸斷夷門日暮煙。

——録自李濂嵩渚文集卷二十九

空同席上餞别陳大行愚泉 (明)左國璣

皇士竟綸翰，旋軫適帝鄉。轅馬暫回鑣，言税君子堂。華洞窅逶迤，綺席錯圓方。雲鴻唳時響，庭木敷春芳。昔譽徒結念，今範得俱詳。客轉百歲懷，主稱萬年觴。觴至勿復辭，勸君且解裳。竹實本傾鳳，雝鳴在朝陽。神劍慕合併，雄雌苦分張。歡娱不終夕，隔别違吟疆。豈無他時期，此日難遽忘。

春日與空同太室遊上方寺　（明）左國璣

寶地千年會，金尊二月花。但期遊白日，忽已暮煙霞。塔迥星河倒，壇虚水月賒。留歡更笙磬，同醉遠公家。

——以上録自曹學佺編石倉歷代詩選卷四百四十九

哭李公獻吉四首　（明）黄省曾

其一

歲子初傳雁，江秋始狎龍。把書心並喜，攜手氣俱雄。爾有陽冰托，吾希季子風。終焉將寶劍，脱取挂幽宫。

其二

絶代詞林哲，新傳鬼録人。琴捐當歲夕，川逝逼元春。日月音容古，江山涕淚新。天涯有知己，沾袂惜麒麟。

其三

往歲楊園餞，涼風七月樓。不言躬再拜，爲别淚雙流。雁引鄉河遠，霜催旅鬢秋。黄泉何底急，令我泣藏舟。

其四

卧病梁園日，尋醫吴苑天。子成烏鳥養，兄有鶺鴒賢。骨肉恩俱切，神樓散不傳。竟歸淹伏枕，吾斷玉琴弦。

——録自黄省曾五嶽山人集卷十四

嘲雪次空同翁韻

（明）駱文盛

陰雲昏漸合，凍雨忽成花。著樹垂垂重，迎風宛宛斜。寒欺將殞葉，餒困後棲鴉。想見朝來散，城南有日華。

——録自駱文盛駱兩溪集卷六

酬空同載酒見尋二首　（明）高叔嗣

負郭幽常卧，移尊遠共尋。觴中泛野色，座右落城陰。自顧蘺蒿滿，還驚巷轍深。相看欲何語，疲病謝朝簪。

農畝遭炎暑，賓遊踐遠郊。輟耕元水曲，暢飲即城坳。長日蟬聲静，微風樹色交。空承白雪詠，顧許愧林巢。

西園宴集譚侍御空同本貞二憲使　（明）高叔嗣

閑園一杯酒，還與故人同。借問茅檐下，何如柏府中。城烏窺客晚，野樹落筵空。却愛霜林静，留歡共不窮。

飲酒空同海棠樹下分得一字　（明）高叔嗣

庭前有奇樹，含采弄春日。托根磐石間，垂景幽蘭室。攀條事可憐，對酒情非一。空嗤嘉樹傳，賦爾慚抽筆。

——以上録自高叔嗣蘇門集卷四

次李空同學署對菊之作

（明）王應鵬

即看寒菊枝枝秀，寧畏嚴風翦翦來。幽徑汝當爲小隱，上林誰不是高才。花無豔質偏宜賞，地有靈根豈待栽。尊酒正逢陶令節，月明須倒接羅迴。

——録自胡文學編甬上耆舊詩卷八

八子詩 李空同提學。

（明）孫　宜

關西産才儁，空同曠代士。納交盡豪彦，遊學歷壯齒。冥心契九垓，諒節出三仕。賦挽湘流逝，文窮漢儒旨。技高世終妬，志屈名未圮。抱寂良一丘，馳聲固千里。直哉抗疏言，信矣修詞累。斯人難更得，百世吾倘俟。

——録自盛明百家詩之孫漁人集

信州同汝成遊南巖寺用李崆峒壁間韻　（明）吴維嶽

幽哉巖裏居，戴石世所罕。源泉一勺多，香煙終日滿。停杯岫雲遲，解帶松風緩。緣崖鹿豕蹤，復與同人踐。

——録自御選明詩卷二十九

送李獻吉民部　（明）釋魯山

久病無詩思，因君强一吟。贈言何足重，持意自爲深。官棹暖風送，客袍花氣侵。眼前皆好景，争耐别離心。

足獻吉秋風南北路相别寺門前之句　（明）釋魯山

身世本如寄，去留俱灑然。秋風南北路，相别寺門前。

——以上録自曹學佺編石倉歷代詩選卷五百〇六

寄空同二首

（明）王尚絅

一

再拜空同調，元雲意已真。獨愁青鬢友，半作白頭人。地接妨吾御，天高共爾淪。雲臺風雨夜，涕淚灑交親。

二

李白南流地，長沙北召時。每從書卷上，剩有使君思。晚禽啼杜宇，春草照江蘺。相懷不相見，歸夢爾何爲？

雨夜次大復韻作别兼懷空同子

（明）王尚絅

君年才弱冠，辭官許禁庭。煙花開舊卷，風雨共閑亭。少室雙龍卧，清淮一雁冥。情思今夜裏，雲聚太階星。

——以上録自王尚絅蒼谷全集卷三

兀坐讀空同子詩有懷大復 （明）王尚絅

幾年詩卷未曾開，紫邏雲山憶鹿臺。午漏旌旗隨日轉，天門鐘鼓放朝迴。憐才不見李生久，動興還如何遜來。舊事新愁俱蹭蹬，清霜落木益堪哀。

嵩遊途中懷友人五首 空同 （明）王尚絅

鉅礎穹碑登覽在，殘山剩水廢興餘。中華嶽寺渾遊遍，依舊浮生未讀書。空同舊語。

——以上録自王尚絅蒼谷全集卷四

河上聞李崆峒歿哭之 （明）栗應宏

不逝蒼波暗落暉，南看芳草淚沾衣。山西郭泰舟誰共，洛下李膺門已違。華表祇聞丁令歎，春風不作杜鵑飛。定知魂在崆峒上，我欲爲招恨未歸。

——録自盛明百家詩之栗太行集

主要參考文獻

李夢陽著述

弘德集三十二卷　明李夢陽撰　明嘉靖初年刻本
嘉靖集一卷　明李夢陽撰　明嘉靖三年刻本
空同先生集六十三卷　明李夢陽撰　明嘉靖九年黄省曾刻本
空同集六十三卷　明李夢陽撰　明嘉靖十一年曹嘉刻本
空同先生集六十三卷　明李夢陽撰　明萬曆六年高文薦刻本
空同先生集六十三卷　明李夢陽撰　明萬曆七年思山堂徐應瑞刻本
空同先生集六十三卷　明李夢陽撰　明萬曆七年東山堂徐廷器刻本
空同集六十三卷　明李夢陽撰　明萬曆十五年李四維刻本
空同集六十四卷　明李夢陽撰　明萬曆二十九年李思孝刻本
空同子集六十六卷　明李夢陽撰　明萬曆三十年鄧雲霄、潘之恒校刻本

空同詩鈔　明李夢陽撰　清乾隆十五年誦芬堂刻本
新鍥會元湯先生批評空同先生文選　明湯賓尹編　明萬曆二十五年書林詹聖澤刻本
李空同詩選　明楊慎選評　明嘉靖刻本
吴日千先生評選空同詩　清吴騏編　清抄本

經部文獻

毛詩正義　十三經注疏本　中華書局一九八二年版
周禮正義　十三經注疏本　中華書局一九八二年版
孟子正義　十三經注疏本　中華書局一九八二年版
左傳正義　十三經注疏本　中華書局一九八二年版

史部文獻

史記　漢司馬遷撰　趙生群等修訂　中華書局二〇一四年版
漢書　漢班固撰　中華書局一九六二年版

後漢書　南朝宋范曄撰　唐李賢等注　中華書局一九六五年版
晉書　唐房玄齡等撰　中華書局一九七四年版
舊唐書　後晉劉昫等撰　中華書局一九七五年版
新唐書　宋歐陽修、宋祁撰　中華書局一九七五年版
宋史　元脱脱等撰　中華書局一九七七年版
元史　明宋濂撰　中華書局一九七六年版
明史　清萬斯同撰　續修四庫全書影清初抄本
明史　清張廷玉等撰　中華書局一九七四年版
罪惟録　清查繼佐撰　四部叢刊三編本
堯山堂外紀　明蔣一葵撰　明刻本
明實録　影明抄本　臺灣「中研院」一九六二年版
國榷　清談遷撰　上海古籍出版社二〇〇八年版
皇明史概　皇明大政記　明朱國禎撰　據臺灣原刊本影印　江蘇廣陵古籍刻印社一九九一年版
明通鑑　清夏燮撰　沈仲九標點　中華書局一九五九年版
通志二十略　宋鄭樵撰　王樹民點校　中華書局一九九五年版
禮部志稿　明俞汝楫撰　影文淵閣四庫全書本

續通志　清嵇璜等撰　影文淵閣四庫全書本
圖繪寶鑑續編　明韓昂撰　影文淵閣四庫全書本
國朝列卿紀　明雷禮撰　四庫全書存目叢書影明萬曆徐鑑刻本
國朝獻徵録　明焦竑撰　明萬曆四十四年徐象橒曼山館刻本
吉水毛襄懋先生年譜　明毛棟撰　北京圖書館藏珍本年譜叢刊　北京圖書館出版社二〇一二年版
明儒學案　明黄宗羲撰　沈芝盈點校　中華書局一九八五年版
中州人物考　明孫奇逢撰　影文淵閣四庫全書本
本朝分省人物考　明過庭訓撰　明天啓刻本
何景明評傳　姚學賢、霍朝安、金榮權撰　河南大學出版社一九九三年版
夢粱録　宋吴自牧撰　符均、張社國校注　三秦出版社二〇〇四年版
弇山堂别集　明王世貞撰　影文淵閣四庫全書本
水經注校證　北魏酈道元撰　陳橋驛校證　中華書局二〇〇七年版
元和郡縣圖志　唐李吉甫撰　賀次君點校　中華書局一九八三年版
輿地紀勝　宋王象之撰　中華書局二〇〇三年版
太平寰宇記　宋樂史撰　中華書局二〇〇〇影印本
長安客話　明蔣一葵著　北京古籍出版社一九八〇年版

白鹿洞書院古志五種　李夢陽等編　中華書局一九九五年版
汴京遺蹟志　明李濂撰　影文淵閣四庫全書本
行水金鑑　清傅澤洪撰　影文淵閣四庫全書本
明一統志　明李賢等撰　影文淵閣四庫全書本
日下舊聞考　清于敏中等編　影文淵閣四庫全書本
讀史方輿紀要　清顧祖禹撰　賀次君、施和金點校　中華書局二〇〇五年版
清一統志　清乾隆朝奉敕修撰　影文淵閣四庫全書本
（嘉靖）陝西通志　明趙廷瑞、馬理、吕柟等編　董健橋等注　三秦出版社二〇〇六年版
（嘉靖）江西通志　明周廣纂　中國方志叢書影嘉靖三十五年增刻本　臺灣成文出版社一九八九年版
（嘉靖）開州志　明孫巨鯨修　王崇慶纂　天一閣藏明代方志選刊影明嘉靖刻本　上海古籍書店一九六四年版
（嘉靖）鉛山縣志　明費寀纂修　天一閣藏明代方志選刊續編影明嘉靖刻本　上海書店一九九〇年版
（嘉靖）慶陽府志　明梁明翰修　傅學禮纂　影明嘉靖三十六年刻增修本　中國書店二〇〇二年版
（隆慶）臨江府志　明管大勳修　劉松纂　天一閣藏明代方志選刊影明隆慶六年刻本　上海古籍書店一九六二年版
（隆慶）儀真縣志　明申嘉瑞修　李文等纂　天一閣藏明代方志選刊影明隆慶元年刻本　上海古籍書

店一九六三年版

（萬曆）襄陽府志　明吴道邇纂修　明萬曆刻本

（萬曆）寶應縣志　明陳煃修　吴敏道纂　南京圖書館藏明代孤本方志專輯影明萬曆二十二年刻本　二〇〇三年綫裝書局版

（萬曆）開封府志　明曹金纂　四庫全書存目叢書補編影日本内閣文庫藏明萬曆十三年刻本

（萬曆）常州府志　明劉廣生修　唐鶴徵纂　明萬曆四十六年刻本

（萬曆）滁陽志　明戴瑞卿修　于永亨等纂　明萬曆四十二年刊本

（萬曆）新修南昌府志　明范淶修　章潢纂　明萬曆十六年刊本

（雍正）江西通志　清謝旻等修　陶成等纂　影文淵閣四庫全書本

（雍正）畿輔通志　清唐執玉、李衛等修　田易等纂　影文淵閣四庫全書本

（雍正）浙江通志　清嵇曾筠等修　沈翼機等纂　影文淵閣四庫全書本

（雍正）湖廣通志　清邁柱等修　夏立恕等纂　影文淵閣四庫全書本

（雍正）河南通志　清田文鏡修　孫灝、顧棟高纂　影文淵閣四庫全書本

（雍正）山東通志　清岳濬等修　杜詔等纂　影文淵閣四庫全書本

（雍正）山西通志　清覺羅石麟修　儲大文纂　影文淵閣四庫全書本

（雍正）陝西通志　清劉於義等修　沈青崖等纂　影文淵閣四庫全書本

(雍正)四川通志　清黄廷桂等修　張晉生等纂　影文淵閣四庫全書本
(雍正)廣西通志　清金鉷修　錢元昌纂　影文淵閣四庫全書本
(雍正)雲南通志　清鄂爾泰等修　靖道謨等纂　影文淵閣四庫全書本
(乾隆)江南通志　清趙弘恩等修　黄之雋等纂　影文淵閣四庫全書本
(乾隆)福建通志　清郝玉麟等修　謝道承等纂　影文淵閣四庫全書本
(乾隆)甘肅通志　清許容等修　李迪等纂　影文淵閣四庫全書本
(乾隆)貴州通志　清鄂爾泰等修　靖道謨等纂　影文淵閣四庫全書本
(同治)江西全省輿圖　清劉坤一等撰　清同治七年刻本
(同治)九江府志　清達春布修　黄鳳樓、歐陽燾纂　清同治十三年刻本
(光緒)永壽縣重修新志　清鄭德樞修　趙奇齡等纂　清光緒十四年刻本
(光緒)通州志　清高建勳等修　王維珍纂　陳鏡清等續纂　清光緒九年刻本
(民國)郾城縣記　陳金臺、周世臣纂修　民國二十三年刻本
千頃堂書目　明黄虞稷撰　瞿鳳起、潘景鄭整理　上海古籍出版社二〇〇一年版
佩文齋書畫譜　清王原祁等輯　影文淵閣四庫全書本
四庫全書總目　清紀昀總纂　中華書局一九六五年影印本
增訂四庫簡明目録標注　清邵懿辰撰　邵章續録　上海古籍出版社一九七九年版

藏園訂補郘亭知見傳本書目　清莫友芝撰　傅增湘訂補　傅熹年整理　中華書局二〇〇九年版
中國善本書提要　王重民撰　上海古籍出版社一九八三年版
明清進士題名碑録索引　朱保炯、謝沛霖編　上海古籍出版社一九七九年版
稀見地方志提要　陳光貽撰　齊魯書社一九八七年版
中國古籍善本書目　中國古籍善本書目編輯委員會編　上海古籍出版社一九八九至一九九七年版
江蘇藝文志　南京師範大學古文獻整理研究所編　江蘇人民出版社一九九六年版
柏克萊加州大學東亞圖書館中文古籍善本書志　柏克萊加州大學東亞圖書館編　上海古籍出版社二〇〇五年版
明別集版本志　崔建英輯訂　賈衛民、李曉亞參訂　中華書局二〇〇六年版
四庫存目標注　杜澤遜撰　上海古籍出版社二〇〇七年版

子部文獻

唐摭言　五代王定保撰　中華書局一九六〇年版
太平御覽　宋李昉等撰　中華書局二〇〇六年版
事物紀原　宋高承撰　叢書集成初編據惜陰軒叢書本排印

南村輟耕録　元陶宗儀撰　中華書局二〇〇四年版
丹鉛總録　明楊慎撰　影文淵閣四庫全書本
湧幢小品　明朱國禎著　文化藝術出版社一九九八年版
玉玦記　明鄭若庸撰　中華書局一九九六年版
潛邱劄記　清閻若璩撰　影文淵閣四庫全書本

集部文獻

曹集銓評　魏曹植撰　清丁晏纂　葉菊生校訂　文學古籍刊行社一九五七年版
李太白全集　唐李白撰　清王琦注　中華書局一九七七年版
杜詩詳注　唐杜甫撰　清仇兆鰲集注　中華書局一九七九年版
白居易詩集校注　唐白居易撰　謝思煒校注　中華書局二〇〇六年版
李商隱詩歌集解　唐李商隱撰　劉學鍇、余恕誠集解　中華書局一九八八年版
端肅奏議　明馬文升撰　影文淵閣四庫全書本
東田遺稿　明張羽撰　影文淵閣四庫全書本
海叟集　明袁凱撰　影文淵閣四庫全書本

見素集　明林俊撰　影文淵閣四庫全書本
雙槐歲鈔　明黄瑜撰　魏連科點校　中華書局一九九九年版
懷麓堂集　明李東陽撰　影文淵閣四庫全書本
石淙詩稿　明楊一清撰　四庫全書存目叢書影明嘉靖間刻本
楊一清集　明楊一清撰　唐景紳、謝玉傑點校　中華書局二〇〇一年版
柴墟文集　明儲巏撰　四庫全書存目叢書影明嘉靖四年刻本
東湖集　明吴廷舉撰　清道光二十一年刻本
容春堂前集　容春堂續集　明邵寶撰　影文淵閣四庫全書本
渼陂集　渼陂續集　明王九思撰　四庫全書存目叢書影明嘉靖十二年王獻等刻二十四年翁萬達續刻崇禎十三年張宗孟修補本
王陽明全集　明王守仁撰　吴光、錢明、董平等編校　上海古籍出版社二〇一一年版
快雪堂集　明馮夢禎撰　四庫全書存目叢書影明萬曆四十四年黄汝亨、朱之蕃等刻本
王氏家藏集　明王廷相撰　四庫全書存目叢書影明嘉靖間刻本
王廷相集　明王廷相撰　王孝魚點校　中華書局一九八九年版
柏齋集　明何瑭撰　影文淵閣四庫全書本
何燕泉詩集　明何孟春撰　四庫全書存目叢書影明嘉靖四十五年蔣文化刻本

南川漫遊稿　明陶諧撰　四庫全書存目叢書影明嘉靖十二年嶺表書院刻本
清惠集　明劉麟撰　影文淵閣四庫全書本
康對山先生集　明康海撰　四庫全書存目叢書影明萬曆十年潘允哲刻本
沜東樂府　明康海撰　周永瑞點校　上海古籍出版社一九八九年版
華泉集　明邊貢撰　影文淵閣四庫全書本
浮湘稿　息園存稿詩　息園存稿文　明顧璘撰　影文淵閣四庫全書本
竹澗集　明潘希曾撰　影文淵閣四庫全書本
凌谿先生集　明朱應登撰　四庫全書存目叢書影明嘉靖間刻本
儼山集　儼山續集　明陸深撰　影文淵閣四庫全書本
徐禎卿全集編年校注　明徐禎卿撰　范志新編年校注　人民文學出版社二〇〇九年版
涇野先生文集　明吕柟撰　四庫全書存目叢書影明嘉靖刻本
苑洛集　明韓邦奇撰　影文淵閣四庫全書本
鈐山堂集　明嚴嵩撰　四庫全書存目叢書影明嘉靖二十四年刻增修本
鳥鼠山人小集　鳥鼠山人後集　明胡纘宗撰　四庫全書存目叢書影明嘉靖間刻本
大復集　明何景明撰　影文淵閣四庫全書本
太白山人漫稿　明孫一元撰　影文淵閣四庫全書本

霞城集　明程誥撰　四庫全書存目叢書影明天啓二年程于廷刻本
孟有涯集　明孟洋撰　四庫全書存目叢書影明嘉靖十七年王廷相等刻本
東洲初稿　明夏良勝撰　影文淵閣四庫全書本
少谷集　明鄭善夫撰　影文淵閣四庫全書本
聶豹集　明聶豹撰　吴可爲編校整理　鳳凰出版社二〇〇七年版
東塘集　明毛伯温撰　四庫全書存目叢書影明嘉靖十九年王儀刻本
嵩渚文集　明李濂撰　四庫全書存目叢書影明嘉靖間刻本
雙溪集　明杭淮撰　影文淵閣四庫全書本
梅國前集　明劉節撰　四庫全書存目叢書影明刻本
蘇門集　明高叔嗣撰　影文淵閣四庫全書本
蒼谷全集　明王尚絅撰　乾隆二十三年重刻本
駱兩溪集　明駱文盛撰　四庫全書存目叢書影明刻本
李中麓閒居集　明李開先撰　四庫全書存目叢書影明萬曆刻本
戒庵老人漫筆　明李詡撰　魏連科點校　中華書局一九八二年版
龍門集　明侯一麟、趙士楨撰　蔡克驕點校　上海社會科學院出版社二〇〇六年版
太微後集　明張治道撰　明嘉靖二十年刻本

西河集　清毛奇齡撰　影文淵閣四庫全書本
抱經堂文集　清盧文弨撰　四部叢刊初編本
文選　南朝梁蕭統編　唐李善注　中華書局一九七七年版
楚辭補注　宋洪興祖撰　白化文點校　中華書局一九八三年版
樂府詩集　宋郭茂倩編　人民文學出版社二〇一〇年版
明詩選　明李攀龍編　明崇禎刻本
盛明百家詩　明俞憲編　四庫全書存目叢書影明嘉靖至萬曆刻本
明詩歸　明鍾惺、譚元春編　四庫全書存目叢書影清抄本
明詩評選　明王夫之評選　李金善點校　河北大學出版社二〇〇八年版
石倉歷代詩選　明曹學佺編　影文淵閣四庫全書本
古詩鏡　明陸時雍編　影文淵閣四庫全書本
列朝詩集　清錢謙益撰集　許逸民、林淑敏點校　中華書局二〇〇七年版
明文海　清黃宗羲編　影文淵閣四庫全書本
明四傑詩選　清姚佺、孫枝蔚編　清順治李希禹刻本
甬上耆舊詩　清胡文學編　影文淵閣四庫全書本
明詩綜　清朱彝尊選編　劉尚榮、孫通海、王秀梅點校　中華書局二〇〇七年版

明詩别裁集　清沈德潛、周準編　上海古籍出版社一九八三年版
御選明詩　清張豫章等編　影文淵閣四庫全書本
明三十家詩選初集　清汪端編　清道光二年刻本
明人詩鈔正集　清朱琰編　四庫禁毁書叢刊影清刻本
御定佩文齋詠物詩選　清張玉書等編　影文淵閣四庫全書本
明文英華　清顧有孝纂　李煒、陳三島評　四庫禁毁書叢刊
玉笥詩談　明朱孟震撰　四庫全書存目叢書影清抄本
詩藪　明胡應麟撰　上海古籍出版社一九七九年版
薑齋詩話　明王夫之著　舒蕪校點　人民文學出版社一九六一年版
藝苑卮言　明王世貞著　陸潔棟、周明初批注　鳳凰出版社二〇〇九年版
圍爐詩話　清吴喬撰　清詩話續編本　上海古籍出版社一九八三年版
詩辯坻　清毛先舒撰　清詩話續編本　上海古籍出版社一九八三年版
静志居詩話　清朱彝尊著　黄君坦校點　人民文學出版社一九九〇年版
載酒園詩話　清賀裳撰　清詩話續編本　上海古籍出版社一九八三年版
劍谿説詩　清喬億撰　清詩話續編本　上海古籍出版社一九八三年版
七言詩三昧舉隅　清翁方綱撰　上海醫學書局一九二九年版

明詩紀事　清陳田輯撰　上海古籍出版社一九九三年版
賦史　馬積高著　上海古籍出版社一九八七年版

論文

李夢陽年譜　梁贊宏　復旦大學一九八七年碩士學位論文
李夢陽空同集人名箋證(之一、二、三、四)　王公望　甘肅社會科學一九九三至一九九四年陸續發表
李夢陽年譜簡編　王公望　甘肅社會科學二〇〇一年論文輯刊
李夢陽辭賦研究　朱怡菁　臺灣政治大學二〇〇四年碩士學位論文